KB156049

세뇌 살인

세뇌살인

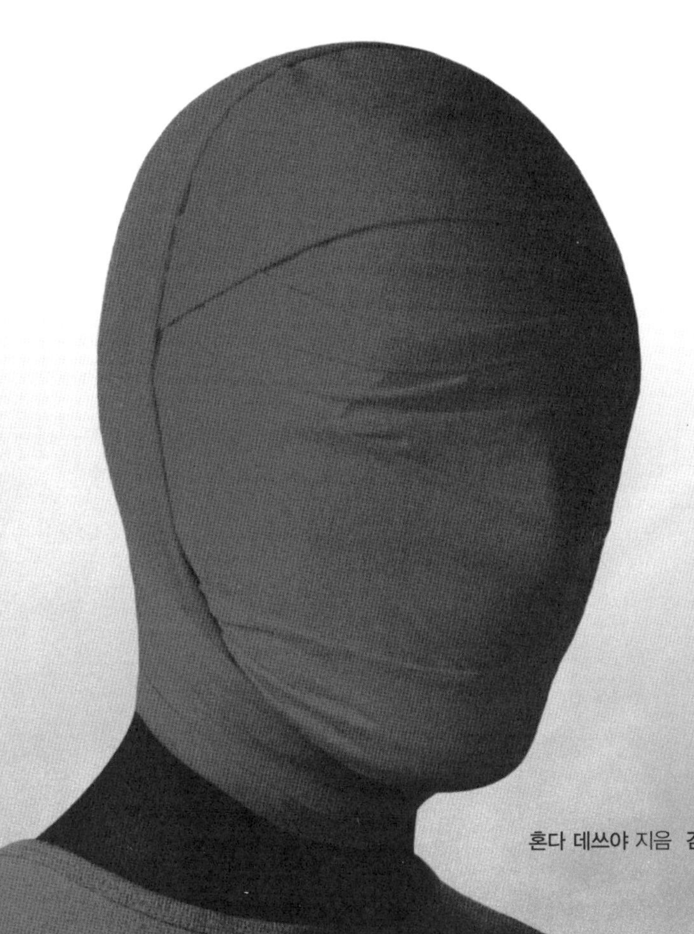

혼다 데쓰야 지음 김윤수 옮김

북로드

사람이 사람을 죽이는 기분이 어떤 건지 한 번도 진지하게 생각해본 적 없었다.

물론 남자니까 한두 번 싸움이 붙은 적은 있다. 하지만 얼굴이 일그러질 정도로 주먹질을 한 적은 없고, 하물며 칼이나 쇠 파이프 같은 흉기는 쥐어본 적도 없다. 싸움에 지면 '저 개자식, 내 손에 죽을 줄 알아' 정도의 욕설은 내뱉었을지도 모른다. 하지만 절대 진심은 아니었다. 학교나 직장에서 피투성이가 된 상대를 보고 멍한 표정을 짓는 나, 그리고 교도소에 수감되는 내 모습. 그런 상상을 하다 보면 한숨을 쉬며 쓴웃음을 짓게 된다.

'말도 안 돼. 한순간의 분노 때문에 인생을 통째로 날리다니, 어떻게 그럴 수가 있어.'

사람들은 대부분 이런 식으로 살의라는 비현실적인 감정을 구깃구깃 구겨서 창밖으로 내던진다. 뉴스나 신문에 등장하는 살인사건은 특수한 상황이 만들어낸 불행한 우연이라고, 전체 인구를 따져보면 지극히 낮은 비율로 발생하는 드문 경우라고 생각한다. 실제로도 그럴 테고.

나도 평생 그런 일에 엮이지 않고 살 거라고 막연히 생각했다.

아마도, 그 남자를 만나기 전까지는.

매일 아침 다른 사람의 재채기 소리에 눈을 뜨는 봄은 처음일 것이다.

창가에 놓인 싱글 침대, 멍한 신고의 시야에 먼저 들어온 것은 하얗고 작은 등이다. 세이코는 잘 때 브래지어를 착용하지 않기 때문에 티셔츠 한 장만 걸친 등에는 걸리는 것이 아무것도 없다. 완만한 곡선으로 나타나는 어깨뼈 돌기, 이어지는 등. 그것이 순간 "헤엣" 소리와 함께 똑바로 뻗는가 싶더니 단숨에 둥그렇게 움츠러든다. 동시에 "푹" 하고 진득한 것이 몰아치는 소리가 난다. 그게 뭐든 간에 세이코의 몸에서 나왔다면 신고는 사랑스럽다.

"괜찮아?"

세 번 연속으로 기침을 내뿜은 등에 손을 얹는다. 세이코는 마른 체형이긴 하지만 앙상해 보일 정도는 아니다. 엷게 덮인 지방이 몸을 부드럽게 감싸고 있다.

"미안. 깨웠어?"

세이코가 휴지로 코를 누르면서 돌아본다.

처음 만났을 때는 너구리 같은 얼굴을 한 아가씨라고 생각했다.

나란히 앉아 이야기하다 보니 인상이 바뀌어 동그란 눈이 다람쥐 같다는 생각이 들었다. 지금은 잘 모르겠다. 연예인 누구를 닮았다느니, 동물이라면 뭐라느니 하는 비교는 떠오르지 않게 되었다. 세이코는 세이코. 그 누구도 대신할 수 없는, 세상에 단 하나뿐인 귀엽고 사랑스러운 연인이다.

"아니야. 일어나 있었어."

신고의 기상 시간은 대략 7시. 침대 옆에 놓인 자명종 시계는 6시 53분을 가리키고 있다. 남은 시간 7분. 따뜻한 이불 속이 아쉽지는 않다. 그보다…….

"어머, 잠깐. 하지 마."

양 겨드랑이로 팔을 넣어 세이코의 볼록한 두 가슴을 손에 쥔다. 작은 몸집에 비해 꽤나 풍만하다. 그러면서 푹신푹신 부드럽고 따스하다. 맨살을 만지면 밀가루 더미를 쓰다듬는 것 같다. 하지만 지금은 그러지 않는다. 대신 티셔츠 위로 민감한 끝을 만지작거린다.

"안 돼. 콧물 흐르잖아."

"아아, 기분 좋다."

"재채기…… 나와……."

"해."

이제 신고도 일어나서 가슴과 배를 세이코의 등에 딱 붙여서 꽉 껴안는다. 어깨 밑으로 조금 내려간 머리카락에 얼굴을 파묻고 샴푸 냄새와 살 내음을 가슴 한가득 들이마신다. 세이코다. 두 손에 느껴지는 볼록함도, 싫다면서 흔드는 머리도, 사타구니와 닿아 있는 가느다란 허리도, 모두.

하지만 그때 사고가 터졌다.

"에…… 엣."

네 번째 재채기를 대비해 세이코가 등을 곧추 폈다가 "취!" 하고 힘차게 숙인 것까지는 좋았는데, 설마 상체가 그대로 튕겨 돌아올 줄은 생각도 못 했다.

희미하면서 묵직한 충격이 신고의 얼굴을 정통으로 가격했다.

"앗, 미안해."

눈앞에 초록색 불꽃이 번뜩였다. 툭 하고 나직하게 코뼈가 내는 소리도 들렸다.

신고는 몸을 비틀며 뒹굴었다. 두 손으로 얼굴을 감싸고 그 틈으로 힘없는 비명을 뱉어냈다. 조금 전의 행복감은 완전히 사라지고, 딱딱해져 있던 사타구니도 순식간에 힘을 잃어갔다.

"신고, 미안해."

눈물이 나왔다. 내 손을 적시는 게 콧물일까, 코피일까.

"어머, 그렇게 아팠어? 설마, 괜찮은 거지?"

장난이 아니다. 정말 아프다.

"미안하다니까. 용서해줘. 신고가 좋아하는 프렌치토스트 해줄게. 기분 풀어."

속옷만 입은 세이코의 하체가 다가온다.

"아, 그렇게 아픈 척하다가 갑자기 엉큼한 짓 하려는 거지? 다 알아, 신고 꿍꿍이."

아니다. 정말 엄청나게 아프다.

그날 아침, 세이코는 약속대로 프렌치토스트를 해줬다. 처음 동거를 시작했을 때는 곧잘 '누드 앞치마'를 입어주기도 했지만, 이제는 좀처럼 그러지 않는다. 신고가 부탁해도 세이코는 "언제까지 그런 소리나 할 거야" 하고 가볍게 받아넘기곤 했다.

"자, 다 됐어."

"아이 씨. 냄새를 못 맡겠어."

콧대는 휘지 않았지만 코피가 흘렀다. 오른쪽 콧구멍에 휴지를 찔러놔서 맛있는 음식 냄새도 절반밖에 즐기지 못한다.

"이제 그만 기분 풀어."

"화난 거 아니야. 웃어도 아프고 입을 벌려도 아파서 그래."

신고는 올해 스물아홉, 세이코는 다섯 살 어리니까 스물넷이다. 신고는 자동차 정비공장, 세이코는 패밀리레스토랑에서 일한다. 집세와 생활비는 절반씩 부담하지만 텔레비전이나 전자레인지처럼 조금 비싼 가전제품은 신고가 구입한다. 남자가 이 정도 능력은 보여줘야 한다고 생각한다.

"세이코, 오늘 쉬는 날이지?"

"응. 그래서 머리하고 오려고."

신고와 세이코가 사는 곳은 마치다 시의 기소히가시라는 외진 주택가로, 도쿄 도내라고는 해도 상당히 시골이다. 마치다 역 주변 번화가까지 버스로 20분이나 걸린다.

"그럼 나간 김에 요도바시 쇼핑몰에서 형광등 좀 사와. 욕실 등 깜빡거리잖아."

"응, 알았어. 그게 몇 와트지?"

"20 아닐까?"

이런저런 이야기를 하는 사이 나갈 시간이 되었다.

"잘 먹었어."

"아, 그냥 둬."

텔레비전 일기예보에 따르면 오늘은 종일 흐리다. 데님 블루종을 입고 가면 충분할 것이다.

양치와 세수를 한 뒤 물을 약간 묻혀서 뻗친 머리를 빗어주면 준비 완료다. 코피는 이미 멈췄다.

"그럼 다녀올게."

"응. 잘 다녀와."

세이코는 회색 파카에 분홍색 치마를 입었다. 티셔츠 가슴팍에 브래지어 실루엣이 흐릿하게 비친다. 그 안의 부드러운 감촉을 떠올리면서 조금 때가 탄 스니커를 신는다.

실밥이라도 붙었는지 세이코가 신고 어깨에 가볍게 손을 댄다.

"오늘 늦지는 않지?"

"응. 아마도."

"저녁 뭐 먹고 싶어?"

"글쎄…… 고기?"

"오케이."

잘 다녀오라는 입맞춤은 없다. 대신 신고는 세이코의 엉덩이를 쓰다듬는다. 탄력 있고 동그랗고 부드럽다.

이 덕분에 오늘 하루도 열심히 일할 수 있다. 신고는 매일 아침 그런 생각을 하며 출근한다.

마치다 가도에 있는 '유한회사 사카에 자동차'까지는 신호 대기 시간을 감안해도 자전거로 10분이면 간다. 종업원은 사장을 포함해서 일곱 명. 정비공장 규모로는 작은 편이다. 신고는 직원들 중에서 나이로 보나 경력으로 보나 딱 중간이다.

"좋은 아침입니다."

셔터가 열려 있어서 곧장 안으로 들어간다. 종업원 탈의실을 겸한 휴게실은 공장의 우측 안쪽에 있다. 세 살 위의 다카타니 선배와 여섯 살 어린 마토바가 벌써 출근해서 캔 커피를 마시며 담배를 피우고 있다.

"이제 오냐."

"신고 씨, 어서 오세요."

자동차 정비공장은 대개 어디든 판금 부문과 도장 부문으로 나뉜다. 사카에 자동차에서는 다카타니와 신고, 마토바가 판금 부문, 사장을 포함한 나머지 네 명이 도장 부문을 담당한다. 이 휴게실은 판금, 도장 상관없이 사용하는데, 왜 그런지 도장 담당보다 판금 담당 세 명이 더 일찍 출근한다. 업무 내용이 같기 때문에 할 이야기도 많고 해서 자연스럽게 친해졌다.

신고가 사물함을 열었을 때 마토바가 이쪽을 휙 돌아보았다.

"신고 씨, 저 정말 깜짝 놀랐어요."

히죽거리면서 놀리는 듯한 눈으로 신고를 올려다본다. 오늘은 그런 이야기가 나올 줄 짐작하고 있었다.

"……응, 그래."

"신고 씨 여친, 귀엽다는 말은 많이 들었지만 그렇게 귀여운 건 범죄예요. 규칙 위반이라고요."

다카타니가 "규칙은 뭔 규칙" 하고 중얼거렸지만 마토바는 개의치 않고 말을 이었다.

"그, 닛타 씨 고등학교 동창이랑 미팅해서 사귀게 된 거죠? 너무

해요. 왜 꼭 그런 일엔 절 안 끼워주는데요?"

닛타는 도장 부문 후배다. 도장 담당 셋 중에서는 제일 친하게 지내는 녀석이다.

"그건 네가 들어오기 전 일이야."

"아니에요. 저 기억해요. 들어온 지 얼마 안 됐을 때예요."

"그럼 당연히 안 부르지. 이제 들어온 신입한테 누가 미팅 가자고 하냐."

마토바가 어리광 부리듯 신고의 허리를 콕콕 찌른다.

"그럴 때 끼워주는 게 자상한 선배죠."

"처음부터 넌 여자친구 있다고 했잖아."

신고는 블루종과 셔츠를 벗어서 사물함에 넣는다.

"작년에 헤어졌다고요."

"바보야. 그 미팅은 벌써 2년 전이야."

청바지도 벗고 작업복으로 갈아입는다.

이윽고 마토바가 다카타니를 돌아보았다.

"그게요, 토요일에 우연히 마치다에서 신고 씨랑 여자친구가 같이 걸어가는 걸 봤는데요."

정확하게 말하면 마치다 역 주변 번화가다.

"짱 귀여워서 되레 멈칫하게 되더라고요. 일단 말을 걸어서 인사는 했는데 더는 아무 소리도 못 하고 도망치듯 가버렸어요. 다카타니 씨도 신고 씨 여친 만난 적 있죠?"

다카타니가 탁자 위의 재떨이에 담뱃불을 끈다.

"그래. 몇 번인가 같이 밥 먹었지."

"안 놀랐어요?"

"놀랐다기보다…… 귀엽다는 생각은 했지, 당연히."

다카타니가 이 이야기를 꺼리는 데는 이유가 있다.

다카타니는 이미 결혼을 했고 아이도 있지만, 실은 그도 그 미팅에 참석했었다. 멤버는 도장 담당인 닛타와 이마이, 그리고 다카타니와 신고 네 명이었다. 그런데 신고와 세이코가 사귀게 되어 회식 자리에 세이코를 데리고 가게 되자, 다카타니는 미팅에 참석한 일이 아내의 귀에 들어가지 않을까 걱정이 된 모양이다. 그때 자기는 그 자리에 없었던 걸로 해달라며 신고와 닛타, 이마이, 나아가 세이코의 입까지 막았으니 비밀은 지켜지고 있을 것이다. 다카타니 부부 사이에 불화가 생겼다는 이야기는 아직 들은 적이 없다.

"안녕하세요."

"좋은 아침입니다."

마침 닛타와 이마이가 들어온다. 이 이야기가 이어지는 게 싫은 다카타니가 둘에게 얼른 눈짓을 보낸다. 하지만 마토바는 그 사실을 알아채지 못하고 두 사람에게도 묻는다.

"닛타 씨와 이마이 씨도 신고 씨 여친 본 적 있죠? 짱 귀엽지 않아요? 그래도 되는 거예요? 완전 규칙 위반이에요."

"뭐가 규칙 위반인데" 하고 두 사람이 동시에 딴죽을 건다.

여하튼 세이코가 칭찬받으면 신고도 기분이 나쁘지는 않다.

그날은 자동차 두 대에 퍼티를 바르고 마르는 정도를 보면서 다른 한 대의 해머링을 했다. 해머링은 움푹 꺼진 차체를 안에서 망치로 두드려 복원시키는 작업이다. 세상에는 해머링만으로 차를 원래 모습에 가깝게 복구하는 명인도 있는 듯하지만 신고는 아직 그

경지에는 이르지 못했다. 해머링으로 복구되지 않는 부분은 스터드 용접기를 사용해 겉에서 잡아당기고, 마지막에는 퍼티로 원상 복구한다. 간단히 말하면 여기까지가 판금 부문 일이다.

일이 끝나는 시간도 매일 다르다. 급한 수리가 들어오거나 퍼티가 늦게 마르면 밤 9시, 10시까지도 하지만, 보통 7시에는 마치려고 한다.

도구를 정리하는데 마침 다카타니가 지나갔다.

"수고. 오늘은 이만 가려고?"

"네. 이거 스텝까지 손봐야 해서. 슬라이드는 내일 하려고요."

스터드 용접기로 잡아당기지 못하는 딱딱한 부분은 도장을 벗기고 다른 철판을 용접한 뒤 슬라이딩 해머라는 특수한 도구로 철판째 잡아당겨야 한다. 지금부터 그 작업을 하면 몇 시에 끝날지 알 수 없기 때문에 내일 한다는 의미다.

"그럼 한잔할까?"

다카타니가 손으로 술잔을 기울이는 시늉을 하자 신고는 바로 한 손을 들어 거절했다.

"죄송해요. 오늘은 세이코가 쉬는 날이라서요."

그러자 오늘 아침의 마토바만큼은 아니지만 다카타니도 놀리는 듯한 눈으로 히죽 웃는다.

"이게 뭐야. 세이코랑 같이 살게 되면서 어울리기 꽤나 힘들어졌어."

"무슨 그런 말씀을. 다섯 번에 한 번 거절할까 말까잖아요."

"아니. 세 번에 한 번이야."

"그럴 리가 없어요."

"신혼 기분일 테니 이해는 하지만 말이야."

다카타니는 신고의 엉덩이를 툭 치더니 그대로 휴게실 쪽으로 간다. 도중에 도장 부문의 닛타에게 가끔은 같이 마시자고 말을 건넨다. 아마 닛타도 지금은 여자친구가 없지 않나? 그가 뭐라고 대답하는지는 신고한테까지 들리지 않는다.

남은 직원들에게 인사를 하고 공장을 나선다. 출근 때와는 반대 방향으로 달려 집으로 돌아간다.

머릿속은 저녁 메뉴와 세이코의 웃는 얼굴, 그리고 앞치마 차림으로 가득 찬다. 오늘 메뉴는 뭘까. 스테이크? 아니, 월급 전이니까 안 될 테고 햄버그스테이크나 닭튀김, 돼지고기 생강구이 정도 될까? 돈가스나 비프스튜, 고기가 많이 들어간 카레도 좋다. 패밀리레스토랑에서 일하다 보니 세이코가 만드는 음식은 기본적으로 그런 종류다. 도리아나 해산물 카레, 스파게티도 자주 만든다. 피자도 잘 만들고 생선구이, 생선찜도 솜씨가 좋다.

요리를 좋아하는지 물어봤을 때 "그다지" 하고 무뚝뚝한 대답이 돌아오긴 했지만, 좋아하지도 않으면서 그 정도로 만들 수 있는 게 오히려 대단하다. 하긴 세이코는 그림도 잘 그리고 노래방에 가면 파워풀한 목소리로 주변을 압도한다. 그러면서 그림도, 노래도 별로 좋아하지 않는다고 한다. 요컨대, 두루두루 재주가 좋다.

저녁 식사 생각을 하다 보니 어느새 집에 도착했다. 자전거 보관소에 애마를 세워놓고 우편함이 빈 것을 확인한 뒤 외부계단을 올라간다. 2층 복도 가장 안쪽의 205호가 신고와 세이코의 보금자리다.

현관문을 열고 풍겨오는 음식 냄새를 맡을 때가 하루 중 가장 행복한 순간이다. 아니, '가장'은 역시 세이코와의 그건가.

"나 왔어."

오늘도 그렇다. 문을 열면 밝은 현관이 나온다. 오른쪽에는 신발장, 정면에는 벽장이 있다.

"어서 와."

왼쪽은 거실 겸 식당이다. 음식에서 손을 뗄 수 없는 모양인지 세이코의 목소리만 들린다. 버터가 타는 향긋한 냄새. 뭔가 굽는 것 같지만 아직 메뉴까지는 모르겠다.

신발을 벗고 다시 한 번 "나 왔어" 하면서 짧은 복도를 걸어간다. 냄새가 좀 더 구체적으로 느껴진다. 고기요리는 아니고 볶음밥이나 오믈렛일까.

하지만 다음 순간 그런 것은 아무래도 상관없어졌다.

시야에 들어온 식탁. 평소 신고와 세이코가 마주 앉는 그곳에 곰이 있다. 신고의 자리에 앉아서 뭔가를 먹고 있다.

"……아아."

곰이 자리에서 일어나며 머리를 꾸벅 숙인다.

땅딸막한 몸, 갈색 니트 모자에 갈색 점퍼, 입 주변을 덮은 다박수염. 곰이 먹고 있던 것은 볶음밥 같다. 손잡이가 오렌지색인 숟가락은 세이코와 둘이 골라서 산, 신고가 항상 쓰던 것이다.

"아, 미안."

세이코는 프라이팬을 흔들면서 대수롭지 않게 입을 연다. '신고 것도 금방 돼' 정도의 얘기를 하려는 것처럼. 헤어숍에서 돌아온 세이코는 평소보다 조금 세련된 헤어스타일이다.

아니, 지금 그게 문제가 아니지.

이 남자, 아니 이 지저분한 영감은 뭐야? 왜 이런 노숙자 같은 인간을 집에 들이는데? 왜 밥을 먹여? 설마 바람이라도 난 거야? 설마 이런 지저분한 남자랑 한 거야? 그러고는 밥까지 먹이고? 아니, 억지로 했겠지. 칼을 들이대니까 저항할 수 없어서. 그런데 하는 동안 기분이 좋아져서 평소처럼 소리를 내고, 그러다가 좋아한다고 말하고, 밥이라도 먹고 가라고 하고, 그때 내가 돌아와서…….

눈물이 나려고 했다. 분노, 슬픔, 질투, 욕망, 열정(劣情), 살의, 실의, 절망. 모든 부정적인 감정이 속에서 끓어오르다 방사능처럼 분출되는 듯했다.

세이코가 프라이팬을 레인지에 놓고 불을 끈다.

"갑자기 미안해."

나 이 사람이랑 살래, 뭐 그런 건가.

"우리 아빠셔. 도쿄에 오셨다길래 우리 집에 오시라고 했어."

"뭐?"

그것이 그와 신고의 첫 만남이었다.

아주 기괴한 사건이라고밖에 할 수 없다.

기와다 에이이치는 경시청 마치다 경찰서 형사조직범죄대책과 강력계 수사원이 정리한 조서와 수사 보고서를 읽은 뒤 내심 고개를 갸웃했다.

사건의 시작은 이틀 전인 7월 8일 화요일 15시 12분. 한 소녀가 경찰서로 신변보호를 요청하는 전화를 걸어왔다.

요청인은 도도(都道) 47호선, 통칭 마치다 가도에 있는 패밀리레스토랑 근처에서 휴대전화로 전화를 걸어왔다. 해당 지구를 담당하는 마치다 경찰서 다다오 파출소에서 지역과 소속 경찰관 두 명이 출동했다. 소녀는 매장 출입구가 아니라 인도 쪽 화단 끄트머리에 앉아서 가만히 고개를 숙이고 있었다. 상의는 조금 때 묻은 녹색 티셔츠, 하의는 군데군데 터지고 얼룩진 회색 트레이닝복이었다. 샌들을 신었고, 소지품은 신변보호를 요청할 때 사용한 휴대전화뿐이었다고 한다.

경찰이 "당신이 신변보호를 요청했습니까?" 하고 묻자 소녀는 말없이 고개를 끄덕였다.

얼굴이나 팔에 군데군데 멍이 있었고 샌들을 신은 발에는 발톱이 전혀 없었다. 뿐만 아니라 오른발 중지와 약지, 왼발 엄지와 중지는 화상을 입었는데 치료를 제대로 받지 못했는지 서로 엉겨붙어 있었다.

경찰은 이름과 나이, 주소 등 인적사항을 확인하려고 했지만, 소녀는 그저 "도와줘요"라고 속삭일 뿐 현장에서는 더 이상 아무 얘기도 하지 않았다.

근처 외과로 데리고 가서 진찰하고 치료를 받게 했다. 담당 의사는 잠시 후 복도로 나와서 경찰에게 결과를 알렸다.

온몸에 상처가 많고 발뿐 아니라 다른 부위에도 화상 자국이 여럿 있다는 얘기였다. 더구나 새 상처와 이미 아문 상처가 섞인 것으로 볼 때 상당히 오랜 기간 학대나 고문에 가까운 행위를 받은 것 같다고 했다. 의사는 영양 상태도 무척 안 좋으니 일단 링거 주사를 놓겠다고 말했다. 소녀는 브래지어나 팬티 같은 속옷 종류는 입지 않았고 티셔츠와 트레이닝복만 입고 있었다.

링거 주사를 맞는 동안 강력계 수사원이 도착했다. 피해자가 젊은 여자라 여성 수사원이 진찰실에서 청취를 시작했고, 가까스로 사건의 일부가 보이기 시작했다.

소녀의 이름은 고다 마야, 17세. 작년 봄 무렵까지 마치다 시 하라마치다 2가의 단독주택에 살다가 최근에 발견 장소 근처의 맨션으로 이사했다. 보호 당일에는 이사한 맨션 주소를 정확하게 말하지 못했지만, 주변에 있는 건물 등을 물었더니 마치다 시 기소니시 5가에 위치한 선코트마치다 맨션 403호라는 사실이 밝혀졌다.

문제는 지금부터다.

마야는 왜 스스로 주소도 말하지 못하는 맨션에 1년 넘게 살면서 이런 폭행을 당했을까. 아동상해는 가족이나 학교 친구가 가해자인 경우가 많지만 마야는 이 점에 대해서는 쉽게 입을 떼려고 하지 않았다. 어디서 당했느냐는 질문에도 좀처럼 대답하지 않았다. 하지만 질문을 거듭했더니 겨우 선코트마치다 403호가 폭행 현장이라는 사실만은 인정했다. 즉 부모에 의한 학대 가능성이 높아진 것이다.

그러면 선코트마치다 403호에서 누가 마야를 학대했을까.

보고서에는 청취 도중 본인의 희망으로 30분쯤 목욕을 하고 식사도 했다고 되어 있다. 그때까지 마야는 멍한 모습이었지만 목욕으로 기분이 조금 진정되었는지 식사를 할 무렵에는 조금 생기를 되찾았고, 다 먹은 뒤에는 약간이지만 표정이 누그러졌다고 한다.

그러자 의사는 식사도 하는 듯하고 외상은 모두 생명에 지장은 없기 때문에 청취를 계속해도 문제없다고 말했다.

청취를 재개하자 마야는 마침내 구체적인 사실을 말하기 시작했다.

자신을 폭행한 사람은 요시오라는 남자와 아쓰코라는 여자, 정확히는 '요시오라는 아저씨'와 '아쓰코 씨'라고 했다. 성은 모호해서 남자 쪽은 아마 '우메키', 여자 쪽은 모른다고 했다. 두 사람이 부부인지도, 지금 어디에 있는지도 몰랐다. 마야가 선코트마치다 403호를 나올 때 요시오는 외출 중이었지만, 아쓰코는 아직 그곳에 있었다. 아쓰코가 다른 방으로 이동한 틈에 마야는 현관문을 열고 스스로 도망쳤다. 휴대전화는 방에 굴러다니던 것을 그냥 들고 나왔다고 했다.

이름으로 볼 때 우메키 요시오와 아쓰코는 마야의 부모가 아니다. 친척도 아니라고 한다. 이로써 이 안건은 아동학대에서 일반적인 상해 사안으로 넘어갔다.

그렇다면 마야의 부모는 어디에 있을까. 부모님은 이미 몇 년 전에 이혼했고, 그 뒤 어머니와는 만나지 않았다고 한다. 아버지에 대해서는 입을 다물었다.

여기까지가 보호 당일의 청취이고, 마야는 그대로 입원했다. 마치다 경찰서 강력계 수사원은 선코트마치다 403호를 조사하기 시작했다. 이미 밤 10시를 넘긴 시간이었지만 그 맨션은 관리인이 없기 때문에 집주인에게 직접 확인을 했다. 403호의 임차 명의는 '고다 야스유키'로 밝혀졌다. 단순하게 생각하면 그 사람이 마야의 아버지로 짐작된다. 집주인은 근처에 살긴 하지만 입주자의 사정까지는 잘 몰랐고, 고다 야스유키에 대해서도 40대 남자라는 것만 알 뿐 자세한 사항은 관리회사가 보유한 입주자 명부를 봐야 알 수 있다고 했다.

수사원은 멀리서 403호의 동태를 엿보았다. 처음에는 방에 불빛이 없어서 안에 사람이 있는지 알 수 없었지만, 새벽 1시쯤 건물 북측에 있는 작은 창문에 불이 켜진 것을 확인했다. 그곳은 나중에 가택수사에서 세면실 창문으로 판명되었다. 여하튼 이 시점에서 요시오나 아쓰코, 아니면 다른 누군가가 틀림없이 집에 있었던 것이다.

다음 날인 9일 아침까지 기다렸다가 오전 9시 반, 지원 온 수사원들도 포함해서 총 일곱 명이 403호를 방문했다.

초인종을 여러 번 누르자 여자 목소리가 답을 했고, 이윽고 현관에 여자가 얼굴을 내보였다. 마야의 청취를 담당한 여성 수사원은 그 순간 이 여자 역시 폭행을 당하고 있었다는 사실을 알아챘다고 한다. 얼굴에는 마야와 똑같은 멍이 있었고, 동작이 완만하고 대답도 느렸다. 상의는 남자 옷으로 보이는 와이셔츠, 하의는 청바지였는데 모두 때가 끼어 있었고 머리도 오랫동안 빗지 않은 듯 부스스했다. 가장 인상적이었던 것은 문을 잡은 손. 빨갛고 너덜너덜하게 짓물러서 마치 부패한 시신 같았다고 한다.

하지만 그보다 이상한 점은 냄새였다. 젖은 쓰레기가 썩은 듯한 냄새와 그것을 억지로 덮으려는 듯 코를 찌르는 냄새. 수사원들은 그 두 가지를 한 번에 맡고 순간적으로 숨을 멈췄다고 한다.

처음에 여자에게 말을 건넨 사람은 강력계 총괄계장이었다.

"아침 일찍 죄송합니다. 경찰입니다. 여럿이 몰려와서 죄송하지만, 방문 드린 이유를 아시겠습니까?"

여자는 그 물음에 살짝 고개를 끄덕였다. 그다음 "무슨 일인지 말씀 안 드려도 아시겠죠?" 하고 묻자, 여자는 "마야 일인가요?" 하고 되물었다. 이어서 "아쓰코 씨 되십니까?" 하고 묻자 여자는 고개를 끄덕였다. 임의동행해서 이야기를 듣고 싶다고 하자 여자는 동의하고는 준비를 하고 싶다고 말했다. 총괄계장이 허가한 뒤 여성 수사원을 선두로 안으로 들어갔다. 또다시 수사원들은 이상한 것을 보게 되었다.

현관에 들어서자마자 오른쪽, 그리고 복도를 조금 걸어가서 왼쪽에 문이 있었는데, 두 개 모두 밖에 맹꽁이자물쇠가 걸려 있었다. 화장실 문처럼 폭이 좁은 문과 복도 정면에 있는 미닫이문은 열려 있기는 했지만 역시 똑같이 맹꽁이자물쇠가 있었다.

여자가 들어간 곳은 정면의 미닫이문으로, 그 안은 5평 정도의 넓은 거실 겸 부엌 겸 식당이었다. 다른 의미에서 이상한 공간이었다. 방 오른쪽, 베란다로 통하는 커다란 문은 암막 같은 것으로 빈틈없이 덮여 있었다. 정면에 있는 허리 높이의 창도 동일한 소재로 막아두었다. 전날 밤 이 집에 불빛이 없던 것이 아니라 불을 켜도 보이지 않았던 건지 모른다.

여자는 "죄송해요, 죄송해요" 하고 사과하면서 그 문 앞에 있던 상자를 열어서 뭔가를 찾기 시작했다. 안에는 옷이 잡다하게 들어 있었고 여자는 그곳에서 브래지어와 팬티 등 속옷을 꺼냈다. 그리고 다시 사과하면서 "남자분들은 나가주세요" 하고 머리를 숙였다.

남은 여성 수사원은 그녀가 셔츠와 청바지를 벗고 전라 상태가 된 뒤 속옷을 입고 다시 같은 셔츠와 청바지를 입는 모습을 내내 보고 있었다. 여자의 몸도 그야말로 상처투성이였다. 마야는 요시오와 아쓰코에게 폭행당했다고 했지만, 이 여자가 정말 아쓰코라면 그녀 역시 폭행 대상이었음이 틀림없다.

마치다 경찰서에 연행한 뒤 총괄계장이 청취를 담당하고 그 여성 수사원이 입회했다. 총괄계장은 먼저 혐의 내용을 설명했다. 그러고는 고다 마야라는 17세 소녀를 경찰이 보호하고 있는데, 몸에 외상이 많았고, 마야는 우메키 요시오라는 남자와 아쓰코라는 여자가 그랬다고 주장하는데 그게 사실인가, 하고 물었다.

처음에 아쓰코는 반응이 없었다.

선코트마치다 403호는 고다 야스유키라는 남자 이름으로 계약되었는데, 왜 그곳에 당신이 있었는가. 우메키 요시오라는 남자는 어디 있는가. 당신 성은 우메키인가 아닌가. 우메키 요시오와 당신은 무슨 관계인가. 부부인가, 내연관계인가, 혈연관계인가. 왜 고다 마야를 폭행하였는가.

아쓰코는 어느 질문에도 대답하지 않았다. '우메키'의 한자가 '梅木'가 맞느냐는 물음에만 간신히 고개를 끄덕였다. '요시오'의 표기에 대해서는 말이 없었다.

9일 오후 1시가 넘은 시각, 의사의 허락을 받고 고다 마야를 경찰서로 불러 이중거울을 통해 취조실에 있는 아쓰코를 확인시켰더니 자신에게 폭행을 가한 여자가 틀림없다고 증언했다. 이로써 마치다 경찰서는 체포 영장을 청구했고, 같은 날 오후 4시 24분 자칭 '아쓰코'를 상해 용의로 체포했다. 미성년자 약취, 유괴 혐의도 있었지만, 우선 상해죄로 입건하자는 방침이었다.

이 단계에서 마치다 경찰서 강력계는 수사의 열쇠는 소재 불명의 고다 야스유키와 우메키 요시오라고 생각했다. 아쓰코를 포함한 세 사람 중 한 명이나 두 명, 아니면 세 명 모두 공모하여 어떠한 이유로 마야를 감금하고 폭행을 가했다고 본 것이다. 피의자인 아쓰코와 피해자인 마야 두 사람 모두 말을 별로 하지 않는 상황에서는 가장 자연스러운 추측이었다.

총괄계장은 취조 과정에서 아쓰코의 인적사항과 고다 마야에 대한 상세한 상해 행위, 그리고 고다 야스유키와 우메키 요시오의 행방을 몇 번이고 물었다. 체포 후 48시간 내, 적어도 11일 아침에는 아쓰코를 검찰에 송치해야 한다. 때문에 조사할 수 있는 시간은 실질적으로 10일 밤까지다. 검찰에 송치되면 일단 열흘간 구류는 확보되어 있으니 10일까지 기소에 필요한 진술을 모두 받아낼 필요는 없지만, 그렇다고 해서 조사를 늦출 이유도 없다. 총괄계장은 10일에도 계속 아쓰코를 조사했다.

한편, 선코트마치다 입주자 및 주변 주민들을 탐문하던 수사원이 이상한 정보를 가지고 왔다.

403호에서는 가끔 고함 소리나 비명 소리가 들렸다. 쿵 하고 힘껏 바닥을 구르는 것 같은 소리, 사람이 쓰러지는 듯한 소리도 있었다. 결코 오래가지는 않았다. 무슨 소리일까 하고 귀를 기울이면 뚝 끊기는 일이 많았다. 드나들던 인물에 관해서는 젊은 여자와 중년 남자, 중년의 남녀, 10대 소녀 등 증언이 제각각이었다. 젊은 여자가 아쓰코인지 체포 때의 사진으로 물어봤지만 맞다는 사람도 있고 아니라는 사람도 있었다. 사실 아쓰코는 30대에서 40대 정도로 보인다. 젊다는 표현이 적절한지 아닌지 미묘한 나이대다.

10일, 즉 오늘 낮에는 수사원 몇 명이 중대한 보고를 해왔다.

우선 고다 마야의 담당 수사원. 그녀는 강력계가 아니라 생활안전과 소년계의 여성 순사장인데, 마야를 차에 태워 병원에서 기소히가시에 있는 아동보호소로 이동하던 도중, 갑자기 마야가 아버지 고다 야스유키에 대해 입을 열었다고 한다.

"아빠는 그 두 사람한테 살해됐어요."

물론 그 두 사람은 우메키 요시오와 아쓰코를 의미한다. 수사원은 마야의 양해를 얻어서 목적지를 마치다 경찰서로 변경하고 경찰서 취조실에서 사정을 더 청취했다. 고다 야스유키는 언제, 어디서, 누구에게, 어떻게 살해됐는가. 너는 그 상황에 같이 있었는가.

하지만 마야는 다시 입을 다물었다. 취조실이라는 환경이 안 좋은가 싶어서 응접실로, 또 식당으로 이동하여 청취를 계속했지만 더 이상 진술을 끌어내지는 못했다.

이를 뒷받침하는 정보를 가지고 온 사람은 선코트마치다 403호를 가택수사하던 강력계 수사원과 감식계 수사원이었다.

그 집은 7평 반의 거실 겸 부엌 겸 식당, 3평이 조금 넘는 방 두 개, 욕실과 화장실, 각 방에 딸린 반 평 정도의 수납공간으로 구성되어 있었는데, 모든 문과 창문에 맹꽁이자물쇠를 달아놓아서 각 방을 마음대로 드나들 수 없게 되어 있었다.

더 놀라운 건 욕실이었다. 방마다 지문을 채취하고, 유류품과 증거품을 압수하고, 상해 행위가 어디서 이루어졌는지를 밝히기 위해 루미놀 검사도 실시했다. 그러자 욕실 전체가, 바닥, 벽, 욕조 모두 루미놀 반응으로 새파랗게 되었다. 그 정도의 혈흔이 부착된 것을 보면 분명 상당량의 출혈이 있었다. 모두 마야가 흘린 피였다면 이미 목숨을 잃었을 것이다. 즉 욕실 벽과 바닥에 흘렀던 피는 다른 누군가의 것이라고 생각할 수 있다. 그리고 그 누군가는 이미 이 세상 사람이 아닐 가능성이 높다.

이들 보고를 받고, 아쓰코의 취조관인 총괄계장은 질문 방법을 약간 수정했다.

고다 마야의 이야기만으로는 폭행 상황이 명확하지 않다. 그렇게 된 이유도 모르고 경위도 모른다. 그래서 우리 경찰은 마야의 아버지 고다 야스유키의 이야기도 들을 필요가 있는데, 당신은 정말로 그가 어디에 있는지 짐작 가는 곳이 없는가. 야스유키는 마치다시 하라마치다의 단독주택에서 선코트마치다 403호로 이사했다. 그러니 야스유키는 당연히 그 집에 살고 있을 테고, 지금도 그 집에 있지 않는 게 오히려 이상한 일이다. 어제도, 그제도 귀가하지 않았는데 장기출장이라도 갔는가. 그렇다면 그는 어떤 일을 하는가. 애당초 고다 야스유키가 빌린 그 집에 왜 당신이 있었는가.

이 이야기를 꺼내자, 아쓰코는 뺨을 일그러뜨리고 눈을 연신 깜빡이기 시작했다고 한다. 보고서에는 기재되어 있지 않지만 주의 깊게 살펴봤다면 신체 어디에선가 땀을 흘리고 있었을 가능성도 있다.

그런 다음 총괄계장은 아주 신중을 기해서 이 대사를 던졌다.

"설마 고다 야스유키가 이미 죽은 건 아니겠지."

지금은 어디까지나 고다 마야에 대한 폭행 혐의 취조다. 법률상 고다 야스유키 살해에 대해 직접적으로 묻지 못한다. 그래서 그처럼 간접적으로 의미심장한 말을 던질 수밖에 없다.

하지만 아쓰코는 여기에 걸려들었다. 총괄계장의 유도는 교묘했다.

"고다 야스유키 씨는, 저희가, 죽였습니다."

이 진술로 단번에 수사는 상해에서 살인으로 방향을 틀게 되었다.

마치다 경찰서에 특별수사본부 설치가 결정된 것이 오늘 오후 5시쯤. 기와다가 소속된 경시청 형사부 수사 1과 살인반 2계의 퇴근이 중지되고, 마치다 특별수사본부로 들어가라는 명령이 내려왔을 때가 6시 반이었다. 그렇다고 바로 마치다까지 가서 피의자를 취조할 수는 없기에 현장에는 다음 날 가기로 했다. 마침 피의자도 11일에는 지검에서 새로 검찰 조사를 받게 된다. 취조는 수사 1과 살인반 2계 총괄주임인 기와다가 담당하게 될 것이다. 오늘은 마치다에서 보내온 조서와 수사 보고서 복사본을 훑어보기로 하고 다른 반원들과 담당주임경부보, 순사부장형사는 퇴근시켰다.

두 시간은 족히 걸려 조서와 수사 보고서를 읽은 기와다는 고개를 갸웃했다. 대체 뭐야, 이 사건은.

거의 동시에 다 읽은 모양이다. 계장 자리에 있는 나카지마 경부도 눈살을 찌푸리며 기와다를 보았다.

"이 고다 야스유키가 빌린 집에 딸 마야와 우메키 요시오라는 남자, 피의자 아쓰코가 있었다는 거지?"

"그런 모양입니다. 그리고 야스유키는 요시오와 아쓰코에게 살해되었고, 마야도 폭행당했고, 필시 아쓰코도 비슷한 일을 겪고 있었다고 짐작되고요. 물론 아버지가 두 사람에게 살해되었다고 한 걸 봐서 마야도 뭔가를 목격했겠죠."

나카지마는 고개를 끄덕이면서 다시 자료를 보았다.

"아예 살해되는 장면을 봤거나 시신을 봤거나……. 아무튼 어떻게 이런 일이 있을 수가 있지? 그 폭행 수법도 신경 쓰여. 이 우메키 요시오가 무지막지한 사디스트인 건가."

기와다는 그보다 욕실에 광범위하게 나타난 루미놀 반응이 신경 쓰였다.

"야스유키의 시신을 욕실에서 절단했을 가능성이 높군요."

나카지마가 입가를 일그러뜨리면서 고개를 가로저었다.

"자기 아버지가 살해되고 그 시신이 절단되는 것까지 보았을 수도 있다는 거구나. 그야말로 짐승 같은 짓이네."

기와다는 감식 보고서 페이지로 다시 돌아갔다.

"403호에서는 지문도 꽤 나온 모양입니다. 하지만 '전과에 대해서는 보고 없음'이라…… 조회를 해도 안 나온 걸까요?"

"아직 조회를 안 해본 게 아닐까? 뭐든 간에 우리 쪽에서 감식계를 데리고 전부 새로 해야 해. 아동학대와 시신 없는 살인사건은 사정이 달라."

나카지마가 자료를 탁 덮었다.

"내일부터 바빠질 거야. 기와다, 오늘 밤은 푹 자둬."

"네. 그래야겠죠."

특별수사본부에 들어가면 초동수사 동안은 집에 들어가지 못한다. 그렇게 되면 매일 밤 경찰서 무도장에 이불을 깔고 동료들과 뒤섞여 잔다. 젊은 시절에는 그래도 괜찮았지만, 요즘은 역시나 몸이 결려서 동이 트기 전에 눈이 뜨였다. 기와다도 벌써 56세, 지금 있는 수사 1과가 마지막 경시청 본부 근무가 분명할 것이다. 가능하면 오점이나 후회는 남기고 싶지 않다.

하지만 이 사건에서는 그런 의욕만으로는 해결할 수 없는 뭔가가 느껴졌다. 어둑한 구름 같은 뭔가, 머리 위부터 드리워져 어느새 온몸을 비릿하게 적시는 듯한, 겨드랑이와 사타구니까지 끈적하게 달라붙어서 옴짝달싹할 수 없게 만드는 뭔가가.

마치다 경찰서 형사조직범죄대책과 강력계 시마모토 고키는 11일 아침 경찰서 강당에 있었다. '기소니시 5가 맨션 부녀 살인상해사건 특별수사본부'의 첫 수사 회의다. 시마모토는 11열 딱 중간에 자리를 잡았다.

우선 경시청 본부 수사 1과 관리관이 사안을 설명했다.

사안을 인지한 계기는 고다 마야라는 소녀의 보호 신청이었지만, 그녀의 증언으로 체포한 자칭 '아쓰코'라는 피의자의 진술에서 마야의 아버지인 고다 야스유키가 살해되었을 가능성이 부상했다. 사건 현장으로 보이는 선코트마치다 403호 욕실에 대량의 혈액을 처리한 듯한 흔적이 있었기 때문이다. 따라서 본 건을 상해 및 사체유기, 살인 사건으로 수사한다는 방침을 결정했다.

선코트마치다 주변 탐문수사부터 참여한 시마모토에게는 이미 익숙한 내용이지만 마치다 경찰서 강력계 이외의 참석자, 즉 마치다 경찰서 조직범죄대책계, 도범, 생활안전과, 인접한 다마 중앙경찰서와 미나미오사와 경찰서, 다카오 경찰서에서 차출된 20여 명의 지원군은 거의 처음 듣는 정보일 것이다.

가끔 관리관에게 지명되어 마치다 경찰서 강력계의 후나무라 총괄계장이 수사 상황을 보충 설명했다. 자리는 우측 맨 앞. 그동안 피의자를 취조한 사람이기에 수사의 흐름을 가장 잘 파악하고 있다.

다시 관리관이 마이크를 잡는다.

"어제까지의 보고에서는 선코트마치다에서 채취한 지문 조회 결과가 나오지 않았는데, 감식계, 어떻게 됐나?"

우측 두 번째 줄에 앉은 마치다 경찰서 형사조직범죄대책과 감식계 총괄계장이 일어났다.

"네. 오늘 아침까지 조회한 지문 중에서는 전과가 있는 건 하나도 없었습니다."

"앞으로 조회할 지문은 얼마나 남았나?"

"숫자로는 50개가 넘습니다만, 그것이 몇 사람 지문인지 하는 분석은, 오늘, 내일, ……어쩌면 조금 더 걸릴 수 있습니다."

사안을 인지한 지 3일. 슬슬 우메키 요시오와 아쓰코의 신원 정도는 나오겠다고 생각했지만, 그처럼 간단하지는 않았다.

이어서 앞으로의 수사 방침이 발표되었다.

"현재 고다 마야와 피의자, 자칭 아쓰코의 진술에 의하면 본 건은 아쓰코 자신과 우메키 요시오라는 남자가 공모한 범행으로 생각된다. 따라서 앞으로는 아쓰코의 신원 확인, 선코트마치다 403호에서 일어난 살인상해 행위의 해명, 그리고 우메키 요시오의 신원 확인과 수색이라는 세 방향에서 수사를 진행한다. 우메키 요시오의 몽타주는 완성됐나?"

다시 감식계 총괄계장이 일어났다.

"아직입니다. 회의가 끝나고 고다 마야에게 협조를 요청할 예정입니다. 오후에는 완성될 테니 저녁에 아쓰코가 확인해줄 수 있을 겁니다."

관리관이 후나무라 총괄계장을 쳐다보았다.

"아쓰코가 저녁에는 첫 검찰 조사에서 돌아오는 게 맞나? 몽타주 확인이 가능할 것 같은가?"

후나무라는 앉은 채로 고개를 저었다.

"현재로서는…… 아무 말도 할 수 없습니다."

관리관이 창가 쪽 자리로 시선을 돌렸다.

"그러면 기와다 총괄주임, 조사를 이어서 하고 어떻게든 우메키 요시오의 몽타주를 오늘 중에 확인시키도록."

시마모토는 그 말을 듣고 '역시' 하고 생각했다.

좌측 맨 앞줄, 본부 수사원의 선두에는 기와다 에이이치가 있다. 수사 1과 총괄주임, 계급은 5급직 경부보. 계장경부 다음가는 2인자 자리다. 12년 전 다키노가와 경찰서 형사과에 같이 있을 때보다 한 계급 승진한 모양이다. 그때보다 머리숱이 많이 줄어서 다른 사람인 줄 알았지만, 기와다라는 이름이 경시청 4만 6천 명 중에 그렇게 많지는 않을 터다.

여기서 다시 만나게 되다니, 인연이다.

수사 1과장의 훈시로 첫 회의가 끝나고, 이어서 각 수사팀 편성과 담당할 수사 범위가 발표되었다. 시마모토는 수사 1과 부장형사와 한 팀이 되어 고다 야스유키의 신원과 최근 행적을 추적하게 되었다.

"마치다 경찰서 강력계 시마모토라고 합니다."

"살인반 2계의 구조입니다."

구조 도시히코. 나이는 시마모토와 비슷한 30대 중반에서 후반으로 보인다. 하지만 입고 있는 옷은 상당히 차이가 난다. 비싸게 맞춘 듯한 짙은 색 양복. 은테 안경도 묘하게 지적인 분위기다. 수사 1과 살인반보다 선거법이나 기업범죄를 다루는 수사 2과에 더 어울려 보인다. 시마모토 자신이 수사 2과에 아는 사람이 있어서 하는 말은 아니다. 단순한 이미지다.

시마모토는 명함을 넣으면서 물었다.

"총괄주임인 기와다 씨는 기와다 에이이치 씨가 맞죠?"

구조도 명함첩을 주머니에 넣으면서 되묻는다.

"네. 아시는 분이십니까?"

"12년쯤 전에, 몇 개월뿐이었지만 신세 많이 졌죠. 연락드린 지가 오래돼서 살인반 총괄을 맡고 계신 줄 몰랐네요."

"그렇군요. 그럼 인사라도……."

구조는 그렇게 말했지만 돌아봤을 때 이미 기와다는 강당에서 나가고 없었다.

시마모토와 구조는 오늘 수사에 필요한 수사관계사항조회서를 강당 뒤에 마련된 데스크에서 받고 특별수사본부를 나왔다. 우선 마치다 시청으로 향했다.

구조가 손목시계를 확인했다. 역시 비싸 보이는 시계다. 옆에서 들여다보자 9시 50분을 가리키고 있었다.

"시청은 걸어갈 수 있는 거리인가요?"

"아뇨. 잠깐이지만 버스를 타는 편이 좋을 겁니다."

근처 정류장으로 안내해서 같이 버스에 올라탔다.

무심코 출입문 쪽에 서서 위치를 확인하는데 구조가 물었다.

"시마모토 씨는 나이가 어떻게 되시죠?"

"저는 서른여덟입니다. 구조 씨는요?"

"마흔하나입니다. 젊어 보이네요. 30대 초반이라고 생각했는데."

하긴 시마모토는 네댓 살 젊게 보는 사람들이 많다. 하지만 특별히 젊어 보이려고 하는 것도 아니고, 스스로 동안이라는 생각도 하지 않는다. 혹시 관록이 없어 보이는 걸까.

승차 시간은 5분 정도. 그동안 주고받은 것이라곤 나이 이야기뿐이고, 사건에 대해서는 아무 언급도 없었다.

'마치다 시청 시민회관 앞' 정류장에서 내려 시청 정면 현관으로 들어갔다. 우선 1층 시민과에서 수사관계사항조회서 첫 장을 보여주고 고다 야스유키의 호적등본과 주소이력표, 주민표를 요청했다.

시마모토는 주민표의 주소 칸에 주목했다.

구조도 같은 점에 의문이 든 모양이다.

"하라마치다에서 주민표를 안 옮겼나 봅니다."

"그런 모양이네요."

주소이력표에는 8년 전에 아내 미도리가 제적되었고, 그 뒤 야스유키와 마야는 도쿄 도 아다치 구 다케노쓰카에서 마치다 시 하라마치다로 전입한 것으로 되어 있다. 호적상의 첫 주소가 아다치 구 다케노쓰카, 날짜는 야스유키와 미도리가 똑같이 19년 전 10월 6일이니까 그곳이 두 사람 결혼생활의 출발점일 것이다. 호적등본을 기재한 날도 그 날짜다.

구조가 조그맣게 한숨을 쉬었다.

"마야가 아홉 살 때 이혼…… 무슨 일이 있었던 걸까요?"

마야가 적극적으로 입을 열지 않는 이상은 알 도리가 없다. 야스유키는 소재 불명, 아니 마야와 아쓰코의 증언으로는 이미 살해된 상태다. 전처인 미도리에게 이야기를 들어야 할 수도 있지만, 그 일이 시마모토와 구조의 임무가 될지는 모른다.

주소이력표를 들고 있는 구조의 왼손 약지에서 은색 반지가 희미하게 반짝인다. 아무래도 구조는 기혼자 같다. 아이는 있을까? 왠지 있을 것 같다. 마야의 나이와 이혼 이유를 동시에 생각한 것도 어쩌면 또래의 아이가 있기 때문일 수도 있다. 시마모토는 독신이라서 그 마음은 어렴풋하게만 이해가 된다.

구조는 서류를 접어서 자신의 가방에 집어넣었다.

"그럼 야스유키의 재무 상황을 알아볼까요?"

"네."

그날은 납세과에 갔다가 그곳에서 알게 된 야스유키의 근무지로 이동하여 최근 생활에 대한 조사를 진행했다.

특별수사본부로 돌아간 시각은 저녁 6시 반이 조금 지났을 무렵이다. 회의를 위해 서둘러 수사 메모를 보고서 형식으로 정리해야 한다.

구조가 아주 가벼워 보이는 얇은 노트북을 회의실 책상에 놓는다. 본부 수사원들에게는 이런 최신형이 지급되는구나.

"그럼 시마모토 씨는 납세 관계까지 정리해주세요. 나머지는 제가 쓸 테니까요."

"네, 알겠습니다."

요컨대 생각이 필요 없는 단순 작업만 맡긴 것이다.

이런 특별수사본부에서 본부 수사원과 팀이 되면 관할서 직원은 보통 길 안내만 하고, 가끔은 수사에 방해가 된다는 말까지 듣는다. 그에 비하면 구조는 차림새는 물론 태도도 지극히 신사적이다. 이렇게 부분적이지만 서류 작성을 맡아주고, 수사 중에도 결코 거만하게 말하지 않는다. 약간 다가가기 어려운 느낌은 있지만, 온종일 멍청하다, 쓸모없다는 말을 들으며 무시당하는 것보다는 훨씬 낫다.

구조가 거침없이 키보드를 탁탁탁 두드린다. 이 남자는 자세까지 묘하게 바르다. 경찰관보다 변호사나 회계사라고 하는 편이 어울릴 정도다.

"시마모토 씨, 다 됐습니까?"

"아, 네. 거의 다 됐습니다."

시마모토가 사용하는 노트북은 형사조직범죄대책과에서 가지고 온 두껍고 무거운 것이다. 키보드도 한 번 누를 때마다 움푹 들어가는 엄청난 구형이다.

지금 작성하는 것은 회의에서 보고할 때의 대본 역할이다. 정식 보고서는 회의 종료 후에 구조가 깨끗이 작성해서 제출할 것이다.

"구조 씨, 이러면 될까요?"

구조가 대충 훑어보고 "괜찮은데요"라고 말하는데 회의가 시작되었다.

"그럼 수사 회의를 시작한다."

"차렷, 경례…… 바로."

상석에는 아침 회의 때처럼 수사 1과 관리관과 살인반 2계장이 있지만, 수사 1과장은 다른 특별수사본부에 갔는지 안 보인다. 마치다 경찰서에서는 서장과 형사조직범죄대책과장이 출석했다.

마이크를 잡은 사람은 살인반 2계장, 나카지마 경부다.

"우선 우메키 요시오의 몽타주가 완성되었으니 각자 봐주기 바란다."

이제 막 완성된 모양이다. 말석에 있던 데스크 요원이 앞줄까지 나와서 복사용지를 나눠준다.

"아직 아쓰코의 확인은 거치지 못했다. 따라서 이건 오직 고다 마야의 증언으로만 작성되었음에 유의해주기 바란다. 기와다 총괄, 아쓰코는 지금 뭐 하고 있나?"

창가, 좌측 맨 앞줄에 앉은 기와다가 일어난다.

"저녁 6시가 넘어서 검찰 조사가 끝나고 다마 분실(分室)로 돌려보냈습니다. 취조는 내일 아침부터 하겠습니다. 기회를 봐서 우메키 요시오의 몽타주도 확인시킬 생각입니다."

마치다 경찰서에는 여성용 유치장이 없어서 아쓰코는 경시청 다마 분실에 유치되었다. 자동차로 한 시간쯤 가야 하는 거리지만 남자와 같이 유치시킬 수는 없기 때문에 하는 수 없다.

이윽고 시마모토 팀에도 몽타주가 배포되었다.

옆에서 구조가 낮게 중얼거린다.

"이런 느낌이구나. 의외야. 어디에나 있는 것 같기도 하고, 아닌 것 같기도 하고."

시마모토도 같은 인상을 받았다.

그림에 색은 전혀 없고 연필로 흑백의 농담만 약간 넣어놓았다.

솜씨는 중상 정도일까. 그야말로 '몽타주' 느낌으로 얼굴 각 부분의 특징에 무게를 둔 화풍이고, 사진에서 베낀 듯한 사실적인 터치는 아니다.

둥근 얼굴, 머리가 좀 벗어졌는지 이마가 유난히 넓다. 눈은 작고 약간 처졌다. 눈썹은 흐리지만 가늘지는 않다. 약간 뚱뚱한 느낌. 코는 가늘지도 않고 뚱뚱하지도 않고, 길지도 않고 짧지도 않다. 입술은 유난히 또렷한데 남자 입술이 실제로도 이렇게까지 또렷할까 싶다. 귀는 아주 평범해서 그저 '달려 있다'는 느낌. 한마디로 뭐랄까, 세련되지 않은 중년 남자다. 동물로는 양 정도일까? 아니, 수염만 조금 기르면 곰처럼 보일 수도 있겠다. 머리를 기른 모습, 모자를 쓴 모습, 눈썹을 진하게 그린 모습 등 다양한 몽타주가 작성되었으면 싶다.

시마모토는 일단 몽타주를 책상에 놓았다.

"뭐라 딱히 말할 수 없는 얼굴이네요."

"네…… 인상에 남기 어렵다고 해야 하나. 잘못 볼 수도 있고, 이걸로 찾기는 어려울 것 같은데요."

앞에서는 기와다가 "말씀드릴 게 있습니다만" 하고 이야기를 계속하고 있었다. 이상한 소리지만, 그는 이 몽타주와 조금 닮았다. 기와다가 이 몽타주를 들고 탐문수사를 나가면 "당신 아니야?" 하고 말하는 사람도 있을 듯싶다.

계장이 기와다를 쳐다보았다.

"뭔가?"

"저녁때 403호를 다시 수색했더니 부엌 개수대 서랍 밑에서 이런 게 나왔습니다."

기와다가 들어 올린 것은 증거품 보관용 비닐이다. 그것을 계장에게 제출한다.

"뭐야, 건강보험증이잖아. 이런 게 나왔으면 빨리 말해야지."

"죄송합니다. 지문 채취와 조회에 시간이 걸려서."

기와다는 주눅도 들지 않은 모습으로 태연하게 넘어간다. 그 모습이 시마모토는 그립게 느껴졌다.

약간 높은 코 위에서 빠져나오는 듯한 목소리. 부드럽기도 하고 차갑기도 하면서 어딘지 멍한 것처럼 들리는 기묘한 음색. 시마모토는 그 목소리로 칭찬도 받고 혼나기도 하고 한잔하러 가자는 말을 듣기도 했다.

옆에서 구조가 "총괄주임님은 역시 달라" 하고 중얼거린다. 기와다는 멍한 척하면서 툭하니 큰일을 하곤 했다. 지금도 그 스타일은 그대로인 걸까.

계장은 보험증의 기재 사항을 확인하면서 뒤에 있는 칠판에 '유아사 메구미'라고 적었다.

"그래서 지문은 나왔나?"

"아뇨, 믿기지 않으시겠지만 안 나왔습니다."

"조회한 결과는?"

"네. 38세의 유아사 메구미라는 이 여성은 2년 전인 6월 21일 시나가와 구 오사키의 사립병원에서 골절 치료를 받았습니다. 갈비뼈 치료입니다. 딱 한 번 치료했고, 그 뒤 보험증은 사용되지 않았습니다. 그런 게 왜 개수대, 더구나 서랍을 빼서 안쪽에 기대듯이 놓여 있었는지…… 모르는 사이에 떨어졌다거나 어쩌다 들어갔다고는 생각하기 어렵습니다. 누군가 고의로 감춰두었다고 생각하는 편이

자연스럽다고 봅니다."

계장은 보험증 안팎을 번갈아 본 뒤, 관리관에게 넘겼다. 관리관도 난처한 얼굴로 보험증을 살펴보았다.

기와다가 말을 이었다.

"서른여덟 살이니까 나이로 봐도 그 유아사 메구미가 아쓰코의 본명일 가능성이 높습니다. 내일은 우메키 요시오의 몽타주와 같이 아쓰코의 신원을 언급해보려고 합니다."

관리관과 계장이 납득이 가는 얼굴로 동시에 고개를 끄덕인다.

"그럼 아쓰코의 조사는 그렇게 하기로 하고…… 오늘 보고는 먼저 본부 감식."

"네."

오늘부터 경시청 본부의 감식과가 수사에 가세하여 작업은 상당히 진전이 있었던 듯싶지만, 그래도 지문에서 신원이 밝혀지거나 유류품에서 결정적인 증거를 얻지는 못했다.

우메키 요시오와 관련해서도 낮에는 인상착의도 몰랐기에 별 진척이 없었다. 보고는 고다 야스유키 관련 사항으로 옮겨갔다.

두 번째로 보고한 사람이 구조였다.

"저희 팀은 고다 야스유키의 신원과 경력을 확인했습니다."

야스유키는 군마 현 다카사키 시 출신으로 도쿄의 사립대를 졸업한 뒤 중고 자동차 판매회사 'U파트너'에 취직했다. 결혼은 24세 때, 상대는 한 살 연하의 아리무라 미도리였다. 그러나 8년 전에 부부는 이혼했고, 야스유키는 마야를 데리고 마치다 시 하라마치다로 이사했다. 하라마치다를 선택한 이유는 근무지가 마치다 지점이었기 때문으로 보인다.

"하지만 야스유키는 작년 가을에 퇴사했습니다. 일신상의 이유라고 했지만, 동료들 말로는 퇴사 전의 야스유키는 완전히 딴사람이었다고 합니다."

구조가 잠시 말을 끊는다. 이제부터가 오늘 보고의 요지다. 앉아서 듣기만 하는데도 시마모토는 갑자기 긴장된다. 실제로 심장박동도 빨라지고 있다. 강당 내의 모든 시선이 구조에게 집중되었다. 등줄기에 찌르르하고 전기가 온다.

"옆자리였던 마루야마라는 사원의 말로는 우선 복장이 흐트러졌다고 합니다. 때 탄 옷을 입고 오는 일이 많아졌다고요. 구체적으로 언제부터라고 단언은 못 했지만, 1년 반이나 어쩌면 거의 2년 전부터 그랬던 것 같다고 합니다."

마야에 따르면 선코트마치다로 이사한 것이 작년 봄 무렵. 1년하고도 3, 4개월 전이다. 그렇다면 야스유키는 하라마치다에 있던 무렵부터 변하기 시작한 것이 된다.

"체취도 심해지고 아침에는 대개 술 냄새를 풍겼습니다. 마루야마는 그 점을 대놓고 지적했지만 야스유키는 미안하다고만 하면서 이상하게 실실 웃을 뿐이었답니다. 그런 식이니 제대로 일을 할 리도 없고, 영업 실적은 뚝 떨어지고, 실적을 전혀 올리지 못하는 상태가 이어진 모양입니다."

더 큰 문제는 이다음이다.

"회사를 그만두기 약 3개월 전에는 동료나 상사에게 돈을 빌려달라고 했다고 합니다. 너무 끈질겨서 마루야마도 못 받는다 생각하고 3만 엔 정도 빌려줬고요. 하지만 그 돈을 갚지도 않으면서 더 빌려달라고 하니 결국은 아무도 야스유키와 말을 안 섞게 된 모양입니다. 또 그 무렵 야스유키는 차림새가 더 추레해지고 체취가 심해졌을 뿐 아니라, 얼굴을 얻어맞았는지 부어 있기도 했고 몸이 안 좋은지 책상에 엎드려 있거나 한참 멍하니 있기도 했고, 심할 때는 직장에서 코를 골며 자는 일도 드물지 않았다고 합니다."

그런 상태로 용케 해고되지 않은 모양이다.

"닥치는 대로 돈을 빌릴 지경이었으니 수중에도 돈이 전혀 없었나 봅니다. 점심시간에 밖으로 나가는 일이 없어지고 한때는 편의점 도시락, 그것도 가장 싼 도시락이나 샌드위치만 먹다가 칼로리메이트, 결국은 아예 굶은 모양입니다. 그런 상태니까 마르는 게 당연하죠. 그만두기 직전에는 완전 앙상해져서 걸음도 간신히 걷는 듯했다고 합니다. 물론 어느 무렵까지는 상사와 동료들이 괜찮냐고 걱정한 모양이지만, 야스유키는 항상 괜찮다며 실실 웃었고요. 되레 걱정되면 돈을 빌려달라고 했다고 하네요. 그러다 보니 아무도 상대하지 않게 되었다고 합니다."

마야, 아쓰코, 즉 유아사 메구미뿐 아니라, 야스유키도 장기간 폭행을 당했을 가능성이 높아졌다.

그 폭력 행위의 중심이 필시 우메키 요시오. 이렇다 할 특징이 없는 몽타주 속 남자다.

애인의 아버지라면 함부로 대할 수는 없다. 신고가 인사도 없이 방으로 들어갈 정도로 애도 아니고.

"아, 아아…… 네. 저…… 처음 뵙겠습니다."

신고가 머리를 숙이니 곰도 일단 자리에서 일어나 느릿느릿 머리를 숙인다. 그러고는 그대로 다시 자리에 앉는다. 공손함과 귀찮음의 딱 중간 정도 되는 모호한 인사다. 딸이 낯선 사내와 동거하고 있는 상황을 어떻게 생각하고 있는지 짐작도 가지 않는다.

세이코가 접시를 두 개 들고 부엌에서 나온다.

"미안. 우리 아빠, 보기랑은 다르게 꽤 수줍음이 많으셔. 좀 봐줘. 자, 신고 것도 다 됐어."

조리대에 준비해둔 샐러드를 가져다 놓고 세이코도 자리에 앉는다. 평소에는 아무도 앉지 않는 폭이 좁은 쪽이다. 아무래도 신고는 곰의 정면, 즉 여느 때의 세이코 자리에 앉을 수밖에 없는 듯하다.

"뭐 해, 신고. 식잖아."

"어……. 손 좀 씻고 올게. ……씻고 올게요. 죄송합니다."

인사를 하면 곰도 나름 대답은 한다. 신고가 우측 안쪽에 있는 욕실로 향하자, 뒤에서 다시 숟가락과 접시가 부딪히는 소리가 난다.

느릿느릿 무표정으로 볶음밥을 먹는 모습이 머릿속에 떠오른다. 딸의 동거에 대해 뭐라고 하기보다 허기를 채우는 게 먼저라는 걸까. 더더욱 노숙자 같지 않은가.

탈의장과 세탁실을 겸한 세면실. 물방울이 몇 개 튀긴 거울. 미니 우산꽂이 같은 곳에 꽂아둔 초록색과 노란색 칫솔, 치약. 그 옆에는 약용 액체 비누 용기. 세이코는 "한 번 누르면 충분하잖아"라고 말하지만 신고는 반드시 두 번 누른다. 세이코와는 손 크기도 다르고 오염 정도도 다르다. 무엇보다 덜 씻은 손으로 세이코를 만지고 싶지 않다.

아니, 그런데 어떻게 된 거지? 아까 세이코는 그 곰이 어차피 도쿄에 왔으니까 우리 집에 오라고 했다지 않았나? 분명 이곳도 틀림없이 도쿄 도내이긴 하지만 중심부랑은 상당히 멀고, 더구나 마치다 시 중에서도 외곽에 속한다. 200미터 정도만 걸어가면 바로 가나가와 현 사가미하라 시로 넘어간다. 도쿄에 왔다고 해서 이런 곳에 부르면 오히려 불편하지 않을까. 애당초 이곳에 부른다는 건 오늘 밤 여기서 재우겠다는 뜻 아닐까.

그렇다면 일단 오늘 밤은 세이코를 안을 수 없다. 그건 그렇다 쳐도, 결혼도 하지 않은 상황에서 아무리 아버지라고 해도 잘 알지도 못하는 남자를 재우다니 상당히 거북스럽다. 차림이 수수하든 촌스럽든 재킷에 넥타이라도 매고 있었다면 인상이 달랐을 수 있다. 그런데 곰이고, 좋게 봐줘도 노숙자다. 딱히 구역질이 날 정도로 냄새가 나거나 피부가 시커멓게 때가 타지는 않았지만, 가난하고 지저분한 낙오자 같은 느낌이 든다. 저런 사람이 정말 세이코 아버지라는 건가?

아니지, 잠깐. 세이코의 아버지가 저런 모습이었나?

꽤 오래전이지만 세이코가 "우리 부모님이야" 하면서 휴대전화 사진을 보여준 적이 있었다. 갸름한 얼굴을 한 백발의 신사와 사람 좋아 보이는 통통한 부인, 그 둘 사이에 나들이옷을 입은 스무 살의 세이코. 그 신사가 뭘 어떻게 하면 저런 곰이 되는 건지 이해할 수가 없다. 얼굴이 영 딴판이잖아.

신고는 세안까지 하고 물기를 쓱쓱 닦았다.

그런데 세이코의 아버지가 아니라면 어떻게 되는 거지? 역시 바람인가? 아니면 뭔가 더 다른 사정이 있는 걸까? 하지만 아무리 곰처럼 보여도 '당신 가짜지?' 하고 느닷없이 한 방 먹일 수는 없다. 일단 지금은 분위기를 맞춰주고 나중에 세이코와 둘이 있게 되면 자세히 물어보는 수밖에.

세면실 옆의 침실로 가서 평소의 트레이닝복으로 갈아입는다. 자각은 못 했지만 꽤나 동요한 모양이다. 평소에는 귀가하면 옷부터 갈아입고 손을 씻은 뒤 세안을 하는데 순서가 완전히 뒤죽박죽이 되었다. 세이코와의 생활도, 지금 기분도.

조용히 심호흡을 하고 침실에서 나온다. 부엌 조리대 너머로 곰의 머리가 동그랗게 보인다. 옆에는 세이코. 특별히 이렇다 할 표정은 아니다. 별 의미 없이 곰을 보면서 밥을 먹고 있다.

"죄송합니다. 기다리시게…… 해서."

기다리고 있지 않았는지도 모르지만, 하고 내심 중얼거리면서 자리에 앉는다. 그릇에 담긴 볶음밥에서 아직 희미하게 김이 올라오고 있다. 촙스테이크용인지, 가운데쯤에 네모난 고기 조각이 올려져 있다. 두 사람분의 고기로 세 사람 저녁을 생각한 결과 이 메뉴로 결정했을 것이다. 그래도 맛있어 보인다.

"잘 먹겠습니다."

"응, 어서 먹어."

곰은 아무런 반응도 없다. 이 인간, 자기가 먼저 말할 생각은 없는 건가. 어떻게 된 일인지 우리가 먼저 사정을 설명하라고 압박을 주고 있는 걸까.

뭐, 어때. 가책받을 일은 전혀 없다. 둘 다 성인이니 동거가 문제될 건 없다. 설령 아이가 생겨서 혼인신고를 한다 해도 먹고살 정도의 벌이는 된다. 그 역시 문제없다.

신고는 집어 들었던 숟가락을 다시 내려놓았다.

"저…… 아버님."

'아버님이라니, 내가 왜 자네 아버님인가' 하는 드라마 같은 대사가 머릿속을 스쳤지만, 곰은 그런 반응조차 보이지 않는다.

"음…… 세이코 씨한테 들으셨는지 모르겠습니다만, 저는 요코우치 신고라고 합니다. 스물아홉이고요. 자동차 정비공장에서 일하고 있습니다. 세이코 씨와는……."

만난 지 한 2년 되었고, 라고 말하려는데 방해가 들어왔다.

세이코다. 허둥지둥 입속의 음식을 삼키고 부채질하듯이 손을 흔

든다.

"됐어, 그런 건. 이분, 우리 아빠지만 그런 게 아니니까."

그런 게 아닌 아빠? 그게 어떤 아빠인데?

유야무야하는 사이 식사를 마쳤다. 세이코는 "아빠, 먼저 씻으세요" 하고 곰을 욕실에 밀어 넣는다. '저런 인간이 들어갔다 나온 욕조에 어떻게 들어가라고' 하는 생각도 들지만, 지금은 세이코에게 물어보는 게 먼저다.

"설명 좀 해봐. 분명 전에 보여준 사진 속 아버지랑 느낌이 다른 것 같은데?"

조리대 너머, 설거지를 하는 세이코는 별일 아닌 양 고개를 끄덕인다.

"응. 전에 보여준 건 키워주신 부모님. 저분은 친아버지."

그런 소리는 처음 듣는다.

"그때 친부모님이 아니라는 얘기는 안 했잖아."

"그야 그런 얘기까지 할 필요 없다고 생각했으니까."

"그런 게 어떻게 필요 없어? 말을 해야지."

"아, 그래. 알았어. 다음부터 다 얘기할게."

다음부터라니, 이런 일이 몇 번이나 있을 리가 있나.

세이코는 마치 이야기가 다 끝났다는 듯이 도마를 씻기 시작했다.

"아니…… 그러니까, 다음은 됐고, 지금 이 상황을 설명해달라고. 왜 사진 속 부모님이 키워주시게 됐고, 갑자기 친아버지가 나타나셨는데?"

"그 부분은 말이지…… 우리 집이 꽤 복잡해. 아무튼 저분은 날

낳아주신 아빠가 맞고, 수상한 사람이 아니야. 당분간 여기 계시게 해줘."

당분간이라니.

"뭐? 오늘 하룻밤 아니고?"

"몰라. 근데 아빠도 왠지 피곤해 보이고. 내일 나, 가게 오후 근무거든. 오전 중에라도 물어보고 밤에 신고한테 얘기할게. 그러니까 오늘은 아무 말 말고 계시게 해줘. 거기 소파면 되니까."

당연하다. 밥까지 한 끼 줬는데 침대까지 점령당할 수는 없다. 안 그래도 저 인간 때문에 세이코와…….

세이코가 부엌칼까지 다 씻은 뒤 앞치마를 벗으면서 이쪽으로 나온다.

"낳아주시고…… 오구라 집안에 양녀로 들어갈 때까지 키워주시고, 저분한테 큰 은혜를 입었지……. 그러니까 신고도 너그러이 봐줘. 겉보기는 저래도 나쁜 사람은 아니야."

그렇구나. '오구라'가 원래 성이 아니었구나.

"아버님, 성함은 어떻게 되셔?"

"사부로. '사부'는 숫자 3, '로'는 보통 많이 쓰는 글자."

"성은?"

"나카모토. 가운데 '중(中)', 책 '본(本)'을 써서 나카모토."

나카모토 사부로라, 겉모습뿐 아니라 이름까지 굼뜬 느낌이다. 그럼 세이코도 원래는 '나카모토 세이코'였던 거다. 역시 '오구라 세이코'가 더 귀엽다. 언젠가는 '요코우치 세이코'가 될 수도 있지만.

욕실의 접이식 문이 열리는 소리가 나서 이야기는 끊겼다.

이윽고 세면실 문이 열리고 곰, 즉 사부로가 나온다. 목욕을 했으니 니트 모자는 쓰고 있지 않지만 나머지는 거의 변화가 없다. 러닝 셔츠 위에 바로 갈색 점퍼를 입고, 아래는 허름한 회색 슬랙스 차림이다. 의외로 니트 모자 속 머리는 벗어지지 않았다. 이마는 꽤 벗어졌지만 그래도 나이를 생각하면 양호한 부류에 속한다. 나이라고 해도 쉰 정도라는 것밖에 모르지만.

"미안해요…… 먼저 씻었어요."

사부로는 머리를 꾸벅 숙이고 거실 중앙으로 걸어간다. 그리고 항상 신고와 세이코가 텔레비전을 보면서 시시덕거리는 소파에 조용히 앉는다.

역시 곰이다. 얌전하지만 사람과는 다르다. 사람과 엮이는 걸 싫어하는 야생동물의 고독이 등에 찰싹 달라붙어 있다. 신고는 그렇다 쳐도 딸인 세이코와도 제대로 말을 하려고 들지 않는다. 도대체 뭐가 좋다고 딸 집을 찾아온 걸까.

그 뒤 신고, 세이코의 순서로 목욕을 했다. 보기와 달리 사부로는 꼼꼼한 성격인지 신고가 들어갔을 때도 목욕 용품은 제자리에 있었다. 의자, 세면기, 비누받침, 신고와 세이코의 샴푸, 린스, 세이코의 클렌징 용품, 거품망. 허락 없이 면도기를 썼다면 기분 나쁠 것 같았지만 그런 일은 없는 듯했다. 사부로는 목욕을 했는데도 수염투성이였으니까.

욕조 물도 깨끗해서 부유물도 전혀 없었다. 어쩌면 조심하느라 욕조에 들어가지 않았을 수도 있다. 물을 적시고 머리부터 온몸에 비누를 묻힌 뒤 씻어내기만 한 걸까. 그렇다면 조금 가엽기도 하다. 얼마나 멀리서 왔는지는 모르지만 도쿄에서 오랜만에 딸을 만났더니 낯선 남자와 동거를 하고 있다. 식사든, 뭐든, 자식과 오붓하게 둘이서만 할 수 없다. 욕조에도 들어가지 못한다. 그런 거라면 좀 불쌍하긴 하다. 욕실에서 나가면 맥주라도 하자고 할까.

하지만 욕실에서 나가 보니 사부로는 이미 소파에서 낮게 코를 골고 있다. 세이코가 불을 껐는지 거실은 어둡고 부엌만 환하다. 냉장고 모터 소리가 긴 한숨처럼 울리고 있다.

방으로 들어가자, 세이코가 침대에서 휴대전화를 만지작거리고 있다.

"다 씻었어."

"응. 나도 씻어야지."

세이코가 기운차게 일어나는 타이밍에 맞춰 붙잡는다.

"아이 참" 하며 세이코가 몸을 꼰다.

"오늘은…… 아무리 그래도 안 된다니까."

"키스 정도는 되잖아."

"신고, 말은 그렇게 해놓고 그걸로 안 되잖아."

"오늘은 참을게."

그러면서 팔이 닿는 대로 세이코의 등과 엉덩이를 더듬는다.

"오늘은 정말 안 돼."

"알아."

그때는 '아버지가 자는 옆에서 섹스하는 것도 짜릿하겠는데?' 하는 정도밖에는 생각하지 않았다.

다음 날 아침, 세이코가 "미안한데, 사실 신고 자리가 여기예요" 하고 말해서 신고는 원래 자리로 복귀했다. 하지만 세이코가 또 오른쪽 좁은 면에 앉아서 사부로와 신고는 역시 마주 보게 되었다.

"잘 먹겠습니다."

사부로는 여전히 말수가 적다. 세이코가 텔레비전을 등지고 있기 때문에 뉴스 거리도 공유하기 어렵다. 자연히 신고와 세이코도 말이 없어진다.

"그럼 저는…… 출근합니다."

"그래요…… 잘 다녀와요."

"안녕히 주무셨어요?" 말고 나눈 대화는 이뿐이다. 대체 무슨 생각을 하는지 전혀 모르겠다.

어제와 똑같이 블루종을 입으면서 거실을 나선다.

현관 바닥 구석에는 거대한 바퀴벌레 같은 검은 가죽 구두가 한 켤레 놓여 있다. 어젯밤 퇴근했을 때는 왜 몰랐을까? 나 말고 다른 남자 신발이 있을 리가 없다고 생각해서 눈에 들어오지 않은 걸까.

"신고, 조심해서 다녀와."

"응. 다녀올게."

혹시 보고 있을지 모르니 오늘은 아무런 터치도 하지 않는다.

어쩔 도리 없이 기분이 꿀꿀한 아침이다.

돌이켜보면 신고는 세이코의 부모님에 대해 거의 생각해본 적도 없었다. 세이코는 고등학교를 졸업하자마자 바로 독립해서 주유소나 편의점 직원, 담배 판촉, 건물 청소 등 이것저것 했는데, 패밀리 레스토랑이 제일 적성에 맞는다고 했다. 본가에 돌아갈 생각은 없다, 부모님은 좋아하지만 이제 연세도 드셨으니 폐를 끼치고 싶지 않다, 설령 몸이 불편해지셔도 오빠네 부부가 돌봐드릴 테니 괜찮다, 그런 말을 했던 게 어렴풋이 기억난다. 그 말은 오빠와도 핏줄이 다르다는 얘기 아닐까.

일을 하면서도 그렇게 세이코만 생각하고 있었기 때문인지, 차량에서 떼어낸 보닛을 폐기물 수거장으로 옮기다가 깜빡하고 철판이 깔쭉깔쭉하게 젖혀진 부분에 손을 얹었다.

"아앗, 아야야."

"엇, 신고 씨, 괜찮아요?"

바로 마토바가 뛰어왔지만 괜찮을 리가 없다. 손바닥이 쫙 찢어져버렸다. 얼마 안 있어 사장이 상황을 보러 오더니 곤란한 얼굴로 팔짱을 꼈다.

"아무래도 반창고만으로 안 되겠어. 병원에 가봐. 얼마나 걸릴지 모르지만……."

그러고는 공장 벽에 걸린 동그란 시계를 올려다본다. 도료에서 나온 먼지 때문에 시계 유리가 뿌옇다.

"오늘은 그대로 퇴근해. 가까운 병원 알아? 미타니 성형외과라고 있는데."

"네, 압니다. 죄송합니다."

미타니 성형외과라면 공장과 집의 딱 중간쯤이다. 이대로 퇴근해도 된다면 잘된 일이다.

"그럼 정말 죄송합니다. 먼저 가보겠습니다."

"자전거 타지 마라. 한 손으로 탄다고 해도 순간적으로 손잡이를 쥐면 상처가 커질 수도 있어."

"네, 그렇게 하겠습니다. 끌고 갈게요."

하지만 자전거에 올라타버렸다. 상처는 오른손 새끼손가락 쪽, 손목에 가까운 불룩한 부분이다. 가장 큰 반창고를 붙이고 붕대로 칭칭 감아뒀다. 자전거 핸들을 잡는 정도는 괜찮을 듯하다.

별 탈 없이 병원에 도착하자, 간호사가 곧바로 진흙 묻은 채소 다루듯 수돗물로 빡빡 상처를 씻겼다.

"상처가 꽤 심하네요."

"네."

상처 안쪽에 마취 주사를 여러 대 맞았다.

"아얏…… 아, 아앗, 아파요."

"두 번 남았으니까 참아요."

다섯 바늘 꿰맸다. 상처나 봉합보다도 마취가 더 아팠다.

집으로 돌아간 시각은 오후 6시 조금 전. 당연히 세이코는 없고 사부로만 소파에서 자고 있다.

불도 텔레비전도 안 켠 채 팔베개를 하고 조용히 잠들어 있다. 코를 골지는 않고 낮은 숨소리만 아득하게 들린다.

담요 정도는 덮어줘도 되지만, 그렇게까지 친절히 대해줄 필요도 없다는 생각에 관뒀다.

안쪽의 방에서 옷을 갈아입고 왼손만으로 세안을 하고 다시 방으로 돌아갔다. 저녁 준비를 하기에는 아직 이르다. 사부로도 자고 있고, 소리를 냈다가 깨워서 괜히 신경 쓰고 싶지 않다.

별로 졸리지는 않지만 그냥 침대에 눕는다. 혼자 살던 때부터 사용한 싱글 침대. 처음 동거를 시작했을 때는 밤마다 좁다고 투덜거렸지만, 날이 추워지자 서로의 체온이 기분 좋아졌다. 좁은 것도 괜찮다는 생각이 들어서 지금까지 새로 사지 않고 지내왔다. 하지만 역시 여름에는 너무 덥겠지. 이번 달이나 다음 달쯤에 새로 사는 편이 좋을 듯싶다.

세이코 냄새가 밴 베개를 붕대를 감지 않은 왼손으로 잡아당긴다. 잠든 세이코의 얼굴과 긴 눈썹을 떠올린다. 세이코는 옆으로 돌아누워 잘 때 손을 입 앞에 두는 버릇이 있다. 그 모습이 마치 손가락을 빠는 아기 같아서 사랑스럽다. 살며시 머리를 쓰다듬어도 깨는 일은 거의 없다. 윤기 나는 검은 머리에서 어깨, 등으로 손을 옮기다 보면 점점 그렇고 그런 기분이 든다. 가슴에서 엉덩이로 나아갈 무렵에는 세이코도 눈을 뜬다.

'안 된다니까. 내일 빨리 가야 한단 말야.'

신고는 그 목소리에 되레 진지해진다.

귀여워. 너무 귀여워.

"세이코."

그런데 중얼거리다가 한 가지가 생각났다.

세이코 몸에는 여기저기 이상한 흉터가 있다. 화상이나 베인 흉터 같다. 작고 흐릿해서 손으로 만지거나 어두운 곳에서 봐도 잘 모르고, 낮에 주의 깊게 봐야 알 수 있을 정도다. 하지만 결코 완전히 없어지지 않고 평생 지워지지 않을 흉터. 세이코는 "어릴 때 왈가닥이라서"라고 말했다. 신고도 그런가 보다 하고 넘어갔지만 문득 의구심이 들었다. 그 흉터와 오구라 집안의 양녀가 된 일이 무슨 연관이 있는 걸까.

거기까지 생각했을 때 갑자기 무슨 소리가 들렸다.

터억.

최대한 느리게 조용히 현관문을 닫는 소리다.

신고는 벌떡 일어나 방문을 열었다. 거실은 여전히 어둡고 베란다로 통하는 문은 커튼이 열린 채 어둑해진 거리를 비추고 있다. 그런데 그 앞에 놓인 소파를 보자, 조금 전까지 튀어나와 있던 사부로의 다리가 안 보인다.

아버님이?

다가가서 들여다보지만 역시 사부로는 없다. 소파 바로 밑에 떨어져 있던 니트 모자도 없다. 이 자리에 사부로가 있었다는 흔적 자체가 없다.

현관으로 가보았다. 조금 전에 잠갔던 문은 열려 있고 현관 바닥에는 신고의 낡은 스니커, 신고와 세이코의 샌들이 한 켤레씩 있을 뿐 사부로의 검은 가죽 구두는 보이지 않는다.

사부로가 담배를 피우는지는 모르지만 어쩌면 한 개비 피우려고 나갔을 수도 있다. 조금만 살펴보면 이 집에 재떨이가 없고 흡연 흔적도 없다는 걸 알 수 있으니까. 혹은 배가 고파서 뭔가 먹으려고 나갔을지도 모른다. 세이코도 없는데 신고가 만든 음식을 먹기는 미안하다고 생각한 걸까.

신고는 일단 문을 잠그고 거실로 돌아갔다.

불을 켜자 평소와 똑같은 광경이 펼쳐졌다. 무리해서 구입한 46인치 슬림 텔레비전. 그 옆에는 소파에서 쓰레기를 던지기에 딱 알맞은 크기의 휴지통. 커튼은 옅은 초록색 체크무늬. 소파는 밝은 오렌지색 합성피혁. 형광등이 백열등 색이라서 방 전체가 따뜻한 색으로 물들어 보인다.

신고는 창가로 가서 커튼을 닫고 뒤를 돌아보았다.

아무도 없는 소파가 다른 때보다 유난히 더 커 보인다.

사부로는 이 자리에서 내내 자고 있었던 걸까.

아무것도 하지 않고 뒹굴뒹굴 온종일.

그는 무슨 생각을 하며 오늘 하루를 보냈을까.

기와다는 형사조직범죄대책과 구석에 있는 작은 취조실에서 이래저래 거의 한나절을 아무 반응도 없는 여자와 마주하고 있었다.

자칭 '아쓰코', 나이 불명. 하지만 본명이 '유아사 메구미'라면 올해 서른여덟이 될 터다. 지금 젊은 수사원들 중심으로 유아사 메구미의 신원을 확인하고 있지만 결과는 아직 나오지 않았다.

그래서 기와다도 그녀에게 아직 유아사 메구미라는 이름은 언급하지 않았다. 지금은 이를테면 밑밥을 까는 단계다.

"그 집, 선코트마치다 403호 말이야. 꽤 넓던데? 거실, 식당, 부엌이 7평 반, 3평이 조금 넘는 방이 두 개라…… 좋네. 부부 둘이라면 오히려 좀 쓸쓸할 정도야. 아이가 한두 명 있어도 좋을 것 같은데…… 그렇지? 배치도 괜찮고."

가끔은 뒤에 있는 여성 수사원에게도 이야기를 건넨다. 처음에 고다 마야의 청취를 담당하고 아쓰코를 체포할 때도 현장에 있었던 마쓰시마 가즈코 순사부장이다. 나이는 45세. 고등학교 3학년 아들과 중학교 2학년 딸이 있고 남편도 경찰로 본부 경무부에 있다고 한다. 피의자가 여성이라서 여성 수사원을 입회시킨다는 이유도 물론 있지만 기와다는 마쓰시마의 부드러운 언동, 가정이 있는 사람으로서의 경험, 관찰력이 이 취조에 좋은 영향을 줄 거라 기대하고 있다. 이 사안에 처음부터 관여했다는 것도 큰 장점이다.

"네. 그 정도 크기면 좋죠."

기와다의 고개는 마쓰시마를 향하지만 시야 끝으로는 아쓰코의 낯빛을 주시하고 있다. 아쓰코는 여전히 눈을 약간 내리뜬 채 아무 표정이 없다.

아쓰코는 미인까지는 아니지만 충분히 단정한 부류에 속한다. 다만 눈빛이 몹시 어둡다. 해가 저물어도 불이 켜지지 않는 빈집 같은 어둑함이다. 선천적인 눈빛인지 과거의 무언가가 영향을 미쳤는지는 아직 모른다.

지금은 이른바 '묵비' 상태다. 피의자들에게서 흔히 볼 수 있는 태도다. 취조관의 말은 흘려 넘기고 사건과 상관없는 일만 계속 생각하면서 감정을 드러내지 않으려고 애쓴다.

처음 취조를 시작하기 전에 피의자에게 진술 거부권을 고지할 의무가 있다. 질문에 대답할지 말지는 당신의 자유라는 것인데, 물론 그걸 인정해서는 조사가 진행되지 않는다. 취조관은 모든 수단과 방법을 동원해서 피의자가 입을 열게 만들어야 한다. 그것도 최대한 자발적이어야 바람직하다.

아쓰코는 그저께의 취조에서 "고다 씨는 저희가 죽였습니다" 하고 진술했다. '고다 씨'는 고다 야스유키, '저희'는 아쓰코와 우메키 요시오로 해석되지만, 그다음부터 전혀 진전이 없다. 마치다 경찰서 강력계의 후나무라 총괄계장이 거기까지 이르는 데도 꼬박 이틀이 걸렸다. 기와다는 오늘이 취조 첫날이다. 취조관이 교체됐다는 건 확실히 불리한 요소다.

아쓰코가 입을 열지 않는 이유는 몇 가지 생각할 수 있다.

일단 야스유키를 살해했다고 진술했지만 살인죄로 복역한다고 생각하니 무서워진 거다. 아니면 사체유기 등 자신이 저지른 행위가 자세히 떠올라서 걱정되기 시작했을까. 어쩌면 우메키 요시오에게 애정이 있어서 그를 감싸고 싶을 수도 있다. 혹은 뭔가 다른 비밀을 지키려고 할 가능성도 배제할 수 없다.

그래도 아쓰코는 분명 한 번은 살인을 인정했다. 그 사실은 중요하다. 기와다는 바로 거기에 조사의 돌파구가 있다고 본다.

그런데 왜 아쓰코는 야스유키를 살해했다고 자백했을까. 아쓰코가 그때의 마음부터 떠올리게 만들어야 한다.

"이것 좀 봐봐."

살인반 2계의 구조가 입수해온 중고차 판매회사 시절의 야스유키 사진이다.

"어때…… 얼굴 좋지? 이때는 분명 잘나갔을 거야. 뭔가 굉장히 즐거워 보여."

연간 매출 성적이 우수했던 것이다. 야스유키는 사무실 벽에 붙은 그래프 앞에서 꽃다발을 들고 얼굴 한가득 미소를 머금고 있다. 갸름한 얼굴에 자상한 눈을 한 남자다. 윗입술이 조금 얇아서 살짝 응석받이처럼 보이지만 실제로 그런지는 모른다. 성격까지는 아직 알아내지 못했다. 사진이 몇 장 더 있으면 이미지가 생길 듯싶지만.

기와다는 사진을 책상 위에 내려놓는다.

"그 집에서 야스유키 씨와 마야는 어떻게 지냈을까? 부녀 사이는 어땠으려나? 사이가 좋았을까? 그야 좋았겠지. 아내와는 8년 전에 헤어졌으니 당시 마야는 아홉 살이었겠네. 아홉 살이면 몇 학년이지? 초등학교 3학년쯤인가?"

다시 마쓰시마에게 이야기를 건넨다.

"좀 질문이 이상하지만, 그…… 여자애들 초경은 언제쯤 하나? 아홉 살에 이미 시작했을 수도 있나?"

기와다도 아이가 셋 있지만 남자애들뿐이라서 그런 이야기에는 아주 어둡다. 게다가 일이 바빠서 아이를 키웠다는 기억이 아예 없다. 아니, 그런 사실 자체가 없다. 그런 채로 이제 곧 할아버지가 된다.

마쓰시마가 고개를 살짝 갸우뚱했다.

"아홉 살이면 아직 아닐까요. 열 살도 좀 이른 편 같은데요."

기와다는 응, 하고 고개를 끄덕이고 다시 아쓰코를 향했다. 뭘 물든 길게 대답하지 않는 점도 마쓰시마 순사부장의 장점이다.

"그럴 때부터 남자 손으로 혼자 키웠으니 고생했을 거야. 어려운 일도 많이 있었을 테고……. 지금 마야는 열일곱이지? 보통 애들 같으면 아빠가 싫어질 나이잖아. 당신이 보기엔 어땠어, 두 사람 사이가? 사이좋은 부녀였나? 아니면 마야는 그 나이에 맞게 아빠와 거리를 두고, 야스유키 씨도 그걸 지켜보는 느낌이었을까?"

역시 예상이 맞았다.

반응이 있다. 아주 희미하지만 분명 있다. 기와다의 목소리가 들리고 있는 거다. 말의 의미가 머릿속에 들어가게 되었다. 그 증거로 어금니를 악물거나 마른침을 삼키기 시작했다. 야스유키와 마야. 아쓰코는 이 두 사람의 관계에 뭔가 감정이 흔들리는 거다.

"원통했을 거야. 슬펐을 거고. 마야 혼자 남겨놓고 눈을 감다니. 나도 자식이 있어서 이해하는데, 부모는 자기가 괴로운 건 참아도 자식이 괴로워하는 모습은 못 견디는 법이거든. 할 수만 있으면 대신 해주고 싶어져. 내가 대신 벌을 받을 테니 이 아이는 용서해줘. 그러면서 몸을 던지는 게 부모가 아닐까. 그래, 강해질 수 있는 거지. 지켜야 할 사람이 있으면 말이야."

또 아쓰코가 마른침을 삼킨다. 기와다의 말 때문인지 아니면 뭔가를 연상하게 되어서 다른 생각을 하느라 그러는지는 알 수 없다. 그래도 더듬거리면서 나아갈 수밖에 없다. 그렇게 조금씩 끄집어낼 수밖에 없다. 설령 거미줄처럼 가늘고 미약한 반응일지라도.

"이렇게…… 눈빛이 자상한 사람이야. 마야가 사랑스러워서 어쩔 줄 몰랐겠지. 외동딸이잖아. 그 마야가, 이유는 모르지만 온몸에 화상과 상처를 입고 경찰에 보호를 요청해왔어. 그중에는 오래되어 이제 다 나은 상처도 있어. 즉, 마야의 폭행은 꽤 오랜 기간 이루어졌던 거야. 야스유키 씨는 그걸 알고 있었을까. 마야는 그가 죽기 전부터 폭행을 당하고 있었을까……. 그렇다면 괴롭지. 괴로웠을 거야. 눈에 넣어도 안 아픈 사랑스러운 딸이 눈앞에서 상처를 입는데……. 옷 위로 낼 수 있는 상처도 아니고, 분명 발가벗겨졌을 거야. 그런 모습을 보고 어떻게 견뎌, 남 앞에서 자기 딸이 알몸으로 체벌을 당하는데. 나 같으면 무릎을 꿇고서라도 대신 받겠다고 했을 거야. 부탁합니다, 뭐든 하라는 대로 다 할 테니까 이 애만은 봐주세요, 하고……."

사실 이 이야기도 처음이 아니다. 오늘 아침부터 벌써 세 번인가 네 번째다. 말하는 방식은 다르다. 목소리 톤도 다르고 들어가는 정보도 그때그때 바뀐다. 하지만 내용은 같다. 욕본 딸의 아버지 야스유키의 심정. 설령 그게 사실이 아니라고 해도 상관없다. '그 남자는 그런 사람이 아니었다' 하고 반론당해도 된다. 입을 열기만 하면 된다.

"난 당신한테 자식이 있는지 어떤지 몰라. 하지만 있으면 당연히 알 테고, 없으면 상상해봐. 상상이 안 된다면 당신 부모를 떠올려도 돼. 당신이 괴로워할 때 부모님이 손을 뻗어줬을 거야. 도와주려고 했겠지. 어릴 적 당신이 넘어졌을 때 누가 안아 일으켜줬어? 무릎을 다쳐서 우는데 괜찮아, 울지 마, 하면서 소독해주고 반창고를 붙여준 사람이 누구였지? 엄마 아니었나? 아빠 아니었나?"

오전에도 이 비슷한 이야기를 했다. 하지만 지금은 듣고 있는 느낌이다. 기와다의 말이 마음에 울리고 있는 거다.

"생채기 하나가 나도 부모는 슬픈 거야. 똑같이 아파. 그 상처가 자기 때문이었다면 더 아프지. 잠깐 한눈판 사이에 애가 넘어진다거나 자기가 놔둔 물건에 걸려 넘어진다거나, 무심코 닫은 문에 뒤따라오던 애의 손가락이 낄 수도 있고. 얼마든지 있는 일이야."

기와다가 직접 겪은 이야기는 아니다. 다른 집에서 일어난 사고를 아내한테서 들은 것이다.

"방문이면 그나마 낫지만 알루미늄 미닫이 같은 건 정말 무섭지. 애들 손가락 같은 건 순식간에 날아가니까. 남은 인생을 생각하면 정말 가슴이 미어져. 부모가 애 손가락을 날리다니…… 나라면 못

견뎌. 하지만 부모를 그만둘 수는 없잖아. 버틸 수밖에 없는 거야."

돼다.

아쓰코의 목구멍에 울컥 하고 뭔가 치밀어 오르는 것 같다. 이제 조금 더, 한 번만 더 하면 된다. 아니, 숨 좀 돌리면서 먼저 입을 열기를 기다릴까.

하지만 기와다가 숨을 한 번 쉰 순간, 아쓰코는 그 뭔가를 도로 삼켰다. 틈을 주지 말고 한 번 더 밀어붙였어야 했나.

"당신이 그렇게 정 없는 사람 같았으면 나도 말 안 하지. 하지만 아니라고 봐. 당신은 정이 뭔지 아는 사람 같아서 얘기하는 거야. 알잖아, 부모가 자식을 생각하는 마음, 자식이 부모를 생각하는 마음. 당신도 혼자 태어난 게 아니니까, 부모님이 낳아주고 돌봐주고 사랑을 주면서 키웠으니까. 그 마음을 생각하면 마야나 야스유키 씨…… 그렇지? 느끼는 게 있잖아. 왜 그렇게 됐을까? 지금 당신 가슴에 걸리는 게 있잖아. 계속 가슴에 묻어두기만 하면 괴로울 뿐이야."

취조를 하다 보면 정에 호소하게 될 때가 많다. 오랫동안 사용된 수법이고, 그 말인즉 효과가 있다는 얘기다. 큰 소리로 위협하는 것보다 진술을 얻어낼 확률이 높다. 결국은 보편적인 논리나 감정이 사람의 마음을 움직인다. 중요한 것은 그런 것들을 피의자에게 자신 있게 말하는 일이다.

'누구나 그래. 나도 당신도 똑같아. 그러니까 말해봐. 말하면 이해할 테니. 당신의 괴로움과 슬픔은 당신 혼자만의 것이 아니니까.' 그런 말을 진지하게, 진심을 다해 말해야 한다. 그리고 책임감을 가지고 상대방의 말과 생각을 받아들여야 한다.

물론 기와다는 그만한 각오를 하고 있다. 백발백중으로 피의자를 진술하게 만들 수 있는 건 아니지만, 그래도 어느 정도 상대방 마음을 움직이게 할 수 있다고 자신한다. 아쓰코에게도 이 방법이 통하겠다는 느낌이 든다.

하지만 정작 아쓰코가 입을 열자 미묘하게 그 자신감이 흔들렸다.

"그렇다면, 제가 나쁜 게 아니에요……."

조그만 틈새로 부는 바람처럼 기어들어 가는 목소리다. 온도나 습도는 없으면서 한기가 날 정도로 가볍다. 표정 변화도 거의 없다. 자세히 보고 있지 않았다면 말을 했는지도 모를 정도다.

기와다는 살짝 고개를 끄덕였다.

"그렇구나……. 그럼 당신은 누가 나쁘다고 생각하는데?"

뭐라 입을 열려다가 바로 다문다. 아까는 틈을 뒀다가 실패했다. 하지만 기와다는 다시 한 번 기다려보기로 했다. 아쓰코가 스스로 말하기를.

당신이 나쁘지 않다면 대체 누가 가장 나쁜가.

아쓰코는 눈으로 반복하는 기와다의 물음에 답해주었다.

"요시오 씨…… 예요."

기와다가 고대하던 기회가 찾아왔다.

"그래……. 그럼 이걸 좀 봐볼까? 당신이 말하는 우메키 요시오라는 남자, 이런 얼굴이 맞아?"

그 몽타주 그림이다. 둥글고 넓적한 얼굴에 부은 듯한 홑겹 눈, 또렷한 모양의 입술. 잘 그려진 몽타주이지만 야스유키의 사진과 비교하면 과연 현실감이 떨어진다.

그래도 아쓰코한테는 충격인 모양이다. 휘둥그레진 눈이 움직이지 않는다. 그녀도 요시오한테 폭행을 당하고 있었다면 몽타주를 보고 공포가 되살아날 수도 있다는 걱정도 했지만, 실상은 조금 다르다.

숨이 거칠어진 일종의 흥분 상태.

욕정.

기와다에게는 그렇게도 보였다.

"네…… 이 사람이…… 요시오 씨예요."

그 순간 기와다는 깊고 어두운 미궁에 발을 들이게 되었다.

그 사람을 만난 건 7년쯤 전이었을 겁니다. 친구 따라 간 가게에서 말을 걸어왔던 것 같습니다. 친구라는 건…… 직장 동료입니다.

가게요? ……스낵바 같은 작은 가게입니다. 처음 간 건 아니었습니다. 몇 번째였는지는 모르지만 마담과도 낯익은 사이였습니다.

가게 위치는…… 잊어버렸습니다. 떠올리고 싶지 않습니다.

카운터에서 나란히 앉은 게 우연이었던 건지 모르겠습니다. 그때가 정말 처음이었는지도 모르겠고요. 그런데 "기억하세요? 저번에도 여기서 봤었는데" 하고 말을 걸어왔습니다. 마담도 그렇다고 말해서, 저도 '그랬었나?' 생각하고. ……그 사람은, 요시오 씨는 그런 말을 잘하는 사람이었으니까.

친구가 화장실을 갔나, 아니면 제가 혼자 갔었나 기억이 잘 안 나는데…… 아무튼 그날은 저 혼자 있었습니다.

일, 제 직업이요? ……죄송합니다. 말하고 싶지 않습니다.

그…… 제가 혼자 있을 때입니다. 마담이 "이 사람은 영감이 있어" 하고 말했습니다. 이 사람이라는 건 요시오 씨입니다. 옆에 있었습니다. 바로 옆자리요. 맥주를 마시고 있었습니다. 저는 미즈와리(위스키에 물을 타서 희석시킨 것 _옮긴이)였을 겁니다.

자리가 자리인지라 관심 있는 척했습니다. "그래요?" 하면서…… 뭐냐면…… 과거나 고민, 수호령이 보인다, 그런 거였습니다. 저는 이해가 잘 안 됐지만.

요시오 씨가 "무슨 고민 있죠?" 하고 물었습니다. 사실 별로 심각한 고민은 없었지만, 그래도 굳이 말하자면 결혼도 안 했고, 만나는 사람도 없었고, 부모님도 빨리 보내고 싶어 하셨으니까 그게 고민이라면 고민이겠다 생각하고……. 그 얘기를 했습니다. 말했을 겁니다.

"당신은 성격이 좋아서 상대방에게 자신의 마음을 강요하지 못하는 거야"라고 했습니다. ……맞아요, 요시오 씨가요. 맞는 말 같다는 생각이 들었습니다. 제가 남자한테 제 마음을 전달한 적은 없었고, 상대에게 다른 좋아하는 사람이 있다는 걸 알면 바로 포기했으니까. 하긴 그런 부분이 있다고 생각했습니다.

그리고…… 부모님과 집 이야기도 하고…… "당신은 성격이 좋아서"라는 말을 많이 들었습니다. "마음이 고와서"라는 말도 들었고요. "나처럼 남의 마음을 아는 사람은 당신이 얼마나 근사한지 아는데 다른 남자들은 모를 거야. 안타까워. 분해" 그런 말도 몇 번이고 들었습니다. ……만날 때마다요. 정말 큰 위로가 됐습니다. "이렇게 근사한데. 나는 당신이 얼마나 근사한지, 성격이 좋은지, 전부 다 아는데" 하고.

그 무렵, 요시오 씨는 컴퓨터 회사를 운영한다고 했습니다. 기업 비밀이라서 얘기 못 하지만 대형 업체 여러 곳에 프로그램을 납품하고 있다고 했습니다. 주식도 있어서 사실 일할 필요 없지만 그래도 일이 좋아서 한다, 바쁜 게 좋다…… 그런 식으로도 말했습니다.

가게에서도 여러 번 얻어먹었습니다. 부자라고 생각했습니다. 저는 컴퓨터는 잘 모르는데, 요시오 씨가 이번에 출시하는 프로그램은 사실 우리 회사가 만든 거다, 그래서 그게 출시되면 이제 한 달에 수억 엔이 들어온다고 살짝 말해줬습니다. 텔레비전에서도 그 프로그램 출시 얘기를 하고 있었습니다. 제가 “굉장하네요”라고 했더니 요시오 씨가 둘이서 축하하자고 했습니다. 이렇게 굉장한 사람이 왜 나 같은 사람한테 그런 말을 할까 의아했지만 계속 성격이 좋다, 마음이 곱다, 자기는 그걸 다 안다고 하기에…… 처음 호텔에 가게 돼서 그대로 관계를 가졌습니다. 날짜까지는 정확히 기억 안 납니다. 장소도…… 죄송합니다. 기억하고 싶지 않습니다.

본가를 나와…… 그전까지는 본가에서 살았지만 요시오 씨를 만나면서 혼자 살게 되었고…… 그렇게 하라고 시켰습니다. 집을 나오는 편이 좋지 않겠냐고. 저도 그 편이 요시오 씨를 만나기 편하다고 생각해서…… 집을 나왔습니다.

폭력이요?……그건……… 네. 있었을 겁니다. 있었습니다. 네……, 혼자 살게 되면서 요시오 씨가 집에 자주 오게 되었고…… 처음에는 일주일에 한두 번이었지만, 조금씩 늘어나더니 결국 눌러앉게 되었습니다. 그때쯤부터였던 것 같은데…… 정확하지는 않습니다. 한 달이나 두 달……, 역시 모르겠습니다.

맞았습니다. 밟히고 차이고. 얼굴, 다리. 가슴과 배도요. 그리고…… 유두를 꼬집히기도 하고. 다리나 팔 안쪽 살도 꼬집혔습니다. ……처음에는 손이었습니다. 그러다 검정색의 커다란 금속 클립 같은 걸로. 아니면 펜치도 있었고요. 아팠습니다. 꽉 잡히면 유두가 찢겨나가는 것 같았습니다. 피도 났습니다. 유두에서요. 비명도…… 네, 나오려고 했지만…… 하지만 소리를 내면 더 세게 꼬집히니까 참았습니다……. 아팠지만, 하지만, 제가 그렇게 당하는 데는 다 그만한 이유가 있었으니까.

직장에서 남자 동료와 이야기를 하거나 학생이나…… 아, 직업은 학원 강사였습니다. 네, 그래서 학생이…… 남학생도 있으니까 말을 하는데…… 그런 이야기를 하면 그 애를 좋아하냐고 추궁당하고, 나는 이렇게 당신만 사랑하는데 당신은 다른 남자랑 친하게 지내는 거냐고…… 그때는 '너'라고 불렀던 것 같기도 합니다. 너는 바람둥이다, 더러운 여자다.

아니라고 했습니다. 일 때문에 말을 섞은 것뿐이라고, 좋아하는 게 아니라고 분명하게 말했습니다. 하지만 그러면 싫어하냐고, 싫은 남자와도 말하는 거냐고 묻고. 싫지는 않다고 하면 그럼 좋아하는 게 맞다고 하고. 좋아하지 않는다고 하면 또 그럼 싫어하냐고, 싫어하는 남자와도 아무렇지 않게 얘기하냐고, 너는 그렇게 겉과 속이 다른 여자냐고…… 그런 말이 반복되면서 점점 뭐가 뭔지 모르겠어서 저는 그저 사과만 했습니다. 그러면 벌을 받아야 한다고…… 얻어맞고 밟히고 꼬집히고. 그게 일상이 되어서…….

하지만 질투라고 생각했습니다. 저를 좋아해서 이렇게 질투한다고 생각했습니다. 그 당시에는…….

아쓰코가 이 정도로 입을 열기까지가 결코 순조롭지는 않았다. 말이 막히기도 하고, 스스로 어디까지 말했는지 잊어버리기도 하고, 갑자기 눈물을 흘리기도 했다.

내용도 분명히 밝히기를 꺼리는 부분도 있다. 생각하고 싶지 않다고 하지만 속내는 다를 것이다. 말하고 싶지 않은 다른 사정이 있을 터다. 하지만 기와다도 지금 단계에서 추궁할 필요는 없다고 판단했다. 그래서 넘어갔다. 떠올리고 싶지 않은 건 떠올리지 않아도 된다. 그런 태도로 대했다. 그러다 보면 직업 이야기처럼 나중에 툭 튀어나오기도 한다.

아무튼 지금은 아쓰코가 생각나는 대로 이야기하게 하는 것이 우선이다. 다소 앞뒤가 안 맞아도 된다. 중요한 부분이 빠져 있어도 된다. 아쓰코가 말을 하고, 기와다가 그걸 듣는다. 그런 흐름과 관계를 구축하는 일이 중요하다.

하지만 시간이 되어버렸다.

아쓰코는 마치다 경찰서가 아니라 다마 분실에 유치되어 있기 때문에 유치장의 저녁 식사 시간 전에 돌려보내야 한다. 취조 시간이 짧아질 수밖에 없다. 하지만 하는 수 없다. 현재 경시청 유치시설 운용 규정이 그러니 따를 수밖에.

나머지는 내일이다. 내일, 요시오가 저지른 폭행 이야기를 이어서 듣기로 한다.

시마모토와 구조는 어제에 이어서 U파트너 마치다 지점을 방문하고 있었다.

넓은 부지 앞쪽이 고객 전용 주차장, 그 안쪽에 단층 매장 건물이 있다. 중고차는 맞은편 우측에 전시되어 있다. 토요일이라 그런지 오전인데도 이미 손님이 몇 팀 와 있다. 부부인지 연인인지는 모르지만 커플도 보인다. 날씨가 좋아서 데이트 겸 보러 왔을 것이다.

예전에 시마모토도 사귀던 여자를 데리고 영업소에 온 적이 있었지만 완전히 실패였다. 여자는 자동차에 전혀 흥미가 없었다. 영업소에서 그녀가 한 말은 마지막 단 한마디였다.

"끝났어?"

덕분에 그다음에 백화점을 세 곳이나 끌려다녔다. 구입한 것은 립스틱 한 개. 그녀와는 4개월쯤 사귀다가 헤어졌다. 그런 건 지금 아무래도 상관없지만.

구조도 옆에서 똑같이 전시 구역을 둘러보고 있다.

"마루야마 씨는……."

손님 한 팀마다 짙은 감색 정장을 입은 직원이 붙어 접객을 하고 있다. 30도에 육박하는 날씨지만 모두 단정하게 넥타이를 매고 있다. 저 직원들 중에 고다 야스유키의 동료였던 마루야마 히로키가 있는지는 모른다. 이 거리에서는 정장 차림의 남자들이 다 똑같아 보인다.

구조가 이쪽을 돌아본다.

"안에 들어가 물어보는 편이 빠르지 않을까요?"

"그렇게 하죠."

둘이서 매장 앞까지 간다. 도어매트를 밟고 자동문이 열리자 온몸이 눈사태처럼 냉기를 맞는다. 여름철 외근에서 가장 반가운 포상이다.

한 여직원이 곧바로 시마모토와 구조를 알아채고 "어서 오세요" 하고 높은 목소리로 인사하며 다가온다.

구조가 경찰수첩을 제시한다.

"실례합니다. 어제도 왔었는데, 마루야마 씨는 오늘 출근하셨습니까?"

대충 사정은 들은 모양이다. 그 여자는 앗 하고 뭔가 아는 얼굴을 하더니 "잠시만요" 하고 서둘러 안쪽으로 들어간다.

얼마 지나지 않아 마루야마가 매장에 모습을 드러낸다. 굽신굽신이라고 표현해도 좋을 정도로 연신 저자세로 머리를 숙이면서 걸어온다.

"기다리시게 해서 죄송합니다. 저…… 여기서는 좀 그러니까, 좀 좁지만 사무실에서 이야기해도 될까요?"

수사에 협조는 하지만 그 모습을 손님들에게 보이고 싶지 않다는 거다. 하긴, 그렇겠지.

"바쁘신데 죄송합니다. 저희는 어디든 괜찮습니다."

"그럼 죄송하지만 이쪽으로…… 너무 좁아서 죄송합니다."

그 말은 결코 겸손이 아니었다. 마루야마가 안내한 곳은 사무소의 안쪽 공간, 건물에서 튀어나온 조립식 응접실이었다. 싸구려 내장과 가죽 소파의 뭐라 표현할 수 없는 부조화. 그래도 취조실보다는 마음이 조금 편하다.

시마모토와 구조가 좌측 안쪽, 마루야마가 맞은편에 앉자 바로 여직원이 차를 가지고 온다.

"차 드세요."

"감사합니다."

여직원이 나가자 마루야마가 먼저 이야기를 꺼낸다.

"그…… 고다 씨는 이미 저희 회사 직원이 아니지만, 그래도 수년은 책상을 나란히 놓고 일했으니까요. 어제 이야기로는 행방불명이라고 들었습니다만, 그게 무슨 말씀이신지요?"

현재 고다 야스유키는 '살해당했다'고 마야가 증언했고, 아쓰코도 '살해했다'고 인정했기 때문에 특별수사본부에서는 살해되었다고 보고 있지만, 아직 공식적으로 표명할 단계는 아니다. 그래서 어제는 '소재 불명'이라고만 설명했다.

구조가 대답한다.

"죄송합니다. 현재 저희도 고다 씨에 대해서는 아는 게 거의 없습니다. 그래서 사소한 거라도 얘기 좀 해주십사 하고 지인들을 찾아뵙고 있습니다."

마루야마는 "네에" 하고 한숨을 뱉더니 살짝 고개를 끄덕인다.

"저는 고다 씨가 갈 만한 데는 잘 모르겠습니다. 어제부터 이것저것 생각해봤지만."

"그렇습니까……."

구조가 고개를 끄덕이면서 발치에 놓은 가방을 집어 든다.

"그러면 어제도 보셨지만, 한 번 더 이걸 봐주시겠습니까?"

구조가 아쓰코의 얼굴 사진을 꺼낸다. 체포 직후에 찍은 거라서 낯빛이 어둡다. 머리도 헝클어져 있고 너무 초라한 모습이지만 지금 가진 유일한 사진이다.

"으음, 저는 처음 보는 사람인데요."

"좀 더 화장기가 있다거나 머리가 정돈되어 있으면 어떻습니까? 나이는 30대 후반입니다. 고다 씨 주변에 그 정도 나이의 여성이 있었습니까?"

마루야마는 왼쪽 오른쪽으로 고개를 갸우뚱한다.

"고다 씨 주변에요? 또래 여성이라면…… 없지 않았을까요? 고다 씨는 자기보다 딸부터 챙기는 편이었으니까요."

시마모토가 "잠시만요" 하고 끼어들었다.

"고다 씨가 좀 이상해졌을 때쯤 따님은, 마야는 어떻게 하고 있었을까요?"

마루야마가 "아아" 하고 고개를 바로 든다.

"그건 저도 말해봤습니다. 그러면 마야가 싫어하지 않느냐고요. 지저분하고 냄새도 나고…… 하지만 고다 씨는 마야는 괜찮다고만 했습니다. 괜찮을 리가 없다고 생각했지만요. 1, 2년 전이면 몇 학년이었지? 고등학교 입학했을 무렵인가? 그 나이의 여자애가 그렇게 냄새나고 지저분한 아버지를 좋아할 리가 없죠. 특히 여자애는 말입니다."

그리고 "응" 하고 스스로 납득한 듯 고개를 끄덕인다.

"그야 좋은 사람이 있으면 좋겠다고 생각했죠. 남자 혼자 한창 사춘기인 여자애를 키우고 있었으니까요. 어울리는 적당한 나이의 여자가 옆에 있으면……."

마루야마는 말하면서 시선을 내리뜨는 것 같더니 돌연 표정이 굳어진다. 구조가 "왜 그러십니까?" 하고 물어도 바로 대답하지 않는다. "그게……." 마루야마의 시선이 탁자 위에 고정된다. 그 자리에는 아쓰코의 사진이 있다.

"어……. 저, 이 여자, 어디선가 본 여자 같은데요……."

'어디선가라니 어딥니까?' 하고 덤벼들고 싶은 마음이 굴뚝같지만 자중하기로 한다. 구조도 지나칠 정도로 천천히 고개를 끄덕인다.

"그게 어딥니까?"

"으음, 그게……."

시선이 탁자 위를 헤매기 시작한다. 오른쪽으로, 왼쪽으로. 시간, 장소, 얼굴, 목소리, 말, 풍경을 더듬는다. 마루야마는 정리가 안 된 기억들 속에서 뭘 찾아낸 걸까.

"아, 메뚜기 조림."

"네?"

시마모토와 구조가 동시에 되물었다. 그러자 마루야마는 소파에서 일어나 나가려고 한다.

"잠깐, 잠깐만요. 금방 돌아오겠습니다."

뭔가 급한 일이 생각나서 처리하러 가는 듯 보이기도 하지만, 그건 아닌 것 같다. 입구에서 무심히 쳐다보니 마루야마는 사무실 책상에 놓인 뭔가를 주시하며 전화 수화기를 든다. 번호를 두 개, 세 개 누르고 힐끔 이쪽을 보더니 미안하다는 듯 고개를 숙인다.

상대가 전화를 받은 듯하다. 무슨 말을 하는지는 들리지 않지만 표정은 꽤나 밝다. 시마모토가 보기에 상대는 동기나 후배 같다. 사소한 일이라도 거리낌 없이 물어볼 수 있는 사이.

마루야마는 정말로 금방 돌아왔다.

"알았습니다. 마치다 역 근처의 '마이코'라는 스낵바입니다."

그가 서 있기에 시마모토와 구조도 소파에서 일어났다.

"그 가게에 이 여자가 있었습니까?"

"그런 것 같은데요. 처음에는 몰랐는데 형사님 말씀처럼 머리 모양이 바뀌면, 화장을 하고 있으면 하고 상상했더니 왠지."

"그, 메뚜기 조림이라는 건?"

시마모토의 물음에 마루야마는 "아아" 하고 의미심장한 웃음을 짓는다.

"마담이 나가노 현 출신이었어요. 그래서 '메뚜기 조림 먹을래요?' 하고 항상 물어봤죠. 시키는 사람은 거의 없지만, 제 본가…… 야마가타 현에서도 메뚜기 조림을 먹거든요. 그래서 제가 주문한 적이 있어요. 먹고 있는데 가게 점원이 '어머, 정말 먹는 손님 처음 봐요' 하면서 웃었거든요. 그 여자가 아마 이런 느낌이었던 것 같아요."

구조가 '마이코'라고 수첩에 적으면서 장소도 묻는다.

"장소는…… 으음, 어떻게 설명해야 하나. 아아, 마치다 역에서 판화미술관 쪽으로 5분 정도 걸어갔던 것 같습니다. 빌딩이라고 해야 하나, 맨션 같은 건물 1층입니다."

"거기에 고다 씨와도 같이 간 적이?"

"그게요……, 기억이 좀 잘 안 나는데. 원래 그 가게는 전에 이 지점에 있던 제 동기 마에하라가 가던 곳이에요. 그 친구랑 저 포함해서 네댓 명이 마시러 간 건 기억나는데, 거기에 고다 씨가 있었는지는 정확하지 않아서."

"하지만" 하고 마루야마가 말을 잇는다.

"고다 씨 집이 아마 그 근처였을 겁니다. '가까우니까 또 올까?' 하는 식으로 말한 기억이 희미하게 있거든요…… 아니야, 어땠더라. 아니었나."

마치다 역 주변이 바로 하라마치다, 선코트마치다로 이사하기 전 고다 야스유키의 주소도 하라마치다다.

구조가 수첩을 덮는다.

"감사합니다. 그 마이코라는 가게에 가봐야겠네요. 바쁘신데 협조해주셔서 감사합니다."

아쓰코의 사진은 남겨놓고 또 생각나는 사항이 있으면 연락을 달라고 부탁했다. 그리고 만약을 위해 요시오의 몽타주도 보여줬지만 전혀 짐작 가지 않는다는 대답이 돌아왔다.

하지만 아쓰코처럼 나중에 생각나기도 한다. 그런 경우에 대비해 그 몽타주도 마루야마에게 주었다.

마치다 역에 있는 하라마치다 파출소에 들러서 마이코라는 스낵바가 근처에 있는지 물었다. 그러자 마치다 시립 국제판화미술관으로 가다 보면 사무실이 몇 개 세 들어 있는 건물 1층에 마이코라는 가게가 있다고 한다.

주소를 적고 "감사합니다"라고 인사를 한 뒤 곧바로 그곳으로 향했다.

구조가 걸어가면서 힐끔 손목시계를 들여다본다.

"12시라…… 여느 스낵바 마담이라면 아직 잘 시간이려나."

"토요일이기도 하고요. 가게가 잘되면 어제 늦게 잤을 수도 있겠네요."

스낵바 마이코는 쉽게 찾았다. 주상복합이라고 해도 아담한 오피스 건물 같은 모습이다. 당연하지만 가게는 닫혀 있다. 열 때까지 기다리기에는 시간이 너무 남는다.

구조가 주변을 둘러본다.

"탐문이라도 다녀볼까요?"

"그럴까요? 그럼 여기 가보죠."

마침 옆에도 비슷한 건물이 있다. 1층이 메밀국수 가게다. 안은 한산하고 중년 남자 두 사람과 아이를 데리고 온 젊은 부부만 있었다.

"어서 오세요."

"죄송합니다. 경시청에서 나왔습니다만."

덮밥을 서빙하는 여자 점원에게 신분증을 제시하고 가게 주인을 불러달라고 했다. 오래지 않아 가게 안쪽에서 예순 즈음의 남자가 나왔다. 사정을 이야기하자 그는 싫어하는 기색도 없이 가르쳐주었다.

"요시코 마담이요? 여기 3층에 살아요."

"앗, 그렇습니까?"

그야말로 잘됐다. 이어서 구조가 묻는다.

"오늘 마담은 계십니까?"

"잘 모르겠는데, 초인종 눌러보시죠. 올라가서 3층 맨 안쪽이에요."

"그렇군요. 알겠습니다. 감사합니다."

가게 주인의 말대로 계단으로 3층까지 올라가서 외부 복도의 맨 안쪽 집 인터폰을 누른다. 문패에는 '이쿠타'라고만 적혀 있다.

몇 초 뒤 응답이 들려온다.

"네에, 누구세요?"

잠이 덜 깬 느낌의 조금 허스키한 여자 목소리다.

"실례합니다. 경시청에서 나왔습니다. 좀 여쭤볼 게 있는데, 협조 부탁드립니다."

"어머, 경찰……. 네, 잠시만요."

옷을 갈아입었는지 2, 3분 지나서 나온 여자는 그야말로 이제 막 일어난 모습으로, 화장도 안 하고 머리도 부스스 헝클어져 있다. 상하의 모두 보라색 트레이닝복 차림이다.

그래도 처음 목소리에서 느낀 인상보다는 단정하다.

"쉬시는데 죄송합니다. 스낵바 마이코를 운영하신다고 해서 왔습니다만, 맞습니까?"

"네, 그런데요."

특별히 싫어하는 듯한 반응은 아니다. 생김새로 볼 때 50대 중반. 신장은 160센티미터를 조금 밑도는 정도. 젊은 시절에는 그런대로 미인이었을 것이라는 상상은 된다.

구조가 바로 사진을 내민다.

"이 사진 좀 봐주시겠습니까? 전에 이곳에서 일하던 여성분과 비슷하다는 이야기를 들어서요. 어떻습니까, 짚이시는 거라도?"

여자는 눈썹을 찡그리더니 "잠시만요" 하고 일단 안으로 들어간다. 노안인지, 새빨간 테의 안경을 끼고 다시 나온다.

"어디 보자…… 어머, 메구미 씨잖아."

띵 하고 시마모토의 머리 중심에서 소리가 난다.

구조가 다시 묻는다.

"혹시 유아사 메구미 씨 말씀입니까?"

"맞아요, 유아사 씨. 유아사 메구미 씨."

"이곳에서 일한 게 틀림없습니까?"

"네……. 그래 봤자 아주 잠깐이었지만."

"언제쯤입니까?"

"글쎄. 2년 반이나 3년 정도 전이었나. 하지만 반년도 안 있었어요. 꽤 차분하고 괜찮았는데."

시마모토는 고다 야스유키의 사진을 꺼내 옆에 있는 구조에게 내밀었다.

마담은 옛 생각을 하듯 아쓰코, 즉 유아사 메구미의 사진을 보고 있다. 이제 몇 초 후면 틀림없이 메구미 일로 온 것인지 묻기 시작할 것이다.

그러기 전에 구조가 고다 야스유키의 사진을 보여준다.

"그럼 이 남자는 어떻습니까? 손님 중에 이런 사람은 없었습니까?"

메구미 사진에서 시선을 옮긴 순간 반응이 보였다. 분명히 알고 있다는 눈이었다.

"아아, 이분은 고, 고……."

"고다 씨 말씀입니까?"

"맞아요, 맞아, 고다 씨. 집이 근처라고 가끔 오셨어요. 안 오신지 꽤 됐지만."

'메구미와는 어땠습니까?' 하고 물을 것도 없이 마담이 말을 잇는다.

"마침 그때네요, 메구미 씨가 있을 때. 메구미 씨랑 잘 통하는지 자주 이야기를 하셨어요. 그게, 가게에서는 아쓰코라고 불렀지만요."

열로 뜨거워진 바람이 외부 복도를 지나간다. 그런데도 자꾸만 한기가 든다. 흩어져 있던 조각들이 눈앞에서 탁탁 소리를 내며 맞춰지고 있다. 빗장이 멋대로 풀려 비밀상자의 뚜껑이 열리려고 하는 것 같다.

그리고 그 안에서는 이런 얼굴이 내다보고 있지 않을까.

가방에서 꺼낸 A4 용지. 구조는 시마모토에게 받은 사진을 마담이 들고 있는 메구미와 야스유키의 사진 옆에 나란히 든다.

"이 남자는 어떻습니까?"

마담이 안경 너머로 눈을 가늘게 뜬다. 희미하게 눈썹에 힘이 들어간다. 이전 사진들보다 크기가 커서일까, 조금 몸을 일으켜서 거리를 두고 바라본다. 메구미, 야스유키의 순서로 보고, 다시 복사지로 돌아오기를 두세 번 반복한다.

색이 없는 입술에서 "아" 하고 목소리가 흘러나온다.

또 알고 있다는 눈이다. 정말 이 남자도 아는 걸까?

"이 남자……, 이것만으로는 좀 알아보기 어렵지만 고다 씨랑 관계가 있다면 아마 그 사람 같은데요."

구조가 복사용지를 두 손으로 고쳐 잡는다.

"아시는군요."

"으응, 분위기가 비슷한 사람이라면 짐작 가는 사람이 한 명 있어요."

"어떤 사람입니까?"

"아마 고다 씨가 우리 가게에 데리고 온 사람 같은데요."

그렇다는 건 처음부터 요시오는 고다 야스유키와 아는 사이였다는 얘기다.

"이름을 아십니까?"

"어머, 뭐였지……. 뭔가 굉장히 친한 것처럼 서로를 불렀다는 인상은 있는데…… 맞아, 메구미 씨도 있었어요, 그때. 앗짱이니, 아코짱이라고 불렀는데……. 어머, 이름이 뭐였더라……."

그러고는 침묵. 시마모토와 구조는 재촉하지 않았다. 하지만 무언이 주는 압박감도 있다. '분위기가 부드러워질 만한 뭔가를 말하는 편이 좋을까?' 시마모토가 그런 생각을 했을 때였다.

마담의 눈썹에서 힘이 빠졌다. 다시 띵 하는 소리가 났다. 하지만 이번에는 마담의 머릿속이었다.

"아, 요시오 씨라고 불렀어요. 고다 씨도 메구미 씨도 그렇게 불렀어요. 맞아, 셋이서 자주 이야기했는데. 나이도 서로 가깝고 마음이 잘 맞는 것 같았어요."

어두운 비밀상자 속.

거기서는 역시 요시오의 얼굴이 내다보고 있었다.

결국 신고는 다섯 바늘을 꿰맸고, 일주일이 지나서 실을 뺄 수 있었다.

"약간 따끔할 텐데, 참으세요."

"네에."

손바닥 피부를 관통하고 있는 낚싯줄 같은 것을 뺀다는 말이다. 자극이 있는 건 당연하다. 하지만 따끔한 정도라면 굳이 말해주지 않더라도 참는다. 아이도 아닌데.

끝이 가늘고 뾰족한 가위로 그 검은 실을 자르고 핀셋으로 집어서 하나씩 뺀다. '따끔'보다도 실을 뺄 때의 슥슥슥 하는 진동이 정말 싫다. 자신이 무력한 식자재가 된 듯한 느낌이다. 사람의 몸도 실은 고깃덩어리라는 사실을 확인하게 된다.

"음, 괜찮아요. 잘 붙었어요."

"그래요? 감사합니다."

3일 뒤에 다시 소독하러 오라고 했지만 신고는 소독 정도는 무시해도 된다고 멋대로 판단하고 미타니 성형외과를 나왔다.

집에 돌아가자 세이코가 먼저 돌아와 있다. 거실 입구에서 가볍게 얼굴을 들이미는 세이코는 평상복 차림으로 머리를 뒤로 묶으려 하고 있다.

"신고, 어서 와. 빠르네."

"응. 병원에 늦으면 뭐해서 좀 일찍 퇴근했어."

그러자 세이코가 갑자기 눈을 반짝인다.

"실 빼는 거, 어땠어?"

"그냥, 싹둑싹둑 슥슥슥 하는 느낌이지 뭐."

거실에 들어갔지만 사부로는 보이지 않는다.

세이코가 바짝 다가온다.

"봐봐, 봐봐, 자국."

"반창고 붙여놔서 못 봐."

"아앙, 보고 싶어. 실 뺀 자국 보고 싶어."

신고는 이렇게 좀 어처구니없는 세이코의 모습도 좋아한다.

하는 수 없이 붕대를 풀고 보여주기로 한다. 기껏 실을 뺐는데 상처가 다시 벌어지면 안 되니까 신중하게 1밀리미터씩 반창고를 떼어낸다.

"어, 어어…… 실 구멍이 남아 있어. 만화 같아."

"그렇지? 꼭 일부러 만든 것 같아. 설마 이 구멍이랑 옆선이 이대로 남지는 않겠지? 어느 정도는 없어지겠지?"

사라지는 상처, 사라지지 않는 상처…….

말을 한 뒤 신고는 아차 했다. 세이코의 몸에는 흐릿하긴 해도 완전히 지워지지 않는 상처가 많다. 세이코가 크게 신경 쓰는 것 같지는 않지만, 내심 어떻게 생각하는지는 모른다.

하지만 지금도 딱히 신경 쓰는 것 같지 않다. 신고의 흉터를 흥미롭게 보는 옆얼굴에는 구름 한 점 없다.

"좋은데? 블랙잭(전신에 흉터가 있는, 데즈카 오사무의 동명의 만화 주인공_옮긴이) 같잖아."

세이코는 장난스럽게 미소를 지은 뒤 부엌으로 향한다.

신고는 거실을 둘러보았다.

"저기, 사부로 씨는?"

'아버님'이 아니라 '사부로 씨'가 결국 그를 부르는 호칭으로 정착되었다.

세이코가 조리대 너머에서 어깨를 움츠린다.

"몰라. 집에 오니까 안 계셨어."

거의 그랬다. 사부로가 머물게 된 지 일주일하고도 하루. 사부로는 신고, 세이코와 밥을 먹고 화장실에서 목욕을 하고 소파에서 뒹구는 것 외에 이곳에서 하는 일이라곤 전혀 없다. 신고와 세이코가 집에 없을 때도 텔레비전조차 안 보는 듯하다. 3일째 되던 날 세이코가 문도 안 잠그고 나가면 곤란하다면서 열쇠를 건넨 뒤로는 밤낮없이 마음 내키는 대로 나다닌다.

덕분에 신고는 세이코와 단둘만의 시간이 생겼다.

"세이코, 조금만 하자."

세이코는 물을 한 컵 마신 뒤 큰 눈동자를 흘긴다.

"무슨 소리 하는 거야. 아빠 돌아오시면 어쩌려고."

그 컵을 힘차게 물로 쏴 씻는다.

"안 돌아오셔. 아직 6시도 안 됐잖아."

"그건 모르는 거야. 일을 하시는 것도 아니고, 언제 돌아오실지 몰라."

이 정도의 저항으로 이 기회를 날릴 수는 없다.

신고는 반창고를 다시 붙이고 조리대를 돌아서 부엌으로 들어간다. 그러면 세이코가 도망칠 곳은 없어진다.

"제발, 조금만. 콕콕만 할게."

"뭘로 뭘 콕콕 하는데? 뭔 소린지 모르겠어."

"다 알면서, 세이코."

해 질 녘의 어스레한 부엌. 소파 너머 베란다로 통하는 문으로 석양이 기울어져 들어오고 있지만 이곳까지는 닿지 않는다.

세이코가 싫다면서 등을 돌리는데 그대로 품에 안는다. 부드러운 감촉의 스커트를 젖히면 속옷에 싸인 엉덩이와 맨살이 바로 드러난다. 새하얗고 동그란 두 개의 탄력.

"신고, 잠깐만. 손 씻었어?"

"일 마치고 병원 가기 전에 꼼꼼하게 씻었어."

"다른 때는 집에 와서 씻잖아."

"괜찮아, 깨끗해."

손을 씻는 사이에 사부로가 돌아올 수도 있다고 생각하면 그 몇 분이 엄청나게 아깝다.

"아이 참. 꼭 끼워."

"알아, 안다니까……."

콘돔은 안방 말고도 여러 군데 놓아두었다. 세면실 거울 뒤쪽 수납장에도, 부엌 식기장 맨 우측 서랍에도 있다.

"준비 완료. 세이코는 준비됐어? 손으로 확인해봐야지."

"바보."

신고는 세이코의 골반을 좋아한다. 뒤에서 허리를 잡을 때 손끝에 느껴지는 가늘고 얇고 연약한 뼈의 감촉이 견딜 수 없이 사랑스럽다.

"신고, 제대로 잡아줘."

"세, 세이코, 거긴 안 돼. 꿰맸던 데 잡지 마."

"아, 미안……. 앗."

신고는 그 나름대로 사부로가 있는 생활에 적응하고 있다. 열흘이 될지 2주가 될지 더 길어질지는 모르지만, 너무 부담되지 않는 선에서 사부로한테 최대한 잘해주자는 마음도 조금은 싹트고 있다.

신고의 부모님은 도치기 현 우쓰노미야 시내에서 정식집을 운영하고 있다. 맛집으로 유명하지도 않고 식도락가들이 고집하는 가게도 아니다. 하지만 점심때는 근처 회사원들과 현장 노동자들로 북적이고 밤에는 혼자 사는 단골들이 반주를 하러 찾는, 지금도 나름 번성하는 집이다.

결코 유복하지는 않았다. 가게는 연중무휴로 영업을 했기 때문에 부모님과 놀러 가지도 못했다. 꽤 클 때까지도 유원지와 공원의 차이를 몰랐다. 똑같다는 아버지의 설명을 믿고 있었다.

쓸쓸하지 않았다고 하면 거짓말이다. 고등학교 시절에는 나쁜 친구들과도 어울렸다. 무면허로 오토바이를 타고 다니다가 경찰 신세도 졌다. 다른 동네 밭을 망가뜨린 끝에 그 집 현관까지 돌진하는 사고도 일으켰다. 하지만 사고 직후에 신고에게 아무 말도 안 하던 아버지가 사실은 가게를 쉬고 피해자 집을 찾아가 매일 무릎을 꿇고 사죄했다는 말을 듣고 겨우 정신을 차렸다. 말썽은 졸업하고 인간답게 살기로 결심했다.

꼭 그래서는 아니지만, 신고는 사람은 기본적으로 매일 일해야 한다는 주의다. 세이코도 마찬가지다. 세이코는 부지런히 일한다. 처음 만났을 무렵에는 담배 판촉을 하면서 패밀리레스토랑에서 일하고 있었다. 판촉 일을 하는 모습은 본 적 없지만 패밀리레스토랑에는 사귄 지 얼마 안 되었을 무렵에 찾아갔다. "어서 오세요" 하는 목소리와 표정이 밝고 동작도 활기차서 보기 좋았다.

이미 호감은 있었지만 세이코가 더욱 좋아졌다. 남녀가 교제할 때 가치관이 중요하다고들 하는데 정말 맞는 말이라고 생각했다. 세이코와는 가치관이 맞는다. 굳이 말로 하지는 않았지만 신고 마음에는 그런 확신이 있었다.

그래서 막연히 세이코도 마찬가지라고 생각했다. 세이코의 부모님도 부지런하실 거라고 믿었다.

아니, 그런 가치관은 키워준 부모와의 관계 속에서 형성될 테니까 친부인 사부로는 관계없을 수도 있다. 하지만 해도 너무하지 않은가. 달라도 너무 다르지 않은가.

사부로는 전혀 일하려고 하지 않는다. 그렇다고 해서 방에서 뒹굴뒹굴하지도 않는다. 어디를 돌아다니는지는 모르지만, 들어오고 싶을 때 들어와서 적당히 목욕하고 거실에서 자고, 또 나가고 싶을 때 나갔다가 잊을 만하면 돌아온다.

어느 날 신고는 용기를 내서 물어보았다.

"사, 사부로 씨…… 낮에는 뭘 하세요?"

"딱히 아무것도."

어느 정도 돈이 있어서 하루 종일 파친코를 하는 거라면 오히려 이해가 된다. 하지만 그건 아닌 모양이다. 세이코가 "점심은 알아서 챙겨 드세요" 하며 천 엔짜리 지폐를 주면 사부로는 공손하게 머리를 숙이고 바지 주머니에 넣는다. 지갑 같은 건 없다. 세이코가 "세탁기 돌릴 테니까 전부 벗으세요"라고 말했을 때 사부로는 주머니에 든 물건을 전부 탁자에 꺼내놓았는데, 나온 거라곤 이 집 열쇠와 잔돈 몇백 엔과 일회용 라이터 두 개뿐이었다. 휴대전화도 없었다.

세이코에게도 아무렇지 않은 척 물어보았다.

"사부로 씨는 언제까지 여기 계신대?"

신고로서는 상당히 부드럽게 물어본 셈이다.

"몰라. 그래도 우리 아버지잖아. 너무 야박하게 하지 말아줘."

세이코의 '야박'이라는 표현이 그때는 유난히 거슬렸다.

"아니, 내가 뭘 야박하게 하는데? 최대한 잘해드리고 있잖아. 아무리 그래도 한계가 있어. 그야 세이코의 아버지면 돌봐드려야 할 상황이 생길 수도 있지만, 지금 이건 좀 달라. 사부로 씨, 건강하시잖아. 일하려고 마음먹으면 얼마든지 하실 수 있어. 그런데 딸 집에 얹혀사시면서, 더구나 남자랑 같이 사는 곳에 말이야. 이게 흔한 일이야? 보통은 이런 일은 피하거나, 아니면 어떤 식으로 지내겠다 같은 이야기는 하잖아."

그러자 세이코는 몹시 슬픈 표정을 지었다. 기본적으로 세이코는 알기 쉬운 성격이고 이치에 안 맞는 소리를 해서 신고를 곤란하게 하지 않는데, 왜일까. 이때는 좀 달랐다.

"아는데…… 그렇게 말하지 마. 우리 아빠니까."

"그러니까, 그건 안다고. 그래서 양보하잖아. 숙박비를 내라는 게 아니라고. 그냥 언제까지라거나 무슨 목적이 있다거나 그런 건 분명히 얘기해달라는 거야. 아직 결혼도 안 했는데 이렇게 슬슬 세이코 아버지를 모신다는 게, 좀 그렇지 않아?"

세이코가 곤란한 얼굴로 응응 하고 연신 고개를 끄덕인다.

"그건 맞는 말인데, 그래도 아빠 나름대로 무슨 생각이 있으신 것 같아서 그래. 신고한테는 폐 안 끼칠게. 점심 비용도 내가 내고 있잖아."

"그것도 이미 만 엔 이상 들었잖아. 우습게 볼 수 없다고. 내 말은, 그 생각을 듣고 싶다는 거야. 일을 하실 건지, 나가실 건지, 다른 용무가 있으신 건지, 단순히 쉬시는 건지, 쉬시는 거라면 기간은 얼마나 생각하시는지. 분명하게까지는 아니더라도 조금은 알려달라는 거야."

세이코가 아랫입술을 깨물고 다시 조그맣게 고개를 끄덕인다.

"알아. 신고가 짜증 나는 건 아는데, 조금 더 지켜봐줘. 아빠한테 지금 당장 나가시라고도 못 하고, 신고가 그런 말 하는 것도 싫어. 당장은 하시는 일도 없고 겉모습도 저러시지만 나쁜 사람은 아니야. 정말로."

무턱대고 남의 집에 2주나 머물고, 더구나 슬금슬금 자리를 더 차지해가는 건 적어도 좋은 사람이 하는 행동은 아니다.

어느 날 오후. 신고는 수리가 끝난 차량을 손님에게 전해주고 닛타와 둘이서 회사에 돌아가고 있었다. 운전은 닛타가 했다.

"정말, 휘릭휘릭휘릭 하고 얼굴이 완전 변형돼서요, 거기서 촉수 같은 게 척척척 하고 나오는 거예요. 짜각짜각짜각 하고."

전날 봤다는 SF 호러 영화 감상을 말하는데 전혀 흥미가 없거니와 설명을 못 해서 전혀 상상이 안 되었다. 영화 자체는 재미있을지도 모르지만 닛타 탓에 오히려 볼 마음이 사라져버렸다.

신고의 집 근처를 지나 익숙한 공원 앞길에서 빨간 신호에 걸려 멈췄다. 신고는 무의식적으로 공원을 쳐다보았다. 넓은 녹지, 커다란 정글짐, 긴 미끄럼틀, 벤치…….

"어어, 닛타, 미안. 나 좀 볼일이……."

허둥거리며 안전벨트를 풀고 뒤에 자전거나 오토바이가 안 오는지 확인한 뒤 문을 열었다.

"신고 씨, 왜 그래요?"

"정말 미안. 회사에 먼저 가 있어. 금방 갈게."

조수석에서 뛰어내렸다.

신고는 걸어서 공원 입구를 향하고 닛타는 신고를 앞질러 갔다. 신고는 팔을 들어 인사했지만 닛타가 봤는지는 모른다.

공원에 들어가 정글짐 그늘에 몸을 숨기고 건너편을 보았다. 낯익은 점퍼와 니트 모자. 틀림없다. 사부로다. 원기둥 모양의 콘크리트 의자에 앉아서 반대편 거리를 바라보고 있다. 뭘 하는 걸까.

신고는 공중화장실 뒤편으로 돌아가면서 사부로의 모습을 엿보았다.

뭔가를 하고 있는 것 같지는 않다. 두 손을 허벅다리 근처에 놓고 조금 구부정한 자세로 콘크리트 의자에 앉아 있을 뿐이다. 두 다리는 편하게 뻗어서 발목을 가볍게 꼬고 있다. 이제 5월이 되어 기온도 제법 높아졌지만 그래도 겨울 점퍼와 니트 모자를 빼놓지 않는다. 신고가 알아보기 쉬운 차림이다.

항상 이러는 걸까. 신고가 정비공장에서 움푹 들어간 자동차를 두들겨서 꺼내고, 용접하고, 퍼티를 바르는 동안 사부로는 내내 이 공원에서 멍하니 있는 걸까. 세이코가 소리 높여 손님을 맞고, 요리를 나르고, 활짝 웃으면서 "감사합니다"라고 반복하는 동안 계속 이런 곳에서 의미 없이 하늘과 거리를 바라보고 있는 걸까.

화가 나기보다는 한심했다. 딸이 남자와 사는 집에 얹혀 지내면서 아침과 저녁은 얻어먹고 점심 비용도 천 엔씩 계속 받으면서 온종일 뭘 하고 있었나 했더니, 공원에서 볕을 쬐고 있었다니. 처음 사부로를 봤을 때는 곰이 떠올랐지만 지금은 아니다. 거북이다. 말을 걸어도 변변히 반응하지 않고, 먼저 적극적으로 움직이지 않고, 시간이 되면 적당히 먹고, 다음 식사까지는 돌 위에서 일광욕을 하며 시간을 때우다니. 실로 거북이다.

거북이를 애완용으로 기르며 귀여워하는 사람들은 이해가 된다. 신고도 한두 번 귀여운 거북이를 키운 적이 있다. 하지만 그건 거북이이기 때문에 사랑스러운 거다. 사람이 거북이 수준으로만 활동한다면 짜증 나지 않을 수 없다.

어떻게 할까? '사부로 씨' 하고 부르면 어떻게 반응할까?

'아아, 네. 수고가 많네요?'

그런 대답을 상상하기만 해도 부아가 치민다. '신고 씨가 아등바등 일하는 덕분에 나는 이렇게 볕을 쬐고 있을 수 있어요' 그런 의미일까? 장난하나. 그러려고 내가 다치면서까지 일하는 게 아니라고.

다른 문답들로도 여러 가지 시뮬레이션을 그려보았다. 하지만 이쪽에서 무슨 말을 하든, 사부로의 반응으로는 화가 치미는 답변만 떠올랐다.

인생을 생각하고 있어요. 지나간 날들을 떠올리고 있었어요. 삶과 죽음을 생각하고 있었어요. 애정과 인간관계에 대해, 산다는 것의 의미에 대해, 영혼이 가는 곳에 대해…….

작작 좀 해, 이 거북이 놈아. 이제 됐으니까 일을 해. 이마에 땀을 흘리며 일하라고. 도로공사든 경비원이든 무슨 운전수든, 그 몸으로 얼마든지 할 수 있잖아. 그걸로 먹고살 수 없다면 그때 다시 세이코에게 의논하라고. 이쪽도 냉혈한이 아니야. 그럼 한 달에 2만 엔이나 3만 엔 정도는 도와드릴까요, 그 정도는 얘기할 수 있어. 하지만 그런 것도 없이 이렇게 대낮에 볕이나 쬐고 있는 건…….

우선 점퍼 목덜미를 잡아서 일으켜 세우고 신고를 보게 한다. 그다음에 '이런 데서 뭐 하는 거야' 하고 고함을 친다. 그러려고 했다. 그런데…….

"어?"

사부로가 갑자기 의자에서 쑥 일어났다. 마치 신고의 접근을 알아챈 듯이. 아니, 다른 목적이 생각난 듯하다. 그러고는 걷기 시작한다.

이봐, 어디 가는 거야. 이 거북아.

신고가 들어온 곳 반대편 출입구를 지나서 도로로 나간다. 의외로 주머니에 손을 넣지도 않고 나름 바른 자세로 걷고 있다.

주변은 평범한 주택가다. 2층집이 많지만 간혹 신고와 세이코가 사는 곳과 비슷한 다세대 주택이나 저층 맨션도 보인다. 시간은 이제 곧 4시. 자전거를 타고 놀러 가는 초등학생, 장 보러 가는 주부,

하굣길의 중고생 모습도 보인다. 날씨는 맑다. 거리를 하릴없이 걷기에 나쁘지 않은 날씨다.

문제는 사부로다. 그는 왜 갑자기 공원을 빠져나가 걸어가고 있을까. 일어날 때의 동작과 걷기 시작했을 때의 보폭은 마치 맹수가 눈앞을 통과한 표적을 추적하는 것 같았다. 거북이라는 표현은 일단 철회한다.

사부로는 누군가를 쫓는 걸까? 설마 그 곰이 미행을?

사부로의 전방을 슬며시 보았지만, 같은 방향으로 걷는 사람이 몇 명 있기는 해도 누구를 쫓는지는 잘 모르겠다.

중고생 교복 차림의 뒷모습이 한 명, 아니 두 명. 카트를 미는 구부정한 노파가 한 명. 자전거가 두 대. 아니 방금 골목을 돌아서 사라졌으니까 한 대.

한동안 걷다가 사부로가 갑자기 걸음을 멈춘다. 신고는 허둥거리며 어느 주택 구석의 정원수에 몸을 숨긴다.

인도도 없고 보행자용 흰 선도 없는, 승용차가 간신히 엇갈릴 정도의 좁은 골목길. 사부로는 그 한가운데 맨홀 위에 서서 한 방향을 응시하고 있다. 맨션이 서 있는 모퉁이다. 사부로는 그곳을 2, 3분 올려다보다가 이내 아무 일도 없던 양 걸음을 옮긴다. 다음 모퉁이를 돌아서 마치다 가도 방면으로 걸어간다.

신고는 정원수 그늘에서 나와 다시 사부로를 뒤쫓는다. 도중에 맨션 이름을 확인한다.

선코트마치다. 특별할 것 없는, 이 근방에서 흔히 볼 수 있는 저층 맨션이다.

기와다는 고개를 끄덕이면서 조용히 숨을 뱉었다.

취조는 순조롭게 진행되고 있다.

본명 '유아사 메구미'로 추정되는 피의자 아쓰코는 행방을 감춘 우메키 요시오에 대해 말하기 시작했다. 탈선하지 않게 가끔 궤도를 수정할 필요는 있었지만, 아쓰코는 일단 입을 열기 시작하자 놀라울 정도로 줄줄이 이야기를 쏟아냈다.

물론 모두 곧이곧대로 믿어서는 안 된다. 진술 내용은 낱낱이 확인을 거쳐야 하고, 경우에 따라서는 과학적인 검증도 해야 한다. 하지만 지금 이 취조실에서는 아쓰코의 이야기를 듣는 것으로 충분하다. 최대한 많은 진술을 끄집어내야 한다.

하지만 지금 기와다는 그 점에도 의문을 느끼고 있다.

아쓰코가 입을 열었다는 것 자체는 좋은 현상이다. 하지만 기와다는 아쓰코라는 여자가 말을 하면 할수록 흐물흐물 일그러지는 듯 느껴졌다. 아쓰코는 자신의 말에 취해 허우적거리며 보글보글 가라앉았다. 기와다는 그 이야기를 그저 듣고만 있어도 되는 걸까 하고 간혹 두려워졌다.

기억을 더듬어감으로써 조금씩 이 아쓰코라는 여자가 부서지고 있다면, 진실을 고백함으로써 머릿속에 있는 무언가가 그녀 자신을 벌하고 있는 거라면…….

그렇다면 취조관은 어떻게 해야 하는 걸까.

요시오 씨는 영감(靈感) 운운하면서 다른 여자와도 관계를 가졌을 겁니다. 처음에는 고민을 들어주고 동정하는 척하면서 육체관계를 갖고, 더 심각한 고민을 말하게 해서 약점을 찾아내고……. 저한테 요시오 씨를 소개한 마담이랑도 자는 사이였으니까요. 아마 그런 식으로 이 여자 저 여자 관계를 맺었을 겁니다. 그 여자는 가랑이에서 냄새가 난다고 말을 했으니까, 틀림없습니다.

그런 사람들한테서 돈도 많이 뜯어냈을 겁니다. 제가 혼자 살기 시작한 아파트에 어떤 여자가 쳐들어와서 난리를 친 적이 있었습니다. 한쪽 눈꺼풀은 부어서 눈이 안 떠질 정도고 머리도 군데군데 빠져 있고 윗입술이 절반 정도 노랗게 되어 있었습니다. 곪았던 것 같습니다. 당시 저는 그 여자가 무슨 짓을 당했는지 몰랐습니다.

그리고 얼마 안 되어 요시오 씨가 옮기자고 했습니다. 말하자면 도망친다는 거죠. 요시오 씨는 절대 도망친다고는 하지 않았습니다. 자존심이 센 사람이었으니까. 옮기자, 그런 식으로만 말했습니다.

장소는…… 잘 기억 안 납니다. 그래도 도쿄 내였을 겁니다. 아마 맞을 겁니다. 신원을 따지지 않고 빌려주는 곳은 역시 거의 없었고, 있다 해도 대개 방이 형편없었습니다. 러브호텔에도 며칠 있었고, 그때 저는 일을 찾아서…… 그야, 물장사입니다. 이력서요? 그건 대충……. 아아, 고다 씨와 만난 것도 제가 스낵바에서 일하고 있을 때였습니다. 언제쯤이냐고요? 잘 기억이 안 납니다.

일을 마치고 집으로 돌아가면 요시오 씨한테 모두 보고했습니다. 오늘 상대한 손님은 몇 살 정도고, 어떤 일을 하고, 어떤 이야기를 나눴고, 어떤 눈으로 저를 보고 있었는지…… 정말 시시콜콜하게요. 기억을 못 하면 생각날 때까지 꼬집거나 팔다리 관절을 꺾거나…… 러브호텔에서 지내는 날이 많았기 때문에 비명을 질러도 괜찮았을 겁니다. 그리고 전기안마기인가요? 그 전선을 벗겨서 전원을 켜기도 했습니다…… 찌르르 하죠. 그래도 전압이 약해서 별일 없었지만…….

그런 식으로 보고를 듣다가 요시오 씨가 찍은 사람이 고다 씨였습니다. 고다라는 남자는 너한테 마음이 있으니까 이용할 수 있다. 꾀어내라……. 방법은 여자 때와 같습니다. 요시오 씨라는 사람이 있는데 영감이 엄청 강하다, 미래나 운명을 보고 고민도 상담해준다고 하는 겁니다. 다른 술집에서 약속을 잡았습니다. 그럴 때는 요시오 씨가 냅니다. 그러고는 또 컴퓨터 일을 한다고 했습니다. 한 달에 몇 억씩 번다고…… 고다 씨도 아마 믿었을 겁니다.

고다 씨한테는 제가 먼저 의논을 했습니다. 이사하고 싶은데 부동산에 같이 가달라고. 일부러 요시오 씨가 아니라 고다 씨한테 부탁한다는 식으로…… 요시오 씨가 그렇게 말하라고 해서 시킨 대로 했습니다. 고다 씨도 흔쾌히 들어줬습니다.

요시오 씨한테는 비밀로 해달라고 하니까 고다 씨는 그렇게 해줬습니다.

셋이서 술을 마신 적도 있지만…… 아, 제가 일하던 스낵바에 고다 씨와 요시오 씨가 같이 온 적도 있습니다. 그럴 때도 고다 씨는 제가 방을 얻었다는 얘기를 안 했습니다. 요시오 씨는 그런 걸 유심히 관찰하고는 고다는 너를 위해서라면 거짓말도 태연하게 한다느니, 의외로 입이 무겁다느니 하면서 성격을 세심하게 분석했습니다.

그렇게 고다 씨의 이름으로 빌린 집이 그 집입니다. 선코트마치다 403호요. 그리고 휴대전화도 계약해줬습니다. 업무용과 사적인 용도로 두 대……. 전화로 불러냈습니다. 고맙다는 인사를 하고 싶은데 집으로 와달라고요. 고다 씨는 금방 왔습니다. 그리고 둘이서 술을 마시고 제가 고다 씨한테 조금 다가가고, 그러다가 고다 씨가 저한테 키스를 하고 그대로 덮치고…… 요시오 씨가 절대 저항하지 말라고 했기 때문에 가만히 있었습니다. 하지만 속옷을 벗겼을 때인가, 그때쯤에 요시오 씨가 나타났습니다. 옆방에 숨어서 내내 상황을 지켜보고 있었던 거죠. ……그렇습니다. 계획대로였습니다.

요시오 씨는 처음에는 실실 웃었습니다. "고다 씨, 이러면 곤란하죠. 걔는 내 여자야, 알잖아. 알면서 강간하려고 했어?" 하면서요……. 도저히 변명할 수 없는 상황이었습니다. 고다 씨도 팬티를 벗고 있었으니까. 그야 고다 씨는 입으려고 했지만 요시오 씨가 입지 말라고 소리 질러서…… 그래서 못 입고 있었습니다. 다리에 바지가 걸린 상태로 요시오 씨가 시킨 대로 똑바로 앉아 있었습니다.

반성문을 쓰게 했습니다. 이 여자를 강간하려고 했다, 방을 얻어서 애인으로 두려고 했다, 휴대전화를 사줘서 비밀리에 연락을 했다, 그렇게 일일이 쓰게 하는 겁니다. 그걸 읽고 지장을 찍게 했습니다. 반성문은 요시오 씨가 보관합니다. 아마 지불계약서인가, 그런 걸 같이 쓰게 했을 겁니다. 말하자면 위자료죠. 매달 20만 엔 정도였을 겁니다.

쓰게 하는 중에도 이것저것 했습니다. 펜치로 비틀기도 하고 담뱃불로 지지기도 하고. ……요시오 씨가요. "너, 남의 여자 팬티 벗겨서 뭐 하려던 거냐." 그렇게 말하면서 팔뚝 안쪽이나 허벅지 안쪽을 펜치로 힘껏 비틉니다. "이 여자랑 하고 싶은 거냐?" 하고……. 고다 씨는 내내 사과했습니다. 울면서 "죄송합니다, 죄송합니다, 하고 싶지 않습니다" 하고 대답했지만 요시오 씨는 정말 집요했습니다. "하고 싶잖아, 하고 싶잖아" 하면서 성기 끝을 살짝 펜치로 잡아 으스러뜨리기도 하고……, 당연히 피가 납니다. 피부도 홀라당 벗겨지고 이상한 살점 같은 게 보였습니다.

"계속하면 고추가 너덜너덜해질 텐데 그래도 괜찮겠어?" 하고 물으면 고다 씨는 당연히 "안 됩니다"라고 대답합니다. 그야 당연한 대답인데, 그러면 "왜 안 되는데? 이 여자랑 하고 싶어서? 이 여자랑 하고 싶으니까 고추가 너덜너덜해지면 안 되는 거지?" 하고 묻는 겁니다. 몇 번이나 몇 번이나. 몇 시간이든 같은 걸 계속해서 물어요. 그러다 보면 결국 "하고 싶습니다"라고 대답할 수밖에 없습니다. "아쓰코 씨와 하고 싶습니다"라고…… 하지만 그렇게 대답하면 끝장입니다.

요시오 씨는 눈빛이 달라집니다. 눈빛이라고 해야 하나, 눈 한 번 깜빡이지 않고. 크게 뜬 상태가 되어…….

"너 완전히 바닥이구나. 강간범이야. 범죄자야. 나약한 여자를 힘으로 가지려고 하는 비열하기 짝이 없는 쓰레기다." 그러고는 이제부터 정신 상태를 고치기 위해 교육을 하겠다고, 교육을 원하느냐고 묻습니다. 원한다고 대답하면 또 쓰게 합니다. 그때는 반성문이 아니라 서약서였던 것 같습니다. 탄원서인가…… 아니, 역시 서약서 같습니다.

그때 처음으로 전기를 쓰지 않았나 싶습니다. 미리 요시오 씨가 개조해뒀던 겁니다. 철물점에서 파는, 중간에 스위치가 있는 코드인데, 한쪽은 평범하게 콘센트에 꽂지만 다른 한쪽은 전선이 벗겨져 있습니다. 처음에는 접착 테이프 같은 걸로 벗은 몸에 붙였습니다. 고다 씨의…… 좌우 엉덩이였을 겁니다. 처음에는 주로 하반신이었습니다. 발가락도 했을 겁니다.

요시오 씨가 스위치를 켜면 고다 씨가 몸을 쭉 뻗어서 앞쪽으로 개구리처럼 뜁니다. 그게 재미있었던 게 아닐까요. 몇 번이고 엉덩이에 전기가 통하게 했습니다. 다리에 바지가 걸려 있으니까 아무래도 개구리처럼 뛰게 됩니다. 저도 당한 적이 있어서 잘 압니다……. 순간적이지만 찌르르 하고 살이 찢기는 듯한 통증이 옵니다. 몸 안에 직접 채찍질을 해서 내장에 탁 하고 맞는 듯한 통증입니다. 그러면 반사적으로 몸을 뻗게 돼서…… 부위에 따라 다르지만, 정신이 없어지고, 쓰러집니다. ……웃고 있었습니다, 요시오 씨는. 배를 잡고 눈물을 흘리면서.

저보고도 하라면서 건네줬습니다. 스위치를요. 어떻게 쓰는지도 배웠습니다. 오래 하면 불쌍하니까 아주 잠깐이면 된다고……, 시범을 보여준다면서 딸칵 하고 순간적으로 스위치를 켰다가 끄는 겁니다. 그것만으로도 고다 씨는 몸을 쭉 뻗어서 앞으로 날아갑니다. 고다 씨한테 다시 원위치로 돌아가라고 하고, 전선을 붙인 테이프가 벗겨지면 다시 붙입니다. 고다 씨는 무릎을 꿇고 얌전하게 기다리고 있습니다. 그래서 제가 딸칵 하고 켜면, "으악" 하고 소리 지르며 몸을 뻗어 앞으로 날아가고……. "재미있지? 재미있지?" 하면서 요시오 씨는 저한테도 웃으라고 강요했습니다. 그래서 저도 웃었습니다. 고다 씨한테도 웃으라고 하고…… '잘 배웠습니다, 감사합니다'라고 말하라고 하고……. 고다 씨는 말했습니다. 눈물을 흘리면서 "감사합니다, 잘 배웠습니다" 하고요.

체벌이 끝나면 술자리가 시작됩니다. ……네, 고다 씨도 같이요. ……이상한가요? 그러네요, 이상한 일인지도 모르죠. 하지만 그렇게 했습니다. 초

밥을 사 와 셋이 먹으면서 맥주나 소주를 마시고, 담배를 피우기도 하고. 요시오 씨는 그렇게 조금 편안한 자리에서 나온 이야기를 기억해둡니다. 그게 또 나중에 반성문 거리가 되고, 돈을 청구하는 구실이 되기 때문에 술자리는 중요했습니다.

구체적으로요? ……직장에서 실수한 이야기나 개인적으로 쓴 돈을 회사에 경비로 청구한 이야기, 그런 겁니다. 경비라고 해도 천 엔, 2천 엔 정도입니다. 하지만 그게 범죄고 횡령이라고, 반성하라고…… 그렇게 문서는 쌓여갔습니다. ……아뇨, 요시오 씨가 관리했기 때문에 지금 어디에 있는지는 모릅니다.

언제부터인가 마야도 맨션에 오게 되었습니다. 고다 씨는 일을 마치고 집에 가서 집안일을 이것저것 한 다음에 맨션에 왔으니까 아무래도 시간이 늦어집니다. 늦었다고 감전당하기도 하고……. 그렇다면 차라리 마야도 데려오라고, 그러면 술자리도 빨리 시작할 수 있다고, 그렇게 얘기가 됐습니다.

……네, 술 줬습니다. 마야한테도. ……아마 중학교를 졸업하기 전이 아니었을까요. 요시오 씨도 처음에는 친절하게 대했습니다. 공부를 봐주겠다면서 고다 씨가 목욕하러 들어간 사이에 이것저것 물어봤습니다. 예를 들면 아빠의 좋은 점을 하나 얘기하게 하고, 다음에는 싫은 점을 서너 개 말하게 합니다. 싫은 점을 말하지 못하면 요시오 씨는 위협합니다. 그러다가 "네 아빠는 변태야, 저 여자를 덮치려고 했거든. 스스로 반성문도 썼단다. 그런 변태야, 네 아빠는. 증거도 있어" 하고…… "덮친다는 말 아니? 남자가 여자한테 힘으로 이상한 짓을 하는 거야. 남자는 여자가 울고 소리 질러도 덮치니까. 정말 너무하지. 그런 거란다" 하고……. 마야는 울고 있었습니다. 울면서 다른 방에서 안겼습니다. ……네, 요시오 씨한테요.

매일매일 그 맨션에 불려가고, 다음 날에는 학교도 가고 회사도 가야 하는

데 새벽 3시, 4시까지 억지로 술을 마시고 뒷정리까지 하고, 그리고 또 학교나 회사를 가니까 둘 다 꽤나 머리가 멍하지 않았을까요. 그런 상태니까 점점 판단력도 떨어집니다.

하루는 요시오 씨가 유난히 기분이 좋았는데 "역시 내가 생각한 대로야, 그런 거였어" 하고 말하는 겁니다. 그날은 마야가 먼저 맨션에 오고 고다 씨가 나중에 왔습니다. 그때부터 갑자기 시작되었습니다. "고다 씨, 잠깐 이것 좀 봐봐" 하고…….

마야가 고백한 글이었습니다. 공책 가득 이것저것 적혀 있었는데 아빠가 엉덩이를 만졌다느니, 목욕하는데 아빠가 엿보았다느니, 씻겨준다며 멋대로 들어와서 비누칠한 손으로 몸을 만졌다느니, 깨끗해졌는지 확인한다면서 사타구니를 핥았다느니, 그대로 아빠가 고추를 넣었다느니 하는 내용이었습니다.

요시오 씨가 다 읽고 나서 "정말?" 하고 마야한테 물으니까 마야는 고개를 끄덕이는 겁니다. 하지만 고다 씨는 얼굴이 새빨개져서 필사적으로 고개를 저으면서 아니라고, 그런 짓 안 했다고 부정했습니다. 당연하죠. 그러면서 마야한테 물었습니다. "왜 그런 소리를 해? 왜 그런 거짓말을 썼어?" ……하지만 요시오 씨는 그걸 노린 겁니다.

"고다 씨, 거짓말하는 게 마야인지 당신인지 분명히 하자"라고 했습니다. 나는 당신을 교육해야 하고, 그렇다면 마야의 교육에도 책임이 있다, 거짓말은 나쁘다, 거짓말은 최악이다, 역시 교육이 필요하다, 흑백을 분명히 해서 거짓말을 하는 정신 상태를 뿌리 뽑아야 한다…….

그리고 다시 마야가 고백한 글을 한 줄씩 검증합니다. "엉덩이를 만졌니?" 하고 물으면 마야는 고개를 끄덕입니다. 하지만 고다 씨한테 물으면 쉽사리 고개를 끄덕이지 않습니다. 끄덕일 수 없죠. 그러면 요시오 씨는 "그럼 마야가 거짓말을 했구나" 하면서 마야의 허벅지 안쪽을 펜치로 비틉니다. ……아니요, 그게 처음은 아니라고 생각하지만, 마야는 펜치를 당한 적이 별로 없어서요. 익숙하지 않으니까 당연히 비명을 지릅니다. 그러면 입을 수건으로 틀어막고, 토할 정도로 꾹꾹 쑤셔 넣고, 그리고 다시 펜치로 꽉 하고…… 피부가 찢길 때까지 합니다.

고다 씨는 꽤 순순히 인정했습니다. "네, 엉덩이를 만졌습니다"라고요. 마야가 눈앞에서 고통받는 모습을 차마 볼 수 없었을 겁니다. 욕실을 엿보았느냐, 비누칠한 손으로 직접 몸을 만지며 씻겼느냐, 깨끗해졌는지 확인한다면서 핥았느냐, 그대로 삽입했느냐 물으면 고다 씨는 하나씩 순서대로 고개를 끄덕이면서 인정했습니다. 인정하면 어떻게 되는지는 알고 있었다고 생각하지만…….

당연히 전기입니다. 그때는 개량판이 완성되어 있었습니다. 벗겨진 전선 끝에 이렇게, 끝이 깔쭉깔쭉하게 생겨서 끼우게 생긴…… 네, 그겁니다, 집게전선. 그게 달린 신형 코드스위치로 감전시켰습니다. 전라 상태로 두 손을 머리 뒤로 깍지 끼고, 스쿼트를 할 때처럼 쪼그린 자세로. 네, 사타구니도 그대로 드러내놓고요. 그러니까 감전시키는 곳은 사타구니라고 해야 하나…… 성기에 직접 했습니다. 그리고 고환에도 하고. 또 발가락이나 손가락, 턱, 입술, 뺨, 귀…… 눈꺼풀에 하면 정말 무섭습니다. 너무도 어둡고, 그런데 동시에 강렬한 빛 같은 게 두 눈에서 직접 뇌를 향해 부딪치는 느낌입니다. 쿵 하고요.

자세가 흐트러지면 다시 했습니다. 그 자세 그대로 견디지 못하면 체벌은 끝나지 않습니다. 몇 번에 한 번은 마야가 했습니다. ……아니, 그게 아니라 마야가 고다 씨에게 전기를 가했습니다. 물론 요시오 씨가 시켜서지만. ……그리고 물어뜯기도 하고 얼굴을 걷어차기도 했습니다. ……그렇습니다, 마야가 고다 씨의 얼굴을요. 유리 재떨이를 높은 곳에서 손에 떨어뜨리기도 하고 발에도 떨어뜨리고, 그런 짓도 시켰습니다. 처음에는 울면서 했지만 그러다가 꽤나 태연하게 아무 표정 없이 하게 되었습니다. 애들은 적응이 빠르다고 생각했습니다. 그래도 체벌이 끝나면 술자리가 열리니까 모두 견뎠습니다.

얼마쯤 지나서 요시오 씨는 정식으로 마야의 교육을 담당하게 됐습니다. 그래서 고다 씨는 10만 엔을 더 지불하게 되었습니다. 그것 말고도 식대나 집세도 내야 하고, 옷도 모두 요시오 씨가 관리하고, 그걸 일일이 유료로 빌리는 걸로 되어 있었습니다. 그러다 보니 고다 씨는 월급만으로 부족해졌고 여기저기에 빚을 지고…… 회사 사람들이 아닐까요. 사채도 끌어다 쓸 수 있는 데까지 끌어다 썼을 겁니다. 친척들한테도 많이 찾아가지 않았을까요. 그럴 때도 요시오 씨한테 유료로 구두와 바지를 빌려서 나갔습니다.

고다 씨가 도망가지 않은 건 마야 때문일 겁니다. 반성문도 있고요. 저를 강간하려 했고 마야에게 성행위를 강요했다는……. 요시오 씨는 그 일이 들통나면 철창행이라고 집요하게 이야기했으니까. 세뇌되어 있었을 겁니다. ……저 개인적으로요? 마야와 고다 씨 건은 말이죠……. 저는 사실 그런 일은 없었다고 생각합니다. 만약 마야가 정말 그렇게 믿는다면 그건 요시오 씨 때문일 겁니다. '잘 생각해봐, 네 아빠도 이렇게 했지? 아빠도 너한테 이런 행동을 했지? 이상한 짓 많이 했지?' 하고 귓가에 계속 속삭이면 그 말이 맞다는 생각이 듭니다. 요시오 씨는 간혹 고통을 주면서 섹스를 하니까요. 꼬집고 발로 차고 유두가 찢길 정도로 세게 물고……. 고다 씨도 마야와 요시오 씨의 관계는 눈치챘을 겁니다. 그것도 도망치지 못한 이유였을 겁니다.

요시오 씨는 감전시키는 모습을 비디오로 찍고 있었습니다. 마야가 고다 씨를 때리거나 펜치로 손톱을 뽑는 장면도…… 저도 찍혔습니다. 요시오 씨는 완탕 수프를 좋아하는데, 그게 미지근하거나 하면 바로 감전입니다. 마야가 감전당하는 건 주로 집안일에서 실수했을 때였습니다. 저와 마야가 무사한 날은 필연적으로 고다 씨가 당하게 됩니다. 매일 밤, 꼭 누군가가 당했습니다. 대개 고다 씨, 가끔 마야나 저…….

마야는 요시오 씨한테 곧잘 고자질을 했습니다. 사다 놓은 과자를 아빠가 몰래 먹었다느니, 화장실을 더럽혀서 곤란하다느니. 그때마다 고다 씨는 감전을 당했으니까 아무래도 비율이 많아집니다.

감전을 너무 많이 당했기 때문일까요. 언제부터인가 고다 씨의 행동이 이상해졌습니다. 소변을 지리기도 하고, 음식도 흘리고……. 요시오 씨는 깨끗한 걸 좋아해서 그러면 또 감전입니다. 하지만 고다 씨는 이제 감전도 "감사합니다, 요시오 씨 덕분에 우리 부녀는 생활할 수 있습니다" 하면서 당하게 되었습니다. 그리고 고다 씨가 감전당할 때마다 소변을 지리니까 요시오 씨는 싫증이 났겠죠. 그래서 욕실에 가둬두라고 했습니다. 욕실은 안에서는 잠글 수 있지만 밖에서는 못 잠그니까 바깥에 맹꽁이자물쇠를 달아서 고다 씨를 안에 가둬두게 되었습니다.

회사는 그보다 조금 전에 그만둔 것 같습니다. 마지막에 퇴직금을 받아오라고 보냈나…… 그랬는데 한 푼도 못 받았죠. 그래서 또 요시오 씨가 화를 내면서 "당신은 나한테 매달 꼬박꼬박 지불해야 하잖아. 받을 건 제대로 받아와야지" 하고, 고다 씨는 또 감전되었습니다. 욕실에서 감전시키는 건 바닥이 젖어 있기 때문에 아주 위험합니다. 젖어 있으면 전기가 온몸을 지나간다고 해야 하나, 전기가 잘 통하기도 하고, 좁으니까 벽이나 수도꼭지에 손발을 부딪쳐서 다치기 쉽습니다. 그래서 요시오 씨가 직접 하는 일은 줄어들고, 욕실로 옮기고 나서는 전적으로 마야가 했습니다. 요시오 씨가 세 번, 다섯 번 하고 명령을 내리고, 마야는 그 횟수만큼 정확하게 하고…… 배설물도 마야가 처리하고.

그날 저녁, 요시오 씨는 어딘가 외출하고 저와 고다 씨가 맨션에 남아 있었는데 고다 씨가 또 지렸습니다. ……굳이 보러 안 가도 냄새만으로 대개 압니다. 아아, 또 쌌구나 하고. 그래서 학교에서 돌아온 마야한테 깨끗이 청소하라고 도구를 건네줬습니다.

그런데 마야가 "아빠, 아빠" 하면서 평소와 다른 느낌으로 부르기에 무슨 일인가 싶어서 가봤더니, 고다 씨가 이렇게 무릎을 끌어안은 채 욕조 안에서 옆으로 누워 오물에 얼굴을 파묻다시피 하고 움직이지 않는 겁니다. 더러워서 일단 샤워기로 흘려보냈는데 얼굴에 뜨거운 물이 닿아도 눈도 깜빡거리지 않고 숨을 쉬지도 않아서 죽었구나 했습니다. 심장에 손을 대봤는데 움직이지 않고 체온도 이상할 정도로 낮아서…… 아아 죽었구나.

그리고 요시오 씨가 연락을 받고 돌아왔는데, "고다 씨가 죽었어요" 하니까 굉장히 놀라는 모습이었습니다. "왜 죽었지? 왜 죽었지?" 하고 마야랑 저한테 묻는 겁니다. 그야 거의 매일 밤 감전당하고 얻어맞고 차이고 밟히고, 욕실로 옮기고 난 뒤에는 먹을 것도 거의 안 줬으니까 미라처럼 삐쩍 마르고, 그래서야 언제 죽어도 이상할 게 없다고 생각했지만 요시오 씨는 아니었나 봅니다. "왜 죽었지? 무슨 일이 있었지? 무슨 일이 생긴 거지?" 정말 그렇게 허둥거리는 모습은 처음이었습니다.

그리고 결국에는…… 마야입니다. 네가 죽인 거라고, 요즘 너한테 감전을 맡기지 않았냐고, 주의를 주려고 했는데 너는 좀 도가 지나쳤다고. 자기는 교육상 감전을 했지만 너는 원한이 아니냐…… 아빠한테 이상한 짓을 당해서 그런 것 아니냐, 그건 분명 가여운 일이지만 그렇다고 죽이면 이도 저도 안 되지 않느냐, 그건 역시 용서받지 못한다, 살인은 안 된다, 살인만큼은…… 그러면서 마야를 몰아붙였습니다.

마야가 곤란해져서 "그럼 어떻게 해요?"라고 물었지만 요시오 씨는 "어떻게 해야 할까"라고만 하고 쉽게 대답하지 않았습니다. "네가 혼자 경찰에 간다고 해서 끝날 일이 아니야" 하면서 경찰에 신고하는 건 피하는 방향으로 몰아갔습니다. 신고하는 건 안 된다, 나한테 피해 주지 마라, 기껏 네 아빠를 갱생시키려고 했는데 네가 죽여버렸다 하는 식의 말만 했습니다.

마야가 "어떻게 해요?" 하고 몇 번이나 물어도 요시오 씨는 대답하지 않았습니다. 제가 속이 타서 마침내 "버릴 수밖에 없지 않나요?"라고 말했더니, 요시오 씨가 "어떻게 버려? 어디에 버려?" 하고 묻는 겁니다. 요시오 씨는 스스로 의견을 말하지 않습니다. 결정하지 않는다고 해야 하나…….

제가 "산은 어때요?" 하고 말하면 "그건 안 돼, 누가 볼 수 있어" 하고, 마야가 "강은요?" 하고 말하면 "물에 뜨면 금방 들켜" 하면서 부정합니다. 이것저것 말하는데 이것도 안 된다, 저것도 안 된다, 그러다가 서서히 방법이 좁혀지고, 결국 토막 내서 조금씩 여기저기에 버리기로 했습니다. 그렇게 결정했습니다.

아쓰코의 진술 자체도 귀를 의심하게 되는 내용이지만, 그보다 으스스했던 건 아쓰코의 표정이다.

요시오라는 남자의 생각과 그 수많은 말들. 그 이야기를 하는 아쓰코는 실로 우메키 요시오라는 남자가 빙의한 듯 보였다.

아쓰코는 이제 폭행 피해자도, 공범자도 아니고, 우메키 요시오라는 남자의 분신인지도 모른다.

요시오는 감염된다.

기와다는 그런 생각을 하지 않을 수 없었다.

지난 며칠 동안 수사 회의는 취조관인 기와다 총괄주임을 중심으로 진행되었다. 아니, 중심이라기보다는 정점이라고 할까. 피라미드로 치면 극단적으로 아래가 넓은 납작한 구도다. 세로를 옆으로 놓으면 '기와다 대(對) 전 수사원'으로도 보인다.

여하튼 기와다가 보고하는 아쓰코의 진술 내용을 전 수사원이 분담해서 진위를 확인한다. 그런 날들이었다. 하루 만에 결말이 나는 건 거의 없다. 수사원은 대개 이틀이나 사흘이 걸려 한 가지 진술의 사실 여부를 확인한다. 하지만 그렇게 해서는 너무 늦다. 밤에 특별수사본부로 돌아와서 회의를 하면 또다시 확인할 사항이 몇 개씩 생기고, 그것들이 다시 각 수사원들에게 할당된다. 조사해야 할 사항은 자꾸만 쌓여간다.

간부들도 정보를 파악할 여유가 없다. 시마모토가 보기에는 회의 때 관리관이나 1과 계장은 "다음 보고", "기와다, 이 건은 어떻게 되고 있나?", "이 건 담당은 누구냐?", "기와다, 어떻게 생각하나?" 하면서 철저하게 사회만 보고, 사건 구성부터 수사상의 중요한 의사결정에 이르기까지 많은 부분을 기와다에게 맡기는 듯하다.

시마모토 역시 어제까지의 정보와 지금 보고된 최신 정보를 정리하는 데 뇌를 풀가동하고 있다.

요시오와 아쓰코는 한 스낵바에서 만났지만 그 일 자체가 계획적이었던 걸로 보인다. 그 스낵바의 마담도 요시오와 육체관계가 있는, 이른바 공범자였다. 현재 두 팀, 즉 네 명의 수사원들이 이 스낵바에 대해 알아내려 하고 있지만 아직 확정적인 정보는 얻지 못하고 있다. 행방을 감춘 요시오가 여자에게 의지할 가능성이 높기 때문에 앞으로 이 방향에 더 많은 인원을 배치할 필요가 있을 것이다.

요시오는 영감이 있다는 말을 내세워 상습적으로 여자에게 접근해서 감쪽같이 속이고, 마지막에는 폭력으로 지배했던 듯싶다. 그래서 스낵바 말고 과거의 상해 및 폭행 사건을 추적해서 요시오를 밝혀내는 방법도 시도하고 있다. 하지만 여기서도 유력한 정보는 얻지 못했다.

한편 유아사 메구미 명의의 건강보험증에 관한 수사는 크게 진전을 보였다. 보고자는 수사 1과 살인반 2계의 담당주임이다.

"결론부터 간단하게 말씀드리면, 본 건 피의자인 자칭 '아쓰코'라는 여성은 유아사 메구미가 아닌 것으로 밝혀졌습니다."

강당 전체가 술렁인다. 가장 앞줄에 앉은 기와다도 몸을 돌리더니, 보고하느라 서 있는 부하의 얼굴을 노려보듯 응시한다.

관리관이 마이크를 쥔다.

"모두 조용. 보고 계속해봐."

"네. 어……, 후나바시 시에 있는 메구미의 본가가 없어진 건 이전 회의에서 보고했습니다만……."

유아사 메구미는 지바 현 후나바시 시 히가시후나바시 출신으로, 본적도 동일하다. 집은 지바 현 지바 시 주오 구 혼초 1가 루나하임 507호. 단 메구미는 4년 전 7월에 이 집에서 나온 뒤 어디에 있는지 알지 못하는 상태다. 퇴거 절차를 밟은 사람은 본가 식구인 듯하지만, 그 직후 식구들도 대지까지 통째로 매도하고 현재는 연락이 닿지 않는다.

"관계자에게 아쓰코의 사진을 보여줬더니 모른다고 하고, 유아사 메구미의 고등학교 졸업 사진을 입수해서 루나하임 입주자에게 보여줬더니 틀림없이 유아사 메구미라는 증언을 확보했습니다. 즉 선코트마치다 403호에서 발견된 건강보험증의 주인 유아사 메구미는 실재하지만 아쓰코와는 다른 사람이며, 사정은 모르지만 메구미와 그 가족은 현재 행방이 묘연합니다."

관리관이 마이크를 쥔다.

"메구미 사진은 어쨌나?"

"지금 복사 중입니다."

금방 시마모토에게도 컬러 복사한 사진이 배포되었다. 분명 고등학교 3학년 때와 30대 후반이라는 차이는 있지만, 유아사 메구미와 아쓰코는 전혀 다른 사람이다. 졸업 사진의 메구미는 약간 살이 쪘고, 성격은 좋아 보이지만 빈말로도 예쁘다고 할 수 없는 소녀다. 루나하임 입주자의 증언을 믿는다면 어른이 된 메구미도 이런 분위기의 여성일 것이다.

관리관이 기와다를 부른다. 기와다는 일어날 정도까지는 아니라고 생각했는지 오른팔을 들고 앉은 채로 이야기를 시작했다.

"유아사 메구미에 대해서는 일부러 아쓰코에게 말을 꺼내지 않았습니다만, 내일 이후 기회를 봐서 알아보겠습니다."

그동안 구조와 시마모토는 '유아사 메구미'가 그 여자의 본명이고 '아쓰코'는 스낵바 '마이코'에서 쓰는 예명이라고 생각했다. 그런데 그게 아니었다. 아쓰코는 유아사 메구미의 건강보험증을 손에 넣어서 그 이름을 사칭하고 있었다. 그렇다면 2년 전 시나가와에서 갈비뼈 골절 치료를 받은 사람은 진짜 메구미였을까 아니면 아쓰코였을까? 이제라도 그걸 확인할 수 있을까? 의사나 간호사, 직원들은 뭔가 기억하고 있을까?

보고는 선코트마치다 주변 수사로 옮겨 갔다. 우메키 요시오로 추정되는 인물의 목격담은 나오지 않았다. 이 부분은 며칠 동안 아무 진전이 없다.

그다음 일어난 사람이 구조다. 스낵바 '마이코'에 남아 있던 유아사 메구미의 이력서 기재 내용, 출신 학교와 경력, 주소 등은 모두 엉터리고, 휴대전화 번호도 현재 사용되고 있지 않았다.

이어서 지명된 것은 고다 마야 담당 팀이었다.

보고자는 수사 1과 살인반 2계의 부장형사이지만, 실질적으로 마야의 진술을 끌어내고 있는 사람은 히로타 리쓰코일 것이다. 마야를 아동보호소로 보내는 차 안에서 "아빠는 그 두 사람에게 살해됐어요"라는 발언을 끌어낸 마치다 경찰서 소년계 순사장이다. 27세로 아직 젊지만 꽤나 예리한 관찰안을 가지고 있고, 본 건으로 그녀가 활약할 기회를 얻게 된 일은 시마모토도 기쁘게 생각한다.

그녀는 보고하는 부장형사 옆에서 조용히 메모하고 있다.

"그리고…… 또 몇 가지 고다 야스유키의 사망과 관련해 아쓰코의 진술과 다른 점이 나왔기에 보고합니다. 아쓰코는 해당 시각에 자신과 야스유키 둘이서 403호에 있었고, 저녁 무렵 마야가 학교에서 돌아와 욕실을 들여다봤을 때 야스유키가 죽어 있었고, 그다음에 요시오가 집에 오자 사태를 보고했다고 하지만, 마야는 그날 저녁 학교에서 돌아왔을 때 야스유키는 아직 살아 있었다고 합니다."

시마모토는 다시 몸을 돌려 앞에 놓인 자료로 아쓰코의 진술 내용을 확인한다.

"분명 대변을 지렸고 냄새도 났다, 내버려두면 요시오 씨가 화내기 때문에 아버지의 옷을 벗겨 욕조에서 꺼낸 뒤 몸을 씻겼다, 당시 아버지는 상당히 쇠약한 상태였고 동작도 느렸지만, 그날 저녁에는 비교적 멀쩡했다고 마야는 말하고 있습니다. 마야가 혼자서 야스유키를 씻길 때 야스유키가 미안하다, 고맙다는 말을 반복했다고…… 뺨과 입술, 혀가 감전당하고 구타에 의해 치아도 상당히 빠져 있었기 때문에 말은 명료하지 않았지만, 그래도 끝까지 마야를 염려하는 발언을 했던 듯합니다."

아쓰코에 따르면 감전은 야스유키가 가장 많이 당하고, 아쓰코와 마야는 집안일을 실수했을 때 가끔 당하는 정도였다고 한다. 어쩌면 야스유키는 일부러 실수를 하거나 이상한 행동을 해서 스스로 감전을 당해 마야를 지키려고 한 것은 아닐까.

"욕조를 닦을 때 요시오가 돌아오고, 또 쌌냐면서 체벌로 감전시키라고 명령했다고 합니다. 마야는 욕조를 다 닦은 뒤, 젖어 있으면 위험하기 때문에 손으로 최대한 물기를 털었습니다. 청소를 위해 청소용구를 빌리는 건 괜찮지만, 단지 물기를 닦기 위해 걸레나 화장지, 두루마리 휴지를 사용하는 건 엄격하게 금지되어 있었다고 합니다. 그래서 손으로 최대한 물기를 턴 다음 야스유키를 욕조에 다시 집어넣었는데, 그때는 요시오가 감전을 두 번 명령했다고 합니다. 서 있으면 쓰러졌을 때 위험하기 때문에 웅크리라고 말하고, 전극을 댄 곳은 입술과 성기였다고 합니다. 요시오는 손을 대지 않고 뒤에서 그걸 지켜보고 있고……."

아쓰코의 진술에서는 그때 감전은 없었다. 요시오가 돌아오는 상황도 좀 다르다.

"처음 감전시켰을 때 야스유키는 푹 하고 이마부터 앞으로 고꾸라져서 욕조 안에서 쓰러졌습니다. 다른 때는 조금 기다리면 일어나는데 그때는 아무리 기다려도 일어나지 않았다고 합니다. 빨리 일어나지 않으면 횟수가 늘어나기 때문에 대개 이를 악물고서라도 일어나는데, 그때는 꿈쩍도 하지 않았다고요. 그럴 때 요시오는 기절한 척하지 말라며 구타하거나 감전을 반복합니다. 실제로 그러면 반응이 있기도 하고, 기절이 연극이었다는 게 들통나는데, 마야는 그건 불쌍하다는 생각에 다시 한 번…… 두 번이라고 한 감전을 한 번 더 하려고 스위치를 누르려고 했답니다. 그때 '잠깐' 하면서 요시오가 제지시켰다고 합니다."

이러면 아쓰코의 진술과 상당히 달라진다. 아쓰코는 뭔가 의도가 있었던 걸까. 혹은 단순히 당사자인 마야의 기억이 선명한 걸까.

"요시오는 좀 때려서 정신 차리게 하라고 말하고는 감전 도구를 갖고 욕실에서 나갔습니다. 마야는 시키는 대로 야스유키를 불렀지만 반응이 없었다고 합니다. 반복해서 부르는 사이에 코 고는 소리가…… 야스유키는 기절하면 이상하게 코 고는 소리를 내곤 했거든요. 그런데 그때는 코 고는 소리가 나지 않았답니다. 그래서 흔들기도 하고 등을 두들기며 상체를 일으켜서 표정을 확인했더니, 눈은 절반쯤 뜨고 있었지만 호흡은 멎어 있었습니다. 그래서 요시오를 불러서 숨을 안 쉰다, 죽은 게 아니냐 물었다고 합니다."

이 마야의 진술에는 아쓰코가 전혀 등장하지 않는다. 어떻게 된 걸까.

"요시오가 다시 욕실에 와서 큰일이라고 소란을 떨었다고 합니다. 죽은 게 분명하다, 감전시켰을 때는 괜찮았는데 왜 죽었을까 하고요. 마야가 기억하기로는 처음 감전 때부터 코를 골지 않았는데 요시오는 다른 소리를 했다고 합니다. '내가 욕실을 나갈 때는 코 고는 소리가 들렸다. 일으키려고 네가 세게 때린 게 잘못된 거 아닌가? 큰일이다, 이러면 마야가 야스유키를 죽인 게 된다. 내가 그랬다면 교육 중 사고라고 할 수 있지만, 딸이 아버지를 교육한다는 건 상식적으로 통하지 않는다. 하물며 야스유키는 마야에게 성적으로 나쁜 짓을 저지르지 않았던가? 그 일로 너는 원한을 품고 있었던 거다. 그러면 살인이다. 더구나 자식이 부모를 죽이면 열여섯 살이라도 사형이 될 가능성이 있다' 그러면서요……"

아무리 그래도 너무 엉터리 같은 소리다. 현행법에서는 18세 미만의 청소년이 범죄행위를 저질러도 사형에 처할 수 없다.

"그다음에 하룻밤 동안 야스유키의 시신을 어떻게 할지 의논을 했다고 합니다. 처음 요시오가 한 말은 '나한테 피해가 오지 않게 해라'였고, '경찰이 끼면 너도 사형이 되지만 나도 문책당한다. 그건 싫다' 같은 얘기도 했고……."

이즈음부터 마야와 아쓰코의 진술은 근접해지기 시작하고 최종적으로 같은 곳에 안착했다.

"그래서 절단 내서 그걸 최대한 여러 곳에 따로 유기하기로 한 모양입니다."

진술이 어긋난다는 사실에 중요한 의미가 있을까.

혹은 의미 따위는 어디에도 없는 걸까.

회의가 끝나면 기와다는 대개 강당을 곧장 빠져나간다. 하지만 오늘은 웬일로 계속 강당에 남아서 마치다 경찰서에서 준비한 도시락을 먹고 있다.

시마모토는 마음먹고 말을 걸었다.

"저기, 식사 중에 죄송합니다. 총괄님, 저 기억나십니까?"

기와다는 도시락에서 고개를 들어 잠시 입을 우물거리더니 눈으로 웃음을 지었다.

"그래, 기억해. 시마모토 고키 순사부장. 다키노가와에서 같이 있었지. 고작 12년 전 일을 잊을 만큼 아직 늙지 않았다고."

조금 높으면서 어딘지 얼빠진 느낌의 목소리. 그 소리를 다시 가까이에서 들을 수 있다는 사실이 더없이 기쁘다.

"영광입니다. 기와다 총괄님의 가르침 덕에 그 뒤로 계속 형사 노릇을 하고 있습니다."

"내 덕이랄 게 뭐 있나. 그래, 도시락은?"

"아직입니다."

"가져와."

시마모토는 도시락과 캔 맥주, 그리고 마치다 서장이 보내준 닭 꼬치를 세 개씩 받아 들고 기와다에게 돌아갔다.

"저, 이거…… 서장님이 보내주신 모양입니다."

"난 됐어. 젊은 자네나 먹게."

정말 신기한 사람이다. 말투에는 억양이 거의 없는데 마음은 다 전해진다. 부드러운 표정과 목소리로 항상 편안한 분위기를 만들어 낸다. 하지만 같은 표정, 같은 목소리로 갑자기 따끔하게 나무라기도 한다. 그것이 또 전부 지당하기 때문에 감탄이 나온다. 아마 아쓰코의 진술도 이 표정과 목소리를 구사해서 끌어내고 있을 것이다. 할 수 있으면 시마모토도 입회해서 그 묘기를 보고 싶다.

하지만 오늘 밤 회의에서는 좋지 않은 보고도 몇 가지 있었다.

시마모토는 도시락 뚜껑을 열어서 닭 꼬치를 놓은 뒤 이야기를 꺼냈다. "그런데 아쓰코…… 유아사 메구미가 아니라는 건 의외였습니다. 놀랐어요."

기와다는 찐 당근을 하나 입에 넣고 씩 웃었다.

"사실 난 뭔가 좀 아니라고 생각했어. 가택수사를 해도 더는 신원을 밝힐 수 있는 게 없었잖아. 아쓰코와 요시오는 그동안 쭉 철저하게 과거를 버리고 살아왔을 거야. 그런데 건강보험증이 나왔어. 신분을 증명하는 걸 왜 굳이 그런 데 숨겨놨을까. 이유는 모르지만 매끄럽게 연결되지 않았지. 그래서 나는 납득이 가. 역시 아쓰코는 메구미가 아니었구나 하고."

듣고 보니 그렇다. 하지만 유감스러운 보고는 더 있다.

"그리고 아쓰코와 마야의 진술이 다른데, 그건 뭘까요? 왜 그런 걸까요?"

"일단 자네도 먹어."

그러고 보니 시마모토는 이야기에 열중해서 아직 밥을 한 알도 안 먹었다. "죄송합니다" 하고 머리를 숙인 뒤 닭 꼬치를 집는다. 간인지 심장인지 모를 소금구이 꼬치 절반가량을 한입 가득 넣고 캔 맥주를 집어 들었다. 캔을 따서 '잘 먹겠습니다'라는 의미로 조금 들어 올리자 기와다도 따라서 맥주 캔을 들었다.

"수고하자고. 진술이 다른 건 별 의미 없다고 봐. 마야의 진술을 읽어주면 아쓰코는 '그런 것 같습니다' 하면서 선선히 번복하지 않을까? 그 여자가 정보를 꺼내는 방법은 보통이 아니니까."

"정보를 꺼내는 방법이요?"

기와다는 고개를 끄덕이더니 맥주를 벌컥 들이켰다.

"아쓰코는 요 며칠 사이에 분명 말이 많아졌어. 야스유키를 고문한 일도 세세한 부분까지 다 말하고 있지. 하지만 그 여자, 구체적인 정보는 전혀 밝히지 않아. 요시오와 만난 스낵바, 그 장소, 당시 살던 동네, 그런 건 전혀 말을 안 해. 우리가 알아낸 증거…… 마야의 몸에 있는 상처 같은 거 말이야, 그런 것과 앞뒤가 맞는 부분이나 이미 알아낸 부분에 대해서는 입을 열어. 하지만 그렇지 않은 부분은 기억이 안 난다, 생각하고 싶지 않다, 말하고 싶지 않다…… 그런 식이지."

우리가 알아낸 일에는 대응하지만 자신이 새로운 정보를 꺼내지는 않는다. 자기통제가 철저하다는 거다. 아쓰코라는 여자는 의외로 만만하지 않은지도 모른다.

기와다가 말을 잇는다.

"하지만 나는 그것도 괜찮다고 봐. 아쓰코는 전에 학원 선생이었다고 불쑥 말했어. 그건 아직 확인하지 못했지만, 아무튼 멋대로 말하게 두면 그런 정보도 나오거든. 당연하지만 아쓰코는 아직 숨기고 있는 게 많아. 요시오의 행방도 그렇고, 자신의 신원도 그렇고, 과거도 그렇고……. 그걸 밝히면 아마 원치 않는 것들이 더 줄줄 나올 거야. 그래서 말하지 못하는 거겠지. 이걸 말하면 저 일과 연결되니까 기억하지 못하는 걸로 하고, 생각하고 싶지 않다고 넘어가는 거야. 그런 식으로 주판알을 튕기고 있는 거지."

기와다가 맥주를 한 모금 더 마신다.

"하지만 일단 말문이 트이면 사람 입은 막을 수 없는 법이거든. 모든 건 관계성이니까. 피의자와 취조관, 아쓰코와 내 관계 말이야. 특히 아쓰코는 요시오 이야기를 하는 것에 완전 취했어. 그 심경이 뭔지는 잘 모르겠어. 여자로서 요시오에게 마음이 있는지, 아니면 범죄자로서의 자질에, 뭐랄까…… 경의 같은 걸 품고 있는 건지."

기와다가 거기까지 말했을 때였다.

누군가가 기와다 옆에 쓱 섰다. 저절로 시선이 올라가서 보니 살인반 2계장 나카지마 경부다.

"기와다, 엄청난 게 나왔어."

기와다가 입을 닦고 일어선다. 시마모토도 따라서 기와다와 나란히 선다.

"뭡니까, 엄청나다뇨."

"403호 욕실. 타일 줄눈부터 배수구, 샤워 호스, 욕조 마개까지 철저하게 잔류물을 채취해서 감정했더니……."

순간 나카지마 경부가 시마모토의 얼굴을 흘끔 본다. 하지만 알려져도 별 상관없다고 판단한 모양인지 다시 시선을 돌린다.

"다섯 명이나 나왔어, DNA가. 더구나 그중 네 명은 혈연관계일 가능성이 높은가 봐."

대체 어떻게 된 일일까.

신고도 가능하면 사부로를 나쁘게 생각하고 싶지 않다. 필사적으로 일할 곳을 찾고 있지만 뜻대로 안 되어서 어쩔 수 없이 이 상태가 이어지고 있다거나, 언뜻 건강해 보이지만 실은 정신적으로 약한 면이 있어서 잠시 요양이 필요하다든가 하는 상황일지도 모른다. 그렇다면 세이코가 무슨 설명을 하지 않을까? 하지만 여태 아무 말도 없다.

"자, 다 됐어."

며칠 전에 부엌 조리대에 딱 붙어 있던 식탁을 조금 떨어뜨려서 공간을 만들었다. 그리고 세이코가 그곳, 즉 신고 왼쪽에 앉게 되었다. 이제 세이코도 텔레비전을 보면서 식사를 할 수 있다.

"응, 잘 먹을게."

그리고 여전히 신고의 정면에는 곰 사부로가 앉아 있다. 신고가 사부로의 얼굴을 보지 않고 식사를 하게 될 날은 대체 언제 오게 될까.

"좋은 아침이에요. 잘 먹을게요."

그날 사부로는 공원에서 어떤 맨션 앞까지 걸어간 뒤 한동안 근처를 배회했다. 이윽고 슈퍼 부지에 놓인 벤치에 자리를 잡더니 꼼짝하지 않았다. 회사에 돌아가야 해서 그 뒤로 사부로가 뭘 했는지 파악하지는 못했지만 아직까지도 화가 난다. 왜 이런 남자를 부양해야 하는 건데.

마음먹고 물어볼까? 굳이 조금 떨어진 슈퍼까지 가서 벤치에 앉아 뭘 하셨습니까? 설마 그 뒤 뭔가 훔치거나 한 건 아니죠? 혹시 사부로 씨는 성실하게 일하기보다 가벼운 범죄를 저질러서 교도소에 들어가는 것이 편하다, 그런 생각을 가진 분입니까?

"잘 먹었습니다. 신고, 빨리 안 먹으면 늦어."

"아아, 응."

하지만 이날도 결국 뭐 하나 물어보지 못하고 집에서 나왔다. 그래도 이번에는 세이코도 함께였다. 같이 나오면 적어도 버스 정류장까지는 두 사람만의 시간을 가질 수 있다.

"있잖아, 세이코."

신고가 끌고 가는 자전거 반대편, 나란히 걷는 세이코를 무심코 쳐다본다. 오늘은 파란색 데님셔츠에 같은 소재의 반바지 차림이다. 솔직히 세이코의 다리는 길고 날씬하다고는 할 수 없다. 오히려 좀 짧은 편이고 다소 통통하다. 하지만 그게 귀엽다. 이 다리를 보고 감정이 솟구치는 남자가 결코 적지 않을 터다. 아르바이트하는 곳에서도 세이코를 노리는 남자가 한두 명이 아닐 것이다. 절대 누구한테도 빼앗기는 일은 없겠지만.

"응, 뭐?"

먼저 말을 걸어놓고 그만 넋을 잃고 있었다.

"아아, 그게…… 그, 사부로 씨, 최근에 아무 말씀 없으셨어?"

"아니, 전혀. 집에 같이 있어도 별말이 없고. 나도 딱히 물어볼 거 없고."

어떻게 물어볼 게 없지?

"아니, 상황을 물어본다고 했잖아."

"엇, 내가?"

또 그러네. 그런 식으로 사랑스러운 눈을 동그랗게 떠도 이제 안 통해.

"그래. 당연한 거잖아. 세이코 말고 누가 물어봐? 내가 물으면 분위기 안 좋아지잖아."

"아마 물어도 의미 없을 거야. 정말 아무것도 하시는 일 없는 것 같으니까."

"의미 없다니, 그럼 왜 우리 집에 오신 건데? 뭐 하러 오신 거야? 언제까지 계신대? 그런 걸 제대로 물어봐달라고 했잖아."

"아 참, 그렇지…… 미안. 근데 그렇게 빈둥거리는 시간도 어느 정도는 필요하다고나 할까. 아빠 나름 망설이는 부분도 있으실 거야."

뭔 소리야.

"그게…… 그야, 사춘기 남자애라면 이해가 돼. 세이코가 엄마고, 딱히 하는 일 없이 지내는 아들이지만 조금 더 따뜻하게 지켜봐주자고 한다면. 근데 아버지잖아. 경우가 다르지."

세이코는 "어머, 정말" 하고 낙천적으로 웃는다.

"'어머, 정말' 같은 소리나 할 때가 아니야. 사부로 씨, 굳이 따지자면 노인 축에 들잖아. 그런 식으로 하릴없이 다니다가 치매로 배회하는 줄 알고 보호되실지도 모른다고."

그래도 세이코는 환하게 웃는다.

"괜찮아. 저래 봬도 아빠, 의외로 야무지시니까."

야무진 어른이라면 직장부터 찾아야지. 그런 생각이 들었지만 버스 정류장에 도착해서 말하지 못했다. 그보다 신고는 이 건으로 세이코와 이야기를 하는 것이 점점 귀찮아졌다.

영토 문제라는 것은 공격받은 측이 포기했을 때 끝이 난다. 당연하다면 당연하다. 공격하는 측, 영토를 원하는 측은 언제까지나 계속 집적거린다. 손에 들어올 때까지 집요하고 끈질기게. 거기에 지쳐서 '이제 모르겠다'라고 생각하면 공격받는 측은 끝장이다. 패배가 확정된다.

사부로에 관해서도 마찬가지다. 그를 장인으로, 동거인으로 인정하면 끝이다. 사부로는 어디까지나 손님이고, 아주 잠깐 머물게 해줄 뿐 언젠가는 나가게 한다. 그 자세가 무너지면 신고의 패배다.

혹은 공격 태세로 전환할 수도 있다. 집을 나갈 수밖에 없는 정당한 이유를 찾아내서 사부로와 세이코에게 들이댄다면…….

그 주의 일요일.

오전에 세이코는 장을 보러 가고 신고는 집을 청소했다. 사부로는 아침 식사 후 어디론가 사라졌다가 점심 무렵 돌아왔다. 점심 식사는 셋이서 세이코의 특제 히야시추카(차가운 중국 면을 사용한 일본

요리_옮긴이)를 먹었다.

그러고 나서 세이코는 아르바이트를 가고 신고는 식당과 침실을 오가며 지루하게 보냈다. 사부로는 이런 날 텔레비전 앞 소파를 점거하는 것은 주저되는지, 베란다 앞의 창가에 우두커니 앉아서 얌전히 있었다.

대단할 것 없는 지구전이었다.

사부로가 나가면 신고는 곧장 뒤를 쫓을 셈이었다. 분명 무슨 짓을 저지를 것이다. 속옷 훔치기, 엿보기, 스토킹, 도둑질, 치한, 무전취식……. 현장을 잡으면 그래도 애인 아버지니까 경찰에 신고하지는 않겠지만 대신 나가달라고 협상할 생각이다. 더 이상 눌러앉으면 세이코에게 이야기하겠다, 그래도 안 되면 경찰에 신고하겠다, 그렇게 이야기할 셈이다.

침대에서 일어나 거실로 통하는 문을 살짝 열어서 내다본다. 사부로는 아직 창가에 있다. 요 며칠은 기온이 올라가서 겨울 점퍼는 역시 더운지, 옅은 파란색 줄무늬가 들어간 셔츠와 회색 슬랙스 차림이다. 세이코가 준 점심값을 모아서 샀는지도 모른다. 속옷은 이미 두세 벌 사놓은 듯하다.

신고도 당연히 청결한 것이 좋다. 다만 이 상황을 '거주'로 해석하면 곤란하다. 가령 사부로를 겨우 쫓아냈는데 경찰에 보호되어 이 집으로 연락이 오면 어떻게 될까. '어라, 여기서 생활하고 있었잖아? 그럼 잘 모셔야지 이러면 쓰나' 하면서 부양 의무라도 지운다면 정말 끔찍하다. 사부로가 국가권력의 공인을 얻게 되는 사태만은 피하고 싶다.

그러니까 곰돌이 사부로, 빨리 외출해라. 얼른 나가서 주거 침입이든 절도든 뭐든 해라.

사부로는 오후 4시가 넘어서야 움직였다.

일단 화장실에 갔다가 다시 창가로 돌아갈 줄 알았는데, 그대로 현관으로 향한 모양이다. 귀를 기울이자 현관문이 닫히는 소리가 들렸다. 찰칵 하고 문을 잠그는 소리도 들렸다.

"좋아."

신고도 일어나서 현관으로 향한다. 실내복과 별 차이 없는 차림이지만, 일단 언제든 나갈 수 있게끔 카고팬츠를 입고 있었다. 신발은 샌들 말고 출근 때 늘 신는 스니커로 한다.

현관문을 살짝 열어서 밖을 내다보는데 이미 사부로의 모습은 복도에 없다. 꽤나 잽싸잖아. 밖으로 나가면 갑자기 활기차게 바뀌는 유형인가. 조금 더 열어서 아래쪽도 내다본다. 그러자 맞은편 가정집 주차장 앞에 모습이 보인다. 줄무늬 셔츠, 묘하게 둥근 등이 의외로 빠르게 이동해간다.

신고도 현관을 나가서 서둘러 문을 잠그고 잔달음질친다. 계단을 내려가 사부로가 향한 방향을 바라본다. 100미터 정도 앞서 있지만 문제없다. 조금만 뛰면 금방 따라잡는다.

단층 주택과 2층 주택이 반반가량인 시골 주택가. 길은 비교적 직선이라 미행에는 적합하지 않다. 만약 사부로가 뒤를 돌아보면 분명히 눈에 띌 것이다. 하지만 사부로는 등 뒤는 물론이거니와 주변을 거의 신경 쓰지 않는다. 무슨 목적이 있어서 오로지 그곳을 향해 걸어가는 것 같은 뒷모습이다.

이대로 계속 걸어간다면 이윽고 마치다 역에 도착한다. 그쪽 방향이다. 아니면 혹시 그 전에 있는 예의 그 공원이나 슈퍼로 향하는 걸까.

아니나 다를까 예상이 적중했다.

사부로는 똑같은 슈퍼 부지로 들어가서 전처럼 자리를 잡고 서서 먼 곳을 바라보기 시작한다. 주변에는 아이와 엄마, 바구니 달린 자전거를 탄 주부, 카트를 밀고 가는 노인 등이 끊임없이 오가고 있다. 그런 가운데 사부로만 시간이 멈춘 듯 오도카니 허공을 응시하고 있다.

아니, 허공이 아니야. 신고는 불현듯 생각이 미쳤다. 그 맨션을 보고 있는 게 아닐까. 저 위치에서라면 사부로가 길 한가운데에 서서 한동안 바라보던 맨션 최상층이 보이지 않을까.

확인해야 해.

신고는 사부로에게 들키지 않게끔 일단 슈퍼 안에 들어가서 에스컬레이터로 2층에 올라가 창문을 찾았다. 마침 사부로가 보는 방향과 같은 쪽에 커다란 창문이 있다. 아래로는 사부로의 정수리가 내려다보인다. 혹시나 사부로와 눈이 마주치면 좀 무서울 것 같았는데, 다행히 그런 일은 없었다.

방향과 지나온 길, 주변 건물 등을 맞춰본 결과, 역시 짐작이 맞는 것 같다. 사부로 시선의 끝에는 그 맨션 위쪽이 있다. 어두운 색조의 벽돌 맨션. 4층이나 5층 정도, 거리로는 이곳에서 200미터 정도가 아닐까.

대체 뭐지. 사부로는 여기서 저 맨션의 뭘 보려는 걸까.

오늘 세이코는 아르바이트 하는 곳의 여자 동료들과 한잔하러 간다고 했다. 그래서 처음부터 저녁은 각자 따로 먹기로 되어 있었다.

하지만 상황이 이렇게 될 줄은 전혀 예상치 못했다.

사부로는 저녁 7시쯤 딱 한 번 슈퍼에 들어가서 화장실을 쓴 것 외에는 내내 벤치에 앉아서 맨션 방향을 바라보고 있었다. 거의 꼼짝도 하지 않고, 살집에 묻혀 티는 잘 안 나지만 의외로 등을 곧게 펴고 바른 자세를 유지한 채로. 캔 커피를 마시지도 않고 슈퍼에서 뭔가를 사지도 않았다. 오로지 맨션 최상층을 엿보고만 있다.

신고가 먼저 지쳐 떨어져나갈 뻔했다. 탄산음료도 마시고 빵을 뜯어 먹기도 하고 슈퍼 화장실도 쓰고 잡지 코너에서 구입한 자동차 잡지를 팔랑팔랑 넘겨보기도 했다. 감시하는 장소도 여기저기 바꿔봤다. 슈퍼 출입구 부근, 2층 창가, 슈퍼 부지 밖 전신주 그늘, 옆 건물 뒤쪽. 아무리 생각해도 신고의 행동이 더 수상해 보인다. 사부로가 훨씬 당당해 보인다.

아니, 그건 이상하지 않은가. 직업도 없이 얹혀사는 사람이 근면한 자동차 수리공보다 더 당당해 보인다니. 어딘지 듬직하고 풍채가 좋기는 하지만 저 인간은 어디까지나 남에게 빌붙어서 공짜 밥을 먹고 사는, 제대로 일할 마음도 없는 놈 아닌가.

슈퍼는 저녁 9시까지 하는 듯하지만, 8시가 넘자 손님이 현저히 줄었다. 어둠이 내려앉아 신고는 맨션이 어디 있는지도 분간을 못하게 됐지만, 그래도 사부로는 벤치에 계속 앉아 있다. 등줄기를 곧게 뻗고 두 손을 얌전히 무릎 위에 놓은 채 멀리 어둠을 응시하고 있다.

이제는 감탄스럽기까지 하다. 이유는 모르지만 여하튼 이처럼 오랜 시간, 똑같은 자세로 있는다는 것은 상당히 근성이 필요한 일이다. 그 근성을 조금 더 생산적인 일에 발휘해주면 좋겠지만.

이웃고 슈퍼 안에서 오늘 영업을 마친다는 방송과 <작별> 노래가 흘러나온다. 영업이 끝나면 부지 전체가 폐쇄될 터다. 그러면 사부로도 더는 벤치에 있을 수 없다.

신고는 한 발 앞서 슈퍼 부지에서 나와 사부로가 나오기를 기다렸다. 9시 5분 전, 사부로도 슈퍼의 셔터가 닫히기 전에 부지에서 나온다. 사부로가 이대로 집에 돌아가지 않는다면 아마 그 맨션으로 가지 않을까? 신고의 예상대로 사부로는 그동안 응시하던 방향으로 걸음을 옮긴다.

묘하게 두께가 있는 셔츠의 등이 어둠 속에 녹아들기 전에 신고도 미행을 시작한다.

밤 9시의 골목길. 좌우로 늘어선 가정집들은 대부분 불이 켜져 있다. 창문을 열어둔 집도 많아서 텔레비전 소리, 저녁 식사 준비를 하는 냄새, 야단맞은 아이의 울음소리 등 다양한 생활의 단편들이 거리로 흘러나온다.

이대로 가면 그 맨션, 선코트마치다에 도착한다. 아마 사부로는 다시 근처에 자리를 잡고 맨션 최상층을 지켜볼 것이다. 이 정도로 어두우면 근처 나무든 조금 떨어진 밭이든 숨을 곳은 얼마든지 있다. 오히려 사부로는 이 어둠을 기다렸는지 모른다. 슈퍼 벤치는 밤이 될 때까지 시간을 때우기 위한 장소인지도.

하지만 그 예상은 빗나갔다.

사부로는 걸음을 멈추지 않고 그대로 맨션 현관으로 들어간다. 당황스럽지만 그렇다고 쫓아가서 불러 세우면 미행이 들켜버린다. 혹시 사부로의 지인이 이 맨션에 살고 있는 걸까? 내연 관계에 있는 여자라든가? 그러면 신고의 행동이 오히려 문제가 된다. '이게 뭐

하는 짓이야? 남몰래 미행이나 하다니, 불쾌하네' 하는 형세 역전은 무슨 일이 있어도 피하고 싶다.

하지만 여기까지 왔는데 빈손으로 돌아가기도 싫다.

이 선코트마치다에 사부로의 지인이 없는 거라면, 사부로가 아무런 초대나 양해도 받지 않고 정당한 이유 없이 들어왔다면, 그것만으로도 충분히 문제다. 사부로의 목적은 뭘까. 최소한 그것만이라도 확인해야 한다. 만약 사부로가 속옷 도둑이라면 10분 정도 기다리면 나올 것이다. 그동안 근처 건물 뒤에 숨어서 기다리는 거다. 이 또한 신고가 수상한 사람이 되어버리는 일이지만 하는 수 없다. 경찰도 범인을 체포하기 위해 잠복을 하지 않던가. 굳이 말하면 신고는 경찰 쪽이다. 적어도 범죄자 쪽은 아니다. 그 점은 당당하게 말할 수 있다.

그런 생각을 장황하게 하고 있을 때였다.

푸르스름한 형광등 불빛에 비친 맨션 현관에 홀연히 사람 그림자가 나타났다. 티셔츠에 트레이닝복, 아주 편안한 차림을 하고 있다. 여자 같다. 몹시 야위었고 허리 부근이 잘록하다. 포니테일로 묶은 머리도 흔들린다. 손에 뭔가 들고 있지만 어두워서 잘 보이지 않는다.

이 맨션 거주자가 밤에 어디를 나가든 관심 없다.

하지만 사부로가 여자를 미행하고 있다면 이야기가 달라진다.

"말도 안 돼."

무심결에 중얼거렸지만 틀림없다. 줄무늬 셔츠, 회색 슬랙스에 가죽 구두. 아무리 봐도 사부로가 분명하다.

사부로가 여자를 뒤쫓고 있다. 어느 정도 거리를 두고 발소리를 죽이며 걸어가고 있다. 여자는 무방비하게도 점점 어두운 쪽으로 모퉁이를 돌아간다. 밭, 빈집, 주차장, 넓은 주택을 둘러싼 산울타리.

여자, 조금 거리를 두고 사부로, 더 뒤처져서 신고 순서로 같은 모퉁이를 돈다. 앞쪽에 불빛이 보이면 신고는 '저기까지 무사히 가줘' 하고 기도하는 마음으로 따라간다. 하지만 여자는 그곳을 지나쳐서 더 어두운 곳으로 나아간다. 저래서는 사부로에게 빨리 덮쳐달라고 말하는 것과 마찬가지다. 체격 면에서 사부로가 압도적으로 유리하다. 넘어뜨려서 밭으로 끌고 가기라도 하면 여자는 절대 무사하지 못한다.

안 돼, 그쪽으로 꺾으면 안 돼. 그렇게 속으로 소리를 질러도 여자는 또다시 입을 쩍 벌린 어둠으로 걸어 들어간다. 그다음이 사부로, 하는 수 없이 신고도 뒤를 잇는다.

공원이다. 낮에는 근처 아이들이 야구를 하거나 그네를 타거나 모래밭에서 노는, 크지도 작지도 않고 어디에나 있음직한 어린이 공원이다. 신고가 사부로를 발견한 공원과도 비슷하다.

여자는 공원 한가운데를 통과하더니 놀랍게도 공중화장실로 향한다. 사부로는…… 아차, 여자에게 정신을 빼앗겨서 사부로를 놓쳤다. 그렇다고 해서 큰 소리로 찾을 수도 없다. 신고는 일단 공원에서 나와 나무들 틈으로 상황을 엿보기로 했다.

지금은 어렴풋하게 멀리 공중화장실 불빛이 보일 뿐이다. 조금 때 묻은 듯한 녹색의 차갑고 습한 불빛.

어디지? 사부로는 어디 있지? 다른 출입구로 화장실에 들어가서 여자를 덮칠 생각인가? 그렇다고 해도 하필 공중화장실이라니, 악취미에도 정도가 있다. 범행은 구체적으로 어떤 수법일까? 때릴까, 칼로 위협할까? 칼이라면 산 걸까, 아니면 집에서 가지고 왔을까?

이 정도 거리면 괜찮나? 비명 소리를 들을 수 있을까? 비명이 들린 다음에 뛰어가도 늦지 않을까? 여자를 구할 수 있을까?

하지만 사태는 의외의 방향으로 흘러갔다.

여자가 아무 일 없는 양 공중화장실에서 나온다. 걸음걸이도 멀쩡하다. 곧바로 공원 중앙을 가로질러 처음의 출입구를 통과해 오른쪽, 즉 왔던 방향과는 반대로 걸어간다. 그냥 우연히 이 공원에 들러서 볼일을 보고 나왔다, 그뿐인 건가.

더구나 사부로는 뒤쫓고 있지 않다. 어디로 간 걸까.

그 생각을 하며 공원으로 시선을 돌리자, 마침 공중화장실 앞에 사부로가 보인다.

잠깐. 여자가 볼일을 본 화장실에 들어가서 뭘 하려는 거지?

상상했더니 구역질이 나왔다. 사부로는 스토커에다가 여자의 배설물에 성적 흥분을 느끼는 변태인 걸까? 아니면 여자가 이곳을 이용할 줄 알고 미리 카메라를 숨겨놨거나, 그런 걸까? 도촬 마니아라서? 하지만 미리 숨겨두는 일이 가능한 걸까?

여하튼 이대로 넘어갈 수는 없다. 집 화장실에도 카메라를 숨겨놓은 거라면, 그래서 세이코의 영상이 세상에 돌아다니게 된다면 큰일이다.

신고는 공원에 들어가서 여자가 그랬듯 곧바로 중앙을 가로질러 화장실로 향했다. 차갑고 습한 불빛을 노려보면서 '사부로 씨, 이제부터 당신 정체를 폭로해주겠어' 하고 속으로 외쳤다.

화장실은 남녀 출입구가 따로 있다. 바로 앞에 가리개 벽이 있고 우측이 여자, 좌측이 남자라고 안내되어 있다. 본의 아니게 신고는 여성 화장실 출입구 앞에 섰다. 희미하게 물 흐르는 소리가 들리는

데, 여자 쪽인지는 알 수 없다.

이대로 들어갈까? 하지만 사부로가 여자 화장실에 없으면 어떻게 되지? 아니면 남자화장실로 갔다가 마주치면 어떡하지? 대체 뭘 어떻게 해야 할까?

하지만 더 이상 생각할 틈이 없었다. 사부로가 여자 화장실에서 나왔기 때문이다.

"앗……."

놀란 사람은 오히려 신고였다. 사부로는 평소처럼 무표정에 무반응이다. 신고를 보고도 동요하는 기색이라곤 손톱만큼도 없다.

몇 초가 지나서 사부로가 느릿하게 머리를 숙인다.

"안녕하세요."

이봐, 각자 집을 나선 두 사람이 상당히 떨어진 공원 화장실 앞에서 맞닥뜨렸는데 '안녕하세요'가 뭐야.

신고는 침을 삼키고 짧게 숨을 뱉은 뒤 물었다.

"사부로 씨, 이런 데서, 뭐 하세요?"

입이 말라서 혀가 꼬이고 가래가 끼어서 목이 메이려고 한다.

한편 사부로는 여전히 표정 하나 드러내지 않는다.

"뭐라니…… 소변을."

거짓말하지 마.

"사부로 씨, 거긴 여자 화장실이에요."

그러자 곁눈질로 안을 확인하는 척한다.

"아아, 어쩐지. 그래서 소변기가 없구나."

침착하다. 이상할 정도다. 뒤가 켕기는 장면을 목격당한 동요는 조금도 보이지 않는다. 사부로가 말을 잇는다.

"하지만 다행이에요. 아무도 안 와서."

물론 사부로가 있을 때는 아무도 안 온 게 맞다.

하지만 그 전에 있던 여자는 대체 뭔가.

자칭 ‘아쓰코’의 취조는 벌써 14일째, 구류 연장 이틀째에 들어갔다. 그녀는 이제 ‘아쓰코’가 본명이 아니라 스낵바 마이코 시절의 예명이었다는 사실을 인정하고 있다. 한편, 당시 본명이라고 했던 ‘유아사 메구미’가 누군지는 짐작 가는 바가 없다고 한다.

“정말 유아사 메구미가 어디 사는 누구인지 몰라?”

기와다가 이 질문을 던진 것도 이미 열 번이 넘는다.

그때마다 그녀는 천천히 도리질을 한다.

“모릅니다.”

“하지만 본인이 유아사 메구미라고 했잖아. 이력서에도 그 이름을 썼고.”

“그건 요시오 씨가 시켜서, 시킨 대로 썼을 뿐입니다.”

"유아사 메구미가 누구냐고 안 물어봤어?"

"안 물어봤습니다."

"어떻게 안 물어보지? 보통 물어보지 않나?"

"무서워서요. 네가 뭔 상관이냐고 또 얻어맞거나 차이거나 유두를 꼬집히고 싶지 않아서요."

항상 이런 식이다. 결국 요시오의 폭력에 대한 공포가 지금 그녀에게 최대의 면죄부가 되어주고 있다. 그 뒤에 숨는 한 이 여자는 본명을 밝히지 않아도 되고 요시오의 행방을 말하지 않아도 된다. 기와다는 어떻게든 그런 태도를 무너뜨리고 싶다.

"유아사 메구미의 건강보험증이 마지막으로 사용된 게 2년 전 6월 21일 시나가와인데, 뭔가 짚이는 거 없어?"

"없어요. 없습니다."

"그렇다면 그때 치료받은 사람은 당신이 아닌 거지?"

"잘 기억 안 나지만, 아닐 겁니다."

애당초 아쓰코라고도 못 부르고 메구미라고도 못 부르는 이 상황 자체가 상당히 난감하다. 이름을 부른다는 건 그 대상이 되는 개인을 특정하는 중요한 행위다. 그런데 이름을 못 부른다, 즉 상대를 특정하지 못한다는 사실은 상대에게 이야기를 흘려 넘길 여지를 주는 것과 마찬가지다.

"어떻게 됐을까, 진짜 유아사 메구미는? 요시오라면 알려나, 유아사 메구미가 지금 어디서 뭘 하는지……."

그녀의 본명이 아쓰코라면 이때 다시 한 번 '말해봐, 아쓰코 씨' 하고 덧붙일 수 있다. 하지만 이름이 없으면 '이봐, 부탁할게' 정도밖에 도리가 없다. 말에 힘이 실리지 않는다.

"모른다면 하는 수 없지. 그렇다면 당신이 아는 이야기를 해볼까? 당신은 요시오, 마야와 협의해서 고다 야스유키의 시신을 절단내서 여기저기에 나눠 버리기로 결정했어. 그리고 그걸 실행에 옮겼지?"

여기까지는 '상신서'라는 형태로 그녀가 직접 서면으로 작성했다. 그로써 그녀를 사체손괴, 유기죄로 재체포할 수 있게 되었지만, 그래도 한시라도 빨리 그녀의 정체를 밝히고 싶다.

하지만 좀처럼 뜻대로 풀리지 않는다.

그대로 둘 수는 없어서…… 그대로 두면 부패할 테고, 죽었으니까 고함치고 때려도 욕실에서 비켜주지 않을 테니 그럴 수밖에 없었습니다.

일단 토막부터 냈습니다. 요시오 씨의 지시대로……. 경험이 있었는지는 모르겠습니다. 하지만 세세하게 이렇게 해라, 저렇게 해라 하면서 명령했습니다. 관절 주변 살을 도려내서 뼈가 보이게 하고, 이리저리 휘거나 비틀면서 근육을 자르다 보면 떨어질 거라고. ……네, 팔과 다리를. ……목은 뼈가 굵기 때문에 좀 상황이 달랐습니다. 조금 더 이렇게, 톱이나 끌도 사용했습니다. 하지만 결국은 모두 같습니다. 이리저리 비틀면서 근육을 자르다 보면 힘을 별로 안 써도 자를 수 있습니다. ……네, 그렇습니다. 여자나 아이도 할 수 있습니다.

다만 피와 지방으로 미끈거리는데, 그걸 잡으려면 손에 힘이 들어가서 엄청 지치기 때문에…… 그래서 돌기가 달린 목장갑이 꼭 필요합니다. 그걸 끼면 거의 모든 작업이 가능하다고 요시오 씨가 말했습니다.

내장은 배를 갈라보면 안에 뒤섞인 듯이 들어 있는데 하나씩 꺼내서 몸통을 텅 비웁니다. 그러면 이제 남은 건 뼈와 살이니까 몸도 결국 팔다리와 다를 건 없습니다.

그 뒤에는요? ……다음은 뼈에서 살을 완전히 제거합니다. 제거한 살은 일단 냄비에 삶습니다. ……살이 아닌 부분? 눈이나 내장이요? 그것도 같습니다. 일단 익혀서 잘 상하지 않게 합니다. ……시간을 벌려는 거였을 겁니다. 사람 한 명 해체하는 데 꽤 여러 날 걸리니까요. 날로 두면 썩어서 냄새가 장난이 아니라서. 특히 내장은 일찌감치 삶아야 합니다.

메밀국수 양념장이나 후추를 넣습니다. ……냄새 제거입니다. 그리고 조금이라도 냄새가 좋으면 작업하기도 편해서. 기분 문제인 거죠. ……아뇨, 덩어리 말고, 미리 다루기 편한 크기로 잘라둡니다. ……다 삶으면 믹서로 걸쭉하게 갑니다. 그걸 식힌 뒤 페트병에 옮겨 담아둡니다.

뼈도 압력솥으로 흐물흐물 물러질 때까지 푹 삶습니다. 그러고는 부엌칼 손잡이 등으로 두들기는데, 너무 힘을 줘서 치다가 아래층에 울려 의심받으면 곤란하니까, 요시오 씨는 그런 걸 정말 신경 쓰니까 조금 두들겨보고 딱딱해서 안 되겠으면 다시 삶습니다. 그걸 반복합니다. 부엌칼이나 망치로 쉽게 으스러질 정도가 되면 이제 믹서 차례입니다. ……네, 뼈도 결국에는 믹서입니다. 잿빛 진흙처럼 됩니다.

전부 마야와 힘을 합쳐서 했습니다. ……그야 슬펐겠지만 어쩔 수 없는 일이니까요. 마야도 고다 씨를 때리고 물고 감전시켰으니까. 자기 때문에 죽었다는 감정도 있었을 겁니다. ……그리고 애도하는 마음도 있지 않았을까요. 가족으로서 마지막을 돌봐준다는 마음 말입니다.

이야기를 듣다 보면 점심시간이 된다. 그걸 무시하고 휴식이나 식사도 주지 않고 조사하는 것은 현행법상 불가능하다.

시간이 되면 피의자는 취조실에 남겨놓고 모두 일단 퇴실한다.

피의자는 유치계 담당자의 감시하에 취조실에서 점심을 먹는다. 퇴실한 사람들은 강당으로 가서 도시락이나 배달 음식을 먹는다. 간혹 식당으로 먹으러 나갈 때도 있다.

기와다는 대개 같이 입회하는 마쓰시마 순사부장과 점심을 먹는다. 오늘은 특별수사본부가 준비한 맞춤 도시락. 차는 마쓰시마가 따라준다.

"뜨거우니까 조심하세요."

"응, 고마워. 잘 먹을게."

이런 시간에 취조 중의 인상이나 알아챈 사실들을 이야기한다. 기와다가 알아채지 못한 점을 피의자와 같은 여성인 마쓰시마라면 알아챌 수도 있다. 기와다가 시선을 뗀 순간의 표정 변화도 마쓰시마라면 놓치지 않고 볼 수 있다.

하지만 그런 연합 작전도 요즘은 별 성과를 얻지 못하고 있다. 취조 리듬이랄까, 흐름이 패턴화되고 있다. 이쪽에서 알아낸 정보를 내밀면 '아쓰코'는 순순히 고개를 끄덕이고 경악할 만한 이야기를 시작한다. 하지만 끝나고 보면 전부 "요시오 씨가 시켜서 했습니다", "요시오 씨가 무서워서 따랐습니다"라는 똑같은 결론에 도달한다.

어느 때부터인가 마쓰시마도 한숨을 많이 내쉬게 되었다.

"틀림없이 뭔가를 숨기고 있는데 뭘 숨기고 있는지 짐작도 안 가요."

전적으로 동감이다.

"말할 때는 담담한데. 그 여자, 생각이 없는 듯하면서……."

말하다가 불현듯 인기척을 느껴서 옆을 보니, 수사 1과 관리관 후지이시 경시가 서 있다.

"아, 수고 많으십니다."

기와다가 일어나려고 하자 후지이시는 괜찮다며 손으로 제지한다.

"나카지마는 없나?"

"네, 방금 나갔습니다만."

"그래. 그럼 먼저 자네한테 말해둘까. 다 먹으면 바로 취조실로 돌아갈 거지?"

유치장에 돌려보냈다면 몰라도 굳이 취조실로 유치계 담당자를 불러다 놓았으니 가능한 빨리 돌아갈 생각이다.

"네. 뭐가 나왔습니까?"

"조금 전, 11시쯤이었나. 다무라한테 연락이 왔어."

다무라는 살인반 2계의 담당주임, 마야를 고다 야스유키의 사체 손괴 혐의로 체포하게 되면서 취조를 맡은 경부보다. 마치다 경찰서 소년계의 히로타 순사장은 변함없이 입회하고 있다.

두 사람은 매일 무사시노 경찰서까지 가서 마야를 취조한다. 다마 분실의 소년방에 유치하고 싶지만, 그곳에는 '아쓰코'가 먼저 유치되어 있다. 원칙적으로 공범 관계에 있는 피의자를 동일 시설 내에 유치할 수 없기 때문에 편도 한 시간이 넘게 걸리는 불편함을 감수하고 무사시노 경찰서에 맡기게 되었다.

그 다무라한테 연락이 왔다는 건.

"마야가 뭐라도 얘기했답니까?"

후지이시 관리관이 크게 한 번 고개를 끄덕인다.

"뭐라도가 아니야. 아쓰코의 본명이 밝혀졌어."

말을 하면서 들고 있는 종이를 기와다에게 보여준다. A4 용지 한 장. 팩스일 것이다. 손글씨가 조금 거칠다.

"다무라 녀석, 드디어 시동이 걸리기 시작했는지 용케 마야 입을 열었어. 이름은 하라다 유키에. 마야는 처음에 '유키에'만 생각해내고 나중에 '하라다'라고 덧붙였다는데, 이번엔 틀림없어 보여. 급히 알아봤더니 6년 전 사이타마의 오미야 경찰서에서 가족이 동명의 여자를 실종 신고했더군. 올해 서른일곱이 되는 여자야. 지금 현지에 사람을 보내서 확인 중일세."

잠깐.

"관리관님, 죄송하지만 잘 이해가 안 가는데, 어떻게 마야가 본명을 알고 있었던 겁니까? 처음에 그 여자를 '아쓰코'라고 부른 게 마야 아닙니까. 그런데 왜 이제 와서……."

후지이시가 고개를 살짝 젓는다.

"그게, 마야는 그 여자 가족이 '유키에'라고 부른 걸 기억해낸 거야. 그 가족 성이 '하라다'였으니까 '하라다 유키에'일 거라고, 그렇게 추측한 거야."

아직 이해가 안 된다.

"그럼 그 하라다 가족과 마야가 접촉한 적이 있다는 겁니까?"

후지이시의 입이 쓴 것이라도 씹은 양 비틀린다.

"그 맨션이야. 선코트마치다 403호. 그 집에 하라다 유키에 가족도 같이 있었어."

아쓰코의 가족이…….

그래도 기와다는 좀 더 기다렸다. 정보가 충분히 갖춰질 때까지 하라다 유키에에게 그 이름을 들이대는 일은 삼갔다.

생각했던 대로 그날 밤 회의에는 많은 수사원들이 의욕적으로 보고에 나섰다. 하라다 유키에의 호적, 입수하는 데 애먹었다는 고등학교 시절의 사진, 놀랍게도 그녀가 근무했다는 학원도 알아낼 수 있었다. 하루 만에 용케도 알아냈다는 생각이 들었다.

가장 주목할 점은 하라다 유키에의 가족에 관한 정보였다.

하라다 집안사람들은 올해 초부터 자취를 감췄고, 4월에는 집이 매물로 나왔다. 매입자가 나타났는지 집은 지난달에 헐렸다고 한다. 부동산 등기는 확인 중이지만 수사원이 현지에 갔더니 집이 있던 장소가 빈터가 되어 있었다.

이튿날 아침. 기와다는 다마 분실에서 온 그녀와 다시 취조실에서 마주했다.

모습은 여느 때와 똑같다. 이렇다 할 표정 없이 눈을 내리뜨고, 당연히 생기도 없다. 얼굴이나 목덜미에는 아직 색이 남은 상처가 여럿 있다. 피부가 하얘서 상처 하나하나가 유난히 눈에 띈다. 마치 중증 피부병 환자 같다.

우선 기와다는 인사를 건넸다.

"좋은 아침. 오늘은 당신 이야기를 좀 해볼까 하는데. 당신, 그동안 이름을 물어도 대답 안 했잖아. 아쓰코라고 부르면 그렇다고 고개를 끄덕였지만, 그 이름이 스낵바에서 쓰던 예명이라는 게 밝혀졌지. 유아사 메구미는 아닐 거라고 생각했지만, 그럼 본명이 뭐냐고 물어도 아래만 보면서 입을 다물어버리고."

입을 다물면 화제를 바꾼다. 기와다의 그 방침이 어떤 면에서는 해가 되었는지도 모른다.

"왜 그럴까? 왜 본명을 말하고 싶지 않을까? 가장 먼저 생각할 수 있는 건 가족이 알게 되기를 원치 않는다는 거지. 엄청난 일을 저질렀잖아…… 고다 마야에 대한 상해, 고다 야스유키의 사체손괴와 유기. 그런 걸 가족이 알게 되기를 원치 않는다는 건 지극히 자연스러운 마음이지. 하지만 일단 유치장에 들어가면 대개 그 생각은 바뀌기 마련이야."

그녀가 후 하고 콧김을 내쉰다. 하지만 심경의 변화까지는 읽을 수 없다.

"유치장에 들어가면 불안하고 뭐든 불편하잖아. 식사도 정말 최소한의 맛, 최소한의 영양뿐이야. 점심은 빵에 잼이나 버터, 팩 우유 정도? 하지만 돈이 있으면 뭐라도 사 먹을 수 있어. 돈가스 덮밥이나 오므라이스 같은 게 꽤 인기가 있는 것 같던데……. 그런데 당신은 그걸 바라지 않더군. 그런 걸 꼭 자비로 사지는 않아. 먹을 것도, 입을 것도 보통은 가족이 넣어주기를 바라게 돼. 그럼으로써 가족의 마음을 알게 되는 거지. 아아, 난 이런 짓을 저질렀는데 가족은 날 버리지 않는구나. 고맙다. 보통은 그런 걸 확인하고 싶어지거든."

다시 후 하고 콧김을 내쉰다. 어떤 징조로 봐도 되는 걸까?

기와다는 말을 이었다.

"그런데 당신은 안 그래. 가족에게 의지하려고 안 해. 이걸 좀 봐볼래?"

팔을 뒤로 하자, 사전에 약속한 대로 마쓰시마 순사부장이 사진을 건넨다. 일단 기와다가 확인하고 그녀에게 보였다.

"하라다 유키에 씨, 벌써 거의 20여 년 전 사진이지만 틀림없지? 당신 맞지?"

아니라고 한들 소용없다. 이 사진 속 소녀와 눈앞에 있는 여자는 완전히 동일 인물이다. 소녀 시절 머리 모양은 시골 느낌의 단발머리지만, 이목구비는 전혀 달라지지 않았다. 물론 지금이 더 야위고 상처투성이이지만 하얀 피부는 완전히 똑같다.

"하라다 유키에 씨, 당신은 식구들에게 피해가 갈까 봐 연락을 안 한 게 아니야. 당신이 본명을 밝히지 않은 건 가족에게 연락이 갈까 봐 두려워서가 아니라고."

드디어 입으로 숨을 쉬기 시작한다. 그녀 속에서 뭔가 혼란이 일어나고 있다.

"이제 가족이 없다는 걸 알기 때문이야. 그래서 연락을 하려고 시도조차 안 한 거야. 당신이 본명을 밝히면 경찰은 당연히 가족과 연락을 취하려고 하겠지. 하지만 가족은 이제 없어. 그러면 왜 없는지를 물어볼 거야. 당연하지. 나 같아도 당신 가족은 어디 갔냐고 물을 거야. 하라다 유키에 씨, 당신한테."

기와다는 넓적다리에 올려두었던 두 손을 책상 위로 올렸다.

아무것도 없는 책상에 기와다의 주먹이 두 개.

그 주먹을 펴 보인다.

"이제 알았어. 그 집, 선코트마치다 403호. 거길 경찰이 아주 세밀하게 조사하면 일반인이 뭘 감추려고 해도 흔적이 나오게 돼 있어. 유키에 씨, 그 집에서 대체 무슨 일이 있었는지 아직 말하지 않은 게 많잖아. 전부 들어줄게. 말해봐, 유키에 씨. 이건 당신 가슴속에 혼자 간직해둘 일이 아니야. 마야도 용기를 내서 조금씩 입을 열고 있어. 유키에 씨, 당신도 힘내야지. 어른이잖아. 아이가 그렇게 힘든데 자기는 모른 척한다는 건 심하지, 아무리 그래도."

그녀는 일단 눈을 감고 가볍게 두 번 고개를 끄덕였다.

고다 씨가 죽었기 때문에 저희는 수입이 끊겼습니다. 그렇다고 해서 마야가 어떻게 할 수 있는 건 아니라서 결국 제가 마련할 수밖에 없었습니다.

저금도 없으니까 일을 하거나 빌리거나 훔치거나 사기를 치거나…… 그런 방법밖엔 없습니다.

스낵바에서도 일을 좀 해봤습니다. ……아뇨, 마이코에는 다시 돌아갈 수 없어서, 다른 가게입니다. ……피해가 가면 안 되기 때문에 그건 봐주세요. ……그 새로운 가게에 요시오 씨나 마야가 감시하러 왔습니다. 도망치지 못하게 하려고요. 그 무렵 마야는 완전히 요시오 씨의 꼭두각시였습니다. 마야는 그런 걸 잘했습니다. 명령을 잘 듣고, 어떻게 하면 요시오 씨가 좋아할지 잘 알고. 저를 감시하는 일도 정말 철저하게…… 휴대전화를 가지고 낱낱이 보고했습니다.

생각처럼 벌지 못하면 당연히 린치가 기다리고 있습니다. 맞고 차이고 감전되고…… 이때부터 발톱을 많이 뽑힌 것 같습니다. 빨리 뛰지 못하게 하려는 의도도 있었을 겁니다. 그리고 발가락을 감전시키면 화상처럼 되어버려서 치료해야 하는데…… 치료하려면 당연히 돈이 듭니다. 하지만 반창고 한 개, 소독약 한 방울도 저희 마음대로 못 썼기 때문에 치료는 기본적으로 하지 않고, 상처는 건조시키거나 메워지기를 기다릴 뿐입니다. 메워지면 다시 그곳을 감전당하기 때문에 또 반복이지만…….

그런 가게는 아무래도 짧은 치마나 팔이 드러나는 복장을 입어야 합니다. 마담이 조금 더 섹시하게 입으라고 하죠. 하지만 팔을 드러내면 왜 그러냐고 걱정하고 그게 성가셔서 그만둡니다. 그만두고 돌아가면 또 감전, 린치가 기다리고 있습니다.

……항문에 직접 감전되었을 때는 정말 죽는 줄 알았습니다.

결국 일할 데도 없고 저금도 없는 저는 본가에 기댈 수밖에 없었습니다.

저는 요시오 씨의 명령으로 본가를 나오면서 돈을 많이 받아냈기 때문에 더는 기대지 못한다고 생각했는데……. 아버지는 시게후미라고 합니다. …… 무성할 무(茂), 글월 문(文)을 써서 시게후미입니다.

아버지는 시의회 의원이었기 때문에 세상 사람들 이목을 굉장히 신경 쓰셨습니다. 그래서 요시오 씨는, 제가 한 얘기의 어디서 힌트를 얻었는지 모르겠지만, 아버지가 바람피운 증거를 잡았다고…… 정말인지는 모르지만, 그걸 빌미로 아버지에게서 돈을 뜯어낸 적이 있었습니다. ……아뇨, 제가 집을 나오기 전입니다. 그, 아버지에게서 뜯어낸 돈으로 저희는 생활하기 시작했습니다.

그때 저도 아주 심한 말을 내뱉고…… 요시오 씨가 그렇게 하라고 해서 그렇게 했습니다. 대본처럼, 자기가 메모한 걸 주면서요. ……음란한 아버지다. 어머니도 변태다. 나는 남자라면 아무나 가리지 않고 잔다. 전부 까발리겠다. 그런 일도 있어서 본가에서는 이제 질려서 저를 찾지 않을 거라고 생각했는데…… 실종 신고를 냈군요. 몰랐습니다. ……왜일까요. 들은 적 없습니다. 식구들도 잊고 있었던 걸까요?

오랜만에…… 작년 겨울이었습니다. 본가를 찾아갔습니다. 아버지와 어머니, 이혼해서 친정으로 돌아온 언니가 있었습니다. 아버지는 이혼은 인정하지 않는 분이었지만 언니는 기가 세서. 아버지도 기본적으로는 세지만 한 방 크게 먹으면 입을 다무는 면이 있어서, 그런 점을 언니는 잘 이용했던 거겠죠. 아이를 데리고 친정에서 지내고 있었습니다.

제가 갔더니 일단 웃으면서 맞아주었지만 어쩐지 모두 얼굴이 굳어 있었습니다. 저도 처음에는 온화하게 대했지만, 요시오 씨가 두 시간 내에 100만 엔을 받아오라고 했기 때문에 느긋하게 있지도 못하고…… "돈 좀 주세요" 하고 말할 수밖에 없었습니다.

언니는 상식적인 사람이었기 때문에 "너 무슨 말 하는 거니" 하고 몰아붙였지만, 저도 필사적이었기 때문에…… 요시오 씨가 준 사진을 보여주면서 이런 일 하고 있다고…… 시신을 해체할 때의 사진이었습니다. 얼굴도 잘 나와 있었습니다. 제 손에는 이제 막 잘라낸 고다 씨의 목이 들려 있고…… 손목이나 텅 빈 몸통도 잘 찍혀 있고…… 아버지는 그 자리에서 토했습니다. 어머니와 언니는 말을 잃었지만 토하지는 않았습니다. 역시 그런 쪽에는 여자가 더 강한 걸까요.

100만 엔은 무리였지만 40만 엔을 받아서 본가를 나왔습니다. 조금 걸어가자 바로 요시오 씨와 마야가 다가왔습니다. "죄송합니다, 100만 엔은 없었습니다"라고 했더니, 요시오 씨가 그럼 못 받은 10만 엔당 감전 한 번이라고 했습니다. 여섯 번이면 거의 죽음입니다.

그날 밤은 택시로 마치다까지 돌아갔습니다. 편의점에서 사온 튀김을 안주 삼아서 요시오 씨와 마야는 술을 마시기 시작했고 저는 발가벗겨져서 감전을 당했습니다. ……항문에도 당했는데, 그 무렵부터 자기가 지린 건 자기가 먹는다는 규정이 생겨서…… 따를 수밖에 없었습니다. 제가 지린 거라서 제가 먹었습니다. 바닥이나 카펫을 핥아가며 먹었습니다.

이제 본가를…… 하라다 집안사람들을 여기 끌어들일 수밖에 없다고 생각했습니다.

취조를 마친 뒤 아쓰코, 아니 하라다 유키에를 다마 분실로 돌려보냈다. 그녀가 나가자, 내내 참고 있었는지 마쓰시마가 출입문에 주저앉아 손수건으로 입을 누르며 움직이지 않았다. 얼굴이 완전 파랗게 질렸다.

"괜찮아?"

"네, 죄송합니다. 괜찮습니다."

회의는 참석 안 해도 된다며 오늘은 이만 돌아가라고 마쓰시마를 퇴근시켰다.

그날 밤 회의에서는 하라다 집안에 대해 한층 다양한 보고가 올라왔다.

아버지 하라다 시게후미, 73세. 전 사이타마 시의회 의원. 당선 횟수는 통산 여섯 번, 그중 세 번은 오미야 시의회 의원으로 당선.

어머니 하루미, 65세. 주부.

언니 에이코, 41세. 3년 전에 이혼, 아들을 하나 데리고 친정으로 돌아와 있었다.

조카 히로무, 5세.

이 네 사람의 행방이 올 초부터 묘연하다고 한다.

이 사건의 취조관은 상당히 힘들 것이다. 피의자는 매일같이 놀라운 진술을 쏟아내고 있다. 더구나 두 사람이다. 한쪽이 다른 소리를 하기도 하고, 서로의 진술이 완전히 일치하기도 한다. 거기에 피의자가 의도하는 뭔가가 있느냐 없느냐, 시마모토라면 그 생각만으로도 머리가 터질 듯하다.

게다가 주범 격인 남자의 행방은 여전히 오리무중이다.

우메키 요시오를 찾아서 체포하는 일이 최우선 사항이라는 점에는 의심의 여지가 없지만, 체포하면 진술하는 사람이 한 명 더 추가된다는 생각에 솔직히 우울해진다.

본명이 '하라다 유키에'로 밝혀진 여성 피의자의 진술을 읽어봤을 때, 우메키 요시오는 자기 자신을 지키는 데 기이하리만치 집착

하는 인물로 추측된다. 자신의 손은 더럽히지 않는다. 최종 판단도 하지 않는다. 모든 범행은 주변 사람이 자발적으로 한 것처럼 보이게 만든다. 물론 재판이 열리면 이런 비논리적인 빤한 연극은 아무런 효력도 없지만, 적어도 하라다 유키에와 고다 마야를 원하는 대로 조종하는 속임수로는 기능을 했다.

사실 확인을 담당하는 일도 상당한 격무다.

구조와 시마모토 팀은 고다 야스유키의 신변 수사에서 유아사 메구미의 이력서 기재 내용을 확인하는 일로 옮겨 갔다가, 한때는 마치다 역 주변에서 우메키 요시오의 목격자를 찾는 데 가세했다가, 어제부터는 하라다 집안 주변을 수사하게 되었다.

오늘도 그 연속이다.

하라다 저택은 원래 사이타마 현 사이타마 시 오미야 구 다카하나초 2가에 있었다. 200평이 넘는 대지에 교토의 유서 깊은 료칸처럼 생긴 일본 가옥이 서 있었다고 한다.

시마모토와 구조는 하라다 가족을 아는 이웃 주민들에게 이야기를 듣고 다녔다.

"아아, 안 좋은 소문은 전부터 있었어요."

나카쓰지 미호, 39세. 중학교 동창과 결혼해서 거의 40년 동안 이 동네에 살고 있는 토박이다. 나이가 하라다 유키에와 언니 에이코의 딱 중간이라 어린 시절의 두 사람에 대해서도 잘 안다고 한다.

구조가 묻는다.

"좋지 않은 소문이라면?"

"시게후미 의원님은 오랫동안 시의회 의원이었잖아요. 물론 훌륭한 분이었다고는 생각하지만 걸치레라고 해야 하나, 그런 건 적지 않게 있었다고 봐요."

"시의원으로서의 겉치레 말입니까?"

"음, 본인보다 가족이랄까, 특히 유키에에 대해서요. 에이코 언니는 원래 시게후미 의원님이 시작했던 학원을 물려받아서 학원장을 했지만 유키에는 계속 말단 선생이었어요. 그 애, 좀 요령이 없어서……. 에이코 언니는 대학 교수랑 결혼해서 아이도 낳았잖아요, 비록 이혼은 했지만. 유키에는 그러다가 술장사를 시작했다는 것 같은데, 의원님 입장에서는 딸이 술장사를 하다니 용납할 수 없었겠죠. 그래서 유키에는 의절당했어요."

유키에는 요시오와 만나기 시작해서 집을 나왔고, 수입이 끊기게 되어서 술장사를 시작했다고 생각했는데, 아니었나 보다. 이웃의 소문과 유키에의 진술, 어느 쪽이 사실에 가까울까. 이 부분은 특별수사본부로 돌아간 뒤 검증이 필요하다.

구조가 이어서 묻는다.

"의절당했다면 유키에 씨는 오랫동안 이곳에 없었다고 생각해도 되는 겁니까?"

"그래요. 그럴 거예요."

"의절은 언제쯤 이야기입니까?"

"5년인가 6년 전 아니었을까요. 유키에가 사라지고 얼마 안 지나서 에이코 언니가 돌아왔으니까, 그때쯤이었을 거예요. 시게후미 의원님과 사모님도 나이가 들고, 불안하셨겠죠. 손주도 사내애라, 대를 잇기에 딱 좋다고 생각했을 테고요. 그래도 정치가였으니까, 나중에 지역구를 물려줄 생각 아니었을까요."

분명 이해가 되는 이야기다.

"그래서 그, 좋지 않은 소문이라는 건 구체적으로?"

"아아, 그건 그거예요. 의원님이 시의회를 은퇴하신 뒤에, 고문으로 있던 건설회사 사장한테 돈을 부탁했다고요. 집을 저당 잡혀도 좋으니 아무튼 돈이 필요하다고 하셨대요. 우리 남편이 그 하마우치 건설 자회사 임원이라서 그런 소문은 다 들어오게 되죠."

시골 정보망을 얕보지 말라는 건가. 하긴 마치다도 그다지 도시는 아니지만.

구조가 회사 이름을 한자로 확인하고 다시 질문한다.

"그 하마우치 건설 사장님은 결국 하라다 씨한테 돈을 빌려줬습니까?"

"아뇨, 액수가 액수라서요. 무리라면서 거절했다나 봐요. 그랬더니 순식간에 집을 내놓고, 저기 보시다시피."

그녀가 가리킨 곳에는 공사용 울타리가 둘러쳐진 부지가 있다. 예전에 하라다 저택이 있던 곳이다. 지금은 붉은 땅이 드러난 빈터로, 공사용 울타리에 있는 회사 이름도 하마우치 건설이 아니다.

이번에는 시마모토가 묻는다.

"왜 하라다 시게후미 씨가 거액의 돈을 필요로 했는지 무슨 들으신 얘기 없습니까?"

나카쓰지 미호는 "아아" 하고 낮게 내뱉더니 콧날에 주름을 만들었다.

"그건요, 정체는 모르겠지만 좀 무서워 보이는 사람이 와서 실랑이를 벌였어요. 가끔 큰 소리도 들렸다고 하고."

요시오다. 틀림없다.

"언제쯤 이야기입니까?"

"작년 가을인가, 겨울이었나."

이 점은 유키에의 진술과 거의 일치한다.

"큰 소리 이외에는?"

"저는 못 봤지만 들은 얘기로는……."

잠시 주변을 둘러보고는 입을 감싸는 시늉을 한다.

"정원에 시게후미 의원님이 나와 있었는데 그게, 알몸으로 똑바로 앉아 있었대요. 겨울인데 말이에요. 호스로 물을 맞는데, 사과하라느니, 어떻게 뒷수습을 하겠냐느니, 그런 소리가 들렸다는 건 이 주변에서는 모두 아는 얘기예요."

구조가 한숨 비슷하게 내쉰다.

"그걸…… 경찰에 신고한 사람은 없었을까요?"

그러자 나카쓰지 미호는 자신이 책망당했다고 느꼈는지 입을 삐죽였다.

"집안 문제잖아요. 무슨 일이냐고 그 집 식구한테 물어본 사람은 있었는지 모르지만, 대개 직접 경찰에 신고는 안 하죠. 시민의 감각으로."

구조는 그녀를 화나게 만들고 말았다. 드문 일이었다. 그동안 이런 적은 없었는데.

하라다 시게후미가 고문으로 있었다는 하마우치 건설은 그 고장에서는 꽤 세력을 떨치는 기업이다. 저녁에는 하마우치 건설 임원이었다는 67세의 남자에게 이야기를 들을 수 있었다.

사코다 신이치는 하라다 시게후미의 모습이 이상해지기 시작했을 무렵 아직 회사에 있었다고 한다.

"고문이라고 해도 일주일에 한 번 나오는 정도고 특별히 하는 일은 없이 형식적이었지. ……그래, 내가 그만두기 얼마 전이었으니까 올 1월경이군. 하라다 씨가 유난히 회사에 자주 나오는 거예요. 오면 꼭 사장실에 틀어박혀서 무슨 이야기를 나누지 않겠소. 궁금해서 나중에 사장님에게 물어봤더니 돈을 빌려달라고 했다지 뭐요."

사코다는 눈살을 찌푸린다.

"이상하잖소. 시의원을 몇 번이나 하고 다카하나초에서 저택에 사는 사람이 이제 와 그렇게 돈이 필요하다니. 더구나 얼굴은 여기저기 멍들어 있고 다리를 절기도 하고 손에 붕대를 감고 있기도 한 거요. 사장님도 하라다 씨가 시의원 시절에 여러모로 편의를 봐준 은혜가 있어서 할 수 있는 건 해드리고 싶었겠지. 하지만…… 구체적으로 듣진 못했지만 수천만 엔인가, 거의 억이 다 되는 이야기가 아니었나 싶어요. 그래서 사장님이 아무리 그래도 그건 무리라고 거절한 듯하고."

조금 전에 특별수사본부에 연락을 했더니 하마우치 건설에는 다른 팀을 청취하러 보낸다고 했다.

구조가 짧게 헛기침을 한다.

"다시 말해, 하라다 시게후미 씨는 명백하게 좀 이상해 보였다는 거죠? 폭행을 당했다고 추측되는 상황이었고, 나아가 돈을 빌려달라고까지 했다. 지역 명사고 자산가로도 알려진 하라다 씨가…… 그걸 알면서 왜 사장님이나 주변 사람들은 경찰에 신고하지 않았습니까?"

시마모토는 '또 저런다' 하고 생각했다. 오늘 구조는 좀 이상하다. 평소 같은 냉정함이 없다.

아니나 다를까, 사코다도 태도가 굳었다.

"그렇게 말씀하셔도 하라다 씨가 아무 일도 아니라고 하는데 어쩌겠소. 나도 직접 물어봤지. 무슨 일이냐고, 어디가 안 좋으시냐고 말이오. 그래도 '괜찮네, 괜찮네' 하고 실실 웃는 거요."

비슷하다. 고다 야스유키가 요시오에게 농락당하고 있던 무렵의 모습과 완전히 똑같다.

사코다가 말을 잇는다.

"나보다 친한 다른 사람 이야기인데, 그 사람한테는 투자 이야기도 꺼냈다고 합디다. 이번에 따님이랑 결혼하는 사람이 있는데 컴퓨터 업계에서 유명한 사람이라고, 1년에 수억 엔이나 버는 사람이라서 그 사람에게 연구비를 지원하면 몇 배가 되어서 돌아온다고, 100만 엔도 좋고, 200만 엔도 좋으니까 맡겨보라고. 그 사람은 그 전에 하라다 씨가 사장님한테 돈을 빌려달라고 했었다는 걸 알고 있었기 때문에 뭔가 위험하다고 생각해서 거절했다던데. 그런데 만약 그 투자 이야기가 거짓말이었다면 사기가 아니오? 이른바 옛 친구를 속이려고 했던 거니까. 그렇게까지 하다니 원……."

구조가 "그렇다면" 하고 말하려는데 시마모토가 제지했다. 지금 사코다를 나무란다고 해서 수사에 보탬이 되지 않는다.

시마모토가 인사를 하고 두 사람은 사코다의 집을 나왔다.

그 뒤, 몇 번을 찾아가도 비어 있던 집의 주부에게서도 이야기를 들었다. 하라다 저택이 있던 장소 바로 정면에 사는 오카다 야요이, 52세.

"작년 가을쯤에는 큰 소리가 자주 들렸어요. 남편이랑 '무슨 일일까' 하고 이야기했었는데."

또 구조가 감정적으로 나오는 사태를 피하려고 시마모토가 잽싸게 물었다.

"하라다 씨 가족분한테 왜 그런지 직접 사정을 묻지는 않으셨습니까?"

"물어봤죠. 하지만 그 댁 부인이 '아무 일도 아니에요'라고 말하고, '또 유키에가, 정말 어떻게 해야 할지 모르겠어요' 그러기에 '아아, 집안일이구나' 하고 말았죠."

오카다 야요이는 "그런데" 하며 눈살을 찌푸린다.

"12월쯤이었나? 밤늦게 차를 타고 외출을 하는 거예요. 부인과 에이코, 히로무도 같이요."

"온 가족이 모두?"

"네. 그 뒤로 계속 집에 불이 안 켜지잖아요. 그 집에 불이 안 켜지면 꽤 으스스해요. 대지도 집도 원체 커서요. 맞은편이 휑하니 시커메서 남편이랑 '도둑이 들면 안 되는데' 하는 이야기를 했었죠."

구조가 당장이라도 '걱정할 건 그게 아니잖습니까' 하고 말하려는 듯 인상을 쓴다. 하지만 그 말을 하게 두면 다 망친다.

"손자까지 데리고 어디를 갔을까요?"

"그건 모르겠어요. 아침에는 대개 돌아왔는데…… 그러다 며칠씩 돌아오지 않게 되고, 어쩌다 돌아왔을 때 말을 걸었더니 가족여행을 다녀왔다고 했어요. 모습이 좀 이상했지만요. 다리를 절고 낯빛도 나쁘고. 말로는 여행지에서 넘어졌다고 하던데. 그러더니 어느 틈엔가 하라다 씨 집이 매물로 나왔다는 소문이 났어요. 그래서 지난달에 헐렸잖아요. 대체 무슨 일이 있었던 거예요?"

바로 지금 그걸 조사하고 있는 중이다.

차가운 캔 커피를 사서 공원 벤치에 앉아 한숨 돌리기로 했다.

7월도 하순으로 접어들고 최고기온은 매일 30도가 넘었다. 시계를 보자 오후 3시. 아마 지금도 32도나 33도쯤 될 것이다.

벌써 여름방학인 걸까. 초등학생들이 물풍선을 서로 부딪치며 놀고 있다. 남자아이 하나가 식수대의 수도꼭지에 풍선 입을 씌워서 물을 세게 트는데, 한눈파는 사이에 물이 넘쳐서 그대로 터졌다. 그게 어지간히 재미있는지 젖은 티셔츠의 배를 부여잡고 깔깔 웃고 있다. 친구들도 아이를 가리키며 웃고 있다. 뒤에서 물풍선을 들고 적이 다가오는지도 모르고.

하지만 구조는 그런 풍경이 전혀 눈에 들어오지 않는 모양이다.

"대체…… 어떻게 된 거야, 전부 하나같이."

시마모토가 오히려 구조에게 하고 싶은 말이다.

"구조 씨야말로 왜 그러시는 겁니까? 구조 씨답지 않습니다. 관계자들한테 그런 식으로 묻다니, 다른 때는 더 냉정하지 않습니까."

구조가 하아 하고 거칠게 숨을 뱉는다.

"저도 이런 순진한 소리는 하고 싶지 않지만, 주변 사람들이 제대로 경찰에 신고만 했어도 이 사건은 좀 더 빨리 인지됐을 겁니다. 적어도 하라다 씨 집은 이웃들과 교류가 있었잖아요. 선코트마치다랑은 사정이 달라요. 아마 유아사 메구미도 무사하지는 않을 겁니다. 요시오에게 건강보험증을 빼앗기고, 이름도 하라다 유키에가 쓰고 있었을 정도니까. 처음에 요시오한테 연애감정으로 빠져들고, 바로 돈줄이 되고, 그래도 부족해져 가족한테 기대고, 이번에는 그 가족도 요시오의 먹이가 되고, 저금을 뺏기고, 부동산을 뺏기고, 마지막에는 목숨을 빼앗기는 거죠. 고다 야스유키처럼요. 절단되고 해체되어 메밀국수 양념장 속에서 삶아지고, 믹서에 돌려지고, 하수에 흘려보내졌겠죠. 대체 왜 그런 짓을 하는 건지."

시마모토도 경찰이다. 범죄에 대한 증오와 분노는 구조와 똑같이 느끼고 있다. 하지만 그 감정을 일일이 외부에 표출하면 수사를 할 수가 없다.

"이해는 하지만…… 역시 구조 씨답지 않아요. 평소에는 조금 더 쿨하지 않습니까."

다시 구조가 하아 하고 숨을 뱉는다.

"쿨? 저는 쿨하지 않습니다. 요시오만이 아니에요. 하라다 유키에도 그렇고, 마야도 그렇고, 피해를 당한 건 안됐지만 고다 야스유키도 그렇고, 이 사건 관계자들은 한결같이 으스스해요. 일단 도망치려고 들지를 않아요. 그야 요시오가 나름 약점을 쥐고 조종해서 그런 것도 있겠지만, 그렇다 쳐도 최악의 사태를 피할 기회는 얼마든지 있었을 텐데."

그 말도 맞다.

"하지만 그렇게 장기간에 걸친 감금이라면……."

"'학습성 무력감' 말인가요?"

그렇다. 바로 시마모토가 하고 싶었던 말이다. 장기간 감금되어 폭력을 당하다 보면 사람은 점차 빠져나가려는 노력을 하지 않게 되고, 결국은 도망칠 기력조차 빼앗기게 된다는 학설이다.

구조가 고개를 끄덕인다.

"그런 연구결과가 보고되고 그걸 뒷받침하는 사건이 발생하고 있는 건 사실입니다. 하지만 돌파구는 있었을 거라고요. 실제로 마야는 틈을 봐서 도망치지 않았습니까. 노력이 무의미하지 않다는 건 알고 있었던 겁니다. 설령 자력으로는 무리라고 느꼈다 해도 주변에 도움을 요청하는 정도는 가능하지 않았을까요? 그보다 시마모토 씨, 제가 걱정하는 건 훨씬 더 좋지 않은 일입니다."

구조의 표정이 한층 험악해진다. 어금니를 꽉 깨물어서 턱 근육이 경직되는 것이 보인다.

"뭡니까, 더 좋지 않은 일이라는 게?"

"마치다 경찰서는 이 일련의 사건과 관련해서 고다 마야를 보호하기 전에는 정말 아무 신고도 받지 못했을까요?"

"네?"

그런 정보는 적어도 지금까지는 보고되지 않았다.

"그걸 확인해야 합니다. 누군가 신고를 했는데 담당자나 경찰서 사정으로 수리하지 않았다면, 혹은 순찰 중에 뭔가 보거나 들었는데도 방치했다면…… 이건 큰 문제예요."

맞는 말이다. 그런 일은 만에 하나라도 있어서는 안 된다.

여자 화장실에서 나온 사부로에게 말을 건 게 옳은 일이었을까, 아니면 아무것도 못 본 걸로 하고 그냥 집으로 갔어야 했을까. 신고는 아직 그 답을 찾지 못하고 있다.

그 뒤 사부로와는 좀처럼 얼굴을 마주하지 않게 되었다.

그동안은 평일 아침과 저녁, 신고가 집에 있는 시간은 대개 사부로도 집에 있었다. 마음을 터놓고 지내지는 않았지만 늘 같이 아침을 먹었고, 저녁때 캔 맥주라도 하나 건네면 사부로는 미안한 듯 머리를 숙이며 받아 들고 한 방울도 남기지 않고 다 마셨다. 저녁 식사 후에는 담배를 피우러 나갔다가도 어느 틈엔가 돌아와서 새벽녘이면 소파에 있었다. 휴일 아침에도 집에 있는 일이 많았다. 낮에는 자신과 세이코를 배려해서 나간다고 생각했다.

하지만 공원에서 신고가 말을 건넨 그날 밤 이후, 사부로의 행동 유형이 완전히 바뀌었다.

우선 아침에 일어나면 보이지 않을 때가 많다. 세이코에게 물어도 산책 나갔을 거라며 별로 개의치 않는다. 신고가 나가기 전에 돌아오는 일도 없다. 밤에는 밤대로 역시 없다. 저녁은 세이코와 둘이 먹거나 신고 혼자 먹는 일이 많아졌다. 즉, 겉으로는 사부로가 오기 전 생활로 거의 돌아갔다.

그렇다고 사부로가 집을 나갔냐 하면 절대 그렇지는 않다.

갈아입은 옷은 세탁기에 들어 있고, 아주 조금이지만 개인 물품도 있다. 신고가 나가기 전에는 다섯 개였던 캔 맥주가 돌아와서 보면 네 개가 되어 있기도 한다. 소파에 방치된 텔레비전 리모컨, 손으로 찢은 두루마리 화장지, 젖은 욕실 바닥. 사부로도 이 집 생활에 익숙해졌는지, 약간은 흔적을 남기고 있다.

신고는 그 부분에 대해서도 세이코에게 물어보았다.

"요즘 사부로 씨는 뭐 하고 지내셔?"

욕실에서 막 나온 세이코는 식탁에서 화장수인지 뭔지를 얼굴에 바르고 있다.

"요즘이라니…… 딱히, 여전히 아무것도 안 하실걸."

백수라는 걸 그처럼 태연히 이야기해도 곤란하지만, 지금 중요한 건 그쪽 주제가 아니니까 일단 제쳐둔다.

"아무것도 안 하시는 것치고는 아침에 안 계실 때가 많잖아. 밤에도 별로 안 들어오시는 것 같고."

세이코는 "그래?" 하고 아무렇지 않은 듯 고개를 갸웃한다.

"그건 어쩌다 신고랑 타이밍이 안 맞는 게 아닐까? 내가 있을 때는 집에 계실 때가 많은데."

"어쩌다가는 무슨 어쩌다가야? 오늘 아침에도 안 계셨고, 지금도 안 계시잖아."

"오늘 아침? 오늘 아침에는 계셨어. 신고가 나가고 조금 있다가 산책에서 돌아와서 내가 일 나갈 때까지는 계셨는걸. 어제도 신고가 돌아오기 전까지는 계셨고."

친딸과 둘이라면 신경 쓰지 않아도 되기 때문일 거라는 추측은 아무런 위안이 되지 않는다. 사부로는 친딸에게도 무슨 짓을 할 수 있겠다는 생각이 들 정도로 수상쩍다. 결코 생각하고 싶지 않지만, 세이코에게 강제로 무슨 짓을 한다는 최악의 사태까지 신고는 상정하고 있다. 애당초 친부녀 사이인지도 모르는 일 아닌가. 신고에게 사부로는 남이고, 한 사람의 남자다. 세이코를 의심하고 싶지 않다는 마음으로 그 생각을 덮어놓고 있지만, 자신이 완전한 제3자였다면 태연하게 입 밖으로 냈을 것이다.

저 두 사람, 그렇고 그런 사이 아니야?

정말 생각만 해도 소름이 돋는다. 겁이 난다. 눈물이 나온다. 하지만 울고 있을 때가 아니다.

"그 말은 사부로 씨가 나를 피하고 있다는 거네."

"에이, 그건 아니야. 그럴 이유도 없는데."

과연 그럴까.

"그런데 한마디로 아니라고도 할 수 없어."

신고는 소파에서 일어나 식탁으로 이동한다.

"나, 여기 말고 밖에서 사부로 씨를 본 적이 있어."

"흐음, 그랬구나."

반들반들한 세이코의 이마. 분홍색 헤어밴드.

"어디서였을 것 같아?"

"음, 몰라."

"생각 좀 해봐."

"생각해도 몰라. 아무 얘기도 못 들었단 말이야."

세이코가 말을 하면서 로션 병 같은 것을 집어 든다.

"아니, 그러니까, 단순히 못 들었다 하는 차원의 이야기가 아니잖아. 제대로 일도 안 하는 중년 남자가 돈도 없이 대낮에 이 시골 동네를 어슬렁거리고 있어. 뭘 하는지 걱정하는 게 보통 아니야?"

하얀 병을 든 채 세이코가 뺨을 부풀린다.

"신고, 뭔가 요즘 아빠한테 가시가 있어. 말하는 데 점점 거리낌이 없네."

내가 지금 거리낌을 가지고 말해야 할 이유가 뭔데?

"당연히 가시가 나오지. 이렇게 계속 공짜 밥 먹여주는데."

세이코가 한쪽 눈썹에만 꽉 힘을 넣는다.

"그러니까, 그건 내가 책임진다고 했잖아. 아르바이트도 늘릴 거고, 식비도 많이 댄다고 하잖아."

그러고 보니 얼마 전에 들은 말이다. 그럼 우리 둘의 생활은 어떻게 되는 거냐며 다투기도 했다. 하지만 납득이 가는 결론에는 이르지 못했다.

다시 그 화제를 끄집어내고 싶지는 않지만 하는 수 없다.

"돈 문제가 아니라고 저번에도 말했잖아. 그런 쩨쩨한 소리나 하려는 게 아니야."

"거짓말. 계속 공짜 밥, 공짜 밥 하면서."

그건 그럴지도 모른다.

"알았어. 그럼 이제 공짜 밥 이야기는 안 할게. 문제는 그게 아니니까."

"그럼 문제가 뭔데? 신고가 무슨 소리 하는지 모르겠어."

"모르겠다고 하지 마. 특별히 어려운 소리 하는 거 아니잖아. 일도 안 하고 돈도 없는 남자가 이런 시골 동네에서 대낮에 뭘 하느냐, 그게 다야."

"그러니까, 모른다니까."

"그럼 가르쳐줄게."

말을 한 뒤 아차 싶었다. 완전 말다툼이 되었다. 이런 식으로 시작할 의도는 없었다.

세이코의 동그란 눈이 한없이 날카로워진다.

"뭐야?"

"아니야."

"아빠가 뭘 하시는데 그래?"

이상하게 가슴이 두근거린다. 이 말을 하면 세이코가 어떤 얼굴을 할지 상상이 안 간다. 그렇다고 이제와 무를 수도 없다.

"그러니까, 밖에서 사부로 씨를 봤다고 했잖아."

"응. 어디서 봤는데?"

"공원."

"그게 뭐 어때서? 공원이야 평범하잖아. 공짜고."

"근데 공원에서 누군가를 미행하고 있었어."

"뭐? 누군가가 누군데?"

"몰라."

"모르면서 어떻게 미행하고 있었다고 하는 거야?"

"그렇지만…… 아마도 여자였을걸."

"아마도? 그럼 확실한 게 아니잖아."

왜 사부로가 화제로 오르면 항상 내가 열세에 서게 될까. 왜 세이코는 이렇게 세게 나올까.

"그게 다가 아니야. 슈퍼 벤치에서도……."

"슈퍼 벤치? 무슨 소리야?"

"거기서 선코트마치다라는 맨션을 감시하고 계셨어."

"뭐? 슈퍼는 뭐고, 맨션은 뭐야? 무슨 소리인지 모르겠어."

세이코가 거칠게 로션 병을 식탁 위에 탁 내려놓는다.

신고가 가장 싫어하는 분위기다. 세상에서 가장 사랑스러운 세이코가 항상 웃는 얼굴이기를 바라는데, 언제까지나 둘이서 평온하게 솜사탕에 둘러싸인 기분으로 있고 싶은데.

하지만 이건 두 사람의 세계를 지키기 위해서 반드시 해결해야 하는 문제다. 여기서 물러날 수는 없다.

"해가 진 다음 사부로 씨는 그 맨션에 들어갔어. 근데 얼마 안 돼서 거기서 여자가 나왔어. 이어서 사부로 씨도 나오고…… 그러고 나서 공원 화장실까지 뒤따라갔고…… 그 여자가 사용한 화장실에 나중에 들어가서 뭔가를 하고 있었어."

세이코는 잠시 아무 반응이 없다.

견디기 힘든 침묵이 흐르고, 그 압력에 빠져버릴 듯싶다.

10초, 20초…….

세이코의 얼굴에서 노여움의 빛이 사라진다. 울려나 싶었지만 슬픈 빛도 역시 떠오르지 않는다. 아무런 감정도 드러내지 않는, 하얀 모래 같은 무표정.

신고가 모르는 세이코가 그곳에 있었다.

"신고, 아빠를 미행했구나."

세이코는 입도 거의 움직이지 않고 말을 뱉는다. 누군가 다른 사람이 말하는 것 같다.

"그래. 뭐 하시는 건가 싶어서……."

"그래서 아빠가 뭐 하고 계셨는데?"

"그게, 잘 모르겠어. 그냥 여자 화장실에서 나오니까 이상하다고 생각해서……."

"생각해서, 어떻게 했어?"

"말을 걸었어. '뭐 하세요?' 하고."

"아빠가 뭐라고 하셨는데?"

"잘못 들어갔다는 식으로 말씀하셨어."

"그게 언제 이야기야?"

"지난주 토요…… 아니, 일요일."

돌연 살색 베일이 내려앉고 세이코의 뺨에 혈색이 돌아온다. 갑자기 미소가 퍼진다. 신고가 아주 잘 알고 아주 좋아하는 표정이다.

"에이, 남자 화장실이랑 착각하신 것뿐이잖아. 신고, 가도 너무 갔어. 아빠가 원래 그렇게 잘 덜렁거리시거든."

목소리도 평소와 똑같다.

하지만 신고는 전혀 납득하지 못했다.

지금이 웃을 타이밍인가?

그 뒤로도 사부로와는 얼굴을 마주하지 않는 날이 많았다. 하지만 전혀는 아니었고, 가끔 아침이나 저녁 식사를 같이하기도 했다. 하지만 항상 세이코도 함께였다. 신고와 사부로 둘이서만 먹는 일은 완전히 없어졌다.

세이코 앞에서 사부로에게 질문을 퍼붓기는 어렵다. 신고가 "사부로 씨" 하고 부르면 그런 이야기를 하려는 게 아닌데도 세이코가 힐끔 노려본다. 가끔은 세이코가 선수 쳐서 묻기도 한다.

"아빠, 어제 뭐 하셨어요?"

사부로는 낮게 신음하며 "아무것도"라고 대답하든지, 기껏해야 "파친코"라고 중얼거리는 정도다. 신고가 납득이 가는 대답은 도저히 얻을 수 없다.

집에서 같이 지내지 않기 때문에 이전보다 사부로의 행동을 파악하기 더 어려워졌다. 쉬는 날에 그 공원이나 슈퍼에 가봐도 사부로는 보이지 않는다. 선코트마치다 주변을 돌아다녀도 마찬가지다. 신고는 이 이상 할 수 있는 일이 없다는 생각이 들었고, 그럴 기력도 없었다. 애당초 집에 있어줬으면 하는 상대도 아닌데, 사부로가 집을 오래 비우면 오히려 환영할 일 아닌가. 사부로만 없으면 세이코와 마음껏 밤을 보낼 수 있다. 세이코도 "아빠가 돌아오실지도 몰라" 하며 무턱대고 거절하지 않게 되었다. 어쩐지 이전보다 목소리를 내지 않게 억누른다는 느낌은 있지만 그런 세이코도 보기에 따라서는 사랑스럽다.

그래서는 아니지만 침대를 새로 장만했다.

"신고, 너무 그쪽으로 가지 마. 가운데로 와."

"넓어졌는데 붙어서 자면 전이랑 달라진 게 없잖아."

"계속 안 그래도 되니까 처음만 붙어 있어줘."

"처음이 얼마나인데?"

"으음, 내가 잠들 때까지."

"그렇지만 내가 움직이면 또 깨잖아."

"깨지 않게, 내가 모르게 떨어져줘."

"말도 안 되는 소리 하지 마."

"할 수 있어. 신고라면 할 수 있어."

"그게 뭐야."

쉬는 날에 집 안을 살펴봤지만, 도청기나 몰래 카메라가 숨겨져 있지는 않은 듯했다. 물론 침실에도 없었다.

이제 사부로는 신고에게 가끔 식사만 같이 하는 사람, 아주 한순간 드나드는 시간만 겹치는 사람, 그러니까 그저 자주 마주치는 사람 정도의 존재가 되었다.

있는 듯하면서 없고, 없는 듯하면서 있는 사람.

신경 쓰지 않으면 이제는 그다지 불쾌한 존재도 아니다. 아니, 그렇게 생각하려고 하는지도 모르지만.

마음만 먹으면 언제든지 한 소리 해줄 수 있다. 힘으로 내쫓을 수도 있다. 하지만 지금은 그러지 않는다. 잠시 미뤄두었던 세이코와의 밤을 되찾고 있는 중이다. 조금 더 이 생활을 맛보고 힘을 기르는 거다. 결전에 나서는 것은 그다음에 해도 된다.

하지만 그런 생각도 아주 잠깐뿐이었다.

언제쯤부터였을까. 소파 옆 사이드테이블과 텔레비전 옆의 휴지통 사이에 가방이 덩그러니 놓이게 되었다. 약간 크고 허름한 검정 나일론 가방이다. 안에는 사부로의 옷가지가 들어 있다. 이 집에서 유일하게 사부로의 사유물이 있는 자리다.

처음에는 없었던 것 같다. 사부로는 입던 옷 그대로 이 집에 머물기 시작했던 걸로 기억한다. 이제 슬슬 두 달이 다 되어가고 있다. 사부로의 생활은 지극히 검소하다. 최소한의 의류와 식사만으로 하루하루를 보내고 있다.

사부로의 첫인상은 곰이었다. 그 뒤 한때는 변변히 움직이지 않고 반응하지 않는 모습에서 거북이를 연상했지만 요즘에는 고양이로 바뀌었다. 작지도 않고 귀엽지도 않지만, 먹이를 먹고 싶을 때만 돌아오는 염치없는 뻔뻔함이 정말 고양이 같다. 엄청나게 큰 길고양이. 완전 돼지 고양이다.

그런 주제에 세탁만은 제대로 해줬으면 하는 모양이다. 신고와 세이코의 빨랫감이 들어 있는 바구니에 셔츠와 팬티, 양말이 종종 숨긴 듯이 섞여 있다. 평소에는 세이코가 전부 모아서 한꺼번에 세탁하지만, 아르바이트나 날씨에 따라 아무래도 쌓이게 되는 일이 있다. 그럴 때는 하는 수 없이 신고가 한다. 장인이라고 인정하는 건 아니지만, 사부로의 빨래만 빼놓고 하는 건 치사한 짓이다. 겸사겸사 같이 해준다.

신고가 세탁을 한 날은 세이코의 기분이 굉장히 좋다. 빨래를 걷어서 개어두면 평가가 더 올라간다.

돌아오자마자 "해준 거야? 고마워" 하고 소리 높여 말하고 폴짝 달려든다. 그럴 때 세이코는 정말 사랑스럽다.

그렇기 때문에 세탁도 꼭 나쁜 일만은 아니다.

그날도 쉬는 날이고 시간도 있어서 신고가 세탁기를 돌렸다. 다 된 빨래를 베란다에 널고, 미뤄두었던 녹화 방송을 보면서 혼자 점심을 먹고, 가끔 졸기도 했다. 날씨가 별로 좋지 않아서 저녁 무렵 일찌감치 세탁물을 걷었다.

세이코의 속옷과 티셔츠를 개는 일은 즐겁다. 특히 이 레이스가 많이 달린 분홍색 셔츠는 섹시해서 마음에 든다. 신고는 이와 비슷한 보라색 셔츠도 좋아한다. 허리 부분이 끈으로 되어 있다. 일일이 좋아하는 옷을 들다 보면 끝이 없다. 반면 자기 빨래를 개는 일은 단순작업이고, 사부로 빨래는 솔직히 오물을 만지는 듯 불쾌하지만 하는 수 없다. 적당히 말아서 가방에 쑤셔 넣는다.

휴지통 옆에 놓인 나일론 가방. 항상 닫혀 있는 걸 보면 사부로도 꽤나 꼼꼼한 성격이다. 열어봐도 그 인상은 바뀌지 않는다. 위에는 사용 빈도가 높은 속옷 종류와 양말, 셔츠. 그 밑에 바지. 처음에 입고 있었던 두툼한 점퍼와 니트 모자는 아래에 깔려 있다.

옷은 미묘하게 늘어나 있다. 모두 세이코가 준 돈으로 샀을 것이다. 혹은 세이코에게 받은 돈을 파친코에서 불렸을 수도 있다. 하지만 역시 검소하다는 점에는 변함이 없다. 어떻게 겨우 이 정도의 물건으로 지낼 수 있는 건지, 노숙자도 이보다는 짐이 많을 텐데. 야한 책 한두 권쯤 숨겨놓고 있어도 이상할 거 없지 않나.

신고는 가방 옆쪽으로 손을 찔러 넣어보았다. 손끝이 속옷과 셔츠 층을 통과해서 폭신폭신한 점퍼에 도달한다. 순간 옷에 곰팡이는 안 피었는지 염려가 되었지만, 손을 빼내도 특별히 냄새는 나지 않는다. 다행이다.

이번에는 반대쪽에서 가방을 파고 들어가 본다. 마찬가지로 속옷과 점퍼에 닿는다. 더 깊숙이 모험을 시도해본다. 손끝이 뭔가에 툭 닿았는데, 가방을 이어 붙인 부분이었다. 손톱으로 선을 따라가다가 더 바닥으로 잠입해서 맨 아래층을 탐색한다. 아무것도 없는 듯하다. 이제 손바닥은 나일론 천 너머로 바닥을 쓰다듬을 뿐이다.

에이, 시시해.

그런 생각을 하면서 손을 빼려고 했을 때, 새끼손가락 아랫부분이 뭔가에 닿아서 부스럭 하고 소리가 났다. 뭐지? 종잇조각인가? 조금 더 옆으로 나아가서 다시 확인해본다. 역시 뭔가 있다. 종이 꾸러미 같은 것이다. 별로 크지는 않다. 적어도 야한 책 정도의 크기는 아니다. 커봤자 반지갑 정도다.

어어, 설마 재산을 숨겨놓은 건 아니겠지.

이미 윤리나 신중함 같은 감각은 완전히 사라지고 없었다. 오히려 중학교 생활지도 교사가 예고 없이 소지품 검사를 하는 느낌이다.

사부로 군, 선생님은 너를 지도하고 감독해야 해. 네가 거액의 현금을 숨기고 있는 것만으로도 문제가 되고, 그 밖에 법에 저촉되는 다른 것, 가령 각성제나 대마 같은 것을 가지고 있으면 곤란하단다. 만약 사부로 군이 그걸로 장사를 하고 있었다면 선생님도 문책을 당하거든. 그런 일은 최대한 사전에 막고 싶어.

꺼낸 종이 꾸러미는 딱 손바닥 크기에, 반지갑보다 폭이 좁고 길다. 각성제와 주사기가 아닐까 상상했지만 흔들어봐도 그럴듯한 소리는 나지 않는다. 뭐가 그럴듯한 소리인지는 잘 모르지만.

자세히 보니 반으로 접힌 갈색 봉투다. 봉해져 있지는 않다. 모서리는 망가지고 종이도 전체적으로 부드러워져 있다. 봉투를 펴서 열어본다. 안에는 흰색 비닐봉지가 뭉쳐 있다. 갑자기 불법약물 의혹이 거세진다.

비닐도 꺼내서 그 안을 검사한다.

“어?”

안에는 완전히 예상과 다른 물건이 들어 있다.

“뭐야 이게.”

도시락에 흔히 딸려오는 간장통이다. 일반적으로는 금붕어 모양이지만 이것은 병 모양이다. 길이는 3~4센티미터 정도. 조그만 빨간 뚜껑이 달려 있다.

그 통이 네 개.

창가에서 빛에 비춰보자 간장보다는 색이 옅고 붉어 보인다. 신선한 간장은 붉다는 말을 어디선가 들은 적이 있다. 하지만 이처럼 꾀죄죄한 가방에 신선한 간장이 있다는 것도 이상하다. 더구나 왜 네 개일까. 사용하지 않은 간장을 챙겨두었다고 하기에는 많고 내다 팔기에는 너무 적다. 실로 어중간한 개수다.

내용물이 간장이 아닐 수도 있지 않을까.

신고는 빨간 뚜껑을 돌려서 열고 한 방울만 손끝에 흘려본다.

“응?”

나쁜 예감이 든다.

볼록하게 동그란 방울이 되어 떨어질 때까지의 그 점착력은 어디선가 본 적이 있다.

이윽고 집게손가락 끝에 떨어진 방울은 액체임에도 불구하고 여전히 둥근 모양을 유지하고 있다.

엄지손가락으로 집어서 문지르듯이 찌그러뜨려본다.

역시 그렇다.

이건 피다.

기와다는 가만히 하라다 유키에를 본다.

서류 작성 등으로 하루를 통째로 비울 때도 있지만, 기본적으로는 매일 취조를 하고 있다. 하지만 취조를 계속할수록 이 사건은 더 깊은 어둠 속으로 빠져든다. 출구는커녕 어느 틈엔가 입구도 잃어버린다. 미로, 동굴, 혹은 심해, 밑바닥, 끝없는 늪.

기와다가 처음 선코트마치다 403호에 들어갔을 때 모든 창문을 막고 있던 암막은 이미 철거되어서 그 집이 더 이상 어둡다는 인상은 들지 않는다. 하지만 사건 당시의 양상을 알게 되면서 검은 베일이 다시 한장 한장 기억 속의 403호에 포개진다.

이제는 촛불 하나로 비추듯이 방의 광경이 흔들흔들 일그러져 보인다. 불빛이 닿지 않는 방구석이나 등 뒤의 사각에 뭔가 숨어 있는 느낌. 돌아보기도, 팔을 뻗기도 주저된다.

기와다는 간혹 사건의 중심을 잃지 말라며 자신을 훈계한다. 누가 어떤 피해를 입었는지도 중요하지만 지금은 우메키 요시오라는 남자를 확보하는 일이 가장 시급하고, 그와 연결된 정보를 얻어내야 한다. 그것을 유키에가 뱉어내게 해야 한다.

"요시오가 갈 만한 장소…… 아는 사람의 집, 단골 가게, 추억의 장소 같은 곳 없어?"

유키에가 고개를 가로젓는다. 좌우로 겨우 2, 3센티미터, 코를 흔드는 정도의 작은 부정이다.

"없습니다."

"지금 당신 서른일곱이잖아. 요시오와는 만난 지 7년 정도 됐다고 했고. 7년이나 만났으면 이것저것 이야기할 기회가 있었을 거 아냐. 어릴 때 어땠다느니, 부모님은 어떤 분이었다느니."

고개를 갸웃하는 각도도 몹시 미묘하다.

"들었지만 전부 거짓말이었습니다."

깜짝 놀랐다. 유키에가 처음으로 요시오의 과거를 '들었다'고 진술했다. 그동안 '모른다', '잊었다'라고만 일관했는데.

하지만 놀라움을 얼굴에 나타낼 수는 없다.

"뭐라고 했는데? 무슨 말을 들었지?"

"고향, 그런 거."

"어디라고 했는데?"

"처음에는 교토였을 겁니다."

"그런데 그게 거짓말이었다?"

"네. 저한테는 교토라고 했지만 다른 사람한테는 도쿄라고 하고,

사이타마라고도 하고."

"누구한테 도쿄라고 했는데?"

"고다 씨한테 그렇게 말했을 겁니다. 마이코의 마담한테는 아마 센다이라고 하고. ……잘 기억이 안 납니다."

다른 개인 정보도 모두 거짓말이라고 한다. 컴퓨터 관련 일을 한다는 사실, 그에 부수되는 투자 이야기, 모두 엉터리다.

"아버지가 회사 사장으로 어릴 때는 유복했다고도 했는데, 다른 곳에서는 어릴 때 가난해서 고생했다고도 하고. 상대에 따라…… 살인 전과가 있다고 한 적도 있었습니다."

끈기 있게 귀를 기울이며 이야기를 더 끌어낸다.

"가정이 있다고 할 때도 있고, 이미 이혼했지만 아이가 있다…… 여동생은 모델이다, 형이 은행 중역이다…… 또 자기는 고교 야구에서 고시엔(일본의 고교 야구 전국대회_옮긴이)에 출전한 적이 있다는 이야기도…… 그 이야기는 몇 번이나 했습니다. 고등학교 이름을 물으면 와세다실업이나 PL학원이라고 대답했습니다. 하지만 그런 이야기는 항상 야구를 잘 모르는 사람한테만 했습니다. 잘 아는 사람한테는 절대 안 했습니다."

왜 그런 이야기를 그동안 하지 않았는지 물었더니, 유키에는 전부 거짓말이어서 의미가 없다고 생각했다고 대답했다.

"멍청하다고 생각하시겠지만…… 영감이 있다, 제 마음이 깨끗하다, 그런 말을 저는 믿었으니까…… 그래서 진짜도 조금은 섞여 있는지도 모르지만, 저는 이제 뭐가 진짜고 뭐가 거짓말인지…… 전혀 모르겠습니다."

여하튼 요시오에 관한 진술 확보는 수확이었다. 체포, 구류된 후에 선코트마치다에서 지낸 날들이 조금씩 과거가 되어가면서 마음이 진정되고 있는지도 모른다. 그러면서 요시오에 대한 공포감에서 해방되고 있다고도 볼 수 있다.

"유키에 씨. 당신에게 우메키 요시오는 어떤 존재였을까?"

또 고개를 갸웃할 줄 알았는데 아니었다.

미묘하게 초점이 안 맞는 눈으로 멍하니 기와다를 본다.

"커다란 고키부리(바퀴벌레_옮긴이)."

고키부리의 어원은 '고키카부리(御器噛り)', 잔반으로는 부족해서 그릇까지 갉아먹는다는 사나운 성질에서 유래했다.

유키에는 그 사실까지 알고서 비유한 걸까.

"사람에 대한 비유로는 최악이네."

웬일로 유키에가 분명하게 고개를 끄덕인다.

"네. 요시오 씨는 무슨 생각을 하는지 알 수 없는 사람입니다. 웃기도 하고 화도 내지만 본심은 아닙니다."

"그게 무슨 말이지?"

"그러니까, 바퀴벌레입니다. 감정을 읽을 수 없다고 해야 하나, 다음에 무엇을 할지 예측할 수 없다고 해야 하나…… 그래서 사람들을 속일 수 있는 겁니다. 모두 처음에는 속습니다. 하지만 금방 알아채죠…… 이 사람은 정상이 아니라고. 언니도 그랬습니다."

유키에의 언니, 하라다 집안의 장녀.

하라다 에이코.

가족 중에 처음 마치다까지 온 사람은 언니였습니다. 기가 세니까 아마 자기가 담판을 짓고 오겠다며 왔을 겁니다. ……저와 담판을 짓겠다는 겁니다.

언니는 전에 부족했던 60만 엔을 저에게 주고 쫓아내려는 속셈이었을 겁니다. 이 돈을 가지고 영영 꺼지라는 거죠.

요시오 씨에 대해서는 알고 있었을 겁니다. 직접 본 적은 없었지만 아버지가 바람피운 걸 빌미로 돈을 뜯어낸 이야기는 들었을 겁니다. 언니는 그처럼 이치에 안 맞거나 자신의 뜻대로 안 되면 참지 못하는 성격이라서 자신이라면 요시오 씨를 제압하거나 말로 이길 수 있다고 생각했는지도 모릅니다. 아무튼 기가 셌으니까.

저와 요시오 씨를 헤어지게 하겠다는 생각도 있었을 겁니다. 저는 원래 식구들에게 짐이었는데 그 짐에 질 나쁜 벌레까지 붙은 거죠. 먼저 요시오 씨에게서 저를 떼어내야 이야기를 할 수 있다고 생각한 겁니다. 언니는 전화로 제가 혼자인지 몇 번이나 확인했습니다. 요시오 씨는 외출했다고 대답하자, 몇 시에 돌아오는지도 물었습니다. ……저녁쯤이라고 대답했을 겁니다. ……거짓말입니다. 요시오 씨는 처음부터 옆방에 있었습니다.

언니는 1시쯤 왔습니다. 창문을 전부 암막으로 가려둔 걸 보고 놀랐습니다. 눈이 아프다고도 했습니다. 요시오 씨가 사오는 세제는 산성도가 굉장히 강해서 그 냄새가 배었던 것 같습니다. 창문도 거의 열지 않으니까 환기가 잘 안 되었을 겁니다. 저희는 익숙했지만…….

그 시신을 해체하는 사진은 뭐냐, 사실은 우리를 속이기 위해 만든 거 아니냐고 물었습니다. 제가 대답을 안 하니까 60만 엔이 든 봉투가 나왔습니다. 언니는 이걸로 도망치라고 했습니다. ……사라지라고 했는지도 모르겠습니다.

안 된다고 하자 언니는 서슬이 시퍼렇게 되어서 퍼부었습니다. 무슨 짓을 한 거냐, 그 사진은 무슨 뜻이냐, 어차피 아버지한테서 돈을 뜯어내려는 수작 아니냐, 이제 안 속는다. 그러면서 이 돈을 가지고 어디든 가라고 내동댕

이쳤습니다.

그때 요시오 씨가 나왔습니다.

처음에는 "너무 큰 소리 내면 곤란해요" 하고 온화한 태도를 보였습니다. 요시오 씨는 아주 자상하게도 할 수 있거든요. 웃는 얼굴로 목소리도 부드럽게…… 언니도 조금 움츠러들었습니다. 요시오 씨는 고다 씨 이야기를 했습니다. 저와 마야가 때리고 차고 감전을 해서 죽었다고…… 마야는 옆방에 있었을 겁니다. 이야기도 듣고 있었을 겁니다.

어디까지나 요시오 씨의 주장이긴 하지만…… 그런 짓을 한 건 두 사람이고, 자기는 의논 상대가 되어준 것뿐이라고 했습니다. 시신 처리도 조언은 해줬지만 실제 작업은 두 사람이 했다고요. 그리고 언니한테 다시 사진을 보여주면서 "이 목과 내장 모두 진짜예요. 장난 아니었어요. 며칠씩이나 걸려서" 하면서…….

요시오 씨는 언니 입장도 존중한다는 듯 말했습니다. 가족분에게 폐 끼치고 싶지 않다, 하지만 자신도 언제까지나 저 둘을 돌봐줄 수는 없다, 연고가 없는 곳으로 도망가게 하면 가족들과 자신도 안심하고 살 수 있다, 그런 방법을 생각해보자, 다행히 자기한테 생각나는 곳이 있다, 그곳에 둘을 보내면 이제 안심이다, 하지만 그러려면 돈이 좀 더 필요하다…….

도중에 맥주도 꺼내고 음식도 내놓았습니다. 요시오 씨는 "편하게 계세요" 하면서 언니 등을 쓰다듬기도 했습니다. 언니분도 참 힘들겠다, 히로무를 혼자 키우다니 훌륭하다, 그런 이야기도 했습니다. 학원 경영, 나이 든 양친, 전부 당신이 짊어지고 있다. 게다가 여동생까지 제멋대로 굴고 있다니 당신이 불쌍하다……. 왜 이혼했느냐고도 물어보고, 친정에 돌아갈 결심을 했을 때 이야기도 하고. 언니가 무슨 대답을 하면 잘한 건 열 배 정도 과장되게 칭찬하고, 힘든 일은 열 배 정도 부풀려서 동정했습니다.

어느 틈엔가 언니는 아주 불쌍한 사람이 되어 있었습니다. 당신은 더 편하게 살아도 되는 사람이다, 큰일을 많이 겪었으니까 더는 힘들지 않아도 된다, 오늘 히로무는 부모님이 봐주시는 거냐, 잘됐다, 여기서 좀 쉬다 가라, 편안하게 평소 쌓였던 걸 토해내라…… 아마 보통 맥주가 아니었을 겁니다. 도중에 마야가 준비했는데…… 맥주에 위스키를 더한 게 아닌가 싶습니다. 그거 엄청 취하거든요.

언니도 조금씩 자세가 흐트러지고 요시오 씨한테 안기고, 요시오 씨는 머리를 쓰다듬으면서 귓가에 이렇게 아름다운데, 아직 이렇게 젊은데 이래서는 너무한다느니 하는 말을 하고…… 그러다 언니 가슴을 만지고. 처음에 언니는 "뭐 하는 짓이에요" 하고 저항했지만 요시오 씨가 "그게 아니에요" 하고 얼버무리고. 또 술을 먹이고 이번에는 무릎을 만지고. 치마 속에 손을 넣으려고 하니까 역시 언니가 거부하는데, 자꾸 반복되는 사이에 언니도 서서히 저항하지 않게 되고…… 그 자리에서 요시오 씨한테 안겼습니다. ……네, 제가 보고 있는 앞에서요. 그 광경은 마야가 비디오로 찍고 있었습니다.

언니가 정신을 차린 건 밤중이었을 겁니다. 알몸이었고 요시오 씨와 하는 모습이 텔레비전에 나오고 있으니까 무슨 일이 있었는지 바로 알았을 겁니다. 그날 언니는 그렇게 돌아갔습니다.

그다음 날부터 요시오 씨가 언니를 부르기 시작했습니다.

매일매일 요시오 씨가 언니를 불렀습니다. 마치다까지 오라고 했습니다. 저도 전화를 했습니다. 히로무를 핑계로 못 온다고 하면 그럼 히로무도 데리고 오라고 합니다. 학원이 끝나면 늦는다고 하면 그럼 자고 가라고 하고요. 동생도 있고 자기도 남이 아니니까 걱정할 것 없다는 게 요시오 씨의 주장이었습니다.

일주일에 한 번이 두 번, 세 번이 되고…… 히로무는 마야가 보살폈고 언니도 술은 싫어하지 않았기 때문에 머지않아 매일 오게 되었습니다. ……네. 고다 씨 때와 거의 같은 상황입니다. 아무리 그래도 히로무한테는 술을 먹이지 않았지만.

당연히 부모님도 걱정하십니다. 그게 오히려 요시오 씨한테는 부모님을 데리고 오게 할 수 있는 절호의 구실이 됩니다. 거절은 허용되지 않습니다. 언니는 완전히 요시오 씨의 꼭두각시였고, 히로무도 마야가 비디오를 보여주니까 "왜 엄마랑 아저씨 발가벗었어? 발가벗고 뭐 해?" 하고 물어보고, 언니는…… 눈물을 흘렸습니다.

부모님이 마치다로 오셔서 일단 술자리부터 열었습니다. 히로무와 마야는 다른 방에 있고 거실에는 어른 다섯 명이 있었습니다. 술과 음식은 저와 언니가 준비했습니다. 텔레비전에는 비디오카메라가 연결되어 있었습니다. 언제든 재생할 수 있다고 언니를 협박하는 겁니다.

처음에는 언니에게 한 것과 같은 이야기를 꺼냈습니다. 고다 씨를 죽인 건 저와 마야라는…… 저를 도망치게 하려면 돈이 필요하다는 것도 같았습니다. 하지만 그다음이 달랐습니다.

찬 맥주가 떨어진 겁니다. 제가 그만 깜빡하고…….

그때부터입니다.

"이 여자는 제대로 하는 게 없어요. 이런 여자를 돌봐주는 제 입장이 되어보세요. 집안일은 실수만 하고, 음란하고, 제가 거둬주고 있는데 고다라는 남자를 끌어들인 거예요. 그러다 뜻대로 안 되니까 죽여버리지를 않나. 때리고 차고 몸에 전극을 달아서 전류를 흘려보내고, 먹을 것도 제대로 안 줘서 마지막에는 거의 미라 같았다고요. 머리도 이상해지고. 그러는데 어떻게 안 죽어요. 완전 살인이에요. 그런데 막상 죽이고 나니까 어떡하냐고만 하고. 하는 수 없이 여기서 절단 냈죠. 욕실이 온통 피범벅이었어요. 제정신으로는 못 하는 일이에요, 정말. 이런 여자한테는 교육이 필요해요. 몸이 알게 하지 않으면 안 된다고요." 그렇게 부모님 앞에서 떠들어댔습니다.

그러더니 벗으라고…… 그래서 벗었습니다. 속옷도 전부요. 유두를 잡힌 채 방 안을 빙글빙글 끌려다녔습니다. 가끔 세게 잡아당겨서 소리를 지르면 그 횟수를 세도록 했습니다. 그러면서 알몸으로 맥주 사러 가겠냐고 집요하게 묻습니다. "못 해요, 죄송합니다" 하고 사과하면 사과하려거든 맥주가 바닥나지 않게 사다 두라면서 더 강하게 잡아당깁니다. 유두를 잡고 쓰러뜨리려고 했습니다.

넘어지면 감전입니다. 그때는 성기였습니다. 찌릿 하고 성기를 쥐어뜯는 통증입니다. 철썩 하고 가죽 허리띠로 힘껏 맞는 느낌인지도 모르겠습니다. 소변을 조금 지렸기 때문에 핥아서 청소했습니다.

어머니는 눈물을 흘리며 입을 크게 벌리고 굳어 있었습니다. 아버지는…… 아버지도 눈물을 흘리면서 떨고 있었습니다. 언니는 아연실색했습니다.

소변을 핥고 있는 중에도 엉덩이를 탁탁 때립니다. 이런 쓸데없는 딸내미를 어떻게 해주겠다는데 돈 정도는 아끼지 말고 준비하라고.

아버지는 울며 웃는 듯한 얼굴로 힛힛 하고 이상한 소리를 내고 있었습니다. 머리가 이상해졌나 생각했지만, 그때는 아직 제정신이었을 겁니다.

"에이코 씨, 당신도" 하고 화살이 언니한테 가려고 하자 언니는 비디오 이야기라고 생각한 모양입니다. "요시오 씨!" 하고 소리를 높여서 허둥거리며 입을 다물게 하려고 했습니다. 그게 요시오 씨는 마음에 안 들었던 모양입니다. "큰 소리 내지 말라고 했잖아!" 하고. 언니는…… "네" 하고 얌전해졌습니다. 요시오 씨는 "당신도 감전당하는 게 낫지 않을까" 하고 말했습니다. 언니는 아마 감전을 당하지 않으면 비디오를 틀겠다고 생각한 모양입니다. 요시오 씨와의 육체관계가 언니의 가장 큰 약점이었으니까…… 언니는 말없이 따랐습니다.

처음이라서 그때는 발가락이었습니다. 일어선 상태로요. 스위치는 제가 눌렀습니다. 한순간, 최대한 짧게 했지만 언니는 무너지듯이 그 자리에 주저앉았습니다. 머리를 부닥치지 않게 마야가 대기하고 있었지만 그 정도로 위험하게 쓰러지지는 않았습니다. ……아뇨, 머리를 부딪치면 큰 소리가 나니까 그걸 방지하기 위해서입니다. 특별히 언니를 걱정해서는 아닙니다.

그다음부터는 비용을 산출합니다. 요시오 씨가 말하는 대로 쓰는 게 제 임무였는데, 글씨를 못 쓴다, 계산이 틀렸다면서 걸핏하면 얻어맞았습니다. ……아, 아뇨, 요시오 씨한테가 아니라 언니한테, 맨주먹으로 얼굴을요. 요시오 씨가 그렇게 시켰습니다. "그래, 거기, 틀렸어" 하고 요시오 씨가 확인하면 언니가 퍽 하고…… 그게 한없이 이어집니다.

아버지도 패닉 상태였을 겁니다. 완성된 서면을 읽어주자 "네네" 하고 고개를 끄덕였습니다. 처음에는 도장이 없어서 날인이었을 겁니다. ……2천만 엔 정도 되는 금액이었습니다, 그때는.

식구들한테 지불이 끝날 때까지 매일 마치다에 오라고 했습니다. 오면 우선 지불부터 합니다. 영수증은 없고 요시오 씨가 가지고 있는 공책에 얼마 입금되었는지 기입합니다. 하지만 500만 엔 지불하면 다시 300만 엔, 그 300만 엔을 지불하면 이번에는 700만 엔 하는 식으로 새로 추가 청구됩니다. 지불 목표액이 줄어드는 일은 없습니다.

내역이요…… 식대나 교육비. 고다 씨가 저 때문에 죽은 탓에 마야를 요시오 씨가 돌보게 되었으니 저희 아버지가 양육비를 치러야 한다, 그런 이야기입니다.

그러는 가운데 언니는 일찌감치 요시오 씨한테 붙으려고 했습니다. 육체관계도 있었지만, 히로무한테 위해가 미치지 않으려면 다른 사람이 희생되어야 한다는 생각도 있었을 겁니다.

예를 들면요? ……사소하게는 완탕 수프를 만들 때 제가 조금 흘렸는데 아까웠다 하는 식입니다. 그 정도 일도 요시오 씨는 가차 없이 감전되는 이유로 삼습니다. 언니가 이르고 제가 감전될 경우 스위치는 아버지나 어머니가 켰습니다. 이른 사람한테는 대개 아무것도 시키지 않았기 때문에 언니는 이르는 데 적극적이었습니다.

마치다에 오면서 초밥을 사 오라고 명령했는데 어머니가 잊어버렸다거나, 지불액이 적은 건 아버지가 졸다가 은행에 못 가서라거나, 집에서 두 분이 요시오 씨 험담을 했다거나…… 정말 뒤에서 마음껏 일렀습니다.

누가 아니라고 반론해도 언니가 기가 세니까 아버지나 어머니는 반박당하고 괜히 폭행만 더 당합니다. 그렇기 때문에 서서히 아무도 언니를 거스르지 않게 되었습니다.

요시오 씨 머릿속에는 서열이 있었을 겁니다. 가장 위가 언니, 두 번째가 어머니, 세 번째가 아버지고 제가 가장 밑입니다. 아무 일 없으면 폭행은 제가 당합니다. 하는 사람은 아버지입니다. 그걸 차마 볼 수 없어서 어머니가 당신이 당하겠다고 나서면 주제넘는다고 혼나고, 어머니에게 아버지를 때리라고 합니다. 그게 끝나면 제가 어머니를 때립니다. 때리는 사람의 손뼈가 부러질 때까지요. 잘못하면 서열이 바뀌기 때문에 섣불리 움직이지 않는 게 현명합니다.

어느 날 요시오 씨가 새로운 제안을 했습니다. 이제 집에는 돌아가지 않아도 된다, 당신들은 여기서 살라고요. 가장 먼저 찬성한 사람은 언니였습니다. 본심은 아니었겠지만 주저하는 태도를 최대한 보이지 말자는 생각이었을 겁니다. 히로무는 아직 어렸기 때문에 유치원을 그만두면 되는 일이었고.

그래서…… 방마다 맹꽁이자물쇠를 설치했습니다. 당신들 가족은 사이가 나빠서 내 눈이 닿지 않는 곳에서는 접촉하지 않는 편이 좋다고 했습니다. 하지만 속내는 저희 가족이 결탁해서 요시오 씨를 배제하는 움직임이 일어날까 봐 걱정했기 때문일 겁니다. 처음에 언니가 요시오 씨의 꼭두각시가 된 건 육체관계를 비밀로 하고 싶었기 때문이지만, 그게 어느 시점에서 갑자기 의미가 없어져서…….

왜냐하면 그때 이미 어머니도 요시오 씨와 육체관계가 있었고, 더구나 그 사실을 아버지가 알게 돼서…… 그 분노는 정말 무시무시했습니다. 요시오 씨가 안 보는 곳에서는 태연하게 어머니에게 손찌검을 하게 되고…… 하지만 요시오 씨는 그런 상황도 냉정하게 대처했습니다.

만약에 언니와의 관계까지 아버지가 알게 되면 이제 자신은 세 사람을 조종할 끈이 없어진다고 생각한 모양입니다. 언니와의 육체관계는 요시오 씨한테는 큰 강점이었습니다. 그게 없어지고 완전히 폭발한 아버지가 이제 돈을 지불하지 않겠다, 유키에가 저지른 짓도 경찰에 신고하고 싶으면 하라고까지 말하면…… 나아가 비밀이 없어져 자포자기가 된 언니가 거기에 동조라도 하게 되면 돌이킬 수 없게 되니까…….

그런 사태를 피하기 위해 요시오 씨가 한 발 앞서 세운 대책이 집에 못 가게 하고 자물쇠 달린 방에 감금하는 일이었습니다.

요시오의 말투를 재현할 때 유키에는 항상 일종의 흥분 상태가 된다. 머릿속에서 요시오가 되어 입에 담지 못할 욕을 해대고 격하게 질타하며 있는 대로 잔인해진다. 그 대상은 가족이며 마야이고 때로는 자기 자신이다. 유키에는 거기에 흥분을 느끼는 듯하다.

이만한 사디즘이, 마조히즘이 또 있을까.

하지만 요시오가 빠져나가는 순간, 다시 유키에는 원래의 모습으로 돌아간다. 그저 여자 형태를 띤 텅 빈 그릇이 된다.

이야기를 어느 정도 들으면, 기와다가 질문해서 의문점을 메운다.

"요시오는 아버지 시게후미 씨가 화난 걸 어떻게 알았을까?"

유키에는 희미하게 눈살을 찌푸리며 대답했다.

"저도 낮에는 욕실에 갇혀 있어서 잘 모르는 부분이 많지만 아마 언니한테 들었을 겁니다. 아직 요시오 씨의 꼭두각시였던 때 같습니다."

역시 밀고인가. 아들과 살아남기 위해 부모를 팔았다는 걸까.

"그럼 요시오와 어머니 하루미 씨가 육체관계를 맺었다는 사실을 시게후미 씨에게 가르쳐준 사람은 누구일까?"

그 물음에는 고개를 젓는다.

"그 부분은 아직 식구들이 본가와 마치다를 오갈 때 이야기라서 저는 그쪽에서 무슨 일이 있었는지 거의 모르지만…… 어머니가 직접 말씀하셨을 가능성도 있다고 봅니다. 요시오 씨와 이어지는 일이 자신의 서열을 우위로 만드는 가장 빠른 방법이니까, 어머니 나름 생각해서 그러신 게 아닐까 하고……."

모든 암컷이 자신의 몸을 지키기 위해 한 마리의 강한 수컷에 붙으려고 한다. 그 경쟁에서는 부모자식이나 자매라는 혈연관계도 아무런 의미를 갖지 못한다.

이것이 제대로 된 인간사회의 구도일까.

이게 짐승의 무리와 다른 게 뭐가 있을까.

구조의 말이 내내 시마모토의 마음에 걸려 있다. 잘못 삼킨 돌덩이처럼 명치 언저리에 막혀서 위를 무겁게 짓누르고 있다.

마치다 경찰서는 고다 마야를 보호하기 전에 이 일련의 사건과 관련해서 어떠한 신고도 받지 못했을까.

만약 고다 마야나 하라다 유키에가 마치다 경찰서에 신고했는데 수리하지 않았거나, 수리했음에도 수사하지 않고 방치했다면 큰 문제가 된다.

분명 알아볼 필요가 있다.

시마모토는 밤 회의 종료 후, 슬며시 후나무라 총괄계장 자리로 다가갔다. 일의 성질상 우선 마치다 경찰서 형사조직범죄대책과 강력범 수사계의 책임자인 그에게 이야기를 해야 한다고 생각했기 때문이다.

후나무라는 기와다의 대각선 뒷자리에 앉아서 마치다 경찰서에서 준비한 도시락을 먹고 있다.

"총괄님, 잠시 괜찮으십니까?"

깨가 뿌려진 밥을 한입 가득 먹던 후나무라가 "응?" 하고 고개를 든다.

"그래, 시마모토구나. 뭐?"

그 소리에 기와다도 이쪽을 돌아보고 조금 관심을 가졌지만, 시마모토가 가볍게 인사를 하자 도로 앞을 본다.

시마모토가 다시 후나무라를 쳐다본다.

"좀 의논드릴 일이 있습니다만."

"너, 밥은?"

지금은 밥이 문제가 아니다.

"아뇨, 좀 식욕이 없어서요."

"엇…… 어디 안 좋아?"

이 복잡하고 기괴한 사건을 다루기에 현재의 특별수사본부 인원은 절대적으로 부족하다. 실제로 손대지 못하고 있는 일이 많이 쌓여 있고, 회의에서도 곳곳에 빈틈이 보인다. 그 상황에서 부하가 컨디션 난조로 전선에서 이탈이라도 하면 어쩌나 염려된 것이겠지만, 잘못 짚었다.

"아뇨. 괜찮습니다. 전혀 걱정 안 하셔도 됩니다."

"아이…… 겁주지 마."

말을 하면서 젓가락으로 자반연어의 살점을 떼어낸다.

"이것 좀 먹고 나서 하면 안 되나?"

"아아, 괜찮습니다. 그럼 다 드시고 밑에서 뵙겠습니다."

밑이라는 것은 시마모토와 다른 동료들이 평소 있는 형사조직범죄대책과, 속칭 '형사실'을 가리킨다.

"알았어. 그럼 먼저 가 있어."

시마모토는 "네" 하고 답하고 경례한 뒤 그 자리를 뒤로했다.

형사조직범죄대책과가 있는 2층으로 계단을 내려간다. 요즘은 강당에만 있다 보니 자기 책상이 있는 방에 가는 것은 며칠 만이다.

형사조직범죄대책과에는 당직 경찰이 몇 명 남아 있다. 강력반, 절도반, 지능반이 한 명씩. 조직범죄대책계도 있을 텐데 지금은 총기약물대책계의 히구치 순사부장만 보인다.

"어서 와, 시마모토 순사부장. 특별수사본부는 당직 빠질 수 있어서 좋겠어."

비아냥거리며 말을 건넨 사람은 같은 강력반 고지마 순사부장이다. 시마모토와 한 살 차이밖에 안 나기 때문에 강력반에서는 가장 가까운 사이다.

"그럴 리가. 매일 회의에서 쪼아대는 통에 밥도 안 넘어가."

"오호. 그럼 이거 나눠줄까? 기운이 나는 하얀 가루."

고지마가 말을 하면서 서랍을 열려고 한다. 이미 몇 번이나 들은 단골 농담이다.

"어차피 용각산이겠지. 됐어."

용각산 분말은 각성제 마약과 많이 비슷하다.

"그래? 목이 편해질 텐데."

"목이 아파서 밥이 안 넘어가는 게 아니잖아."

해도 그만 안 해도 그만인 이야기를 하고 있자니 순식간에 10분이 지나간다. 후나무라는 아직 내려오지 않는다.

'총괄님 원래 밥 빨리 드시는데' 하고 생각하는데 주머니에서 휴대전화 진동이 울린다.

눈치 빠른 고지마가 놀리는 얼굴로 들여다보려고 한다.

"엇, 여자? 특별수사본부 빠져나가 데이트라도 가려고?"

"그럴 리가 있냐."

휴대전화를 꺼내 보자, 액정화면에 '후나무라 총괄님'이라고 표시되어 있다.

"네, 여보세요."

"그래, 어디야?"

"어디라뇨, 형사실입니다만."

"아아, 밑이라는 게 그거야? 나는 뒤쪽이라고 생각했지."

흡연자인 후나무라에게 식후에 가는 '밑'이라면 경찰서 뒤편에 있는 흡연실이다.

"죄송합니다. 바로 내려가겠습니다."

허둥지둥 형사실을 나가 다시 1층까지 계단을 내려간다. 흡연실은 경무과 옆을 지나서 뒷문으로 나가면 있다. 마치다 경찰서 청사 내부에서는 흡연을 할 수 없다.

뒷문을 열기만 했는데 열기로 후끈거리는 여름 밤바람 세례를 받는다. 후나무라는 이미 두 개비째인지, 은색 스탠드 재떨이 앞에서 새 담배에 불을 붙이려 하고 있다. 다행히 주변에는 아무도 없다.

머리를 숙이면서 종종걸음으로 다가간다.

"죄송합니다, 여기라고 생각 못 해서."

"아니야, 됐어."

후나무라는 담뱃갑과 라이터를 주머니에 넣으면서 후 하고 크게 연기를 내뿜는다. 연기를 눈으로 좇는 만족스러운 옆얼굴. 시마모토도 3년 전까지는 담배를 피웠기 때문에 식후에 피우는 한 개비가 얼마나 맛있는지 잘 알고 있다.

후나무라가 생각이 났는지 시마모토를 본다.

"의논할 게 뭔데?"

"네, 그, 수사에 관한 겁니다만."

"위에서는 말 못 하는 건가?"

"네, 뭐…… 내부적인 이야기라서."

범인 체포에 관련된 실수라면 경시청 형사부도 책임이 있고 센터를 경유한 경찰 신고 관련이라면 경시청 지역부 소관이다. 하지만 이곳에 직접 접수된 상담이나 신고라면 마치다 경찰서의 책임이 된다. 꺼림칙한 이야기지만, 시마모토가 염려하는 것은 그 가능성이다.

다시 한 번 머리를 숙인 뒤 시작한다.

"실은 본부의 구조 순사부장과 나눈 이야기입니다만. 그…… 8일에 고다 마야를 보호하기 전에는 이번 안건과 관련된 신고나 접수가 전혀 없었는지 갑자기 걱정이 되어서요. ……만약 마야나 유키에가 선코트마치다에서 도망쳤다가 요시오가 데리고 돌아가는 장면 같은, 그런 목격 정보를 보거나 들은 직원이 있었는데 제대로 수사하지 않고 방치했다면 큰 문제가 됩니다. 그렇지 않아도 그 집 욕실에서는 DNA가 다섯 명분이나 나왔습니다. 만약 신고를 했는데 묵살당하고 그 일이 일어났다면 마치다 경찰서는 큰 실수를 한 게 됩니다."

시마모토는 어느 때보다 진지한 얼굴로 이야기했다고 생각했다.

어느새 주먹을 불끈 쥐었고 몸도 약간 앞으로 기울어졌다.
하지만 후나무라는 시마모토를 보며 가볍게 웃는다.
"총괄님, 웃을 일이 아닙니다."
"그래, 미안. 자네를 비웃은 게 아니야. 오히려 믿음직했어. 봐주게."
그래도 웃음을 거두지 않고 시마모토 어깨에 손을 얹는다.
"무슨 뜻입니까?"
"그러니까, 자네도 상부를 조금 더 믿어봐."
"네?"
같은 손으로 이번에는 시마모토의 어깨를 가볍게 친다.
"그런 건 이미 오래전에 내가 알아봤다고 말하는 거야. 아쓰코…… 아니, 하라다 유키에를 처음 조사한 사람이 누구지? 바로 나야. 장기간에 걸친 감금과 폭행. 그런 건은 전국에서 처음 있는 일이 아니야. 도중에 도망친 적이 있지 않을까, 누군가에게 도움을 요청한 적이 있지 않을까, 신고하지 않았을까, 상담은 없었을까. 생각할 수 있는 모든 경우는 전부 조사를 마쳤어."
명치 언저리에 막혀 있던 것이 갑자기 부슬부슬 풀리면서 떨어진다.
"그럼 마치다 경찰서는 아무 신고도 받지 못한 겁니까?"
후나무라가 고개를 끄덕인다.
"그래. 내가 조사한 바로는 없어. 적어도 고다 마야를 보호하기 전에는 없었어. 이 경찰서에서 받지 못했다면 나머지는 선코트마치다 주변 파출소지. 여자가 걸어서 갈 수 있는 범위는 한계가 있으니까. 다다오 파출소, 기소 파출소, 모리노, 나카마치, 야마자키, 그리고 역 앞 파출소 경찰서장부터 지역과장, 각 계장까지 다 물어봤어. 사전 예고 없이 갑자기 1계부터 4계까지 야간근무 때를 노려서 내가 직접 물어보고 다녔지. 무슨 일이 있어도 숨겨야겠다고 마음먹고 내 앞에서 얼굴색 하나 안 변한 녀석이 있었다면 어쩔 수 없지만. 그렇게 되면 내 책임이나 다름없어. 감찰 조사든 뭐든 다 받아야지."

"네에" 하고 뱉은 숨이 공교롭게도 한숨처럼 되었다. 안도한 탓인지 갑자기 배도 고팠다.

후나무라는 한 모금 더 피운 뒤, 짧은 꽁초를 재떨이에 떨어뜨렸다.

"납득되었습니까, 시마모토 순사부장님?"

"아, 그게, 주제넘은 말씀을 드렸습니다. 실례했습니다."

후나무라가 한쪽 뺨을 찡그리며 미소 짓는다.

"그게 무슨 주제넘었다고. 책임 문제를 사전에 없애려고 했다고 하면 듣기 안 좋지만, 이쪽 일이 제대로 돌아갔는지 검증하려고 했다는 건 결코 나쁜 마음가짐이 아니야. 서로 책임을 전가하는 건 분명 추하지만, 그렇기 때문에 자기 직책을 완수하려고 하는 면도 있지. 조직이란 그런 거야. 우리는 거기 속해 있어야 가치가 있는 거고."

시마모토에게 그처럼 훌륭한 생각이 있었던 것은 아니다. 단지 자신이 소속된 마치다 경찰서가 큰일 나는 것은 아닌지 좁은 소견으로 초조해졌을 뿐이다.

하지만 이렇게 다른 각도에서 이야기하고 납득시키는 것이 후나무라 나름의 부하 다루는 방법이라는 생각도 들었다. 의문점은 스스로 먼저 없애고 결과는 굳이 공개하지 않는다. 물론 문제가 있으면 회의에서 보고는 했겠지만.

아니, 과연 그럴까. 그 문제점도 몰래 없앨 생각이었다면 역시 무서운 일이다.

다시 후나무라가 담뱃갑을 주머니에서 꺼낸다.

"그보다 시마모토. 우메키 요시오는 어떤 남자 같나?"

말을 하면서 한 개비를 물고 끝을 손으로 감싼다.

"어떤, 이라니…… 극악무도죠. 귀축(鬼畜)이라고 해야 하나."

후 하고 첫 번째 연기가 공중에 피어올라 서서히 흩어진다.

"또?"

"또요? 사디스트일까요. 무슨 말이라도 하면 구타에, 손톱 발톱을 뽑고 감전이니까요."

"더 해봐."

뭐지. 후나무라는 나를 어디로 유도하려는 걸까.

"사기성도 강합니다. 말을 잘하는 것 같고 연기도 꽤 하는 듯해요. 하지만 그 재능을 살려 기업에서 돈을 빼내거나 보이스피싱을 한다거나 그런 쪽으로는 가지 않았습니다, 요시오는."

"그게 무슨 말이지?"

"즉…… 대상은 일단 여성이고, 그 여성부터 시작해서 가족에게 촉수를 뻗어가는 게 공통적입니다. 유아사 메구미와 사라진 가족, 고다 부녀, 그리고 하라다 일가."

후나무라가 연신 가늘게 고개를 끄덕인다.

"계속해봐."

"네. 여자는 속이기 쉽다고 생각하는 건지……. 아, 하지만 고다 야스유키의 사례도 있으니까 꼭 그렇지는 않다고 봐야 하나. 고다에게서 돈을 갈취하고 폭행해서 죽게 만들고…… 하지만 마야는 그 뒤에도 곁에 두고 있었습니다. 절대 내치려고 하지 않았어요. 내치면 모두 폭로될까 봐 그랬다고 해도, 죽인다는 선택지도 있었는데요. 더 빨리 마야를 처분해도 됐는데 그러지 않았습니다."

"그렇다면?"

조금 사이를 두고 시마모토도 생각을 정리한다.

"글쎄요. 뭐라고 해야 하나…… 협력자를 원한 것 같기도 합니다. 유키에를 포함한 하라다 집안사람들을 관리하기 위해서. 아무래도 요시오 혼자서는 한계가 있었을 테니까요. 하지만 그렇게 생각하면 왜 마야였을까 하는 의문이 남습니다. 마야는 돈 한 푼 안 되는 아이인데……. 유아사 메구미나 유키에, 스낵바 마담……… 중년 여성 여러 명에게 손을 뻗고 있었잖아요. 절대 소녀 취향은 아니에요. 그럼 대체 뭘까요? 아이라서 순종적이다, 단순히 그런 이유였을까요? 아니면……."

후나무라의 표정이 안 좋아진다.

"아니면, 뭐?"

"네. 유키에가 요시오의 과거를 모른다고 한 이상 추측할 수밖에 없지만, 요시오는 가족이나 뭐 그런 것에 집착한 거 아닐까요?"

"응, 계속해봐."

"한때는 고다 부녀, 유키에, 요시오, 이렇게 네 명이었는데, 마야가 딸, 유키에가 엄마 역이라면 아버지가 고다 야스유키와 요시오 두 사람…… 그러면 균형이 안 맞습니다. 그래서 야스유키를 살해한 거 아닐까요."

"조금 더 정리하면?"

"요시오는 돈만 빼앗는 것이 아니라 가족도 원했다. 그런 얘기인 거죠."

후나무라는 고개를 갸웃한다.

"하긴, 요시오의 신원도 과거도 밝혀지지 않은 상황에서 함부로 말할 수는 없지만 그런 경향이 있을 수 있어. 어떤 일을 계기로 가족을 잃었거나 딸을 잃었다, 혹은 아예 가족을 가진 적이 없다, 그래서 유사가족을 원했다…… 아니면 아버지가 극단적으로 엄격해서 유아기에 거의 학대 비슷하게 교육을 받았는데 지금은 스스로 그 아버지가 되려고 한다…… 그럴 수도 있어."

이해는 된다. 하지만 그렇다고 해서 남을 끌어들여 폭행해도 되는 것은 아니다. 요시오가 한 짓은 결코 용서받지 못한다.

하지만 이렇게 말하면 모든 범죄에 이유를 밝힐 가치가 없다. 절도든, 살인이든, 치한이나 엿보기든 범죄는 범죄다. 나쁜 것은 나쁘다. 이유가 있든 없든 용서받을 수 없다. 범죄 사실만 확인되면 그에 맞는 벌을 준다. 그거면 된다. 그렇게 결론을 내려버리면 끝이다.

그런데 그 사실을 알면서도 사람은 범죄의 이유를 찾으려고 한다. 범죄가 발생하는 정신적, 사회적 구조를 해명하고 범죄자를 이해하려고 한다. 거기에서 도출된 이론을 통해서 범죄를 예방하고 사회질서를 유지하려고.

하지만 과연 그게 전부일까.

인간은 무서운 것이 아닐까.

자신이 피해자가 되는 건 당연히 무섭지만, 가해자가 되는 것도 똑같이 무서운 일이다. 자기 안에도 범죄의 싹이 있을 수 있다. 지금은 괜찮더라도 언제 자신도 범죄자가 될지 모른다. 그래서 알고 싶은 것이 아닐까. 자신과 범죄자는 뭐가 다른가. 범죄자가 되는 사람과 되지 않는 사람과의 경계선은 어디에 있는가.

가장 무서운 일은 그 경계선이 없는 것이다. 우메키 요시오를 체포하고 범행 이유를 자백시켜서 그의 지난 인생을 바라보았을 때 자신들과 요시오 사이를 구분 짓는 경계선이 보이지 않는다면, 그게 가장 무서운 일이다.

후나무라가 깊숙이 팔짱을 낀다.

"아무튼 빨리 요시오를 확보해서 본인에게 물어봐야 아는 일이지만."

지금 그렇게 말하면 여태 한 소리는 뭐가 되는가.

다음 날 밤 회의에서 갑자기 뜻밖의 정보가 올라왔다.

보고한 사람은 탐문수사를 하던 다카오 경찰서의 강력반 담당계장이다.

"지난달…… 6월 상순입니다만, 기소니시 5가 슈퍼 '라이프온' 부지 내에서 수상한 중년 남자가 대낮에 아무것도 안 하고 몇 시간 동안 벤치에 앉아 있는 모습이 목격되었습니다. 목격자는 요시모토 나쓰에, 42세. 기소히가시 4가에 사는 주부입니다."

기소니시 5가라면 선코트마치다 맨션과는 엎어지면 코 닿을 거리다.

"몽타주로 확인했더니 동일 인물이라고 단언은 안 했지만 분위기는 비슷하다고 했습니다. 요시모토 나쓰에에 따르면 그 남자가 벤치에 앉아 있었던 건 한 번이 아니라 그 전후 며칠에 걸쳐서였다고 합니다. 그 슈퍼 고객들을 더 조사하면 목격 증언이 나올 가능성이 있습니다."

진행을 맡은 나카지마 경부가 묻는다.

"어째서 그 남자를 기억하고 있다고 하던가?"

"네. 슈퍼에 들어갈 때 남자는 입구 근처에 있는 벤치에 있었는데 장을 보는 동안 슈퍼 안에 있는 화장실에 들어가는 걸 봤고, 장을 보고 나왔더니 또 같은 자리에 앉아 있어서 인상에 남았다고 합니다. 그 뒤에도 같은 장소에 있는 것을 목격하고 아는 주부와 저 사람은 왜 항상 저기에 앉아 있을까 이야기를 했다고 합니다. 내일 그 여성에게도 이야기를 듣기로 했습니다. 다음은 그 위치에 대해서……."

그는 몸을 굽혀서 옆에 앉은 파트너에게 뭔가 확인하고는 다시 보고를 이어간다.

"으음, 매장 입구 앞에 있는 벤치의 연장선상에는, 그 벤치에 앉아서 똑바로 앞을 바라보면 딱 그 방향에 선코트마치다의 4층이 보입니다. 거리로는 100미터 이상입니다만, 403호 베란다 부분이 정면에 보입니다."

역시 요시오는 마치다 경찰서 관내에서 목격되고 있었다.

피, 피, 피다, 피…….

신고는 크게 허둥거리며 부엌으로 갔지만 부엌까지 오염되는 기분이 들어서 허둥지둥 방향을 틀어 세면실로 향했다.

피가 묻은 왼손은 아무 데도 닿지 않게 주의하고 오른손 손목으로 수전 손잡이를 올려서 일단 물로 흘려보냈다. 곧바로 세이코가 한 번만 누르라고 한 펌프식 액체 비누를 세 번 눌러서 거품을 내고 왼쪽 집게손가락과 엄지손가락을 철저하게 씻었다.

피였다. 하필이면 피…….

어떤 질병에 걸린 피일 수도 있다. 죽음에 이르는 바이러스나 폭발적인 증식력을 가진 세균일지도 모른다. 신고는 그 방면에는 까막눈이지만 점막감염, 혈액감염이라는 말은 들은 적이 있다. 손끝이니까 일단 점막감염은 없다고 생각해도 될까. 손톱과 피부 경계선에 들어갔다면 모르지만, 그 역시 아마 괜찮을 것이다. 손끝에 상처는 없으니까 혈액감염도 없을 것이다. 그렇다면 공기감염? 피가 튀지는 않았으니까 역시 괜찮을 터다.

일단 비누를 흘려보내고 다시 한 번 똑같이 씻어서 흘려보낸다. 그래도 걱정이 되어서 세 번 연속으로 씻은 뒤에야 수건으로 물기를 닦을 마음이 든다.

심박수가 한껏 올라가 있다. 거칠게 손을 씻었기 때문이 아니다. 놀라서다. 사부로 가방에서 나온 작은 간장통 내용물은 혈액이었다. 한순간 '소스인가' 하는 낙관적인 생각도 들었지만, 아니다. 물론 케첩도 아니다. 틀림없이 피였다. 개나 고양이 피를 만진 적이 없기 때문에 차이는 모르지만, 자신의 피와 별 차이 없다는 느낌은 있다. 그렇다면 사람 피.

아니, 그게 개의 피든 고양이 피든 사람 피든 간에 간장통에 담아서 가방에 보관한다는 것은 아무리 생각해도 이상하다. 사부로는 그 통을 어쩔 셈일까?

혼자 있을 때 몰래 마실까? 베란다 창가에 앉아서 해 질 녘 하늘을 올려다보며 툭 하고 혀에 떨어뜨릴까? 누군가의 피, 아니, 사람인지 동물인지도 모르는 피를 마시는 걸까?

생각만으로도 구역질이 올라온다.

거실로 돌아가자 당연히 탁자에는 입을 벌린 간장통이 구르고 있다. 탁자 밑에 방치한 하얀 비닐봉지 안에는 같은 간장통이 아직 세 개나 더 들어 있다.

다시는 만지고 싶지 않지만 이대로 내버려둘 수도 없다. 신고는 화장지를 사용해 살며시 병과 뚜껑을 집어서 조심스럽고 신중하게 뚜껑을 닫았다. 그리고 비닐봉지에 도로 넣은 뒤 봉투에 넣어서 접고는 가방 속 원래 있던 곳에 숨겨놓았다. 지퍼도 원래처럼 끝까지 꽉 닫았다.

문득 잔뜩 흐린 저녁 하늘이 원망스러워진다.

일상이 일상으로 보이지 않고 당연한 풍경이 당연하게 생각되지 않는 위화감.

눈에 보이지 않으면 기분이 조금은 안정되지 않을까 싶었다. 물론 조금 낫긴 하지만, 애당초 그런 걸 보고 안정될 수는 없다. 그동안은 꾀죄죄한 나일론 가방이라고만 생각했던 것이 마치 마계라도 봉인하고 있는 불길한 보석 상자처럼 보인다.

다음에 다시 열면 그때는 사부로의 옷이 안 나오지 않을까. 낯선 여자의 목이나 피투성이 손목, 살덩이가 든 솥, 도끼, 엉망으로 뒤섞인 내장…….

피가 든 간장통 정도로 이렇게 호들갑을 떨다니 스스로도 우습기는 하다. 하지만 하는 일 없이 혼자 방에 있으면 어느새 눈은 나일론 가방으로 향하고 의식은 그 안에 빨려 들어가서 머릿속에 지옥도가 펼쳐진다. 세이코의 냄새를 찾아서 침대로 들어가도 잊을 수 있는 건 불과 몇 분. 긴장을 늦추면 나일론 가방이 눈앞에 나타나고 사부로가 "신고 씨, 열어줘요" 하고 가녀린 모기 소리처럼 속삭인다.

뭐 하는 짓이야.

사부로, 당신 대체 정체가 뭐야.

항상 그렇듯 신고는 이 사실을 어떻게 세이코에게 전할지 주저하고 있었다.

그날 세이코는 저녁 6시 반쯤 돌아왔다.

신고가 세탁기를 돌린 데다가 저녁으로 비프스튜를 만들어놓아서 세이코는 여느 때보다 훨씬 기분이 좋았다. 사실은 화이트스튜를 만들고 싶었는데 화이트 루가 떨어져서 하는 수 없이 메뉴를 변경했다. 신고가 보글보글 끓는 적갈색 액체를 보고 무슨 생각을 했는지 세이코는 상상도 못 할 거다.

"아아, 맛있어."

신고는 맥주도 안 내키고 해서 일찌감치 저녁을 마쳤다. 세이코가 먹은 접시도 바로 설거지를 했다. 그 또한 신고의 점수를 상승시킨 듯했다.

소파에 나란히 앉아서 버라이어티 방송을 보고 있을 때였다. 광고가 시작되자 세이코는 홱 얼굴을 돌려 신고에게 조그맣게 만세를 해 보인다.

"신고, 안아줘."

약간 혀 짧은 소리로 말하는데 어쩜 그렇게 귀여운지, 한없이 사랑스럽다.

"이리 와."

등 뒤로 팔을 두르자 만세를 한 채로 다가온다. 신고의 다리에 걸터앉아 신고의 머리를 감싸 안는다. 자세로 보면 안긴 사람은 신고이지만 그래도 괜찮다. 기분이 좋다.

세이코의 부드러운 가슴에 얼굴을 묻는다. 티셔츠 너머로도 브래지어 감촉은 딱딱해서 따끔거리기 때문에 가슴골 주변의 가장 푹신한 부분에 코와 입을 파묻는다.

"신고, 벌써 딱딱해졌어."

"세이코가 밀어붙이니까 그렇지."

신고의 말에 세이코가 갑자기 몸을 떼며 얼굴을 들여다본다.

"신고, 나랑 있어서 행복해?"

순간 사부로의 얼굴, 지금도 시야의 끝에 있는 검은 나일론 가방이 머릿속에 비집고 들어오지만 억지로 내쫓는다. 지금은 상관없는 일이다.

"응. 행복해."

"그럼 쭉 같이 있자."

"응, 쭉…… 함께하자."

세이코의 어깨 너머로 보이는 커튼은 확실히 닫혀 있다. 최근에는 이런 타이밍에 사부로가 돌아오는 일도 없다. 신고는 조금 허름한 세이코의 티셔츠를 걷어 올려 부드러운 가슴을 감싼 브래지어를 가까이서 바라보았다. 눈물이 날 정도로 아름답다. 하얀 피부도, 보랏빛 브래지어도.

오른팔을 등 뒤로 돌려 훅을 푼다. 툭 하고 컵이 튕겨 나오면서 사랑스러운 가슴이 해방된다.

"세이코."

한쪽은 손으로, 다른 한쪽은 입술로.

한없는 부드러움과 작은 단단함.

졸음이 올 것 같은 냄새와 보송보송한 감촉.

애달플 정도의 따스함.

모아서 가득 물고 밀어붙이며 더듬는다.

동화되고 싶을 정도의 욕구와 그럴 수 없다는 안타까움. 이토록 하나가 되고 싶은데 그럴 수 없기에 이어지는 기쁨.

세이코는 이처럼 작고 부드럽고 연약한데 순식간에 신고를 삼켜 버린다. 신고는 그 달콤한 우유의 바다에 빠진다. 숨이 막힐 정도로 세이코를 삼켜서 체내를 세이코로 가득 채우고…….

그리고 단숨에 끝낸다.

"앗……, 신고……."

하지만 피가 든 간장통을 본 뒤로는 이다음이 조금 바뀌었다.

끝낸 뒤 정신을 차리면 갑자기 주변을 둘러보고 싶어진다. 어디선가 사부로가 보고 있는 느낌이 든다.

나일론 가방의 지퍼 끝, 바늘구멍 같은 틈새에서 사부로의 가느다란 눈이 이쪽을 엿보는 듯한 느낌.

결국 간장통 이야기는 세이코에게 하지 못했다. 그 대신은 아니지만 전부터 신경 쓰이던 일을 마음먹고 물어보았다.

"세이코는…… 왜 오구라 집안 양녀가…… 됐어?"

그동안 이 질문을 하지 않은 것은 신고 나름의 배려였다. 사부로는 도저히 제대로 가정을 유지하고 아이를 키울 수 있는 사람으로 보이지 않는다. 신고는 사부로가 술이나 도박, 유흥업소와 같은 일에 빠져서 가정을 붕괴시켰고, 세이코는 그 때문에 오구라 집안의 양녀가 되었다고 멋대로 생각하고 있었다.

설령 그랬다고 해도 어머니 쪽은 의문이 남는다. 세이코의 친어머니는 어떻게 된 걸까. 이혼, 실종, 병사, 사고사? 헤어지게 되는 이유는 여러 가지 있겠지만, 과연 실제로는 어땠을까.

조금 넓어진 침대 위, 등을 돌리고 있던 세이코는 신고 쪽으로 반만 얼굴을 돌린다.

"음, 으음…… 아직 어릴 때라서 나도 잘 기억이 안 나. 오구라 부모님이 친부모가 아닌 건 막연히 알고 있었지만, 아빠도 저런 분이니까…… 어쩔 수 없는 사정이 있었다고 생각해."

말을 하면서 돌아누워 감싸듯이 신고를 안는다.

"그럼 어머니는?"

"으음…… 그것도 잘 몰라."

"사부로 씨한테 안 물어봤어?"

"응, 안 물었어…… 뭐, 어때. 그런 게 무슨 상관이야. 나는 나니까…… 그렇지? 신고는 아빠 딸을 좋아하게 된 것도 아니고, 얼굴도 모르는 엄마 딸을 좋아하게 된 것도 아니잖아. 지금의 내가 좋은 거지? 그럼 그걸로 됐잖아. 나도 결혼하게 되면 신고 부모님에게 제대로 인사 갈게. 잘해드릴 자신도 있고, 분명히 잘 지낼 수 있을 거야. 하지만 지금은 좀 더 둘이서 보내는 시간을 즐기고 싶어. 신고도 그런 건 좀 더 진지하게 생각하고 싶잖아."

'그걸 흐트러뜨리는 사람이 누군데'라는 말이 왜 이리 하기 힘든 걸까.

신고는 기본적으로 일요일에 쉰다. 토요일은 사장이 각자의 업무량 등을 고려해 조정하고 교대로 쉰다. 대개 한 달에 두 번 정도 토요일에 쉴 수 있다.

한편 세이코는 평일에도 쉬고 토, 일요일에도 쉬는 등 전혀 요일에 구애되지 않는 스케줄로 움직인다. 예정된 사람이 갑자기 못 나오게 되면 일요일 저녁에도 급히 가게에 나가기도 한다. 사부로의 식비를 부담하기 위해 가게에는 '언제든 몇 시간이든 할게요'라고 말했는지 요즘은 특히 아무 때나 호출되고 있다.

그날도 그랬다.

신고가 일을 마치고 마침 옷을 갈아입으려는데 문자가 왔다.

[미안! 후루타 씨 아이가 열이 나서 일을 못 하게 돼가지고 12시까지 연장 근무하기로 했어. 택시비 나오니까 걱정 마!]

간단하게 [오케이]라고만 답신하고 신고는 '저녁은 혼자 먹어야겠네' 하고 멍하니 생각하고 있었다.

장을 봐서 돌아갈까 싶었지만 혼자 재료를 사서 음식을 만들기는 귀찮았다. '그렇다면 집에 있는 것들로 때우자. 아마 인스턴트 라멘이 아직 남았을 거야. 거기에 채소를 좀 볶아서 얹어 먹으면 되겠지.' 그런 생각을 하면서 집에 도착했다.

하지만 2층 외부 계단을 올라갔을 때 그 생각은 바뀌었다.

205호 문이 열리고 사부로가 나온 것이다. 문을 잠그다가 기척을 느꼈는지 사부로도 이쪽을 돌아보았고 서로 눈이 마주쳤다. 그 간장통을 발견한 이후 처음으로 얼굴을 마주한 것이다.

다시는 안 놓쳐.

먼저 뇌리에 그 말이 떠올랐다. 상대가 객식구이긴 해도 멋대로 가방을 뒤졌다고 말하기는 어렵다. 하지만 이야기를 서서히 그쪽으로 몰고 가서 평소의 수상한 행동을 추궁할 수는 있다고 생각했다.

계단은 신고 쪽에 있기 때문에 당연히 사부로는 이쪽으로 걸어온다. 인사하듯이 머리를 숙이며 신고와 스쳐 지나가려고 한다.

하지만 그렇게 둘 수는 없다.

신고는 스쳐 지나갈 때 사부로의 오른팔을 붙잡는다.

"사부로 씨, 식사는 하고 나가세요. 세이코는 없지만요."

말해놓고 보니 신고는 지금 상황이 이해가 되었다.

사부로는 세이코가 있다는 생각에 평소대로 돌아왔다. 하지만 없었다. 사부로는 휴대전화가 없기 때문에 연락을 할 수 없지만, 어쩌면 세이코가 집 전화기에 메시지를 녹음해두어서 그것을 들었을 수도 있다. 그래서 다시 나가려고 하는데 생각지 않게 신고가 일찍 돌아와서 마주쳤다. 그런 상황이 아닐까.

사부로는 팔을 붙잡힌 채 서 있다.

"아니, 괜찮은데."

"밥 정도는 사양 안 하셔도 돼요. 친딸이 몸이 부숴져라 일하며 사부로 씨 식비까지 벌고 있잖아요. 당당하게 행동하세요. 괜찮으니까 들어오세요."

반강제로 사부로를 문 앞까지 끌고 간다. 설마 기회를 엿봐 도망치지는 않을 것이라고 생각했다. 도망치면 다시는 이 집에 들이지 않을 생각이었다.

열쇠를 따고 문을 열자 사부로는 다시 머리를 조금 숙이고 현관으로 들어간다. 신발은 여전히 그 검정 가죽 구두다. 완전히 윤기를 잃었고 발목 부근은 닳아서 거의 하얗다.

신고도 불을 켜고 복도로 들어간다.

식당에 들어가서 신고는 "앉으세요" 하고 식탁을 가리킨다. 상황이 상황인지라 손을 씻고 옷을 갈아입는 것은 제쳐둔다. 채소를 볶는 일도 귀찮아서 생략. 식단은 고명 없는 라멘으로 변경이다. 일단 냄비에 물을 가득 넣고 불에 얹는다.

신고는 최대한 자연스럽게 물었다.

"아 참, 사부로 씨, 요즘 집에 잘 안 들어오시네요."

사부로는 항상 앉는 자리에 구부정하게 앉아 있다.

"아니…… 그게, 여러 가지, 일이 있어서."

"오호, 여러 가지. 여러 가지라는 게 어떤 건데요?"

"여러 가지라지만…… 뭐, 별거 없어요."

물이 끓고 면을 넣은 뒤 3분, 그리고 라멘을 그릇에 옮겨 담아서 식탁에 내놓을 때까지 신고는 비슷한 질문을 반복했다. 하지만 사부로는 의미 있는 대답은 전혀 하지 않았다.

"드세요."

"잘 먹을게요."

먹는 동안에는 당연히 말이 없다. 신고는 괜히 분위기가 누그러지는 것도 거슬려서 일부러 텔레비전도 켜지 않았다.

하지만 다 먹으면 더는 봐주지 않을 작정이다.

"저기요, 전에 공원 공중화장실에서 마주친 적 있잖아요."

그 말에 "응" 하고 고개를 끄덕인다.

"실은 그 전부터 사부로 씨를 봤거든요. 라이프온이라는 슈퍼 있잖아요. 사부로 씨가 그 근처에 있는 맨션으로 들어갔다가 좀 있다 다시 나와서 그 공원으로 가셨잖아요……."

미행한 거냐는 질문도 각오했다. 그러면 라이프온에 있을 때부터 감시했다, 그곳에서 당신은 몇 시간이나 멍하니 있었다고 모조리 말할 생각이었다.

하지만 사부로는 손쉬운 상대가 아니었다.

"잘못 봤겠죠."

"에?"

"신고 씨는 뭔가 착각하고 있어요."

"어디가, 뭐가 착각이라는 거죠?"

"나는 맨션에 들어간 적이 없어요."

"그게 무슨……."

설마 맨션부터 부정할 줄은 예상하지 못했기에 말문이 막혔다. 맨션이 착각이라면 사부로가 여자를 미행하고 그녀를 뒤쫓듯 공중화장실에 들어간 일도 모두 착각이 되어버린다.

"잘 먹었어요. 맛있네요."

사부로가 의자 소리를 드륵 내며 일어나려고 한다.

"잠깐만요. 아직 이야기 안 끝났어요."

"아니, 신고 씨 착각이에요. 실례해요."

사부로가 인사를 하고 구부정한 등을 돌린다.

"잠깐."

신고도 일어나서 식탁에 올려놨던 열쇠와 휴대전화를 들고 현관으로 향한다. 사부로는 이미 신발을 신고 현관문을 잡고 있다.

문을 여는 사부로, 허둥지둥 신발을 신는 신고.

문을 나서는 사부로, 닫히려는 문을 잡는 신고.

외부 복도를 걸어가는 사부로, 문을 잠그는 신고.

이럴 때는 항상 뒤쫓는 편이 불리하지만 다행히 사부로는 뛰어서까지 도망치지는 않는다. 걸음은 빠르지만 신고는 바로 따라잡을 수 있었다.

"사부로 씨, 잠깐만요."

어깨에 손을 얹어도 그는 개의치 않고 계속 걷는다. 시간은 아직 7시 반 정도. 아무리 시골 동네라고는 해도 이 시간에는 아직 오가는 사람들이 있다.

신고는 '이거로군' 하고 생각했다.

신고와 둘이 집에 있으면 쏟아지는 질문 공세에 마침내 말할 수밖에 없는 상황이 될 수 있다. 하지만 사람들이 있는 거리로 나오면 신고도 섣불리 떠들 리는 없을 터다. 사부로는 그렇게 생각한 것이 아닐까.

분명 맞는 생각이다. 사람들이 오가고 이웃의 눈도 있는 길거리에서 당신 짐 속에 있던 피가 든 간장통은 뭐냐는 질문은 도저히 할 수 없다. 공원 같은 곳으로 데리고 가야 한다.

"사부로 씨, 잠깐만. 사부로 씨."

몇 차례 어깨에 손을 얹었지만, 사부로는 전혀 걸음을 멈추지 않는다. 오히려 정장 차림의 직장인이나 고등학생들이 이상한 눈으로 신고를 쳐다보며 스쳐 지나간다.

아니야, 이상한 건 내가 아니라 이 남자라고.

사부로는 그날처럼 목적을 가지고 걷고 있지는 않은 듯하다. 집 주변을 몇 번이나 빙글빙글 돌다가 다른 방향으로 가는가 싶으면 우측으로 두 번 연달아 꺾어서 집 쪽으로 돌아가려고 한다. 그리고 근처까지 오면 또 다른 방향으로 향하고, 얼마 안 있어 방향을 바꿔서 돌아온다. 계속 그 반복이다.

단순한 시간 벌기. 시간 때우기. 인내력 시험.

이 남자는 단지 신고와 이야기하고 싶지 않다는 이유만으로 이처럼 무의미한 일을 하고 있는 걸까. 상당한 바보나 일종의 편집광인 건가. 이 밤 산책과 피가 든 간장통을 직접 연결 지을 수는 없지만 뭔가 통하는 것이 있을 듯싶다. 무의미해 보이면서도 계속함으로써 의미를 갖는 무언가. 그 간장통도 100개, 200개 모으면 언젠가 전혀 다른 무언가로 모습을 바꿀 수도 있다.

"사부로 씨, 이제 그만하시죠."

몇 번이나 말을 걸었다. 조금씩 목소리도 거칠어진다.

"사부로 씨, 이제 됐으니까 그만 좀 서요."

그러면서 신고가 다시 팔을 뻗었을 때다.

"어머, 사카에 씨."

불현듯 누군가가 신고에게 말을 걸었다. '사카에'는 신고가 근무하는 '유한회사 사카에 자동차'를 말한다. 중장년층은 가끔 이름을 모르는 상대를 상호로 부르는 일이 있다. 신고도 가끔은 거래처 상대를 회사 이름으로 부르곤 한다.

고개를 돌려 보니, 분명 아는 얼굴이다. 자동차 검사나 수리 건으로 몇 번 본 적이 있는 주부. 이름은 바로 생각나지 않지만 아는 사람이다.

"아, 아아…… 안녕하세요."

신고는 하는 수 없이 걸음을 멈췄지만, 사부로는 아니다. 당연히 빠른 걸음으로 멀어져간다.

주부는 전혀 개의치 않고 친밀한 듯 말을 건넨다.

"우리 경차 에어컨이 또 이상해졌지 뭐예요. 더워지기 전에 좀 봐줄래요? 내일이든 모레든, 누구 보내줘요. 차가 없으면 일하러 못 나가니까 다른 차도 보내주시고."

"아, 네, 알겠습니다."

수첩을 가지고 있지 않아서 하는 수 없이 휴대전화에 입력해서 회사 앞으로 문자를 보냈다. 이름은 굳이 묻지 않았지만, 차종과 번호는 들었기 때문에 내일 회사에서 맞춰보면 문제없다.

"미안해요. 그럼 잘 부탁할게요."

"아닙니다. 감사합니다."

하지만 사부로는 보기 좋게 도망갔다.

젠장. 이렇게 따돌릴 줄은 정말이지 생각도 못 했다.

기와다는 '이제야 나왔구나' 하고 조용히 흥분했다.

기소니시 5가에 있는 '라이프온' 슈퍼 부지에서 낮에 몇 시간이나 선코트마치다 방향을 바라보던 남자가 있었다는 보고가 회의에 올라왔다. 목격했다는 여자에게 우메키 요시오의 몽타주를 확인시켰더니 인상과 크게 다르지는 않다고 했다.

물론 몽타주 속 인물이 우메키 요시오라고 단언할 수는 없다. 애당초 우메키 요시오라는 남자가 뭐 하는 사람인지도 아직 파악하지 못하고 있으니까. 하지만 이 지점에서 출발하면 우메키 요시오에게 다가갈 수 있지 않을까 하는 기대감이 컸다. 관리관도 "지금은 작은 단서에 불과하지만 이걸 더듬어가다 보면 반드시 우메키 요시오가 나올 거다. 탐문 담당자들은 이 점을 명심하고 내일부터 관련 수사에 임해주기 바란다"라는 말을 늘어놓고 그날 밤 회의를 마쳤다.

쉬운 수사는 아니다. 사실 불특정 다수가 드나드는 슈퍼에서 손님 중 한 명으로부터 요시오로 보이는 남자를 목격했다는 증언을 얻어낸 일 자체가 기적에 가깝다. 그 기적을 끌어낸 것은 헛되어 보이는 탐문수사를 불굴의 정신으로 이어온 수사원들의 집념이다. 그리고 이번에야말로 그 불굴의 정신으로 새로운 목격 증언을 얻어낼 때다. 한 사람 또 한 사람, 점을 선으로 잇고 선을 면으로 넓히다 보면 우메키 요시오의 형체가 나타날 것이다.

그리고 기와다 자신도 이 정보를 유키에의 조사에 어떻게 활용할지 생각해야 한다.

취조가 며칠씩 이어지면 피의자들은 대개 정신적으로나 육체적으로나 피폐해지고 취조관의 추궁에 저항할 기력을 잃게 되어 최종적으로 죄를 인정한다. 그런 현행 수사 방법이 무고죄를 낳는다고 주장하는 학자와 변호사들도 많다. 그렇다면 자식의 응석을 다 받아주는 어리석은 부모처럼 취조하라는 건가? 하고 싶지 않은 말은 안 해도 된다는 물렁한 태도로 도대체 범죄자들이 얼마나 입을 열겠나?

기와다도 형사들이 윤리적으로 완벽하다고 생각하지 않는다. 어떤 사람은 공을 세우기 위해, 또 어떤 사람은 자신을 포함해 경찰의 과실을 은폐하기 위해 불완전한 조사로 무고죄를 만들어내기도 한다. 하지만 대다수의 형사들은 조금 더 영리하다.

거친 말투로 상대를 때려눕힐 듯이 조사해야 할 경우에는 그렇게 한다. 이론을 앞세워 발뺌할 길을 막으면 죄를 인정할 것 같은 상대는 논리로 공격한다. 정에 약한 상대라면 그에 맞추고 때로는 몸소 눈물을 흘리며 진술을 끌어낸다. 그것이 형사의 취조이고, 그로써 경찰은 많은 범죄자들을 사회에서 격리하는 데 성공해왔다고 생각한다.

하지만 하라다 유키에라는 여자는 참으로 특이하다.

무엇보다 구류가 길어질수록 정신적, 육체적으로 건강해진다. 그만큼 우메키 요시오에 의한 감금 생활이 가혹했고 정신적 학대가 심했다고 추측할 수 있다. 하지만 그 사실이 취조 상황을 복잡하게 만들고 있다.

유키에는 가해자인 동시에 피해자이고, 주범 격으로 보이는 우메키 요시오를 증오하면서도 아직 연모하는 마음이 어딘가에 있다. 따라서 공격적인 취조는 윤리적으로나 심정적으로 어렵고, 그렇다고 해서 논리를 따지며 다그쳐도 효과가 적다. 정에 호소해봐도 눈에 띄는 결과로 이어지지는 않는다.

유키에는 요시오를 감정을 읽을 수 없고 다음에 뭘 할지 예측할 수 없는 사람이라고 평했다. 하지만 기와다에게는 유키에가 그랬다. 전에도 생각했지만 유키에와 요시오는 상통하는 면이 있다. 혹은 7년이라는 세월을 함께함으로써 서로 닮아갔을 수도 있다. 우메키 요시오를 직접 보지 못했기 때문에 확신은 못 하지만, 역시 요시오라는 인격에는 일종의 감염력이 있는 듯하다.

오늘 유키에는 여름 감기에 걸렸는지 코를 조금 킁킁거리고 있다. 하지만 혈색은 체포 때보다 확실히 좋아졌고, 다마 분실 유치계 보고로는 식사와 수면도 충분히 취하고 있다고 한다.

"유치장 냉방이 너무 강해서 그런가?"

집에 냉방장치가 없어서 열사병으로 사망하는 사람도 있는 나라에서, 범죄를 저질렀다고 의심되는 사람이 유치장 냉방 때문에 감기에 걸린다. 그렇게 생각하면 뭐라 형용할 수 없는 기분이 든다.

유키에가 희미하게 도리질을 한다.

"아뇨…… 괜찮습니다."

"그래."

'그야 그렇겠지, 체포되기 전이 훨씬 힘들었으니까' 하는 말은 억지로 삼킨다.

선코트마치다 403호에서 겪은 감금 생활과 비교하면 유치장 생활과 취조는 그다지 고생스럽지 않다. 그렇게 생각하면, 혹은 이쪽이 지나치게 동정해버리면 승산이 없다. 아니, 이길 방법이 있긴 하지만 가능하면 그건 하고 싶지 않다.

바로 기와다 자신이 요시오를 능가하는 괴물이 되는 것.

하지만 기와다는 그 역시 형태가 다른 패배라고 생각한다.

"으음, 식사는 변함없이 잘 하고 있지? 유치계 쪽에서 그렇게 보고를 받았는데. 아 참, 요시오와 있을 때 먹을 것은 사 오는 일이 많았던 거지?"

유키에가 코를 아주 약간 움직이며 고개를 끄덕인다.

"주로 편의점이었다고 들었는데, 슈퍼에는 안 갔나?"

"슈퍼도 갔습니다."

"어느 슈퍼?"

"역 쪽 같은데."

유키에가 말하는 '역'은 마치다 역을 가리킨다.

"일부러 역까지 가?"

"네."

"버스? 설마 걸어서?"

"아뇨, 택시입니다."

요시오는 그런 비용은 아끼지 않았던 것 같다.

"요시오도 같이?"

"아뇨, 대개 마야와 갔습니다."

"그런데 더 가까운 곳에 걸어갈 수 있는 데도 있잖아."

가능하면 '라이프온'이라는 말이 나오게 하고 싶지만.

"그런가요? 그 주변에 뭐가 있는지 잘 모릅니다. 정해진 곳에 정해진 시간 내에 가서 정해진 용무를 마치고 돌아오는 게 다라서. 아니면 계속 갇혀 있었고…… 죄송합니다. 모르겠습니다."

그렇게 간단히 털어놓지 않겠다는 거구나.

저는 주로 욕실에 들어가 있었습니다. 거의 아버지와 같이요. 어머니와 언니는 거실 옆방, 마야와 히로무는…… 그렇습니다, 현관에서 가까운 방입니다. 모두 따로 넣을 수 없기 때문에 대개 그렇게 세 곳이었습니다.

사이가 나쁜 사람들끼리일까요…… 나쁘다고 해야 하나, 금방 결탁하지 않을 것 같은 조합이라고 해야 하나. 그런 의미에서 저는 조금 신용을 얻고 있지 않았나 싶습니다. 아버지를 감시하는 임무였던 것 같습니다. 어머니와 언니는…… 못 봐서 모르겠습니다만 둘 중 한 명이 벽장에 들어갔을 겁니다.

여러 가지 규칙이 있었습니다. 일단 앉으면 안 됩니다. 한 자리에서 움직이지 않고 서 있어야 했습니다. ……벽장에서도요. 요시오 씨가 말했습니다. 들어가 서 있으라고, 높이는 충분하지 않냐고…… 아침에 일어나서 밤에 술자리가 열릴 때까지 계속입니다. 잘 때는 그 자리에서 무릎을 끌어안고…… 네, 체육 시간에 바닥에 앉듯이요. 누워 뒹굴거나 벽에 기대면 안 됩니다. 들키면 감전입니다.

잡담도 금지였습니다. 거실과 옆방은 미닫이문이고, 부엌과 욕실은 벽 한 장이라서 귀를 대면 어디든 소리가 들립니다. 내용은 몰라도 말을 한다는 건 압니다. 잡담이 들리면 역시 감전입니다. 요시오 씨 기분에 따라 손톱, 발톱이 뽑히기도 하고, 손가락을 으스러뜨릴 때도 있었습니다.

언니는 어머니가 말을 걸었다고 고자질한 적이 있었습니다. 그때는 손가락을 으스러뜨렸습니다. 어머니 입을 걸레로 틀어막고 저와 언니가 못 움직이게 붙잡고 손으로 입도 막고, 아버지가 커다란 펜치로 으스러뜨렸습니다. ……새끼손가락부터입니다. 처음에 아버지는 힘껏 죄지 못했습니다. 그러니까 요시오 씨는 "더, 더"라고 했습니다. 결국 몇 번이나 꽉꽉 죄고, 그래도 안 되니까 그러면 펜치 손잡이를 밟으라고…… 뼈가 보이면 끝납니다. 다시 같은 손가락을 당할 때도 있고, 다른 손가락을 당하기도 하고, 으스러진 손가락을 감전시킬 때도 있습니다. ……아뇨, 치료는 안 합니다. 안 한다기보다 못 합니다. 요시오 씨한테 수건 한 장을 10만 엔에 빌려서 지혈할 뿐입니다. ……고름이 나오긴 했지만 파상풍은 없었던 것 같습니다.

온종일 서 있는 건 힘듭니다. 아버지는 가끔 비밀로 하고 웅크리고 있었습니다. 저는 이르지 않았습니다. "말하지 말아줘, 비밀로 해줘" 하고 우는 듯한 눈으로 애원했으니까요. 원래 제가 끌어들였기 때문에 그 정도는 봐줘야 한다고 생각했습니다.

아버지가 욕조 밖일 때는 제가 욕조 안, 그 반대일 때도 있었습니다. 하지만 아버지가 욕조에 들어갈 때가 더 많았던 것 같습니다. 이유는…… 잘 모르겠습니다. 특별히 없었던 것 같습니다.

화장실도 횟수가 제한되어 있었습니다. 대변은 하루 한 번. 소변은 500밀리리터 페트병을 하나 받아서 그 안에 눕니다. 더 싸면 역시 감전입니다. 페트병은 요시오 씨가 양을 확인하고 한꺼번에 화장실에 흘려보냅니다.

식사는 그때그때 달랐습니다. 식빵 한 덩어리를 주면서 15분 안에 먹으라고 하거나 양배추 한 통을 20분 안에 먹으라고 하거나. 다 못 먹는다고 해서 감전당하지는 않지만, 밤까지 아무것도 없으니까 죽을힘을 다해 먹었습니다. ……다른 방은 어땠는지 모르겠습니다. 그대로 욕실에서 선 채로 먹었기 때문에.

모두 속옷 차림이었습니다. 옷을 입어도 어차피 더럽힐 거라는 이유였던 것 같습니다. 처음에는 아직 겨울이었고, 욕실은 난방도 안 들어와서 아주 추웠습니다. 특히 욕조는 젖어 있었기 때문에 바닥에 엉덩이가 닿으면 속옷까지 젖어서 잘 때 곤란했습니다. 하지만 어쩔 수 없이 무릎을 안고 잤습니다.

저는 장을 볼 때와 술상을 준비할 때 욕실에서 나왔습니다. 열쇠는 요시오 씨나 마야가 가지고 있었고, 장을 볼 때는 마야와 한 사람이 더 갑니다. 저나 언니, 아니면 어머니. 그때는 요시오 씨한테 돈을 지불하고 옷을 빌립니다. 그러니까 빚을 더 지는 거죠. 그러면 잔금이 늘어나서 절망이 더 깊어지는…… 그런 느낌이었습니다.

딱 한 번 장을 보다가 마야 몰래 도망친 적이 있었습니다. 역에서 조금 떨어진 슈퍼인데, 역 앞에 파출소가 있는 걸 알고 있었기 때문에 그리로 갔는데…… 파출소 앞에 요시오 씨가 서 있었습니다. 쫓아와서 앞질러 갔는지 처음부터 거기 있었는지는 모르겠습니다. 저는 다리가 안 좋아서 뛰지 못했기 때문에 요시오 씨가 근처에 있었다면 마야가 연락을 한 다음이라도 먼저 가 있었을 수도 있습니다.

도망친 건 그때 딱 한 번입니다. 돌아와서 발가락 두 개가 으스러지고 유두를 몇 번이나 감전당했습니다. 가슴 쪽은 심장에 가깝기 때문에 굉장히 위험합니다. 횟수는…… 도중에 기절해서 기억 못 합니다.

그때는 죽는다고 생각했습니다. 심장 움직임이 이상해지는 걸 느꼈습니다. ……나도 죽어서 고다 씨처럼 토막 나는구나 생각했습니다. 하지만 정신을 차렸더니 욕조 안이었습니다. 온몸이 젖어서, 추웠기 때문에 기억합니다. 아버지가 "아쓰코가 깨어났습니다" 하고 큰 소리로 요시오 씨를 부른 것도 기억납니다. 요시오 씨가 와서 "아아, 살아 있었구나" 하며 몇 번 고개를 끄덕였습니다. ……그렇습니다. 식구들도 모두 저를 '아쓰코'라고 불렀습니다. 몇 번 '유키에'라고 불렀는데 요시오 씨가 그게 누구냐고 째려봐서.

이제 도망은 무리라고 생각했습니다. 제대로 걷지도 못하고, 요시오 씨는 머리가 좋아서 제 생각 정도는 모두 꿰뚫고 있었습니다. ……욕조에 소변을 봐도 금방 들키거든요. 조용히 물로 흘려보냈는데, 냄새도 안 날 거라고 생각했는데…….

도망치면 어떻게 되는지 모두 알게 됐을 겁니다. 그리고 자신이 도망치면 남은 가족이 어떻게 될지, 그 생각을 하면 모두 도망치지 못합니다. 잘못을 하면 당사자뿐 아니라 주변 사람들에게 폐를 끼칩니다. ……네, 공동책임입니다. 요시오 씨는 누구한테 뭘 어떻게 하면 가장 효과적인지를 아주 잘 알았으니까요. 그런 의미에서 히로무가 중요했을 겁니다. 이 비장의 카드만 있으면 그 세 사람은 마음대로 할 수 있다. 그렇게 생각했을 겁니다.

아마 저를 통제하기가 제일 어려웠을 겁니다. 히로무와의 관계도 그저 그랬고. 그래서 체벌이 가장 엄했던 것 같습니다. 몸이 깨닫게 한다…… 신용…… 죄송합니다. 잘 모르겠습니다.

아버지가 안 계실 때는 저도 몇 분 정도는 쭈그려 있었지만, 마야가 언제 확인하러 올지 몰라서 오래 그러고 있지는 못했습니다. 욕실 접이문은 울퉁불퉁한 반투명 플라스틱 같은 거라서 탈의장에 들어오기만 해도 누가 앉아 있는지, 서 있는지 보이기 때문에…… 아뇨, 잽싸게 일어설 수 있는 상태가 아니라서요. 마야의 순시는 아주 무서웠습니다.

아버지가 안 계셨다는 건…… 주로 돈을 마련하러 다니셨을 겁니다. 여기저기 끌려 다니면서…… 네, 요시오 씨한테요. 그래서 아버지가 안 계실 때는 요시오 씨도 없을 때가 많았습니다. 조금 긴장이 풀렸습니다.

……모르겠습니다. 은행이 아닐까요. ……또요? 집에 있던 유화나 항아리를 팔기도 했을 겁니다. 그리고 술을 마실 때 집을 담보로 잡혔다느니, 조만간 매입자가 나타날 거라느니, 그런 이야기도 했었으니까 '아아, 집도 팔리는구나' 하고 생각했습니다. ……허전함? 조금은 허전했지만 제가 그 집에 돌아가는 일은 이제 없다고 생각했기 때문에 그다지…… '그래, 없어지는구나.' 단순히 그런 마음이었습니다.

아버지도 시의회 의원이셨을 때는 굉장히 훌륭한 분이었지만, 그때는 이미 그 모습은 없었습니다. 술을 마실 때도 조그맣게 어깨를 움츠리고 똑바로 앉아서 "네, 네" 하고 요시오 씨가 하는 말을 듣고…… 딱한 건지 한심한 건지, 보기 흉했습니다.

요시오 씨 입장에서 먹을 걸 주고 마실 걸 주는 건 최고로 베푸는 일이었습니다. 그렇기 때문에 아무튼 저희는 감사해야 합니다. 고맙게 받아서 같이 웃고 즐겁게 보낸다. 술자리에는 그런 의미가 있었습니다. ……복종의 의식이었는지도 모르겠습니다.

폭행과 체벌은 여흥의 하나였으니까, 하나라도 잘못하면 요시오 씨한테 혼나기 때문에 누가 받을지 정해지면 후다닥하는 게 현명합니다. '아버지 불쌍해', '어머니 괜찮으실까' 하고 생각하면 안 됩니다. "전기" 하면 바로 감전 도구를 준비하고, "손가락" 하면 대형 펜치, "손톱" 하면 작은 펜치…… 인두도 있었습니다. 납땜인두요. ……그렇습니다. 용접할 때 쓰는 그겁니다.

지직 하는 정도라면 감전보다 낫지만, 끝의 뜨거운 부분이 몸을 찌를 때까지…… 지지직 하고 태우면서 찌른다고 하나, 쑤셔서…… 타고 구멍이 뚫리고, 그 상처가 계속 타들어가기 때문에 정말 끔찍했습니다. ……아버지가 엉덩이에 당했습니다.

……죄송합니다. 생각났습니다. 그건 아버지가 도망치려고 했기 때문입니다. 아버지는 아니라고 주장했지만, 요시오 씨가 "아니다. 분명 도망치려고 했다. 다 알고 있다" 하면서 용서하지 않았습니다. 돈을 구하러 다닐 때였을 겁니다. 그래서 인두를 쓴 겁니다.

제가…… 했습니다. 처음에는 지직 하는 정도였지만, 요시오 씨가 "더, 더 길게. 뉘어서 누르지 말고 세워서 밀듯이, 찌르듯이 힘을 줘" 해서…… 마지막에는 제 손을 잡고 "이렇게, 이렇게 해" 하면서…… 지지지직 하고 연기가 나면서 살이 타는 냄새가 났습니다. 아버지는 그 자리에서 소변과 대변을 지리고 기절했습니다. 언제까지 그냥 둘 수 없어서 어머니가 치웠습니다. …… 먹었다는 거죠.

낮에는 어땠는지 잘 모릅니다. 요시오 씨는 내키면 저나 언니, 어머니에게 섹스 상대를 하게 했습니다. 마야일 때도 있었을 겁니다. 기본적으로 목소리를 내면 안 되지만, 기척 같은 걸로 알 수 있습니다.

아버지와 욕실에 있다가 그런 소리가 들리면 아버지도 예민해진다고 하나, 의식이 그쪽을 향합니다. 언니인지 어머니인지 알아내려던 모양입니다. 저는 잘 분간할 수 없었습니다. ……참 싫다고 생각한 건 아버지가 그 연세에 발기했다는 겁니다. 벽 하나 너머에서 어머니나 언니가 요시오 씨한테 안긴다고 생각하면 흥분됐던 걸까요. 당신도 그러고 싶으셨던 걸까요. 이렇게…… 속옷 사타구니 주변이 툭 튀어나와서…… 딱하다고 생각했습니다. 우스꽝스러웠습니다.

사회와의 단절, 가족 간의 분리. 신뢰를 잃고 상식은 부정되고, 오로지 의식주를 장악한 요시오라는 이름의 귀신만을 받드는 세계가 되어 있었다.

취조를 마치고 특별수사본부가 있는 강당으로 올라가는 엘리베이터 안에서 마쓰시마 순사부장이 중얼거린다.

"납땜인두…… 물론 그 이야기만으로도 무섭지만, 이제 별로 놀라지 않는 저 자신이…… 더 무섭네요."

분명 사람은 익숙해진다.

즐거운 일에도, 괴로운 일에도, 상냥함에도, 미움에도.

남에게 상처 주는 일에도.

하라다 유키에의 구류 기간이 얼마 남지 않게 된 7월 말. 마침내 우메키 요시오에 관한 목격 정보가 몇 가지 올라왔다.

지금 보고하는 사람은 시마모토 뒤쪽에 앉은 마치다 경찰서 절도계의 부장형사다.

"하라다 저택의 대지를 취급하던 곳은 오미야 역 근처에 있는 주식회사 오미야쇼쿠산입니다. 이곳 담당자 사쿠라다 미쓰오에 따르면 하라다 시게후미가 처음으로 자택 매각 상담을 한 것은 올 3월 28일. 사쿠라다와 시게후미는 이전부터 알고 지내던 사이로 학원 건물을 신축할 때도 상담한 적이 있는데, 이 무렵에는 이미 사람이 완전히 달라져 있었다고 합니다.

앙상한 데다가 이상하게 비릿한 체취가 나고…… 일흔이 넘어서 어쩔 수 없나 보다 생각했다는데, 아무리 그래도 시게후미답지 않게 불결한 느낌이 들었다고 합니다. 윗도리나 폴로셔츠, 바지도 어쩐지 세련되지 못하고, 다리를 절듯이 움직이면서 힘들게 걷고. 다치셨냐고 물어도 별거 아니라고만 했답니다. 그러면서 가끔 밖을 신경 쓰듯이 돌아보고. 왜 그러나 싶어서 봤더니 사무실 안을 엿보는 남자가 있었다고 합니다. 사쿠라다가 몇 차례 그쪽을 보자 시게후미가 '괜찮아요, 아는 사람입니다. 차를 태워줬어요' 하고 허둥거리며 변명을 했다고 합니다."

시게후미가 돈을 구하러 다닐 때 요시오도 같이 갈 때가 많았다는 유키에의 진술과 일치한다.

"사쿠라다에게 몽타주를 확인시켰더니, 창문 너머인 데다가 선글라스를 쓰고 있어서 확신할 수는 없지만 분위기는 비슷하다고 했습니다. 덩치가 꽤 큰 편이었다고 기억하고 있었습니다."

오늘은 수사 1과의 후지이시 관리관이 결석했다. 대신 진행을 맡은 나카지마 2계장이 묻는다.

"덩치가 크다는 건 구체적으로 어떤 체격이지?"

"덩치가 크다고 하면…… 아마 키가 크고 몸 둘레가 좀 있다고 하나, 비교적 골격이 굵은 인상이 아닐까요?"

"신장은 어느 정도라고 했나?"

"170센티미터대라고 했습니다만."

"그 부분은 좀 더 구체적으로 알아오도록. 다른 수사원들도 몽타주와 비슷한 사람이 있다고 하면 체격도 더 좁혀 와. 인상이 아니라 수치로. 수치가 어려우면 그림도 좋다. 체격이 어떤지, 목의 굵기, 길이, 어깨너비, 가슴 두께, 배가 나온 정도, 사지의 길이, 굵기. 몇 개가 됐든 인상에 남는 특징을 물어보도록."

고다 마야의 증언에 따르면 요시오는 신장 170센티미터 중반, 조금 살이 찐 느낌이다. 하지만 유키에에게 물으면 신장은 별 차이가 없지만, "요시오 씨는 살이 찌지 않았습니다"라고 진술이 약간 엇갈린다. 이 차이는 10대 소녀와 30대 여성의 인식 차이인 걸까, 혹은 둘 중 하나가 의도적으로 거짓 진술을 하고 있는 걸까.

보고는 요시오로 추정되는 남자가 목격된 '라이프온' 슈퍼 전담팀으로 옮겨 갔다.

"슈퍼 담당, 먼저 구조부터."

"네."

시마모토 옆에 있던 구조가 일어난다.

"오늘도 계속 방범 카메라 영상을 확인했습니다만, 우메키 요시오로 추정되는 인물은 확인하지 못했습니다."

이 슈퍼의 방범 카메라 데이터는 특별히 지정하지 않는 한 약 30일이면 자동으로 삭제된다. 수사에 착수하면서 자동 삭제 주기를 일주일로 변경하고, 그 전 20일분 데이터는 삭제되지 않게 해놓았다. 하지만 확인이 가능한 날은 7월 초순부터 중순까지다. 데이터 양이 절대적으로 부족하다. 사안을 인지하기 전, 즉 마야를 보호하기 전 영상은 일주일분밖에 없다.

"오늘까지 정면과 동쪽 출입구 각 한 대, 계산대 주변 세 대를 확인했습니다. 나머지는 매장 안에 있는 세 대입니다. 내일 오전 중에는 끝납니다."

2층과 주차장 담당 팀도 곧 끝난다고 했다. 그들과 시마모토 팀은 내일 낮부터 다시 다른 수사를 맡게 될 것이다.

나카지마 계장이 고개를 끄덕인다.

"영상 백업은 끝났겠지?"

"네. 가장 오래된 데이터부터 23일분은 백업해두었습니다. 데스크에 제출했습니다."

"알았어. 그럼 내일 나머지 확인이 끝나면 바로 이용객들 탐문 수사에 합류해주게."

"알겠습니다."

다음 작업 역시 꽤나 힘들어 보인다.

예상대로 나머지 카메라 세 대의 영상에서도 요시오로 추정되는 인물은 확인할 수 없었다. 물론 비슷한 사람은 있다. 비슷한 모습을 찾으면 출력해서 유키에와 마야에게 확인시킨다. 하지만 나오지 않는다. 미묘하게 진술이 엇갈리는 두 사람이기 때문에 어느 한쪽은 "요시오 씨입니다" 하고 말하지 않을까 기대했지만, 모든 사진이 요시오가 아니라고 한다. 방범 카메라 수사는 허사로 돌아갔다.

끝나고는 바로 이용객들을 탐문 수사하는 데 합류했다. 한숨을 쉬고 있을 틈이 없다.

"구조 씨. 이 슈퍼 단골이 대충 얼마나 될까요?"

"글쎄요. 포인트 카드의 최신 회원번호가 2만 7천 번대. 전부 단골이 아니라 해도 최소 수천 명은 되겠죠."

그렇다고 이용객 모두에게 이야기를 듣겠다는 것은 아니다. 요시오의 몽타주, 그리고 요시모토 나쓰에의 협력으로 새로 작성한 벤치에 앉은 남자 일러스트, 이 두 점을 인쇄한 전단지를 수사원들이 분담해서 이용객에게 나눠주고 짚이는 것이 있으면 바로 이야기를 듣는다. 입간판이나 전단지를 놓고 정보가 들어오기를 기다리는 것보다 훨씬 적극적인 수사다.

"안녕하세요. 더운 날씨에 실례합니다. 이런 사람을 보신 적 있습니까?"

"어머니, 잠깐 괜찮으세요? 저쪽 출입구 앞에 있는 벤치 말인데요. 지난달 초쯤에 이런 남자가 앉아 있는 것 못 보셨습니까?"

시마모토의 팔에는 '수사,' 구조의 팔에는 '수사 1과'라는 완장이 있기 때문에 굳이 경찰수첩을 보여주지 않아도 상대는 이쪽이 경찰이라는 사실을 안다.

"식구들 중에 이 슈퍼를 이용하시는 분은 또 안 계십니까? 혹시 계시면 이걸 가지고 가셔서 확인해주시면 안 될까요?"

"지인 중에 이 슈퍼를 이용하시는 분께도 물어봐 주시겠습니까? 연락은 여기 특별수사본부 번호로 부탁드립니다."

고졸로 경시청에 들어간 시마모토는 사실 아르바이트 경험이 전혀 없다. 경찰에 들어가서도 파출소 근무와 형사를 번갈아 했을 뿐, 다른 업무는 거의 모른다. 지금까지는 상상도 해보지 않았는데, 전단지나 휴지를 나눠주는 아르바이트는 상당히 힘들 것이라는 생각이 오늘 비로소 들었다.

경찰 완장을 차고 있어도 전단지를 받지 않는 사람들이 있다. 만약 완장이 없다면 전단지를 받아주는 사람은 10분의 1, 20분의 1로 줄어들 것이다. 아르바이트는 하루 수백 매, 수천 매라는 할당량을 마쳐야 한다. 그 일을 매일 하는 건 분명 파출소 근무보다 중노동이다. 특히 사람들이 받아주지 않는 순간의 정신적 충격이 괴롭다. 존재 자체를 부정당한 듯 몹시 울적해진다.

'앞으로는 뭐든 간에 일단 받아줘야지.' 그런 생각을 하면서 시마모토는 전단지를 계속 배포했다.

"실례합니다. 이것 좀 봐주시겠습니까?"

지금 시마모토 팀이 담당하는 곳은 목격담이 나온 벤치 쪽 정면 출입구가 아니라 수사원들이 '동측'이라고 부르는 폭이 좁은 출입구다. 가능하면 이용객이 슈퍼 안으로 들어가기 전에 말을 건다. 돌아갈 때는 짐을 들고 있어서 전단지조차 받지 못할 가능성이 높기 때문이다.

"어머님, 이것 좀 봐주시겠습니까?"

말을 건넨 김에 수사에 도움이 될 만한 다른 정보도 수집한다.

"그런데 이곳에는 일주일에 몇 번이나 장 보러 오십니까?"

10퍼센트 정도의 손님은 매일, 대개는 2~3일에 한 번, 혹은 일주일에 두 번 정도다. 그 말은 3~4일 동안 이 짓을 하면 거의 모든 단골을 만날 수 있다는 얘기다. 일주일 동안 하면 두세 번은 만나게 된다. 이 계산은 정말 옳았다.

시마모토 팀이 동측 출입구를 맡게 된 지 3일째. 처음 보는 듯한 여자에게 전단지를 건네자 그녀는 의아한 듯 눈살을 찌푸리더니 요시오의 몽타주를 응시했다.

"어, 어머님, 뭔가 짚이는 거라도 있습니까?"

"난 당신 어머니가 아닌데."

굳이 말하면 '할머니'에 가까운 나이로 보인다.

"이거 정말 실례했습니다, 사모님."

"응…… 뭔가 어디서 본 얼굴 같은데."

그 순간 시마모토는 '나왔다!' 하고 생각했다.

'그곳이 정면 출입구 아니었습니까? 좀 잘 보시고 정확히 떠올려 주세요.' 시마모토가 그렇게 말하려고 했을 때 그녀는 전단지에서 고개를 들었다.

"형사님, 여기 더 계실 거예요?"

"아, 네. 한동안 이러고 있을 겁니다."

"그럼 장부터 보고 올게요. 그러다 생각나면 얘기하고."

아니, 이 흐름은 좋지 않다. 조금 더 붙잡아야 한다.

"아아, 그렇습니까. 감사합니다. 그런데요, 이 전단지에 적힌 대로 저쪽 출입구에 있는 벤치에서요……."

"알았어요, 알았어. 생각나면 꼭 이야기할게요."

"아니, 그게."

"걱정 마요. 꼭 얘기할 테니까."

결국 여자는 도망쳤다.

이러면 가능성이 없어진다. 생각나면 이야기한다면서 들어갔다 나와서 다시 말을 건네는 손님은 없다. 대개는 슈퍼 안에서 오늘 밤 식단을 생각하는 사이에 전단지 따위는 잊는다. 고기냐 생선이냐, 아니면 그냥 다 된 반찬을 사다 먹을까. 그것이 시민들에게는 훨씬 중요한 관심사이고, 그것을 방해하면서까지 지금 당장 떠올리라고 할 권리는 경찰에게 없다.

하지만 그 여자는 달랐다.

15분 정도 뒤, 누군가가 "형사님" 하며 등을 탁 하고 힘껏 때렸다. 순간 공무집행방해로 체포해버릴까 싶었지만 "생각났어요" 하며 보름달처럼 웃는 얼굴을 보자 그런 마음은 사라졌다.

"엇, 정말입니까?"

"그래요. 이거 지난달 초잖아요. ……아마도, 확실하지는 않은데. 우리 집이 이 근처거든요. 여기는 걸어서 오지만 역이나 직장까지는 차를 타요."

무슨 소리인지 전혀 모르겠지만 일단 얌전히 귀를 기울인다.

"네, 차가 없으면 불편하죠."

"맞아요. 그래서 그때, 그러니까 6월 초요. 에어컨 상태가 전부터 안 좋긴 했는데, 본격적으로 더워지기 전에 고치려고 생각했거든요."

아직 무슨 소리인지 잘 모르겠다.

"네."

"근데 밤에 남편 담배인가를 사러 나왔다가 사카에의 젊은 직원을 만났어요."

"사카에?"

"그래요, 사카에 자동차."

'몰라요?' 하는 듯한 얼굴을 하면 곤란하다. 당연히 모르지.

"자동차 판매점입니까?"

"아니, 정비공장이요. 그 사카에의 젊은 직원이 밤길에 제법 뚱뚱한 중년 남자한테 '잠깐만요' 하고 부르고 있었어요. 웬일로 목소리가 화난 것 같더라고요. 뭔가 급한 일을 보는 중이라면 좀 미안하다는 생각도 했지만, 나도 나중에 전화 걸기가 귀찮아서. 잊어버릴 수도 있고요. 그래서 그냥 불렀어요. 에어컨을 수리했으면 하는데 가지러 와달라고요."

상황은 어떻든 간에 중요한 부분이 뭔지 잘 모르겠다.

"죄송합니다. 그러니까, 그 사카에 자동차의 젊은 종업원이 말을 걸었던 상대가 이 전단지 속 남자라는 겁니까?"

"그래요, 그래. 그거예요."

"그 종업원의 이름이?"

"이름은 모르지만 항상 수리해주는 직원이에요. 호리호리하고 좀 눈이 가늘지만 착해 보이는 직원이요."

"몇 살 정도입니까?"

"20대인가…… 서른은 안 넘은 것 같던데."

이걸로는 신빙성 유무를 판단할 수 없다.

"질문 좀 드리겠습니다. 이래저래 두 달이나 지난 일인데 어째서 그 젊은이와 중년 남자를 아직도 기억하십니까?"

그녀는 두꺼운 가슴을 힘차게 내밀었다.

"이래 봬도 나는 보험설계사를 30년째 하고 있다고요. 사람 얼굴을 기억하는 건 직업병 같은 거예요. 아주 잠깐이었으니까 장담은 못 해요. 하지만 이런 느낌의 남자였어요. 의심스러우면 사카에에 가서 물어보면 되잖아요."

네, 네. 반드시 그렇게 하죠.

정보를 제공한 여자는 이름이 '가네코 데쓰코'라며, "보기와 달리 이름이 딱딱하죠?" 하는 농담까지 덧붙였다. 나이는 65세. 집은 기소니시 4가라고 한다.

거기까지 정보를 모은 뒤 근처에 있던 구조에게 의논했다.

"어떡할까요. 일단 보고할까요?"

아니면 보고는 미루고 사카에 자동차로 직접 가거나.

시계를 보니 오후 4시 반. 특별수사본부에 보고하면 다른 팀을 보낼 가능성이 높다. 사카에 자동차에서 다행히 우메키 요시오를 확보한다고 해도 그곳에 가지도 않은 시마모토 팀의 공헌도는 상당히 낮게 산정된다.

구조는 입술에 침을 한 번 바른 뒤 대답했다.

"보고하지 않고 장소를 벗어나는 건 아무래도 곤란하죠. 일단 연락은 하고, 우리가 갈 수 있게 계장님에게 말씀드려 봅시다."

"그럼 가네코 씨는 일단 댁으로?"

"네. 연락처를 물어보고 돌아가시게 하면 될 것 같습니다."

시마모토는 가네코에게 정중히 인사를 하고 다시 협조를 구할 수도 있다고 덧붙인 뒤 귀가시켰다.

그동안 구조는 계장과 교섭해서 바라던 대답을 얻은 듯했다.

"시마모토 씨, 당장 사카에 자동차로 가봅시다."

"정말입니까? 다행이네요."

남은 전단지를 정면 출입구 담당 팀에 맡기고 시마모토 팀은 라이프온 앞에서 택시를 탔다. 휴대전화로 찾아봤더니 사카에 자동차는 북서쪽으로 4킬로미터 떨어진 마치다 가도 중간, 마치다 시 도키와마치에 있었다.

뒷자리 안쪽에 앉은 구조가 비밀 이야기를 할 때처럼 얼굴을 가까이 댄다.

"시마모토 씨, 오늘은 전단지는 보여주지 말고 뭔가 다른 일인 것처럼 가보죠."

"알겠습니다."

가네코가 말한 '사카에의 젊은 직원'이 요시오로 추정되는 남자와 어떤 관계에 있는지 모른다. 어쩌면 범행 협력자고, 경찰이 왔다고 하면 요시오에게 연락해서 도망치라고 할 수도 있다.

"하지만 구체적으로 어떻게?"

구조도 살짝 고개를 갸웃한다.

"글쎄요. 아아, 가네코 씨 차의 수리 상황에 대해 물어보는 건 어떨까요? 가벼운 뺑소니 사고를 일으키고 도주한 혐의가 있다는 식으로요."

"알겠습니다."

사카에 자동차까지는 10분도 걸리지 않았다.

공장 맞은편에서 내려 부지 전체를 훑어보았다. 사옥 건물은 3층짜리로, 1층 정면 폭이 넓게 열려 있다. 좌측은 옥외 주차장인데 도장 중인 승용차나 범퍼가 떨어진 왜건 등이 비좁게 들어차 있다.

마치다 가도를 건너서 구조를 앞세워 공장으로 향한다.

"실례합니다."

먼저 "네" 하고 맞아주는 사람은 입구 쪽에 있던 젊은 종업원이다. 하늘색 작업복을 입고 승용차 옆에 쭈그려 앉아서 손에 망치 같은 공구를 쥐고 있다. 체격은 비교적 다부져 보인다. 적어도 가네코가 말하는 '호리호리한'이라는 표현에는 어울리지 않는다.

"실례합니다. 경시청에서 왔습니다만."

두 사람이 동시에 경찰수첩을 제시했지만 낯빛에 별다른 변화는 없다. 경찰에게는 이 표정 변화를 분별하는 것이 가장 중요하다. 그렇기 때문에 신입 경찰은 불심검문을 많이 해봐야 한다. 그럼으로써 뒤가 켕기는 사람과 그렇지 않은 사람의 표정 차이를 배운다.

그 선례에 비추어볼 때 이 남자는 '결백'이다. 적어도 시마모토의 경험으로는.

남자는 공구를 내려놓고 일어난다. 역시 '호리호리한' 체격은 아니다.

"네…… 무슨 일로?"

구조가 다시 머리를 숙인다.

"이 공장에서 가네코 데쓰코 씨라는 분의 자동차를 수리하신 적이 있습니까?"

남자의 두 눈이 한순간 공중을 헤맨다.

"가네코 씨…… 아아, 네, 가네코 씨. 있어요, 여러 번."

"그 수리는 담당자가 정해져 있습니까?"

"아뇨. 특별히 정해져 있지는 않아요. 그때그때 손이 비는 사람이 담당하는 식이죠."

"그럼 가장 최근에 수리를 맡은 분은 누구십니까?"

"가장 최근이요? 잠시만요. 사장님!"

남자는 사장을 불렀지만 반응이 없다. 두 번, 세 번 크게 부르자 "그래" 하고 기세 좋은 대답이 돌아온다.

머지않아 작업장 안쪽에 있는 화사한 철골계단에서 한 남자가 내려온다. 나이는 50대 정도일까. 마른 체형이긴 해도 반소매 작업복에서 나온 갈색 팔은 말의 앞다리를 연상시키는 탄탄한 근육으로 싸여 있다.

곧바로 젊은 직원이 설명한다.

"경찰에서 오셨다는데, 가네코 씨 차 문제라네요."

"가네코 씨? 가네코 씨라……."

"그, 항상 '대신 탈 차는 공짜죠?' 하는 아주머니요."

"아아, 그 가네코 씨?"

마침내 사장이 이쪽을 돌아본다.

"그 가네코 씨가, 무슨 일이신데요?"

"네. 가장 최근 수리받으신 게 언제쯤이었습니까?"

"최근, 최근은…… 아아, 지난달인가, 에어컨 수리를 맡겼던 것 같은데."

"그걸 담당하신 분이?"

"담당은…… 너잖아."

그 말을 들은 젊은 남자가 부채질하듯 아니라며 손사래를 친다.

"저 아니에요."

"아아, 맞다. 신고다."

그러더니 사장이 조금 전에 젊은 남자가 했던 것처럼 안을 향해 소리 지른다.

"이봐, 신고!"

젊은 남자보다 몇 배는 힘이 넘치는 목소리다.

금방 "네" 하는 대답이 들리고, 남자 하나가 뭔가를 찾아보고 있었는지 파일을 든 채 안에서 나온다.

두 사람과 같은 하늘색 작업복. 나이는 젊다. '호리호리한' 체격이라고 하면 그렇게도 보인다. 눈도 가늘지만 날카롭지는 않고, 오히려 붙임성 있는 느낌이다.

"이쪽은 경찰에서 나왔다는데. 가네코 씨의 경차 에어컨 수리, 네가 했지?"

느닷없이 결정적인 순간이 찾아와버렸다. 사장이 '경찰'이라고 했을 때 남자의 표정. 시마모토는 그 변화를 놓치지 않았다. 필시 구조도 봤을 터다.

순간 두 눈썹이 무방비하게 올라가고, 다음 순간 그 행동을 지우려는 듯 원위치로 끌어내린다. 하지만 사람은 표정을 그처럼 정밀하게 제어하지 못한다. 눈썹을 되돌리는 데 힘이 너무 들어가서 오히려 얼굴을 찡그리면서 의아해하는 것 같은 표정이 되어버린다.

이 남자는 뭔가 알고 있다. 적어도 경찰에게 들키고 싶지 않은 무언가를 품고 있다.

시마모토는 그렇게 읽었다.

돌아보면 그때 신고는 분명 뭔가에 홀려 있었다.

사부로의 그림자에, 그가 내뿜는 마이너스의 인력에.

“신고, 어디 가?”

“어어…… 산책 좀 하고 올게.”

다른 때 같으면 저녁을 먹은 다음에는 그냥 텔레비전이나 보다가 목욕을 하고 세이코와 둘이서 침대로 들어간다. 그 가장 행복한 시간을 신고는 막연한 수색에 할애하고 있었다.

“또? 좀이 얼마나인데?”

“한 시간 정도?”

평소 신던 스니커를 신고 서둘러 현관을 나선다. 밤 8시쯤 나가는 날도 있고, 10시나 11시에 나갈 때도 있다. 한 시간 만에 돌아오는 일은 드물고, 대개 한 시간 반에서 두 시간 정도 걸린다.

가장 먼저 선코트마치다 맨션으로 향한다. 곧장 가면 걸어서 6, 7분 거리다.

외관은 적갈색 벽돌. 밝을 때 보면 평범하다. 하지만 밤이 되면 건물은 어둠을 자신의 편으로 만들어서 불길하고 표독스러운 검은 덩어리로 변모한다. 짙은 빨강이 까맣게 변하면 피가 든 간장통을 연상하지 않을 수 없다.

밤이 오면 창문에는 그런대로 불빛이 보인다. 2층과 3층에는 밝은 집이 많지만 1층과 4층은 어두운 집이 더 많다. 시간대에 따라서는 거의 모든 집에 불이 켜져 있을 때도 있다. 하지만 4층 맨 앞쪽, 그 슈퍼에서 보이는 집의 창문만은 불이 켜진 것을 본 적이 없다. 이쪽에서 보면 건물 머리에 해당하는 부분인데, 그곳만 항상 깜깜하다.

검은 두건을 쓴 거대한 괴물.

어딘가 그 검은 나일론 가방과도 통하는 것이 있다.

맨션 앞에 얼마나 있을지는 정해놓지 않았다. 5분일 때도 있고 30분일 때도 있다. 서류 가방을 든 정장 차림의 남자나 팽팽한 스포츠 가방을 짊어진 고등학생, 회사원 분위기의 여성이 들어가는 모습은 본 적이 있다. 하지만 신고가 보고 있을 때 외출하는 입주자는 없었다.

그러다가 맨션 앞을 떠나 다음 장소로 이동한다. 사부로가 여자를 미행해서 들어간 그 공원일 때도 있고 다른 공원을 보러 갈 때도 있다. 라이프온에 갈 때도 있고, 주택가를 빙글빙글 맴돌 때도 있다. 아는 사람과 마주친 적은 한 번도 없다. 그렇게 생각하면 그날 가네코 부인이 말을 걸어왔던 것은 굉장한 우연이자 불운이었다. 애당초 이 거리에 신고가 아는 사람은 손에 꼽는데.

그날 밤 후로 사부로를 보지 못했다. 세이코에게 물어도 최근 며칠은 안 들어오는 것 같다고 한다. 하지만 그보다 문제는 피가 든 간장통이다. 그 통들이 없어졌다. 세이코가 없을 때 가방에 든 물건을 모두 꺼내서 뒤졌는데 봉투째 사라지고 없었다. 언제 가지고 갔는지는 모른다. 어쩌면 그날 밤이었을 수도 있고 그 뒤 몰래 가지러 왔을 수도 있지만, 아무튼 사부로는 그 간장통을 들고 사라졌다.

모습을 안 보는 건 좋다. 뭔가 제대로 된 일거리라도 찾았다면 그대로 사라져도 전혀 상관없다. 하지만 그게 아니라 신고와 세이코 말고 기생할 상대를 찾았는데 그 상대가 피가 든 간장통과 관계가 있는 거라면 큰 문제다. 사회정의나 윤리 문제가 아니다. 세이코가 문제다. 그래도 아버지인데, 세이코에게 피해가 갈 행동만은 삼갔으면 한다. 그뿐이다. 신고는 그 생각만 하면서 밤길을 계속 걸어 다녔다.

물론 아무런 단서도 없이 사부로를 발견하기란 쉬운 일이 아니다. 그저 한 시간, 두 시간 걸어 다니다가 돌아올 뿐이다. 그러다 집에 돌아오면 기분이 상한 세이코를 마주하게 된다.

"뭐야. 이게 무슨 한 시간이야."

이번에도 어느새 두 시간가량 지나 있었다.

"미안…… 좀 이상한 데까지 가서."

"이상한 데가 어딘데?"

"그게, 저쪽…… 저 강 쪽."

"사카이가와 강? 그게 뭐가 이상해. 평범한데."

"아아, 뭐, 그렇지…… 평범하지."

하하 웃어봐도 세이코의 눈은 여전히 날카롭다.

"뭔가 수상해. 신고, 나한테 숨기는 거 있지?"

"없어. 숨기긴 뭘 숨겨. 바람 같은 거 의심하는 거야?"

"아니, 그건 아냐. 나, 코가 좋아서 알거든."

세이코가 코를 갖다 댄다. 킁킁거리면서 신고 가슴에서 옆구리, 어깨, 목덜미 냄새를 맡아본다.

"섹스했을 때 신고는 더 섹시한 냄새가 나. 지금은…… 평범한 땀 냄새야."

그렇게 막연하게 의심받고 아니라며 얼버무릴 때는 그나마 괜찮다. 하지만 밤 산책이 길어지고 횟수가 거듭될수록 세이코의 기분도 달래지 못할 정도로 나빠진다.

"정말 대체 어딜 가는 거야?"

"그냥 산책이라니까…… 말했잖아."

"내일은 나도 따라갈래."

"알았어, 알았어."

그래 놓고 세이코가 목욕하는 틈, 설거지로 손을 뗄 수 없을 때를 노려서 나가면 돌아왔을 때는 완전히 아수라장이다.

"이제 그만 좀 해. 왜 멋대로 없어지는 거야."

"미안, 미안. 잠깐 편의점에 다녀오려고 했을 뿐이야."

"편의점 가면 간다고 말하면 되잖아."

"그렇지. 미안, 미안."

"이게 뭐야……. 나, 이러는 거 정말 싫단 말이야……."

세이코가 울면 그때만큼은 이제 이렇게 아무 소득 없는 짓은 그만둬야겠다고 생각한다. 하지만 하루가 지나고 어두운 밤이 다가오면 도저히 불안해서 어쩔 줄 모르게 된다. 사부로가 검은 마물로 변해서 어두운 거리 어딘가에 몸을 숨기고, 목표물로 정한 먹잇감을 그늘로 끌고 들어가서 그 피를 빨아먹는다. 그런 망상이 고개를 치켜든다. 하지만 망상의 근거를 세이코에게 제시하지는 못한다. 이미 피가 든 간장통은 없다. 여자를 미행하고 여자 화장실에 들어간 일도 확실한 이유가 될 수 없다.

단지 생각할 뿐이다. 그 남자는 제정신이 아니라고. 세이코가 신고가 뭔가를 숨기고 있다고 의심하는 것이 여자의 촉이라면, 신고가 사부로를 의심하는 것은 남자의 촉이다.

사부로는 분명 뭔가 하고 있다.

스스로도 이상하다고 생각하지만 세이코가 아르바이트 때문에 늦게 돌아오는 날은 조금 마음이 편하다. 세이코가 마음 상하는 일 없이 사부로를 찾으러 나갈 수 있다. 애당초 사부로를 찾는 것은 세이코를 위한 일이지만, 자세히 따지면 슬퍼지기 때문에 생각하지 않기로 했다.

선코트마치다에서 근처 공원으로, 그리고 주택가를 어느 정도 돌다가 다시 선코트마치다로 향한다. 불현듯 밤거리를 배회하는 자신이 마물 같다는 생각을 한다. 마물을 잡기 위해 스스로 마물이 된다. 있을 수 있는 일이다.

8시, 9시가 지나면 통행인이 확연히 줄어든다. 10시가 되면 간혹 자전거와 스쳐 지나갈 정도이고, 뒷골목으로 들어가면 오가는 사람이 아예 없다. 가로등이 드문드문 있는 강변길로 넘어가면 한층 적

막하다.

사부로라면 이런 장소를 선호하지 않을까 하는 생각이 든다. 사부로는 어둠에 숨어서 여자를 덮치려고 한다. 근거 없는 망상일 뿐이지만, 일단 의심하기 시작하니 빠져나오기가 쉽지 않다.

도로에서 1.5미터 정도 낮은 위치에 있는 강변길. 가드레일이 있기 때문에 자동차가 떨어지는 일은 거의 없을 테지만, 눈높이에 타이어가 지나가는 모습을 보자니 별로 기분이 좋지 않다. 자신이 땅을 기어가는 벌레나 길고양이가 된 기분이 든다. 자동차에 치이는 순간까지 사실적으로 상상하게 된다.

왼쪽에 흐르는 사카이가와 강과는 높은 울타리로 나뉘어 있다. 2미터 정도 될까. 아무리 강변이 몸을 숨기기에 최적의 장소라 해도 한순간에 울타리를 뛰어넘어 오는 일은 생각할 수 없다. 사부로라면 꼴사납게 기어 올라가는 게 고작일 것이다. 수면은 3, 4미터나 아래쪽에 있고, 울타리 쪽에는 사람이 설 수 있는 땅 자체가 없다.

이런 데 있을 리가 없지.

무심코 찾고 있는 자신이 어리석다는 생각을 하며 시선을 앞으로 돌린 순간이었다.

누군가 있다.

건너편 물가에 있는 작은 인공 선착장 같은 곳. 한 번 가본 적이 있는 장소다. 공원이라고 할 정도는 아니지만 작은 녹지가 있고, 통나무 난간이 있는 계단을 내려가면 선착장 같은 콘크리트 대지가 나온다. 강에 면한 곳에 대여섯 계단이 더 있고, 직접 강으로 들어갈 수 있게 되어 있다. 아이들이 물놀이 등을 하기에 딱 알맞은 구조다.

그 물가 계단에 사람이 있다. 가로등 불빛에 하얀 상반신이 흐릿하게 떠올라 보인다.

절대 사부로는 아니다. 여자다. 한눈에 알았다. 그런데 누군가가 떠올랐다. 잘은 모르지만 본 적이 있는 여자. 아주 인상적인, 하지만 완전 남.

생각났다. 그 여자가 아닌가. 선코트마치다에서 나와 공원 여자 화장실에 들어갔던 여자, 사부로가 뒤쫓던 몹시 앙상한 여자. 오늘도 머리를 포니테일로 묶고 있다.

자신도 모르게 좌우를 살폈다. 근처에 다리가 없어서 바로 강을 건너가지는 못한다. 여자는 밑에서 두 번째 계단쯤에 가만히 앉아 있다. 아니, 뭔가를 하고 있다. 손에 페트병 같은 것을 들고 강에 뭔가를 흘려보내고 있는 것 같다. 그날 밤에도 여자는 뭔가 들고 있었다. 그 뒤 공원 화장실로 들어가 같은 행동을 했던 걸까. 페트병에 담아온 뭔가를 버린 걸까.

신고는 울타리 쪽 나무 그늘에 몸을 숨기고 여자의 동정을 살폈다. 역시 무슨 액체를 강에 버리고 있다. 양손에 든 병을 다 비우자 다시 두 개를 더 꺼내서 뚜껑을 열고 뒤집어서 풍덩풍덩 강에 흘려보낸다. 그 두 병이 마지막이었던 모양이다. 여자는 병을 가볍게 흔들어서 물기를 털고 옆에 놓아두었던 비닐봉지 같은 것에 넣은 뒤, 두 손으로 무릎을 밀듯이 일어난다.

어떡하지. 이대로는 놓친다. 하지만 건너편으로는 못 간다. 울타리를 넘어 강을 걸어서 건널까? 아니, 아무리 그래도 너무 위험하다. 여자는 강을 등지고 터벅터벅 계단으로 걸어간다. 그러고는 통나무 손잡이를 붙잡고 계단을 오른다. 조금 피곤한 느낌으로 천천히 한 계단 한 계단.

그대로 강에서 멀어지는 방향으로 걸어가면 도저히 쫓아갈 수 없다. 하지만 다행인지 불행인지, 여자는 강가의 보도를 선택했다. 신고가 있는 쪽과 거의 같은 모양의 길을 걸어 남쪽으로 향한다. 앞에 있는 다리를 건너서 똑바로 가면 기소니시 5가, 선코트마치다 방면으로 돌아가게 된다. 그렇다면 미행은 결코 어렵지 않다.

역시나 예상대로였다.

여자는 남쪽으로 가서 처음 나온 다리를 이쪽으로 건너와 그대로 곧장 걷는다. 신고는 다리 바로 앞에서 조금 기다리며 여자를 먼저 보낸 뒤 그 뒤를 따른다. 키는 160센티미터 중간쯤일까. 흰 셔츠에 짙은 색 롱스커트 차림. 체형은 좀 병적일 정도로 야위어 있다. 저번에는 몰랐는데, 다리가 조금 안 좋은지 좌우 보폭에 차이가 났다. 중심이 오른쪽에 있는 시간이 극단적으로 짧고 왼쪽이 그만큼 길다. 그렇게 걷는 게 익숙하다는 느낌이 들었다. 결코 빠르지는 않지만 보조는 일정하다. 어떤 의미에서는 안정된 걸음이다.

편도 1차선, 왕복 2차선의 도로. 여자는 그 옆길로 나아간다. 이 주변은 주택이 별로 없다. 중학교가 하나, 그리고 회사 창고와 배송소 같은 건물들이 많다. 가끔 커다란 공터가 있고 차도도 넓기 때문에 경치는 훤히 트였지만 여기나 저기나 어둡기는 마찬가지다. 절대 밤에 여자 혼자 걸을 길은 아니다. 더구나 한쪽 다리가 불편하고 보기에도 연약해 보이는 여자가.

여자는 '다다오 공원 입구'라는 표지판에서 오른쪽으로 꺾어 마치다 가도를 남하하기 시작했다. 이제 거의 확실해졌다. 여자는 선코트마치다로 돌아가고 있다.

마치다 가도에는 패밀리레스토랑이나 라멘 체인점, 햄버거 가게 등이 있기 때문에 조금 전 길보다는 훨씬 분위기가 밝다. 선코트마치다로 돌아간다면 다음에 나오는 문 닫은 양과자점 모퉁이에서 왼쪽으로 꺾을 터다. 예상대로다. 여자가 한쪽 다리를 끌면서 좌측으로 굽어 들어간다. 우측은 쓸쓸한 잡목림 길이다.

여자는 한 번도 뒤를 돌아보지 않았지만 신고는 언제든 몸을 숨길 수 있게끔 이리저리 숨으면서 미행했다.

주택가에 들어서자 여자는 피곤해졌는지 두 번이나 다리가 엉켰다. 넘어질 뻔했지만 전신주를 붙잡고 오른다리를 신경 쓰며 계속 걸었다.

이윽고 선코트마치다에 도착했다.

여자가 비닐봉지를 든 채 현관으로 들어간다. 건물은 3층 한 곳만 불빛이 있을 뿐, 나머지는 모두 어두컴컴하다.

신고는 망설였다. 이대로 밑에서 지켜보다가 어느 집에 불이 켜지는지 확인할까, 아니면 여자를 뒤쫓아서 어디로 들어가는지 직접 확인할까. 엘리베이터에 타서 어느 층에 내리는지 정도는 보는 편이 좋을 듯싶다. 그렇게 생각하고 맨션 현관으로 향했다. 하지만 막상 들어갔더니 의외로 엘리베이터가 없었다. 여자는 우측의 집합우편함 너머에 있는 계단을 올라가고 있었다. 하얀 손이 난간을 탁탁 짚으며 이동한다.

잠시 사이를 뒀다가 신고도 따라 올라가기 시작했다. 스니커를 신어서 발소리를 죽이기 어렵지 않다. 오히려 너무 빨리 올라가서 여자와 마주치는 일을 피하려니 답답하다. 여자는 상당히 피곤한 모양인지 계단을 올라가다가 몇 번이나 멈춰 선다. 숨이 차서 그런 것은 아닌 듯하다. 옷이 서로 스치는 듯한 소리가 들린다. 아픈 다리를 문지르고 있는지도 모른다.

여자는 3층도 통과해서 놀랍게도 4층까지 올라갔다. 벽을 짚고 신발을 바닥에 끌면서 여자의 그림자가 4층 내부 복도로 사라진다.

신고도 계단을 올라가서 내부 복도로 얼굴을 내밀었다. 반들반들한 타일 같은 바닥, 푸르스름한 형광등 불빛, 멀리 늘어선 문 세 개. 여자는 두 번째 문 앞을 지나서 가장 안쪽 문으로 향한다. 방향으로 볼 때 한 번도 불이 켜지지 않은, 라이프온에서 창문이 보이는 그 집이다.

이곳까지 와서 신고는 다시 주저했다. 사부로가 미행하던 여자가 선코트마치다의 입주자라는 사실은 확인했다. 바로 앞 호수가 401호인 걸 보면 안쪽은 403호가 된다. 하지만 그 집에 사부로가 있는지는 모른다. 설령 있다고 해도 뭐라고 해서 불러내야 할지 방법이 생각나지 않는다.

그런데 생각지 못한 일이 눈앞에서 벌어졌다.

여자가 넘어진 것이다.

마른 몸이 휙 기울어지더니 그대로 복도 바닥에 쓰러진다. 본인도 아차 한 모양이다. 바닥에 손을 짚으려고 했지만 손에 쥐고 있던 비닐봉지를 힘껏 내려치는 꼴만 되었다.

탁, 타르륵.

가볍고 딱딱하면서 공허한 소리가 내부 복도에 울려 퍼진다. 봉지를 놓쳐서 내용물이 흩어지고, 그중 하나가 데굴데굴 신고 쪽으로 굴러온다. 흰 뚜껑, 흔히 볼 수 있는 가늘고 긴 500밀리리터 페트병이다. 상표를 떼어서 안이 잘 보인다. 하지만 왜인지 완전히 투명

하지는 않다. 떨어졌을 때는 빈 소리가 났는데 실물은 유달리 탁해 보인다.

주울까 어쩔까 망설이고 있는데 복도 끝에서 소리가 났다.

딸칵 하고 열쇠가 열리고 손잡이가 돌아가더니 경첩이 삐걱거리면서 현관문이 열린다. 그 틈으로 누군가가 느릿하게 얼굴을 내민다.

앗.

신고는 놀랐지만 이상하게도 소리는 내지 않았다. 굳이 몸을 숨기지도 않았다. 오히려 한 걸음 내딛어 403호를 정면으로 마주하며 모습을 드러냈다.

403호에서 얼굴을 내민 남자는 바닥에 쓰러진 여자를 보고 말을 걸려고 했는지 팔을 뻗으려고 했는지 문밖으로 몸이 반쯤 나와 있다. 그러다 복도 앞쪽에 있는 신고를 알아챈 듯하다. 그가 천천히 고개를 든다. 어디를 보는지 알 수 없는 가는 눈, 입 주변에는 다박수염, 땅딸막한 몸집. 잘못 본 게 아니다. 403호에서 나온 사람은 바로 사부로다. 신고는 발밑에 굴러온 페트병을 주웠다. 안에 무엇이 들어 있었는지는 모르지만 분명 아주 질척한 액체였을 것이다. 색깔은 잿빛, 아니, 옅은 갈색인가. 수프나 스튜 같은 것을 넣었다가 비우면 이 정도로 더러워지지 않을까.

그 페트병을 들고 복도를 나아간다.

"사부로 씨."

사부로도 도망가지 않는다. 팔을 뻗어서 여자가 일어나는 것을 도와준다. 여자도 신고를 알아채고 힐끔힐끔 사부로의 얼굴과 번갈아 본다. 한 손은 사부로에게 맡기고 다른 한 손은 벽을 짚어서 간신히 일어난다.

여자와 나란히 서자 사부로가 유난히 땅딸막해 보인다. 그가 똑바로 선 채 머리를 꾸벅 숙인다.

신고는 들고 있던 페트병을 사부로에게 내밀었다.

"떨어뜨렸어요."

"고마워요."

사부로는 손에 외과의가 수술 때 쓰는 듯한 얇은 고무장갑을 끼고 있다. 뭔가 하고 있었던 걸까? 뭘 하고 있었던 걸까?

하지만 그보다 더 신경을 거스르는 것이 있다.

뭔가 냄새가 난다. 이상한 냄새가 난다.

비릿하니 쉰 냄새와 코를 찌르는 자극적인 냄새, 음식을 끓이는 듯 달고 짭짤한 냄새도 섞여 있다.

뭐지, 이 냄새는.

사부로가 여자에게 귀엣말을 한다.

"먼저 들어가 있어요."

"네."

여자는 고개를 끄덕이고 신고에게도 가볍게 인사를 한 뒤 현관으로 들어간다.

사부로가 조용히 문을 닫고 그 앞을 막아선다.

침묵. 아무리 기다려도 사부로는 무슨 말을 할 것 같지 않다.

신고는 사부로의 눈을 똑바로 보았다.

"저번에 제가 사부로 씨가 맨션에 들어가는 걸 봤다고 했을 때 착각이라고 하셨잖아요."

사부로는 긍정도 부정도 하지 않는다.

"그런데 지금 완전히 안에 들어가 있잖아요. 왜 그런 어설픈 거짓말을 하신 거죠? 그뿐이 아닙니다. 정말 우연인데, 저, 방금 저 사람이 강에 뭔가를 흘려보내는 걸 봤다고요. 그 페트병에 있던 걸 쿨렁쿨렁 버리는 걸요."

신고가 주운 페트병은 아직 사부로 손에 있다.

"혹시 그날 밤도 그랬던 거 아닙니까? 저 사람이 뭔가 들고 공원 화장실에 갔잖아요. 거기서도 똑같이 페트병에 든 걸 버린 거 아닌가요?"

여전히 사부로는 아무 반응이 없다.

"사부로 씨, 당신 대체 뭘 하고 있는 거예요? 딸 집에 쳐들어오더니 근처에 여자를 만들고, 이번에는 여기 얹혀사는 겁니까? 그래, 뭐 좋아요. 하지만 거긴 제 집이기도 하거든요. 저도 설명을 들을 권리는 있다고요. 그리고……."

신고는 사부로가 들고 있는 페트병을 눈으로 가리켰다.

"그 안에 든 게 뭔지는 모르지만, 또 있죠? 그 수수께끼의 액체 말입니다. 우리 집에 놔둔 짐 속에 봉투를 숨겨놨죠? 그 안에 도시락에 딸려오는 간장통이 있고, 그 안에 이상한 액체를 넣어뒀잖아요. 이제는 없는 것 같지만…… 그건 뭐였어요?"

사부로도 화를 낼 것이라고 생각했다. 적어도 낯빛이 바뀌는 정도의 반응은 있을 줄 알았다. 하지만 없다. 사부로는 시선을 살짝 내려 신고의 가슴 언저리에 고정한 채 입을 다물고만 있다.

무시하는 거야? 이 인간이?

신고는 신경이 분노로 휙 뒤집어졌다.

"이봐, 입 다물고 있으면 내가 포기하고 갈 줄 알아?"

다림질이 안 된 낡은 줄무늬 셔츠의 멱살을 쥔다.

"응? 당신이 말 못 한다면 내가 해줄까? 피잖아. 작은 병 여러 개에 사람 피를 담아가지고……."

하지만 끝까지 말하지 못했다.

"아앗."

갑자기 사부로가 정면에서 신고의 목에 팔을 돌려서 끌어안듯 몸을 포박했다.

뭐 하는 거야…….

그런 말도 목소리로 나오지 않았다. 입이 사부로의 어깨에 눌려서 완전히 막혔다. 물론 두 손으로 때릴 수는 있다. 하지만 그러지도 못했다. 어안이 벙벙해져서일 수도 있고, 그 정도의 각오는 없었을 수도 있고, 사부로의 완력이 예상외로 강해서였을지도 모른다.

하지만 문이 열리는 것은 보였다. 사부로가 열었는지, 안에 있던 여자가 열었는지는 알 수 없다. 곧바로 신고는 그 안으로 끌려 들어갔다. 아니, 끌려 들어갔다기보다 휩쓸렸다. 먹혔다.

현관은 어둡다. 하지만 복도 끝의 거실로 보이는 공간에는 빛이 있다. 실은 403호에도 불이 켜져 있었던 거다.

하지만 그 거실도 뭔가 이상하다. 밝기 자체에 묘한 위화감이 있다. 그렇다. 색 때문이다. 바닥이 새파랗다. 파란 비닐 시트, 건축 현장이나 꽃구경 때 이용하는 방수용 비닐 시트가 바닥에 깔려 있다.

그때 누군가 나타난다. 그 마른 여자와는 다른 누군가다.

전혀 상황이 파악되지 않는다.

머리에는 흰 샤워캡과 물안경을 쓰고 입에는 커다란 마스크, 상반신과 하반신은 반투명 비옷. 그리고 실내인데 장화를 신고 두 손에는 고무장갑 같은 것을 끼고 있다. 마치 영화에 나오는 방호복을 입은 구조대원 같다.

이상한 것은 복장뿐이 아니다.

그 방호복 같은 것이 뭔가에 흠뻑 젖어 있다. 물이 아니라는 점은 손과 발을 보면 분명하다. 원래는 흰색이었을 고무장갑과 장화가 얼룩덜룩 선명한 빨강으로 물들어 있다.

혈액…….

피투성이 방호복을 입은 사람이 말한다.

"수건 빌려주세요. 안경을 닦고 싶어서요."

믿기지 않을 정도로 맑고 높고 가는 목소리다.

아이? 여자아이?

기소니시 5가 맨션 부녀 살인상해사건 특별수사본부는 7월 31일 오후 1시, 하라다 유키에를 사체손괴와 유기 혐의로 재체포했다. 이로써 유키에는 본격적으로 고다 야스유키의 시신을 어떻게 처리했는지에 대한 조사를 받게 되지만, 그건 어디까지나 표면적인 이야기다.

기와다가 하는 취조 자체는 전과 크게 다르지 않다. 바뀐 점을 굳이 찾자면 고다 야스유키의 시신에 관해 직접적으로 추궁할 수 있게 된 정도다. 피의 사실 이외의 이야기를 들으려면 유키에가 자발적으로 털어놓도록 유도해야 하고 '진술조서'가 아니라 '상신서'라는 형태로 서면화해야 하는 점도 전과 똑같다.

그렇다고 기와다가 그저 유키에의 이야기를 듣고만 있는 건 아니다. 가장 중요한 과제는 역시 선코트마치다 403호에서 매일 무슨 일이 일어났는가, 우메키 요시오는 지금 어디에 있는가, 이 두 가지를 밝히는 일이다. 그와 관련된 질문은 피의 사실이 어떻든 간에 해야만 한다.

특히 우메키 요시오의 행방은 하루에 몇 번이나 묻는다.

"요시오에 대해 뭔가 생각나는 건 없나?"

지금껏 선코트마치다 근처에 있는 라이프온 슈퍼에 관한 정보는 유키에한테서 끌어내지 못했다. 게다가 요즘 유키에는 요시오에 관한 질문에는 고개를 갸웃하기만 할 뿐 제대로 된 진술을 하지 않는다.

"예를 들면…… 맥주 말고 술은 뭘 좋아했다거나? 일본주나 소주, 그런 상표 같은 거 말이야."

토속주 등의 상표에서 출신지를 알아낼 가능성도 있다.

"술이요? ……아뇨, 평범하게 슈퍼에서 파는 걸 마셨습니다. 특별히 뭘 좋아한다는 건 없었던 걸로 압니다."

"그럼 먹는 건? 완탕 수프를 좋아했다는 건 들었는데, 또 뭐 없나?"

더구나 요시오가 좋아한 것은 컵라면처럼 뜨거울 물을 부어서 먹는 형태의 전국 유통 상품이다. 특정 지역을 유추할 수 없다.

"먹는 거…… 아아, 딱 한 번 요시오 씨가 파인애플이 먹고 싶다고 해서 아버지가 한밤중에 사러 나간 적이 있었습니다. 통조림에 시럽이랑 들어 있는 그거요."

이번에는 통조림이라.

조금 더 그럴듯한 음식 취향은 없는 걸까.

엉덩이를 인두로 지진 뒤에 아버지는 극단적으로 다리가 안 좋아지셨습니다. 근육이나 힘줄 같은 걸 다친 것 같습니다. 돈을 구하러 다니는 일은 고사하고 사소한 심부름도 못 하게 되었습니다. 욕실에 갇혀도 서 있지를 못했습니다.

그리고 변이 문제였습니다. 페트병에도 못 싸고, 물론 화장실까지 가지도 못했습니다. 특히 화장실은 들어가는 데 허락을 받아야 했고, 맹꽁이자물쇠가 걸려 있어서 부탁한다고 해도 바로 들어가지 못합니다. 그래서 몇 번이나 욕조에 그대로 싸서…… 당연히 혼납니다. 욕조는 평소 목욕할 때도 사용하기 때문에 요시오 씨의 분노는 상당했습니다. "나보고 네가 화장실로 이용한 곳에 들어가라는 거냐" 하면서. ……그때는 감전이었을 겁니다. 인두는 요시오 씨도 지나쳤다고 생각한 게 아닐까요.

그 뒤로는 기저귀를 채우게 되었습니다. 고다 씨 일로 요시오 씨도 질렸던 것 같습니다. 직접 하지는 않아도 마야든 저든 매번 청소시켜야 하니까. 그때마다 욕실은 못 쓰고…… 요시오 씨는 깨끗한 걸 좋아해서 목욕은 꼭 매일 했습니다.

기저귀를 가는 건 저나 어머니가 했습니다. 그 무렵 언니는 아버지 대신 요시오 씨와 나가서 돈을 구하러 다녔습니다. ……은행도 갔을 테지만, 보통 대부업자 아니었을까요. 술을 마실 때 한도액이 어쩌고 하는 얘기를 들었는데.

할 일이 없어진 아버지는 급격하게 쇠약해지셨습니다. 이상하다고 생각한 건 술을 마실 때였습니다. 방금 전 화제와 관계없는 옛날이야기를 갑자기 하게 되었습니다. 제대로 먹지도 않고 열심히 침 튀기며 이야기를 토해냈습니다. "와카바야시, 그게 아니야"라면서…… 그것도 요시오 씨를 향해서요. 와카바야시는 아마 시의원 시절에 알던 사람일 겁니다. 공사 발주가 어떻다느니, 도로 폭이 어떻다느니, 종합병원을 유치한다느니…… 그럴 때 요시오 씨는 이상하게도 화내지 않았습니다. 오히려 거기에 맞장구를 치면서 정보를 더 알아내려고 했습니다. 옛날에 연관 있던 사람들 중에서 돈줄이 될 만한 사람을 찾으려고 한 건지, 아니면 아버지의 머리가 이상해지는 모습이 단순히 재미있었는지…… 그건 모르겠습니다.

아버지는 베란다에서 숨을 거뒀습니다. 욕실 청소를 하는데 계실 곳이 없으니까 요시오 씨가 베란다로 내보내라고 해서…… 하지만 큰 소리를 내면 곤란하기 때문에 입에 걸레를 쑤셔 넣고 재갈을 물리고 두 손 두 발을 묶어서 콘크리트 바닥에 뒹굴려뒀습니다.

보셨겠지만, 그 집 창에는 암막이 쳐져 있어서 기본적으로 밖이 어떤 상황인지 모릅니다. 그래서 저희도 비가 오는 걸 한동안 몰랐습니다. ……그때 아버지는 아마 러닝셔츠에 기저귀 차림이었을 겁니다. 더구나 운 나쁘게도 아버지 엉덩이가 배수구를 막아서, 저희가 알아차렸을 때는 이미 베란다에 물이 고여 있었습니다. 아버지는 거기에 머리가 잠기듯 해서 질식사하셨습니다. ……익사라고 해야 할까요. 기저귀도 탱탱하게 물을 흡수해서 커다란 낚시 찌처럼 되어 있었습니다.

요시오 씨는 그 책임이 당연히 우리에게 있다고 했습니다. 입에 걸레를 쑤셔 넣는 방법이 잘못되었다, 재갈이 너무 셌다, 왜 배수구가 막히는 위치에 앉혔느냐, 왜 좀 더 세심하게 살펴보지 않았느냐 하면서 호되게 책망하고…… 그때는 감전 같은 체벌은 없었습니다. 하지만 생각하라고, 너희 가족이 생각하라고, 의논하라고 했습니다. ……네, 아버지의 시신을 어떻게 할지 말입니다. 고다 씨의 시신 처리를 저와 마야가 의논했을 때와 마찬가지입니다. 요시오 씨에게 피해가 안 가는 방법으로 처리해야 했습니다.

……저였을 겁니다. 잘게 토막 내서 일단 가열하고, 마지막에는 믹서로 걸쭉하게 만들어 흘려보내면 된다고 어머니와 언니에게 설명했습니다. 두 사

람은 결국 그런 대로 납득했습니다. 요시오 씨는 너희가 그렇게 정했으면 하는 수 없다며, 도구를 준비할 돈을 빌려준다고 했습니다. 또 요시오 씨에게 빚을 졌습니다. ……톱, 믹서 같은 도구 일체입니다. 예전에 고다 씨 때 사용한 도구는 이미 처분했기 때문에. ……아마 그것도 분해해서 잘게 부숴 조금씩 쓰레기로 내놨을 겁니다.

작업은 마야도 포함해서 여자 넷이 했습니다. 하지만 넷이 한꺼번에 욕실에 들어가면 오히려 작업하기 힘들기 때문에 부엌 바닥이나 거실 쪽까지 비닐을 깔고…… 그렇습니다. 파란 비닐 시트요. 크게 자르는 건 욕실에서 하고, 나머지 작업은 부엌이나 거실에서도 했습니다.

히로무는 떨어진 방에 가둬두었습니다. 게임 같은 걸 하게 하지 않았을까요. 히로무 일은 저는 모릅니다. 마야가 더 잘 알 겁니다.

절단 작업을 하면서 어머니도 상태가 이상해졌습니다. "여보, 미안해요, 미안해" 하고 사과하면서 목을 절단하고, 팔도 비틀어 떼어내는데…… 자른 머리를 품에 안고 "착하지, 울지 마" 하고 아이 달래듯이 쓰다듬고…… 성기를 계속 손으로 만지작거리고, 머리 가죽을 벗겨서 두개골이 나오니까 깔깔거리면서 웃고, "당신, 대머리 됐어, 대머리 됐어" 하고요……. 잡담은 금지라서 요시오 씨가 들으면 대개 감전인데, 그때도 체벌은 없었습니다. 그런 걸 보면 역시 요시오 씨는 사람 머리가 이상해지는 모습을 보는 걸 좋아하는 것 같습니다.

요시오 씨가 저와 언니를 불러서 어머니는 완전히 정신이 나갔다고, 이제 한계라고 말했습니다. 하긴, 어머니 머리가 이상해지면서 애를 많이 먹었습니다. 요시오 씨 명령도 듣지 않고, 감전을 하거나 손가락을 으스러뜨리면 꽥꽥 소리를 지르고, 쿵쿵 발도 구르고 벽도 두들겨서 요시오 씨는 화가 나 있었습니다.

지금 어머니를 어떻게 안 하면 조만간 경찰들이 들이닥칠 거다, 고다를 죽이고 아버지를 죽게 하고 그 시체를 처리한 일도 전부 들킨다, 그래도 괜찮냐, 뭔가 방법을 생각해라…….

언니는 "시설에 보내는 건 어떨까요?" 하고 제안했습니다. 하지만 요시오 씨가 그런 걸 허락할 리가 없습니다. 만약 정신을 차려서 그동안 있었던 일을 전부 말하면 어떡하느냐, 나도 곤란하지만 가장 곤란한 건 너희다, 고다를 죽이고 아버지를 죽이고 시체를 걸쭉하게 갈아서 흘려보내고…… 요시오 씨가 말하는 내용은 그때그때 조금씩 바뀌지만, 반론은 절대 못 합니다. 이렇지 않느냐, 이렇지 않았느냐 하는 걸 계속 듣다 보면 '그런가? 아아, 그랬던 것 같기도 해. 경찰들도 요시오 씨 주장을 믿을 거야' 하는 생각도 들고…… 아버지를 죽인 건 실제로 저희가 아니지만, 저희가 죽인 것일 수도 있다고 어느새 생각하게 되었습니다.

결론은 처음부터 하나밖에 없지만, 결국 그 말을 누가 먼저 꺼내느냐 하는 문제였습니다. 요시오 씨는 절대 먼저 말하지 않기 때문에 저나 언니가 말해야 합니다. 마야도 중간부터 같이 의논했지만, 아무 말이 없었습니다. 육친이 아니기에 관계없다는 생각이었을 겁니다.

결국 언니와 눈짓으로 이야기해서…… 언니가 요시오 씨에게 말했습니다. "어머니를 죽이겠습니다" 하고…….

요시오 씨는 표정이 확 밝아지면서 "그래, 하는구나. 그럼 언제? 어떻게?" 하면서 이야기를 진행시키려고 했습니다. 피가 나오는 방법은 안 된다, 뒤처리가 귀찮으니까 다른 방법을 생각하라고 했습니다. 제가 그럼 감전은 어떠냐고 물으니까, 감전은 잘 안 죽는다고 했습니다. 오래, 세게 하면 어떻겠냐고 했지만, 발버둥 치며 경련을 일으키는 걸 보는 것은 저희도 괴로울 거라고…… 요컨대 요시오 씨는 목을 졸라서 죽이고 싶었던 겁니다. 저희는 서서히 그쪽으로 유도되었고…… "네, 그럼 끈을 빌려주세요" 하게 되었습니다. 언제 할지도 "시간이 지날수록 결심이 약해진다. 괜한 정이 생겨서 지금보다 훨씬 괴로워져"라고 해서…… 저희가 "당장 하겠습니다"라고 말하게 했습니다.

거실에 비닐 시트를 깔고 몸을 닦아준다면서 눕혀놓은 뒤 언니가 재빨리 목에 끈을 감고…… 양쪽에서 둘이 잡아당겼습니다. 바로 얼굴이 새빨개지면서 꽥 하고 고구마처럼 된 혀가 나오고, 어머니는 끈을 풀려고 목을 피가 날 때까지 쥐어뜯었습니다. ……다리도 엄청난 기세로 발버둥 쳐서 요시오 씨가 마야에게 잡으라고 시키고…… 아주 긴 시간으로 느껴졌지만 실제로는 겨우 몇 분이었을 겁니다.

해체는 나머지 여자 셋이서 했습니다.

저희 중에서 돈을 구할 수 있는 사람은 이제 언니밖에 없었습니다. 하지만 그때쯤에는 언니도 기댈 만한 사람이 없었을 겁니다. 친구들한테도 빌릴 수 있을 만큼 다 빌렸을 테고요. 술자리가 열리면 빚 얘기가 나왔습니다. 뭔가 없느냐, 너희가 진 빚은 어쩔 거냐, 이대로는 안 된다, 얼마나 된다고 생각하느냐, 어떻게 할 거냐, 설마 떼어먹으려는 건 아니겠지, 하는 식으로…… 3천만 엔인가, 그 정도였을 겁니다.

여하튼 아이디어를 안 내면 감전이라고 하는데, 되는 대로 말했다가 돈을 마련하지 못하면 안 되기 때문에 경솔하게 제안은 못 합니다. 결국 감전당하고…… 아무리 감전당해도 없는 건 없는 거지만, 요시오 씨가 그렇다고 봐줄 리도 없습니다. 너희들이 안 된다면 히로무라고, 마야에게 히로무를 데리고 오라고 시켰습니다. 히로무가 감전을 당한 건 그때가 처음이었을 겁니다.

"스위치는 에이코, 네가 해"라고 했습니다.

딸칵딸칵 하고 최대로 짧게 해도 찌르륵 하기 때문에 히로무는 불이 붙은 듯이 웁니다. "아파, 아파, 엄마, 그만" 하고…… 하지만 요시오 씨는 네가 안 하면 어떡하느냐, 누구한테 시키겠느냐, 아쓰코? 마야? 아니다, 역시 네가 해야 한다, 그게 싫으면 돈을 구해와라, 그런 식이죠…….

언니는 울면서 궁여지책으로 옛날 회사 상사나, 학원 강사를 하던 사람들 이름을 댔습니다. 그리고 동창, 사촌들…… 실제로는 어떻게 됐는지 저는 모릅니다. 장 보러 갈 때 말고는 거의 외출시켜주지 않아서요.

히로무는 매번 울었지만, 그래도 익숙해져서 조금씩 조용해졌습니다. 그러면 요시오 씨는 당연히 더 오래 하라고 명령합니다. 한번은 심장이 거의 멈춘 적도 있습니다. 저와 마야가 심장 마사지 같은 걸 했더니 몇 분 만에 다시 움직였지만…… 그때 죽게 해줄걸 그랬다고 나중에 많이 후회했습니다.

그 무렵, 언니가 돈을 구하지 못하는 게 가장 큰 문제였습니다. 네가 구하지 못하면 구할 사람을 데리고 와라, 너희가 진 빚이 아니냐, 너희가 어떻게든 돈을 구해오라고 매일같이 요시오 씨는 저희를 닦달했습니다. 마지막에는 나는 이렇게 여럿을 먹여 살리지는 못한다고…… 식구 수를 줄인다고까지는 말하지 않았지만, 그런 뜻이었습니다.

……히로무라는 거죠. "이번 주 안에 100만 엔을 만들지 못하면 슬슬 히로무를 어떻게 해야 하는데" 하고 말했습니다. 언니는 요시오 씨에게 울며 매달리면서 "히로무만은 살려주세요" 하고 이마를 바닥에 박듯이 부탁했습니다. ……그래 봤자 별 의미는 없습니다. 그러는 건 요시오 씨를 기분 좋게 할 뿐입니다. "그토록 히로무를 살리고 싶으면 네가 직접 너를 감전시켜라" 하고 말도 안 되는 체벌을 내렸습니다. 그것도 히로무 앞에서 말입니다. 옷

을 전부 벗고…… 성기에 전극을 달고 스스로 찌르륵 하고 감전시켰습니다. 히로무가 미친 듯 울고, 마야가 필사적으로 달래고, 그걸 본 요시오 씨는 크게 웃었습니다. 눈물을 흘리면서, 히히 하면서, "재밌다, 재밌어" 하고. 히로무는 "내가 엄마 대신 할게요"라고도 했습니다. ……기억 안 납니다. 그렇게 한 적이 있을 수도 있습니다.

요시오 씨는 언니한테 세 번인가 다섯 번 명령을 내렸지만, 물론 그렇게 여러 번 스스로 감전시키지도 못하고…… 거의 한 번 만에 기력과 체력이 모두 소진되었으니까요. 결국 히로무를 어떻게 해야만 하는 겁니다. ……방법은 어머니 때와 똑같이 하기로 정했습니다. ……저도 돕겠다고 약속했습니다.

완전히 지옥이었습니다.

그날만은 언니가 히로무를 조금 안아줄 수 있었습니다. 언니는 히로무에게 할아버지와 할머니한테 가자고 설명했습니다. 언니는 그동안 학원 일이 있었기 때문에 부모님에게 히로무를 많이 맡겼을 겁니다. ……네, 히로무는 할머니, 할아버지를 많이 따랐습니다. 히로무는 그 말에 조금 기뻐하는 것 같았습니다. "여기가 아닌 데야? 할아버지, 할머니가 있는 데?" 하고 계속 언니한테 물었습니다. "엄마도 같이 가?" 하고도 묻고.

또 거실에 비닐 시트를 깔고 똑바로 눕혀서 끈을 목에 걸고 양쪽에서 한 번에…… 이상하게 히로무는 괴로워하지 않았습니다. 잠드는 것처럼 스르르 하고…… 마야가 다리를 붙잡을 필요도 없었습니다.

저는 그냥 알고 있었습니다. 언니는 히로무를 죽일 때부터 결심하고 있었을 겁니다. 이제 자기도 죽겠다고……. 요시오 씨 명령이라고 해도 자기 손으로 자식을 죽였으니까, 아무 말도 안 했지만 자신을 굉장히 비난했을 겁니다.

이제 그 단계까지 됐으면 빨리 편하게 해주기를 잘했다는 생각이 듭니다. 언니 힘으로 어떻게 할 수 있는 상황도 아니었고. 히로무를 남겨놓고 죽는 것보다 먼저 편안하게 해준 뒤에 자신이 가는 게 옳았다고 생각합니다.

요시오 씨는…… 글쎄, 어땠을까요. 저는 모르겠습니다. 분명 히로무를 죽인 건 좋은 방법이 아니었다고 생각합니다. 적어도 요시오 씨한테는요. 언니가 스스로 죽음을 택하리라는 건 저도 짐작이 되었으니까 요시오 씨가 그걸 생각하지 못했을 리가 없습니다. 언니가 죽으면 돈을 구하기가 더 어려워질 게 뻔했는데…….

어쩌면 요시오 씨는 싫증이 났는지도 모릅니다. ……뭐라고 해야 하나…… 언니한테, 혹은 우리 하라다 식구들한테…… 아니면 돈을 구하기 어려워졌기 때문에 이 가족은 이제 필요 없다는, 포기 같은…… 그런 마음이었던 게 아닐까요.

형사님처럼 머리가 좋은 분은 다를지도 모르겠지만, 저처럼 머리가 나쁜 사람은 요시오 씨를 제대로 이해하지 못합니다. 패턴은, 요시오 씨 나름의 논리나 규칙 같은 건 이해가 됩니다…… 이해한다기보다 안다…… 그래요, 터득하게 된 겁니다. 단지 왜 그렇게 되는지, 무엇 때문에 그런 짓을 하는지는 결국 알지 못합니다.

언니는 거실 옆방의 벽장 속에서 목을 매고 죽었습니다. 그날 입고 있던 바지를 벽장 장대에 걸고, 거기에 목을 걸어서. ……아뇨, 마야가 발견했습니다. 요시오 씨는 시체에서 이것저것 흘러나온 걸 빨리 치우라는 말만 하고 나갔습니다. ……이제 슬프다는 감정도 없었습니다. 어깨 힘이 빠졌다고 할까…… 안심이라고 하면 이상하지만, 제가 끌어들여서 가족 모두 괴롭게 만들었는데 그게 전부 끝나서…… 안심과는 다르지만…… 하지만 그런지도 모르겠습니다.

해체하는 건 마야의 도움을 받아서 그럭저럭 끝냈습니다. 다음 차례는 저일 거라고 생각했습니다. ……그러네요. 운이 좋다고 할지, 뭐라고 할지 잘 모르겠지만, 죽지 않아서…….

그 집에서 일어난 일은 이게 다입니다. 적어도 제가 아는 건 모두 말씀드렸습니다.

유키에가 시간을 재고 있을 리는 없지만, 마침 시간이 다 되어서 그날 취조는 종료할 수밖에 없었다.

하지만 이게 전부일 리가 없다. 유키에는 아직 요시오에 대해 밝힌 것이 거의 없다.

요시오는 어디로 갔는가, 지금 어디서 뭘 하는가. 그걸 밝히지 않는 이상 유키에를 기소하지 못한다.

아니, 아직은 절대 해서는 안 된다.

20

시마모토와 구조의 조사 결과, 두 달쯤 전 우메키 요시오로 추정되는 남자와 밤에 길거리에서 접촉했다는 청년은 '유한회사 사카에 자동차' 직원 요코우치 신고라는 사실을 알게 되었다.

첫 대면에서는 일부러 가네코 데쓰코의 자동차에 접촉사고가 났던 흔적은 없었냐는 거짓 질문으로 동태를 살폈다. 그 물음에 요코우치 신고는 "특별히 없었는데요" 하고 무덤덤하게 대답했을 뿐이다. 평소 그가 어떤 청년인지는 모른다. 하지만 시마모토는 표정이 부족하고 감정을 겉으로 드러내지 않는 태도에 적잖은 위화감을 느꼈다. 구조도 마찬가지였다.

구조는 이름을 확인하고 청취를 마쳤다.

"감사합니다. 또 뭔가 여쭤볼 일이 있을 수 있는데, 그때 협조 부탁드립니다."

시마모토도 옆에서 머리를 숙이고 함께 공장을 나왔다.

마치다 가도를 좌측으로 꺾어 수십 미터쯤 갔을 때 구조가 중얼거렸다.

"요코우치 신고, 뭔가 알고 있어요."

"네. 그런 느낌이 왔습니다."

요코우치에 관해서는 당장 그날 밤 회의에서 보고했다. 특별수사본부 간부도 흥미를 보여 당장 그의 신변을 조사하게 되었다. 구조와 시마모토는 요코우치의 감시를 맡고 주민표나 호적, 세무 관계는 다른 팀이 확인하기로 했다.

이튿날, 구조 팀은 아침 9시부터 사카에 자동차 부근에서 잠복을 시작했다. 장소는 마치다 가도를 끼고 맞은편에 있는 주택가. 지대가 높아서 사카에 자동차의 작업장 출입구를 내려다볼 수 있다. 직선거리로 약 30미터. 작업장 안쪽에서 무엇을 하는지까지는 알 수 없지만 적어도 요코우치의 출입은 확인이 가능하다. 9시에 이미 바깥 셔터는 열려 있고, 종업원 몇 명이 바쁘게 드나들고 있었다. 주변에는 가게도 몇 군데 있어서 10시가 넘으면 가끔 그런 곳에 들어가도 될 것이다. 그 정도도 하지 않으면 열사병으로 죽을 듯싶다.

요코우치를 처음 확인한 시간은 9시 15분경. 어제와 똑같은 하늘색 작업복을 입고 맞은편 좌측 주차장에 있는 차 몇 대를 넣고 빼다가 마지막에 메탈릭 블루의 스포츠카를 작업장 출입구 근처에 세웠다. 차체 좌측면에 퍼티를 바른 곳이 몇 군데 있는데 거기에 사포질을 하는 듯했다. 작업은 30분 정도 이어졌다.

10시가 넘어서 근처 나무 그늘에 앉아 편의점에서 사온 아이스크

림을 베어 먹는데 구조의 휴대전화가 울린다. 특별수사본부 같다.

"……네, 잠시만요."

구조가 시마모토에게 펜을 잡는 시늉을 해 보인다. 메모하라는 뜻이다.

시마모토는 가방에서 메모장을 꺼내 펜을 쥐고 고개를 끄덕였다. 구조가 "네, 말씀하세요" 하고 통화 상대에게 말한다.

"……네, 우쓰노미야…… 스물아홉 살…… 기소히가시 4가, 베르코포, 205호……."

아마 현재 요코우치가 사는 곳일 것이다.

"네……, 작을 소(小)에 창고할 때 창(倉), 성덕태자의 성(聖), 아이 자(子)를 써서 오구라 세이코. ……스물네 살. 알겠습니다. 그럼."

구조가 휴대전화를 주머니에 넣으면서 시마모토의 메모장을 들여다본다.

"요코우치 신고, 오구라 세이코라는 여자와 동거하고 있답니다. 다섯 살 차이니까 균형이 잘 잡힌 느낌이네요."

오구라 세이코, 스물네 살이라.

"여자 직업은 아직?"

"그런가 봅니다. 지금 다른 팀이 관공서 세무과를 조사하고 있을 겁니다. 참고로 요코우치는 전과는 없고, 고향은 도치기 현 우쓰노미야 시. 점심 무렵에는 여자에 대해서도 조금 더 자세히 알게 되겠지요."

그 뒤에도 계속해서 요코우치를 감시했다.

작업 중인 요코우치는 어제와는 다른 사람처럼 쾌활해 보였다.

10시 반쯤부터는 휴식시간인지 동료들과 작업장 앞에서 음료를 마시며 담소를 나누는 모습도 보였다. 함께 있던 세 사람 중에 두 사람은 담배를 피웠지만 요코우치는 피우지 않았다.

휴식이 끝나자, 이번에는 자동차를 바꿔서 실버 세단 뒤쪽을 수리하기 시작했다. 차체의 머리가 이쪽을 보고 있었기 때문에 뭘 수리하는지는 보이지 않았다.

점심시간에는 동료 두 명과 근처 메밀국수 가게로 갔다. 따라 들어갈 수 없기 때문에 시마모토 팀은 편의점에서 삼각김밥을 사 먹으며 나오기를 기다렸다.

식사를 마치고 요코우치는 동료들과 헤어져 혼자 우체국으로 가 현금지급기에서 뭔가를 한 뒤 사카에 자동차로 돌아왔다. 안쪽으로 들어가서 20분 정도 모습을 드러내지 않다가, 오후 1시 조금 지났을 무렵 다시 나오더니 세단을 수리했다.

시마모토 팀에는 잘된 일인데, 요코우치는 주로 출입구 근처에서 판금 작업을 하는 듯했다. 도장은 작업장 안쪽에서 다른 사람이 담당하는 모양이다. 요코우치가 사포질을 하던 메탈릭 블루의 스포츠카는 오후 2시쯤 안쪽으로 옮겨졌다.

오늘 요코우치는 총 다섯 대의 판금 수리를 했다.

주변도 어둑해지기 시작한 6시 반. 요코우치는 시원해 보이는 마셔츠에 반바지로 갈아입고 작업장에서 나왔다. 하지만 인도까지 가지 않고 좌측 주차장으로 가기에 시마모토 팀은 허둥거렸다.

"녀석, 버스 타고 다니는 게 아니었나."

"차…… 아니, 자전거네요."

미리 요코우치의 주소를 알아내서 천만다행이었다. 온종일 잠복했는데 퇴근할 때 놓치면 창피해서 회의에 보고도 못 한다.

자전거에 올라탄 요코우치는 마치다 가도를 우측으로 휙 달려갔다.

"시마모토 씨."

"네."

서둘러서 마치다 가도를 건너 택시를 잡았다. 요코우치의 자전거는 이미 보이지 않아서 택시기사에게는 시마모토가 적어둔 주소를 말했다. 잘못하면 요코우치보다 먼저 도착할 수도 있지만 상관없다.

택시는 역 방면으로 마치다 가도를 똑바로 달렸다.

시마모토는 메모장을 다시 들여다보았다.

"기소히가시 4가라는 건, 기소니시 5가에서 한 블록 더 가면 되는 거죠?"

"그렇게 되죠."

그렇다면 요코우치의 집과 선코트마치다는 그다지 멀지 않다. 단순한 우연 같지는 않다.

실제로 택시는 선코트마치다를 조금 못 미친 길로 해서 목적지로 향했다. 주변은 2층집이 많은 주택가다.

택시 기사가 속도를 늦추고 주변을 둘러본다.

"어디서 내려드릴까요? 아까 그 주소라면 이 왼쪽 같은데요."

구조가 몸을 내밀어서 전방을 가리킨다.

"저 모퉁이를 좌측으로 꺾어서 세워주십시오."

일부러 목적지인 베르코포보다 더 가서 내렸다. 요금은 구조가 계산했다. 신호등에 몇 번 걸렸기 때문에 아마 요코우치가 먼저 도착했을 듯싶다.

주변에 아무도 없는 것을 확인하면서 왔던 길을 되돌아간다. 베르코포는 2층짜리 연립주택이다. 길에 면해서 자전거 보관소와 집합우편함이 있고, 그곳에 차양을 만들듯 2층으로 올라가는 계단이 있다. 1층 외벽은 진한 밤색, 2층은 베이지로 나눠 칠해놓았다. 그야말로 20대 커플이 선호할 만한 세련된 외관이다.

1층 통로에는 문이 다섯 개, 맨 앞쪽이 101호, 우편함은 10개. 그러면 요코우치와 오구라의 집은 2층 맨 안쪽이 된다.

구조가 자전거 보관소에 있는 스포츠용 자전거 안장에 손을 올려놓았다.

"이거였죠? 요코우치가 타고 있던 거요."

"아아, 그랬나요?"

한순간이었기 때문에 시마모토는 자전거 모양까지는 기억나지 않는다.

베란다가 줄지어 있는 쪽으로 건물을 돌아가 보자 예상대로 2층 맨 안쪽 창문이 밝아져 있다. 요코우치나 오구라 세이코가 돌아온 것은 틀림없는 듯하다.

날씨는 저녁부터 안 좋아져서 밤에는 비가 온다고 했다.

"구조 씨, 여기서 차도 없이 아침까지 있기는 힘들지 않겠습니까? 비도 온다는 것 같고."

"그러게요. 특별수사본부에 지원 요청해볼까요?"

구조가 전화로 얘기해서 운 좋게 마치다 경찰서의 암행 순찰차를 확보할 수 있었다. 하지만 가져다줄 사람이 없다고 해서 시마모토가 가지러 가기로 했다.

시마모토가 마치다 경찰서에 도착한 시각이 저녁 7시경. 회의에는 참석하지 않고 관리관에게 구두로 간단하게 보고한 뒤, 특별수사본부 데스크에서 받은 서류를 경찰서 배차계로 가져가 자동차 열쇠와 교환하고 현장으로 돌아왔다. 30분 정도 걸렸는데 다행히 아직 비는 오고 있지 않았다.

시마모토가 베르코포 앞을 통과했을 때는 모습이 보이지 않았는데, 아까 택시가 꺾인 모퉁이까지 오자 맞은편 빈터의 담벼락 끝에서 구조가 나타났다.

그대로 조수석에 올라탄다.

"수고하셨습니다."

"죄송합니다. 늦었습니다."

"여기서는 뭐하니까, 조금 더 직진하다가 세웁시다."

구조의 지시대로 차를 몰고 가자, 주택의 정원수 사이로 205호의 창문이 보이는 지점이 나타났다. 돌아서 보면 50미터 정도 뒤쪽에 베르코포의 출입구도 보인다. 잠시 그 자리에서 요코우치의 행동을 지켜보기로 했다.

9시가 지난 무렵, 시마모토가 편의점에서 도시락과 무알코올 맥주를 사 와서 저녁으로 먹었다. 때마침 비가 내리기 시작해서 자동차 뒤쪽 유리로 베르코포의 출입구를 보기 힘들어졌다. 그래서 정면을 향하게끔 자동차를 다시 세웠다. 지금 시마모토는 운전석, 구조는 뒷좌석에 앉아 있다.

앞유리 너머로 주택가의 불빛과 베르코포 출입구 불빛이 빗방울에 일그러져서 떨어진다.

시마모토가 시선은 앞을 향한 채 말을 건넨다.

"하라다 유키에와 달리 요즘 고다 마야는 별로 말을 안 하는 모양이더군요."

구조가 "맞아요" 하고 뱉어내듯이 맞장구를 친다.

"아버지 이야기까지는 제법 말하던 것 같은데 말이죠. 하라다 집안 식구들이 들어온 뒤로는 주로 히로무를 돌봐서 잘 모르는 거겠죠."

"하지만 학교는 다녔잖아요."

당연히 마야가 다닌 도립 마치다주오 고등학교에도 수사원들이 방문해서 이야기를 들었다. 성적은 300명 중 밑에서 20번째 전후, 출석일수는 간신히 진급할 수 있을 정도였다. 얌전하고 눈에 띄지 않는 학생이었고, 진로희망도 명확하지 않았다고 한다.

구조가 바로 뒤에서 짧게 한숨을 쉰다.

"그게 이상해요. 밖으로 내보내면 사건이 발각될 가능성이 높아집니다. 실제로 유키에나 다른 사람들은 엄격하게 관리, 격리, 감금되었고 사건 발각도 마야를 보호하게 되면서니까, 요시오가 그 위험성을 인식하지 못했을 리가 없습니다. 그런데 마야만은 비교적 자유롭게 됐어요. 요시오가 마야를 많이 신뢰하고 있었던 건지, 아니면 유키에나 에이코와는 다르게 특별한 감정이 있었던 건지……."

고다 야스유키가 사망할 때까지 마야는 아버지가 무슨 일을 당할지 몰라 함부로 행동할 수 없었다. 사망 후에는 너희가 죽게 했다, 시신을 해체한 것도 너희들이다, 그게 발각되어도 괜찮으냐 하는 협박이 효과가 있었다. 그래서 설령 자유가 주어져도 도망칠 수 없었던 거다. 하지만 시마모토도 구조와 마찬가지로 왜 마야에게만 자유가 주어졌는지에 대해서는 의문이다. 후나무라가 제시한, 요시오는 자신을 정점으로 하는 가족을 갖고 싶었던 것이 아닐까 하는 가설만으로는 모두 설명되지 않는다.

구조가 말을 잇는다.

"진술도 여러 가지 논리에 안 맞는 데가 있어요. 결국 유키에의 주장이 맞는 건지 마야의 주장이 맞는 건지…… 그 부분은 재판이 열려야 밝혀지는 건가 싶습니다."

아니, 시마모토는 재판에서도 밝혀지지 않을지도 모른다는 생각이 든다.

교대로 잠시 눈을 붙이고 아침까지 잠복을 계속했다. 그동안 출입한 사람은 모두 남자였고 오구라 세이코로 보이는 여자는 확인할 수 없었다. 비는 새벽 전에 그쳤다.

7시 반이 넘어서 요코우치 신고가 자전거로 출근했다. 사카에 자동차에는 이미 다른 팀이 가 있었고 시마모토 팀은 계속해서 베르코포를 담당하기로 했다.

"아 참, 구조 씨, 오구라 세이코에 대해서는 회의에서 뭔가 새로운 정보가 나왔을까요?"

"아아, 한번 물어보죠."

9시 반. 아침 회의가 끝났을 무렵 연락을 해봤더니, 오구라 세이코는 지난 1년 동안 시내 패밀리레스토랑에서 일하다가 6월에 그만뒀다고 했다. 이후 무엇을 하는지는 모른다고 한다.

"사진 보낸답니다. 아아, 왔네요. 정말 빠르네."

구조의 휴대전화에 도착한 사진은 이력서에 붙이는 듯한 증명사진이었다.

사진을 본 순간, 시마모토는 자신도 모르게 "앗" 하는 소리를 냈다.

"꽤 귀엽지 않습니까?"

너구리 같다고 할까, 조금 처진 듯한 커다란 눈이 귀엽다. 문자로 신체적 특징도 같이 보내와서 구조가 읽어나간다.

"신장 150센티미터 중간, 적당한 몸집…… 사진으로도 작아 보이네요."

"그렇군요, 꽤 제 스타일인데."

구조의 반응은 없다.

"6월에 일을 그만두고 밖에 안 나온다는 건 살림을 하고 있다는 걸까요. 아니면 임신을 했거나."

그럴 가능성도 있다.

"하지만 성이 오구라라면 아직 혼인신고를 안 했다는 건데."

"이제 할지도 모르죠."

"속도위반일까요?"

그 요코우치 신고와 이 사진 속 여자가 결혼이라, 배 아프지만 제법 잘 어울려 보인다.

그대로 잠복을 계속했지만 저녁 무렵이 되어도 오구라 세이코로 보이는 여자가 드나드는 모습은 확인하지 못했다. 5시 반이 되자 특별수사본부에서 교대 요원을 보낼 테니 회의에 참석하라고 연락을 해왔다.

실제로 교대 요원이 온 시각은 6시가 넘어서였다. 라이프온에서 같이 전단지를 나눠준 다마 중앙경찰서와 다카오 경찰서의 부장형사 팀이다.

"수고 많으십니다. 오늘은 회의를 좀 일찍 시작한다니까 서둘러 돌아가셔야겠습니다."

"알겠습니다."

땀 냄새가 진동을 하는 암행 순찰차를 두 사람에게 내어주고 시마모토 팀은 택시로 마치다 경찰서에 돌아갔다.

"무슨 중대 발표라도 있는 걸까요?"

"글쎄요. 뭔가 있는 거겠죠."

특별수사본부가 있는 강당으로 들어가자, 이미 수사원 절반 이상이 자리에 앉아 있었다. 모두 시마모토 팀과 같은 연락을 받고 일찌감치 돌아온 듯했다.

회의는 6시 50분부터 시작되었다.

"차렷, 경례……, 바로."

모두 자리에 앉아 의자 소리가 잦아들자 우선 수사 1과의 후지이시 관리관이 마이크를 잡았다.

"오늘은 수사에 큰 진전이 있었기 때문에 보고부터 하겠다. 우선 가네코 데쓰코가 진술한, 6월 초쯤 우메키 요시오를 닮은 남자와 접촉했다는 유한회사 사카에 자동차 종업원 요코우치 신고의 신변을 수사했더니, 요코우치는 올 1월부터 기소히가시 4가 베르코포 205호에서 오구라 세이코라는 스물네 살의 여성과 동거 중인 것이 밝혀졌다. 이 오구라 세이코의 신원도 조사했더니, 본적은 사이타마 현 구마가야 시, 본가에는 부모님과 오빠네 부부가 있지만 세이코는 양녀로 그들과 혈연관계가 없다는 사실을 알았다. 세이코의 본래 성은 나카모토. 친부는 나카모토 사부로, 현재 51세. 친모는 나카모토 후유미…… 17년 전에 살해되었다."

앞의 칠판에는 이미 '나카모토 사부로' '나카모토 후유미'라고 적혀 있다.

"아내인 후유미를 살해한 사람이 나카모토 사부로다."

갑자기 웅성거림이 강당 안에 퍼진다.

요코우치 신고의 여자친구 오구라 세이코의 친부가 살인범, 더구나 아내를 살해…….

"그 나카모토 사부로의 체포 당시 사진이 있으니 각자 확인 바란다."

데스크 요원이 가장 마지막 줄의 수사원들에게 사진 다발을 나눠주고, 수사원들은 사진을 한 장씩 가진 뒤 앞자리에 나머지를 넘겨준다.

서서히 양이 줄어드는 사진 다발이 시마모토 팀의 줄로 다가온다. 이윽고 "여기요" 하고 사진 다발이 건네지고, 시마모토가 "고맙습니다" 하고 받는다. 구조의 몫까지 빼낸 뒤 나머지를 앞자리로 넘긴다. 사진 다발을 받아 든 순간부터 시마모토는 손이 떨렸다.

"구조 씨……."

"네."

한 장을 구조에게 넘기고 남은 한 장을 가만히 응시한다.

이마가 넓은 둥그런 얼굴, 처진 듯한 가느다란 눈, 약간 두꺼운 눈썹. 입술도 굳이 말하면 두툼한 편일까.

그동안 몽타주로만 봤던 얼굴이다. 체포 당시의 사진이기 때문에 당연하지만 51세라는 나이보다 훨씬 젊게 나왔다. 하지만 사람의 얼굴은 10년, 20년이 지나도 근본은 바뀌지 않는다. 게다가 이 남자는 변화가 적은 편이다.

이 인간이 바로 그건가.

나카모토 사부로. 이게 우메키 요시오의 정체인가.

어두운 복도 끝.

밝은 거실로 들어가서 바로 앞.

"수건을 빌려주세요"라고 말한 사람은 온몸을 방호복으로 감싼 듯한…….

"신고 씨."

옆에 있는 사부로가 평소보다 더 낮은 목소리로 말을 건넨다.

"신고 씨한테는 폐를 참 많이 끼쳤어요. 신세도 많이 졌고요. 그건 미안하면서도 고맙게 생각해요. 하지만…… 그렇기 때문에 신고 씨가 몰랐으면 했어요. 얹혀사는 주제에 제멋대로라는 건 잘 알지만, 나를 내버려두길 바랐어요."

들리는 모든 말이 머리를 그대로 통과해서 흩어진다.

피투성이 방호복을 입은 소녀에게서 시선을 뗄 수가 없다.

목덜미가 오싹하니 싸늘하다.

"그런데 여기까지 밝혀낸 마당에 이제 없던 일로 못 해요. 이대로 돌아가게 하는 건 우리한테 안 좋아요. 나중에 소란을 피우면 더 나쁘고요. 어떻게 할까요. 할 수 있는 한 설명할 테니 비밀을 지켜주면 안 될까요?"

소녀는 주변을 둘러보면서 "죄송하지만 수건 좀" 하고 반복하고 있다. 고글에 피가 튀겨서 잘 보이지 않는 것이다.

"신고 씨."

어깨에 가볍게 손이 닿자 신고는 깜짝 놀라 사부로를 보았다.

다박수염의 둥근 얼굴. 곰 같던 얼굴이 지금은 인적 드문 도로에 내버려져 이끼가 낀 지장보살처럼 보인다. 차갑게 굳은 표정. 베인 상처처럼 가느다란 눈에서도, 꾹 다문 입에서도 아무것도 읽어낼 수 없다. 오래 보고 있으면 저주받을 것만 같다.

돌의 입이 살짝 벌어진다.

"사실은 나도 이대로 돌려보내고 싶어요. 그동안 보고 알게 된 일…… 신세 진 일, 내가 여기 있었던 일, 내 짐에 관해서도…… 저 애 일도."

사부로가 가리킨 사람은 방호복의 소녀다. 마침내 그 마른 여자가 수건을 가져와서 소녀에게 건네고 있다. 흰색이 아니라 오래 사용한 걸레 같은 잿빛이다.

"모두 잊고 아무에게도 말하지 않는다, 다시는 입 밖으로 내지 않는다, 떠올리지도 않는다…… 그렇게 약속해주고 지금 당장 여기서 나가면 좋겠어요. 하지만 유감스럽게도 내가 그 약속을 믿을 수가 없어요. 당신은 너무 호기심이 왕성해요. 아무것도 보지 않고 여기에서 돌아가면 그 애는 대체 누구였을까, 왜 그런 모습을 하고 있었을까, 그 여자는 누구였을까, 강에 뭘 흘려보내고 있었을까, 나와는 어떤 관계였을까…… 그런 의문이 계속 머릿속에 남겠지요. 아닌가요?"

어미만이 미간 주변을 빙글빙글 돌고 있다.

아닌가요?

뭐와 뭐가 아닌 걸까.

"신고 씨, 잘 들어봐요. 당신은 나에 대해 이것저것 알아내려고 했어요. 실제로 단편적이긴 해도 몇 가지 알게 된 게 있죠. 그걸 입 밖으로 내면 곤란해요. 절대 안 돼요. 당신 속에서는 이치에 안 맞고 기묘한 퍼즐 조각이라도, 세상에 나오면 의미 있는 그림의 일부가 될 가능성이 있어요. 아주 불행한 일이죠. 나한테도 그렇고, 저기 있는 두 사람에게도, 물론…… 신고 씨 당신에게도."

방호복 소녀와 야윈 여자가 이쪽을 보고 있다. 소녀는 고글을 위로 올려 쓰고 신고를 보고 있다.

"더 이상 말해봐야 무슨 소용이 있겠어요. 자, 들어와요."

말을 이해했다기보다는 사부로의 동작으로 의미를 깨달았다.

"엇, 아니……."

"보는 게 좋아요. 여기서 있었던 일을 아는 게 좋아요. 그러면 신고 씨도 쉽게 입 밖에 꺼내지 못할 거예요. 부디 그렇게 해줘요."

손님을 맞는다면 우선 슬리퍼를 권하기 마련이다. 하지만 사부로는 작은 샤워캡 같은 것을 준비했다. 어디서 꺼냈는지는 모르겠다.

"이걸 신어요."

요컨대 비닐 덧신이다. 그러고 보면 소녀는 긴 장화를 신고 있다. 긴 장화를 신지 않으면 발이 더러워지기 때문일 것이다.

발이 더러워진다? 어째서? 피 때문에?

“아, 아니, 돼, 됐어요.”

뜻하지 않게도 엉거주춤하게 허리를 굽힌 사부로를 밀어제치는 꼴이 되었다. 하지만 사부로는 꿈쩍도 하지 않는다. 비닐 덧신을 든 채 느릿하게 윗몸을 일으킨다.

“신고 씨, 됐다고 할 때가 아니에요.”

“아, 아니, 정말 저는 괜찮아요.”

“신고 씨가 괜찮더라도 내가 괜찮지 않다고요.”

“아니, 하지만, 정말 괜찮으니까.”

“신고 씨, 이미 늦었어요.”

갑자기 허리를 밀어서 비틀거리며 복도에 푹 고꾸라진다. 신고가 바닥에 양손을 짚었을 때 이미 사부로는 신고의 왼쪽 발을 잡고 있었다. 스니커의 감각이 사라지고 양말 너머로 바깥 공기가 느껴진다. 순간적으로 불안감이 사타구니까지 내려온다.

“뭐, 뭐, 뭐야.”

“그러니까, 이걸로 바꿔 신으라는 거예요.”

오른쪽도 마찬가지로 스니커가 벗겨지고 억지로 두 발에 비닐 덧신이 씌워진다.

“서봐요.”

“그, 그렇지만.”

“글쎄, 서봐요.”

신고의 팔과 허리띠를 붙잡고 일으켜 세운다.

그대로 허리 부근이 어디 매달린 듯 복도를 걷는다. 파란색 비닐 시트가 빈틈없이 깔린 거실 쪽으로 연행된다. 대량의 젖은 쓰레기가 상한 듯한 냄새와 자극적인 강산성 냄새, 달고 짠 것이 끓는 냄새가 점점 진해진다.

건너편에 있는 여자와 소녀가 겁먹은 듯 뒷걸음질 친다. 파란색 비닐 시트가 발밑까지 가까워졌다. 정면에는 부엌 조리대 같은 것이 보인다. 그 좌측이 부엌이고 우측이 거실이다.

파란색 비닐 시트는 거실 전체에 깔려 있다. 여기저기 까맣게 때가 타 있다. 파란색에 어떤 색이 더해져서 생긴 거무스름한 빛. 저게 만약 피라면 대체 얼마나…….

"자, 똑바로 서요."

사부로는 붙잡고 있던 신고의 팔과 허리띠를 놓는다. 신고도 어째서 거무스름한지 짐작도 가지 않는 시트에 손을 대고 싶지는 않다. 그렇다면 자력으로 서야 하는데, 실은 발바닥이 닿는 것도 싫다. 발끝으로 서든지, 적어도 발가락을 오므려서 가운데가 뜨게 하고 싶다.

"잘 들어요, 신고 씨. 솔직하게 전부 보여줄게요. 있는 그대로 보여줄 테니까 아무한테도 말하면 안 돼요. 신고 씨가 만약 이 일을 입 밖으로 낸다면 세이코라고 해도 그냥 둘 수 없어요."

'세이코'라는 말에 갑자기 스위치가 켜진 느낌이다.

"세이코를 그냥 둘 수 없다니 무슨 말이죠?"

"그건 차차 설명할게요."

사부로의 재촉에 신고는 좌측으로 걸어갔다. 부엌 바닥에도 깔린 비닐 시트 위에 양동이가 몇 개 놓여 있다. 조금 때가 탄 파랗고 빨간 플라스틱 양동이, 스테인리스 같은 은색도 있다. 은색 양동이에는 뭔가 크고 둥근 것이 들어 있다.

"어?"

순간 이해가 되지 않았다.

마치 사람 머리처럼 검은 털 같은 것으로 덮여 있다. 그 밑은 마치 이마처럼, 하얀 피부가 보인다. 옆으로 놓인 막대기 같은 것은 눈썹인가. 나아가 그 밑에는 반쯤 뜬 눈 같은 것이…….

"앗."

틀림없다. 얼굴이다. 마술쇼에서 비슷한 걸 본 적이 있다. 사람이 들어간 상자를 부위별로 절단하듯 분리하는 마술. 하지만 지금 신고가 보는 것은 마술과는 분명히 다르다.

양동이 안은 새빨간 액체로 차 있고 사람 얼굴이, 아니, 머리 하나가 통째로 잠겨 있다.

"……으앗…… 악……."

온몸에 소름이 끼친다. 미지근한 것이 입에서, 코에서 힘차게 빠져나간다. 갈색 액체가 신고의 발밑에 철퍽철퍽 물보라 치면서 퍼진다. 동시에 터져 나온 눈물로 시야도 일그러진다. 고인 눈물이 흘러내리자 한순간 다시 주변이 보인다. 은색 양동이 옆의 빨간 양동이에서는 손이 나와 있다. 그 안쪽에 있는 파란색 양동이에는 뭔가 질척한 검붉은 것이 담겨 있다.

"실례합니다."

여자 목소리가 들리고 갑자기 옆에서 뭔가가 나타난다. 쓰레받기다. 그리고 손잡이가 짧은 빗자루. 몸을 구부린 신고의 바로 밑에서 여자가 신고가 토한 것을 거침없이 치우고 있다. 손에는 사부로와 같은 고무장갑, 발에는 소녀가 신은 것과 비슷한 장화. 어느 틈엔가 사부로도 장화를 신고 있다.

순식간에 신고의 발밑이 깨끗해진다.

사부로가 신고의 등을 문지른다.

"다 토했어요?"

이 물음에 대답을 했는지는 기억나지 않는다.

"신고 씨, 이쪽이에요."

다시 허리띠를 붙잡혀 일으켜 세워지고 안쪽 방으로 이끌려 간다.

미닫이문이 열려 있고 바닥에는 역시 비닐 시트가 이어져 있다. 좌측 안에는 세면대가 있다. 꽤 좁은 방이다. 탈의장을 겸한 세면실 같다.

들어가서 우측이 욕실이다.

"……으웩……."

이제 자신의 의지로는 어떻게도 할 수 없다. 몸 중심에서 위가 위축과 경련을 반복하고 내장이라는 내장을 모두 내쫓으려 하고 있다. 목 속을 깎아내는 듯한 긴 트림, 쏟아지는 쓰고 신 침. 그뿐이다. 위가 빈 것이 분명하다. 하지만 배에는 악령이 있어서 어떻게든 입에서 나오려고 하는 것 같다.

욕실 또한 지옥이다. 욕조 주변은 온통 피범벅. 벽에는 구조를 요청하는 듯한 손 모양이 덕지덕지 찍혀 있다. 욕조 바로 앞에는 머리를 잃고 두 팔의 팔꿈치 아래도 잃고, 가슴부터 배를 갈라서 내장을 꺼낸 끝에 하체도 잃어버린 몸통이 있다. 그런 상태지만 왠지 사람 몸통이라는 사실은 알 수가 있다. 두 어깨와 팔꿈치로 이어지는 느낌이 영락없는 사람이다.

자세히 보자 욕조에서 다리가 두 개 나와 있다. 피투성이 발바닥이 보인다. 발끝 모양으로 볼 때 엎드려 있지만, 그런 자세로는 욕조에 들어갈 수 없다. 즉 다리 위에는 몸통이 없는 거다.

사부로 씨, 이게 대체 뭐죠.

아주 간단한 질문이 나오지 않는다.

갑자기 뒤에서 목소리가 들린다.

"저기, 작업을 계속해야 하는데."

방호복 소녀다.

사부로가 몸을 돌린다.

"아아. 잠시 다른 일을 할래요?"

"하지만…… 내장은 가능하면 빨리 처리하는 편이 좋을 거예요. 부패가 제일 잘되니까."

"어디 있어요?"

"욕조 안이요."

죽어라 소리 지르며 도망치고 싶다. 하지만 그럴 수 없다는 사실을 잘 알고 있다. 다리에 전혀 힘이 들어가지 않는다. 조금 전에 구토를 하면서 운동능력까지 모두 뱉어낸 듯하다.

"그렇군요. 그럼 계속하세요."

"네, 잠시 실례합니다."

소녀가 신고 옆을 지나서 욕실로 들어간다. 배가 비어 있는 상체를 넘어서고 욕조 벽도 넘어서 피범벅 욕조로 들어간다. 물은 없는 듯하다. 소녀는 조심스레 두 다리를 붙들고 욕조 안으로 집어넣는다. 손에는 고무장갑 위로 목장갑 같은 것을 더 끼고 있다. 고글도 다시 제대로 쓰고 있다.

그 자리에 쭈그리고 앉아서 뭔가를 싹싹 만지작거리기 시작한다. 그러는가 싶더니 고개를 휙 들고 사부로를 본다.

"죄송한데, 아쓰코 씨한테 물 한 양동이 가져다 달라고 해주세요."

"그래요."

하지만 사부로가 전할 것도 없이 "가져가요" 하는 여자 목소리가 들린다.

소녀는 다시 아래를 보고 무슨 작업을 시작한다. 무슨 작업이라고 해봤자, 조금 전 대화로 볼 때 내장 처리일 것이다.

정말이었다.

"……으웩……"

소녀가 기다란 것을 밑에서 질질 끌어 올린다. 꽤 미끈거리는 모양이다. 뱀장어를 잡을 때처럼, 손에서 도망치려는 그것을 잡으려고 한다. 피가 뒤섞여 분홍, 혹은 잿빛으로도 보이는 길고 긴 장기. 아무리 생각해도 장이다.

"잠시만요. 지나갈게요."

은색 양동이를 든 여자가 신고 옆을 지나서 욕실로 들어간다.

"여기면 돼?"

"네, 거기면 돼요."

"나도 도울까? 저쪽 먼저 해도 돼?"

"네, 저쪽 먼저 부탁할게요."

이야기를 마친 뒤 여자는 유난히 예의 바르게 머리를 숙이고 나간다.

다시 욕조 쪽에서 덜그럭거리는 소리가 난다.

이곳에서 소녀의 손은 보이지 않지만, 무엇을 하는지는 대충 상상이 된다. 싹둑싹둑 소리가 들리더니 왼손으로 쥔 뭔가를 조금 전 여자가 들고 온 양동이 안에 툭 떨어뜨린다. '넣는다'라기보다는 '버린다'에 가깝다. 싹둑싹둑, 툭. 그 행동을 반복한다. 말할 것도 없이 장을 잘게 자르고 있다. 사용하는 도구는 필시 가위다.

그러는가 싶더니 더 큰 검은 덩어리를 들어 올린다. 미끈거리는 둥근 장기, 간일까. 역시 싹둑싹둑 잘게 잘라서 양동이에 담는다. 신고는 숨을 쉴 때마다 구토가 나오려고 한다. 이곳은 현관보다 훨씬 냄새가 역하다. 피와 내장이 부패한 냄새에다 배설물 냄새가 숨 막힐 듯 가득 차 있다. 장을 잘게 자르고 있기 때문에 당연히 배설물도 나오는 건가.

소녀가 양동이에 간을 버리며 무심히 말한다.

"죄송한데요, 샤워기 좀 틀어주시면 안 될까요?"

"아아, 그래요."

사부로가 아무렇지 않게 대답한다. 욕실 안으로 들어가서 손에 든 샤워노즐을 욕조 안으로 향하게 하고 수도꼭지를 비튼다. 물소리는 익숙하지만, 동시에 피어오르는 부패한 냄새와 배설물 냄새는 단순히 '고약한 냄새' 수준이 아니다. 코로 들어와서 뇌에 각인되고 손과 얼굴 피부로 스며들어 아무리 씻어도 평생 가시지 않을 냄새.

그런데 사부로는 여전히 태연하다. 조금 흘려보낸 뒤 상태를 살피고, 다시 조금 흘려보낸 뒤 상태를 본다. 이 작업에 상당히 익숙하다고밖에 볼 수 없다.

"네, 이제 됐어요."

소녀의 말에 사부로는 고개를 끄덕이고 수도꼭지를 잠근 뒤 샤워노즐을 다시 훅에 건다. 신고는 욕실 안으로 들어가지 않고 내내 탈의장에서 보고 있었다. 문득 지금이라면 도망칠 수 있다는 생각이 들었지만, 다리를 움직이려고 한 순간 균형을 잃었다. 뒤에 있던 세탁기에 등을 세게 부딪친다.

"신고 씨, 괜찮아요?"

괜찮을 리가 없지 않느냐고 소리칠 기력도 없다. 사부로에게 팔을 뻗어 멱살을 잡거나, 하물며 노려보기조차 지극히 어려운 일처럼 느껴진다.

"괜찮을 리가 없겠죠."

사부로가 다시 신고의 팔을 잡고 허리띠를 쥔다.

마침내 이곳에서 나갈 수 있다. 악몽은 끝이다.

그런데 나가 보니 부엌은 부엌대로 아까와는 양상이 완전히 달라져 있다. 도저히 안도할 수 있는 상황이 아니다.

조금 전 양동이에 들어 있던 머리가 싱크대에 나와 있다. 머리카락까지 피로 흠뻑 젖어서. 왼쪽 귀를 위로 해서 저쪽을 보고 있기 때문에 얼굴은 보이지 않지만 목 절단면은 아주 잘 보인다. 뼈의 단면으로 보이는 둥근 돌기와 그 주변에 소용돌이치는 고기층, 젖혀진 문적문적한 피부. 그것이 싱크대에 뒹굴고 있다.

그 너머에는 여자가 파란 양동이를 안고 서 있다. 레인지에는 커다란 들통이 올려져 있고 불이 켜져 있다. 여자는 양동이 안에 들어 있는 것을 한 주먹 꺼내서 조심스럽게 들통에 넣는다. 물론 손은 새빨갛다. 환기구 소리가 요란하다.

뭐야. 이 사람들 대체 뭘 하는 거지.

잠깐. 이렇게 다 보여주고 알게 되었는데 난 어떻게 되는 걸까. 무사할 수 있을까. 다 알게 되었으니 곱게 돌려보낼 수 없다, 죽여야

한다. 보통 그런 전개가 되지 않던가.

하지만 신고는 이제 싸울 기력도, 도망칠 체력도 남지 않았다. 지금 해체되는 누군가가 왜 그렇게 되었는지 알 방법도 없지만, 만약 살해된 거라면 자신도 똑같은 말로를 걷게 되지 않을까.

살해되는 걸까, 나도 여기서?

그런 생각이 들자, 갑자기 목소리가 나왔다.

"아앗……"

하지만 그 비명은 순식간에 차단되었다. 사부로가 두툼한 손으로 신고의 입을 완전히 틀어막은 것이다.

"놀랐잖아요, 신고 씨. 갑자기 큰 소리 내지 말아요. 이웃에 들리면 어쩌려고요."

대체 뭐가 뭔지 알 수 없다. 소리 지르고 난동을 부리며 벽에 머리를 부딪쳐 이 악몽에서 깨어날 수 있다면 그렇게 하고 싶다. 하지만 그 일조차 허락되지 않는다. 사부로의 완력이 신고의 모든 저항을 봉쇄하고 있다.

"신고 씨, 진정해요. 괜찮으니까. 처음부터 말했잖아요. 이곳에서 보고 들은 걸 다른 사람에게 말해서는 안 된다고. 입 밖으로 내지 말라고. 다 신고 씨를 위해서예요. 신고 씨와 세이코를 위해서라고요."

전혀 이해가 안 된다. 왜 이런 걸 억지로 보고 입을 다무는 일이 자신과 세이코를 위해서일까.

"신고 씨, 신고 씨. 제발 얌전히 있어요. 자, 알겠으면 천천히 고개를 끄덕여요. 그럼 손을 놓을게요. 하지만 또 갑자기 소리를 지르면 이제 나도 장담 못 해요. 신고 씨한테 위해를 가하고 싶지 않아요. 세이코의 연인에게 난폭한 짓은 하고 싶지 않다고요. 하지만 소동을 부리면 안 그럴 수 없어요. 순간적으로 어떻게 할지…… 그건 나도 몰라요."

신고는 필사적으로 고개를 끄덕였다. 위해를 가하고 싶지 않다고 한 말을 믿고 싶다. 그동안 실컷 의심한 상대이지만, 지금만큼은 사부로가 거짓말쟁이가 아니기를 진심으로 바란다. 그동안의 일은 모두 자신의 오해이고 사부로는 나쁜 짓을 전혀 하지 않는 아주 성실한 사람이라고 생각하고 싶다. 지금 해체하는 것도 사실은 사람이 아니라 그와 아주 유사한 다른 것…… 그럴 리가 없지만…… 인형이든, 악몽이든, 정교한 속임수든, 뭐든 간에 자신에게 해가 되지 않는 다른 세상 일로 하고 싶다. 자신과 세이코 두 사람과는 아무 상관 없는, 꾸며낸 이야기…….

사부로의 손이 천천히 신고의 얼굴에서 떨어진다. 신고는 괜찮다, 소리 내지 않는다는 의미로 다시 한 번 고개를 끄덕인다.

그 순간.

딩동. 초인종 소리가 들리자 사부로가 복도 쪽으로 시선을 보낸다. 부엌에 있던 여자도 의아한 눈으로 같은 방향을 본다.

누가 왔다. 어쩌면 경찰? 하지만 사부로의 동료일 가능성도 있다. 오히려 그 가능성이 높다. 지금 허둥거리며 현관으로 뛰어나가서 도와달라고 매달려도 상대가 사부로의 동료라면 상황은 한층 악화될 뿐이다. '조용히 해달라고 그토록 말했는데 왜 못 지키는 거죠?' 하고 사부로에게 자신을 죽일 이유를 만들어줄 뿐이다.

"잠시만요."

신고를 두고 사부로가 현관으로 걸어간다. 미닫이문 앞에서 장화를 벗은 뒤 복도로 나간다.

사부로의 등이 조금씩 어스레한 어둠에 물들어간다.

희미해진 뒷모습이 복도 끝에서 일단 멈추고, 무언가를 신은 뒤 현관 바닥으로 내려간다.

몸을 조금 앞으로 기울여 문 너머를 내다본다.

누굴까. 밖에 누가 있는 걸까.

말없이 잠긴 문을 해제하고 밀자, 현관 밖의 빛이 들어와서 사부로의 모습이 떠오른다.

그 품으로 작은 사람 그림자가 뛰어든다.

순간 그 그림자가 이쪽을 돌아본다. 얼굴이 보인다. 눈이 마주친다.

"아……."

"신고!"

세이코, 어떻게 네가…….

제가 아는 건 모두 이야기했습니다.

그 선언을 하고 나서 유키에는 갑자기 말수가 적어졌다.

대화에 전혀 응하지 않는 것은 아니다. 이전처럼 몸 상태를 물으면 문제없다고 답하고, 진술에 관한 확인 정도는 네, 아니오 하고 대답한다. 하지만 새로운 정보는 전혀 내놓지 않는다.

기와다도 이제 유키에에게 요시오의 행방을 물어도 소용없다는 생각이 들기 시작했다.

"요시오에 대해 뭔가 생각난 거 없어?"

조사를 시작할 때나 이야기 중간에 가끔 물어봐도 유키에는 고개를 가로저을 뿐이다. 차라리 고개를 갸웃하며 생각하는 척하던 예전이 더 나았다.

하지만 유키에에게 확인하고 싶은 일은 요시오의 행방 말고도 산더미처럼 많이 있다.

"선코트마치다 403호 말인데."

이제는 이 정도의 말을 꺼내서는 이쪽을 쳐다보지도 않는다.

"우리가 세밀히 조사했더니 일곱 명의 DNA가 채취되었어. 더 자세히, 그야말로 집 구석구석까지 조사하면 뭔가 더 나올지도 모르지. 하지만 지금은 일곱 명밖에…… 물론 일곱 명도 상당한 수지만."

취조실은 형사실 한쪽에 있다. 창문은 없고 세 방향을 둘러싸고 있는 것은 얇은 칸막이 벽이다. 당연히 밖에서 형사조직범죄대책과 계원들이 이야기하는 소리가 들린다. 전화나 무선 호출 소리도 들리고, 귀를 기울이면 그 내용도 들을 수 있다.

아마 유키에는 외부 소리에 정신을 집중함으로써 기와다의 말을 흘려 넘기고 있을 것이다. 말이 들리면 보통 감정이 얼굴에 나타난다. 하지만 말이 들려도 이해하지 않으면 나타나지 않는다. 유키에는 그러고 있는 것이다.

"DNA 감정이라는 건 시간이 꽤 걸리는 작업이거든. 나는 전문가가 아니라서 잘은 모르지만…… 처음에 다섯 명의 DNA가 채취되고, 비교적 빠른 단계에서 그중 넷이 혈연관계라는 걸 알았어. 어떻게 된 일인지 처음에는 놀랐지만, 당신이 이것저것 말해준 덕에 지금은 그 의미도 알게 됐지. 그 네 사람이 누구인지…… 당신 아버지 하라다 시게후미, 어머니 하루미, 언니 에이코와 그 아들 히로무 말이야. 그리고 수사를 하다 보니까 두 사람이 더 나왔는데, 그중 한 명도 네 사람과 같은 핏줄이라는 걸 알았어. 그 사람은 유키에 씨 당신이야. 유치장에 들어가기 전에 면봉으로 입안을 닦았잖아. 그걸로 DNA를 채취했거든. 그 일곱 명 중 한 명은 당신이었어."

계속 사고를 차단하고 있다. 눈 깜빡임과 호흡 이외에는 전혀 움직임이 없다.

"우리는 당연히 고다 마야의 DNA도 채취했어. 마야도 사체손괴 혐의가 있으니까. 그리고 폭행, 상해 혐의도 있지. 당신과 거의 같은 처지야. 미성년이라는 점을 빼면 말이지."

살인방조 혐의도 있지만 지금 덧붙일 필요는 없을 것이다.

벽 바로 밖에서 내선 전화가 울리고, "여보세요" 하고 계원이 응답하는 소리가 들린다.

"처음에는 우리도 당신네 가족 다섯 명에 고다 부녀 두 사람을 더하면 일곱 명으로 딱 맞다, 그렇게 단순하게 생각했지. 그런데 어찌 된 건지 그게 아니었어. 한 명은 분명 고다 마야가 맞아. 그런데 나머지 한 명이 고다 야스유키 씨라면 두 사람의 DNA는 친자 관계가 되어야 해. 두 사람이 친부녀가 아니라면 이야기가 달라지지만, 고다 부녀의 과거를 조사해봐도 양녀를 얻었다는 사실은 없거든."

이 부분은 특별수사본부 수사원이 세심하게 조사했다. 야스유키의 전처 아리무라 미도리를 만나서 직접 확인도 했다. 마야의 친부가 고다 야스유키인 것은 틀림없다.

"생전 야스유키 씨의 DNA를 입수하면 가장 확실하지만, 예전 살던 곳은 이미 다른 사람이 살고 있고 회사에 가봤자 현실적으로 어려워. 그래서 엄밀하게 비교는 못 하지만, 적어도 나머지 하나가 마야와 전혀 관계없는 다른 사람의 DNA라는 건 분명해. 그게 뭘 의미할까. 가능성은 두 가지야. 하나는, 가능성은 아주 낮지만 역시 야스유키 씨와 마야가 친부녀 사이가 아니라는 것. 다른 하나는……
야스유키 씨도 아니고 경시청 데이터베이스에도 없는 전혀 다른 누군가의 DNA라는 것."

기와다는 의식적으로 숨을 한 번 쉬었다.

여전히 유키에는 아무 반응도 보이지 않는다.

"사실 DNA는 특별히 혈액이나 타액에서만 채취할 수 있는 건 아니야. 빠진 머리카락이나 약간의 땀, 지문에서도 채취할 수 있지. 당신은 몇 번이나 요시오가 깨끗한 걸 좋아했다고 했는데, 그렇긴 한 것 같아. 당신 가족들 머리카락이나 지문은 결국 403호에서는 안 나왔어. 그 집을 철저하게 청소한 건 실제로는 당신들이겠지만, 지금까지의 흐름으로 볼 때 그걸 명령한 사람은 요시오잖아. 아무튼 그건 됐고…… 누가 되었든 간에."

유키에가 눈을 끔뻑인다.

"간단히 말하면 네 사람의 DNA는 혈흔에서 채취했어. 그것도 욕실에서. 그야 그렇겠지. 네 사람은 주로 욕실에서 절단되었으니까, 나온다면 욕실이 가장 가능성이 높아. 정말 알기 쉬운 이야기야. 그리고 당신들 둘. 당신과 마야의 DNA는 빠진 머리카락이나 집에 남아 있던 의류에서 채취했어. 그 상자에 들어 있던 셔츠와 트레이닝복 말이야. 이 또한 아주 알기 쉬워. 마지막까지 그 집에 있던 사람은 당신과 마야니까 나오는 게 당연하지. 욕실에서 당신들 혈흔은 안 나왔어. 당신들은 해체되지 않았으니까 그것도 당연하다면 당연한 일이야."

엄밀히 말하면 살해되어 절단 나지 않아도 혈흔이 남을 가능성은 있지만, 지금 그 점은 잠시 제쳐둔다.

"사실 보통은 샤워를 해도 피부 각질이 떨어지거나 머리카락이 어딘가에 붙어 있는데, 유감스럽게도 없더라고. 세포를 채취해도 분석 못 할 정도로 DNA가 망가져 있는 경우도 많다고 하니까 그 점에 관해서는…… 그래, 그런 거겠지."

무슨 일인지 밖이 조금 소란스러워졌지만 관할 경찰서 업무는 기와다와 관계가 없다. 이야기를 계속한다.

"하지만 그렇게 되면 몇 가지 이해가 안 되는 부분이 나와. 당신은 주로 욕실에 갇혀 있는 일이 많았어. 그렇다면 마야는 그렇다 쳐도 적어도 당신 머리카락이나 피부 각질은 욕실에서 채취될 수 있잖아. 확인차 묻겠는데 마지막에 해체한 게 에이코 씨라는 건 틀림없는 건가?"

반응 없음.

"유키에 씨. 이건 괜찮잖아, 그냥 확인인데. 상신서에도 썼고, 당신이 자발적으로 해준 이야기니까. 틀림없는 거지? 처음에 야스유키 씨가 목숨을 잃었고, 그 시신을 해체했어. 다음에 시게후미 씨가 쇠약사하고, 역시 해체했어. 하루미 씨와 히로무는 교살이고 에이코 씨는 자살. 모두 욕실에서 해체했다…… 맞지? 순서로 보면 에이코 씨를 해체한 게 가장 나중이야. 그렇지?"

유키에는 완전히 돌이 되어 있다. 이렇게 되면 숨소리도 귀를 기울여야만 들린다.

"이봐, 유키에 씨…… 대체 왜 그래? 그동안 이것저것 얘기했으면서. 같은 걸 물어보는 거잖아. 그냥 한 번 더 맞느냐고 묻는 것뿐인데, 뭐라고 대답 좀 해봐."

그러자 마침내 유키에의 머리가 조그맣게 위아래로 흔들린다.

"네."

"마지막에 해체한 사람은 에이코 씨가 틀림없는 거지?"

"네."

"그래, 고마워. 당신이 용기를 내서 정직하게 말해준 건데, 내가 잘못 기억하거나 조서를 잘못 쓰면 안 되잖아…… 아무튼 요시오는 깨끗한 걸 좋아하니까 당연히 해체하자마자 바로 욕조에 들어가지는 않았을 거야. 당신들이 깨끗하게 청소한 다음에 들어갔겠지."

몇 초 기다려보지만 대답은 없다.

"유키에 씨, 이것도 이미 나온 이야기잖아. 해체 작업이 끝난 뒤의 욕실은 직접 보지 않아서 나는 모르지만, 정말 끔찍했을 거 아냐. 주변에 피가 더덕더덕 묻어 있고, 내장이고 뭐고 다 거기서 작업했으니까 말이야. 지방을 떼어내거나 해서 엄청 미끈거릴 테고. 그렇게 말했잖아. 지방은 미끈거려서 잡기 엄청 피곤하다고, 그래서 목장갑을 낀다고……. 나라도 그런 욕실에는 들어가고 싶지 않아. 요시오가 아니라도, 청소를 안 하면 들어갈 마음이 안 생기지."

유키에는 눈에 보일 정도의 움직임은 없다.

"에이코 씨를 해체한 뒤 욕실을 사용하려고 청소를 했어. 요시오가 들어갈 거니까 당연한 일이지. 구석구석까지 깨끗이 했을 거야. 그런데 당신 머리카락이나 피부 각질도 안 나왔어. 요시오라고 추정되는 남자와 마야 것도 안 나오고. 그 말은, 마야가 경찰에 보호를 요청하고 당신이 연행되기 전에도 욕실을 청소했다는 거야. 아니면 당신 혼자 청소를 했거나. 그렇지?"

지금은 반응이 없어도 하는 수 없다.

"애당초 마야는 어떻게 그 맨션에서 도망쳤을까? 그야 안에서 현관문을 열면 밖으로 나갈 수 있었겠지만, 요시오가 있었다면 무서워서 도망 못 치지 않았을까? 만약 요시오가 집을 비운 틈에 도망친 거라면, 당신은 어떻게 욕실에서 나온 거야? 밖에 맹꽁이자물쇠가 걸려 있었잖아. 우리가 들어갔을 때도 자물쇠는 남아 있었고 잠글 수 있는 상태였어. 안에서 부수고 탈출한 건 아니라는 얘기지. 그럼 누가 자물쇠를 열어준 거 아냐?"

지금까지 길고 긴 취조를 하면서 기와다는 유키에의 버릇을 몇 가지 발견했다.

유키에는 뭔가를 떠올리려고 할 때 눈동자를 왼쪽으로 움직인다. 거짓말을 하거나 얼버무리려고 할 때는 오른쪽으로 움직일 때가 많다. 그 버릇을 확인하기 위해서 기와다는 답을 이미 아는 질문을 여러 번 해서 유키에의 눈동자가 어느 쪽으로 움직이는지를 살폈다. 예를 들면 아침 식사 메뉴. 이런 질문은 왼쪽이다. 요시오와 만난 가게 이름. 이 경우는 오른쪽이다. 물론 움직이지 않을 때도 있고, 기와다가 놓치는 일도 있고, 움직임이 미세해서 판별하지 못하기도 한다.

하지만 누가 맹꽁이자물쇠를 풀어줬냐는 질문에 유키에의 눈동자는 아주 희미하지만 오른쪽으로 흔들렸다.

유키에는 욕실 문이 열린 사실에 대해 무슨 거짓말을 하려 한다. 혹은 알면서 모른다고 넘어가려고 한다. 사실은 누가 열어줬는지 밝히고 싶지 않기 때문에.

"유키에 씨, 당신은 요술쟁이가 아니니까 자물쇠를 부수지 않으면 못 나와. 그럴 수 있었으면 이미 한참 전에 도망쳤을 테고, 더 일찍 도망쳤다면 하라다 집안 식구들이 모두 죽지는 않았을 거야. 아닌가?"

무심결인 듯 유키에가 입을 열었다.

"그건……."

유키에는 일단 입을 열면 계속 말을 하는 경향이 있다. 원래 당당하게 빤한 거짓말을 할 수 있는 사람은 아니다. 이치에 안 맞는 이야기를 자꾸만 반복하는 타입도 아니고, 이야기를 되도록이면 조리 있게 하려고 한다. 지금 기와다는 유키에의 그런 점을 공략하고 있다.

"그래, 그건?"

하지만 신중한 일면도 있다. 이제는 허둥지둥 이야기를 이어가지 않아도 괜찮고, 천천히 생각한 뒤 이야기해도 부자연스럽지 않다는 점도 학습했다.

지금 유키에가 어느 쪽을 생각하고 말을 하는지 확인해야 한다. 거짓말이라면 그 거짓말에 기와다도 맞춰서 이야기를 계속하면 된다. 그러다 앞뒤가 안 맞으면 유키에 자신이 괴로워진다. 하지만 완전히 입을 다물게 해서는 안 된다. 적당한 곳에서 도움을 주면서 가끔 궤도를 수정해야 한다. 그러지 않으면 다시 입을 열기까지 또 시간을 허비하게 된다. 지금은 이야기를 끌어내야 할 때다. 유키에가 입을 열기 시작했으니 이 흐름을 멈춰서는 안 된다.

다시 묻는다.

"그건, 뭐?"

"그건…… 고다 씨 일도 그렇고, 여러 가지 사정으로…… 그래서 도망치지 못했던 거고…… 단지 문이 잠겨서는 아닙니다."

"아아, 그랬지. 응, 미안. 그런 식으로 위협받아서 도망 못 가기도 했지. 그야 그렇지. 마야도 마찬가지였으니까……. 하지만 결국 마야는 그 집에서 도망쳤어. 휴대전화로 경찰에 도움을 요청하고, 집 호수는 말하지 않았지만 선코트마치다 403호라는 걸 알려주는 진술은 했어."

생각해보면 마야는 혼자 학교도 다녔으니 처음부터 그 장소가 선코트마치다 403호라고 밝힐 수도 있었을 텐데, 그 점은 여전히 모호하다.

"왜일까. 마야는 왜 하필 그때 도망치려고 했을까."

이 물음에는 살짝 고개를 젓는다.

"모르겠습니다. 마야와는 이야기 안 한 지 꽤 오래되어서."

정말일까. 눈동자가 살짝 오른쪽으로 움직인 것 같았는데.

"마야가 나갔을 때 요시오는 어디에 있었을까."

"그것도…… 모릅니다."

"마야가 도망쳤다는 건 알고 있었어?"

"모르겠습니다. 기억이 안 납니다."

"그때 당신은 어디 있었는데?"

"계속 욕실에 있었기 때문에…… 그때도 욕실이었을 겁니다. 그래서…… 밖의 일은 모릅니다."

"그럼 다시 아까 이야기로 돌아가는데, 당신은 어떻게 그 욕실에서 나왔지?"

오른쪽이다. 지금 분명히 눈이 오른쪽으로 움직였다.

유키에는 이제부터 거짓말을 한다.

"어느 틈엔가 자물쇠가 열려 있었습니다."

"그동안 자물쇠가 잠겼는지 아닌지 자주 확인했었나?"

이 질문에는 응답이 없다. 다시 사고를 차단한다면 곤란하다.

"그러지는 못하겠지. 낮에는 줄곧 서 있는 게 규칙이고 잡담이나 걸어 다니는 일도 금지니까, 자물쇠가 잠겼는지 손잡이를 돌려 확인하지도 못하지. 무서워서."

거짓말이라도 좋다. 시미치를 떼도 된다. 무슨 반응을 보여라.

"아, 그건가? 계속 밖이 조용하면 아무래도 신경이 쓰이잖아. 아무 기척도 없으면."

유키에, 왜 그래. 이 정도는 고개를 끄덕여도 괜찮잖아.

"어때? 기척이 있었어, 없었어?"

제발, 유키에. 문을 열어줘.

"욕실 밖, 탈의장, 그 너머는 부엌, 그리고 거실이라 벽에 귀를 대면 소리가 들린다고 전에 말했지? 그 정도는 몰래 해봤을 거 아냐."

꿀꺽 하고 유키에의 울대뼈가 상하로 움직인다. 사람은 보통 평소에 일부러 침을 삼키지 않는다. 삼키게 되는 것은 긴장한 탓이다.

유키에는 명백하게 긴장하고 있다. 왜일까. 진실 또는 거짓. 그중 하나를 말하려 하고 있기 때문이다.

핏기를 잃은 유키에의 입술이 천천히 위아래로 벌어진다.

"기척은, 없었습니다."

"그래? 그래서 어떻게 했는데?"

"문이 열리는지…… 한번 열어봤습니다."

거짓말이다. 상상으로 말하고 있는 거다. 가공의 자신이 했을 동작을 머릿속에서 만들어 묘사하고 있을 뿐이다.

하지만 그래도 괜찮다.

"그래. 그래서 문은 열렸어?"

"네."

"어느 틈엔가 문은 열려 있었다?"

"그런 것, 같습니다."

"누가 열었을까? 요시오? 아니면 마야?"

"모르겠습니다."

"누구일 것 같은데?"

눈은 어느 쪽으로 움직일까? 거짓이냐, 진실이냐?

"마야였을 겁니다."

안 돼. 움직이지 않았다.

"그렇지. 열어준다면 마야였을 거야. 그래서 나왔더니 어땠는데? 마야는 있었어? 요시오는?"

"둘 다…… 없었습니다."

"그렇다면 요시오가 없는 틈에 마야가 욕실 자물쇠를 풀어놓고, 하지만 당신한테는 아무 말도 안 하고 밖에 나가서 경찰에 도움을 요청했다. 그런 걸까?"

그 물음에는 꽤 분명하게 도리질을 했다.

"모르겠습니다. 아무튼 두 사람은 없었습니다."

"언제부터 없었는데?"

"역시 모릅니다."

"요시오를 마지막으로 본 건?"

"기억 안 납니다."

"그래. 요컨대 당신 혼자 그 집에 남겨져 있었다는 건가?"

짧게 고개를 끄덕인다.

"그렇군. 알았어. 그리고 좀 있다가 경찰이 온 거군. 그런 거지?"

역시 마찬가지로 고개를 끄덕이며 대답한다.

"응, 그래. 그렇게 되지. 그럼 이걸 좀 봐볼까?"

기와다가 비스듬히 뒤로 팔을 뻗자, 입회해 있던 마쓰시마 순사부장이 사전에 얘기했던 대로 복사용지를 한 장 건네준다. 기와다는 그 종이를 일단 자신이 본 뒤 유키에에게 보여준다.

"기억하겠지? 마야의 증언으로 작성한 요시오의 몽타주. 당신도 확인했는데, 그때 당신은 분명 요시오라고 말했지?"

또 굳어버린다.

"이게 요시오지? 전에 그렇게 말했지?"

시선은 몽타주를 향한 채 꿈쩍도 하지 않는다.

"이제 와서 아니라고 하면 곤란하지. 우리는 당신과 마야가 이 사람이 요시오라고 해서 오늘까지 열심히 이 남자를 찾았거든. 수십 명이나 되는 수사원들이, 이 더위 속에서 말이야. 땀투성이가 되어 거리를 돌아다니면서 사람들을 붙잡고 '이 사람 아십니까? 보신 적 있습니까?' 하고 묻고 다녔어. 지금 다들 더위를 먹어서 상태가 안 좋아. 실제로 탐문 중에 쓰러진 수사원도 있고. 하지만 입원하고 있을 수 없어서 링거 맞고 비틀거리면서 오늘도 뙤약볕 아래 거리로 나갔다고. 나처럼 에어컨 나오는 취조실에서 의자에 앉아 당신과 이야기하는 것만 수사가 아니야. 그런 건 정말 몇 명 안 돼. 대다수 수사원들은 쓰러져도, 기어서라도 이 몽타주 쥐고 '아십니까? 보신 적 있습니까? 생각나면 연락주세요, 부탁드립니다' 하면서 머리 숙이고 다닌다고."

책상에 놓은 몽타주를 유키에 쪽으로 더 내민다.

"이게 우메키 요시오지? 그렇지?"

유키에의 얼굴이 어색하게 위아래로 움직인다.

그래, 됐다.

"고마워. 그래, 이건 요시오 얼굴이야."

기와다는 다시 마쓰시마에게 팔을 내민다. 이번에는 사진을 받아 들고, 역시 유키에에게 확인한다.

"그럼 이번에는 이 사진을 봐. 이건 누구지?"

유키에의 눈이 사진에 고정된다.

얼굴이 굳고, 유난히 크게 숨을 들이쉰다.

반응이 있다. 아주 큰 반응이.

"이 사람은 누구지?"

대답을 안 한다기보다는 놀라서 말이 안 나오는 것 같은 모습이다.

"내가 보기에는 몽타주와 똑같은데? 이 사진 속 남자와 몽타주 속 남자는 동일 인물이고, 그렇다면 이 사진 속 남자야말로 우메키 요시오다. 나는 그렇게 보이는데? 아니, 나뿐 아니라 다른 수사원들 눈에도 우메키 요시오로 보여. 누가 봐도 동일 인물이지. 똑같잖아. 그래서 일단 당신한테도 확인해두려고. 당신이 보기에는 어때? 당신이 아는 우메키 요시오는 이 사진 속 남자가 틀림없을까."

너무 놀랐는지 눈이 완전히 고정되어서 도리어 반응을 읽을 수가 없다.

"유키에 씨, 어때? 이 사람이 우메키 요시오야, 아니야?"

몇 번이나 계속 물어보자 유키에의 눈은 몽타주와 사진 사이를 바쁘게 오가기 시작했다. 하지만 그럴 정도로 비교하기 어려울 리가 없다. 오히려 일목요연하다. 사진과 몽타주가 동일 인물이라고 인정하지 않는다면 그게 더 수상하다.

그 점은 유키에도 알고 있을 것이다.

"네, 요시오 씨입니다."

하지만 인정하면 그 역시 문제다.

"응, 그래. 틀림없이 당신들이 말하는 우메키 요시오야. 그래서 한 가지 더 확인하는데, 당신이 요시오와 만난 게 7년쯤 전인 게 맞는 거지?"

유키에가 아차 하듯 기와다를 본다. 하지만 아직 대답은 나오지 않는다.

"그렇게 말했지? 조서에도 7년쯤 전이라고 썼고, 당신한테 읽어줘서 지장도 찍었어. 당신과 요시오가 만난 건 7년쯤 전, 그 점은 틀림없지?"

유키에가 얕게 숨을 들이쉰다.

"아뇨, 정확히 7년 전이었는지는……."

"정확하지 않아도 괜찮아. 대략 7년 전이라면 그걸로 됐어."

"아니, 그러니까……."

"아니야?"

유키에의 시선이 하늘하늘 아래로 흩어진다.

"아마 그때쯤이라는 것밖에."

"응. 그러면 됐어. 아마 7년쯤 전이지?"

"네. 아마도."

하지만 이 역시 문제가 된다.

"유키에 씨, 당신은 요시오의 본명을 모른다고 했는데, 우리는 알아냈어. 이 사진 속 남자는 나카모토 사부로라고 해. 후쿠이 현 출신으로 쉰하나. 근데 우메키 요시오의 정체가 이 나카모토 사부로라면 아주 이상한 일이 돼."

유키에의 눈은 다시 사진, 즉 나카모토 사부로의 얼굴을 응시하고 있다.

"이 남자는 자기 아내를 살해했어. 지금부터 17년 전에, 그것도 친딸이 보는 앞에서. 그래서 체포되었고 재판에서 실형을 선고받아 복역했어. 가출소를 한 게 5년 전이야."

유키에가 앗 하는 소리를 낸다.

"저기…… 잘못 셌을 수도 있습니다. 5년 전쯤이었을지도 모릅니다."

"유키에 씨, 적당히 말하면 곤란해. 당신은 요시오와 교제하게 되면서 그가 시켜서 본가를 나온 거잖아. 그 뒤에 당신 식구들은 당신이 걱정돼서 실종 신고를 했어. 그게 6년 전이야. 앞뒤가 안 맞잖아. 당시 교도소에 있던 나카모토 사부로랑 당신이 만났을 리가 없고, 하물며 본가를 나와서 같이 사는 건 있을 수가 없어."

유키에의 손이 휙 책상 위로 올라온다. 그 평면에 필사적으로 매달리려고 한다.

"아, 아니에요."

"뭐가 아닌데?"

"그러니까 본가를 나온 건 요시오 씨가 말해서가 아니라, 제가 멋대로……."

갑작스럽게 나온 행동이다. 기와다는 엉거주춤하게 일어나 크게 들어 올린 주먹으로 힘껏 책상을 내리쳤다.

"적당히 말하지 마!"

몽타주가 흔들리고 사진이 미끄러지고 유키에가 겁먹은 얼굴로 손을 도로 집어넣었다. 갑자기 주변이 조용해졌다.

"처음부터 이 몽타주는 우메키 요시오가 아니라 나카모토 사부로였어. 그리고 나카모토 사부로는 우메키 요시오가 아니야. 당신이 7년 전에 나카모토 사부로와 알게 될 리가 없고, 관계를 가질 수도 없고, 함께 살 수도 없어. 즉 마야는 의도적으로 나카모토 사부로를 요시오라고 하면서 우리한테 이 몽타주를 만들게 하고, 당신도 이 사람이 요시오라고 거짓 진술을 했어. 이유가 뭐야! 왜 나카모토 사부로를 요시오라고 했어? 나카모토랑 당신들은 무슨 관계야? 그리고 진짜 요시오는 지금 어디 있어? 진짜 요시오 얼굴은 대체 뭐야?"

유키에의 눈이 빙글빙글 헤매기 시작한다.

거짓과 진실, 공상과 현실, 선의와 악의, 제정신과 광기.

상반되는 것들이 유키에 속에서 경계를 잃고 마구 뒤섞이며 탁해지고 더러워지는 것이 보이는 듯하다.

기와다는 다시 자리에 앉았다.

"진짜 요시오는 어떤 얼굴이지?"

유키에의 눈은 이제 거의 초점을 잃었다.

"그 사람이, 요시오 씨…… 입니다."

"거짓말 집어치워. 7년이나 당신을 괴롭혀온 남자 얼굴이야. 틀릴 리가 없잖아."

"정말입니다. ……정말, 그 사람이……."

기와다는 고개를 저었다.

"유키에 씨, 이제 그런 단계가 아니란 걸 알아야지. 그 스낵바 마이코의 요시코 마담 기억하지? 그 사람한테 확인했더니 몽타주로는 닮아 보였지만 이 사진 속 남자는 아니라고 했어. 머리 모양과 조금 처진 눈, 둥근 얼굴이 그림으로는 비슷하지만, 사진으로 보면 분명 다른 사람이라고, 이 사진 속 남자는 요시오가 아니라고 분명하게 말했어."

유키에는 "그렇지만" 하고 반론하려고 했지만, 아무리 기다려도 다음 말이 나오지 않는다.

"그럼 됐어. 이건 넘어가고, 그럼 행방은 어때? 나카모토 사부로 말고. 당신과 마야를 학대하고 야스유키 씨, 시게후미 씨를 죽게 하고, 하루미 씨, 히로무를 살해하라고 지시하고, 에이코 씨를 자살로 내몬, 당신들이 우메키 요시오라고 부른 남자는 지금 대체 어디 있는 거지?"

그동안은 절대 이것만큼은 하지 않겠다고 다짐했었다. 유키에가 입을 열게 만들기 위해서 스스로 괴물이 되는 것만은, 기와다 자신이 우메키 요시오가 되는 것만은.

하지만 이제 의식적으로 그 금기를 깨야 할 순간이 온 듯하다.

"입 다물고 있으면 어쩌겠다는 거야!"

몽타주와 나카모토 사부로의 사진을 책상에서 털어낸다.

유키에의 멱살까지 잡지는 않는다. 하지만 책상 끄트머리를 붙잡고 상체를 내밀어서 유키에에게 얼굴을 들이댄다.

"응? 그 자식은 어디 갔냐고 묻잖아! 열쇠는 마야가 열어줬다? 밖으로 나왔더니 요시오는 없었다? 장난하나! 그딴 말로 내뺀다고 취조가 끝날 것 같아? 너한테는 아직 살인 혐의가 여럿 있어. 재재체포, 재재재체포, 네가 모조리 털어놓을 때까지 몇 번이나 체포할 거다. 이봐, 듣고 있나! 요시오가 어디로 갔는지 묻잖아!"

책상 한끝을 조금 들었다가 바로 체중을 실어서 바닥에 떨어뜨린다. 좁은 취조실에 귀가 아파오는 파괴음이 어지러이 반향을 일으킨다.

유키에의 눈은 실신하기 직전처럼 흐물흐물 녹아가고 있다.

기와다는 정신을 잃으려는 눈 속을 들여다본다.

"설마 요시오는 이제 이 세상에 없다…… 그런 일은 없겠지?"

바로 그때였다.

유키에에게 갑자기 다른 인격이 들어온 듯 보인다. 눈에 강한 의지가 나타나고, 대항하듯 기와다를 똑바로 응시한다.

누구냐. 지금 이 여자의 혼을 지배하는 너는 대체 누구냐.

특별수사본부는 구조와 시마모토 팀을 비롯한 세 팀에게 요코우치 신고가 사는 베르코포 주변의 탐문수사를 지시했다.

우선 요코우치 집을 제외한 아홉 가구의 주민 전원에게 이야기를 들었다. 관리인은 없고 주민은 20대부터 30대의 커플과 1인 가구가 많다. 그런 탓인지 이웃에 대한 관심이 적고, 선코트마치다 사건과의 관련성도 밝히지 않았기 때문에 처음에는 '무슨 얘기지?' 하는 얼굴이었다. 하지만 몽타주나 사진을 보여주면 그런 대로 응해 주었다.

시마모토와 구조가 만난 204호에 세 든 일러스트레이터, 서른네 살의 니시오카 아야코도 반응은 비슷했다. 그녀는 낮에 집에 있을 때가 많고 작업 상황에 따라서 며칠이나 외출하지 않기도 하지만,

오구라 세이코의 사진을 보더니 "아아" 하고 대수롭지 않은 듯 고개를 끄덕였다.

"몇 번 이야기한 적 있는데, 엄청 귀엽던데요. 쓰레기 버리다가 마주쳐도 '안녕하세요' 하면서 인사하고. 밝은 아가씨인데."

간사이 출신 같지만, 지금 그런 건 상관없다.

"최근에 보신 적 있습니까?"

"음, 최근…… 본 것 같은데."

구조가 질문을 계속한다.

"오호, 그게 언제쯤입니까?"

"으음, 언제였더라…… 그게…… 잘 기억 안 나는데요."

"그때 입고 있던 옷이나 기억나는 것 있습니까?"

"입고 있던 옷…… 가벼운 느낌의 스커트를 자주 입고 있었다는 이미지는 있는데. 그리고 옅은 회색 파카였나, 여기에 돌고래 같은 무늬가 하나 있는 거."

파카라. 그렇다면 더워지기 전이었을 터다.

다음으로 구조는 그 몽타주를 보여주었다.

"그럼 이 남자는 어떻습니까? 보신 적 있습니까?"

"음, 누구예요? 이 아저씨."

"모르십니까?"

"네, 모르는 사람…… 같은데요."

"그럼 이건 어떻습니까?"

몽타주를 사진으로 바꾼다.

"아아."

눈이 휘둥그레진다.

"이 아저씨구나. 이 사람은 본 적 있어요. 어디 사는지는 모르는데, 계단 근처에서 마주친 적 있어요."

종종 있는 반응이다. 시마모토 같은 경찰관들은 몽타주의 완성도를 믿고 나중에 사진이 나오면 눈이 비슷하다, 윤곽은 똑같다 하면서 긍정적으로 보려고 한다. 하지만 일반인은 그렇지 않다. 가네코 데쓰코처럼 몽타주만으로 예리하게 알아보는 사람도 있지만, 역시 사진을 봐야 떠올릴 확률이 높다.

구조가 니시오카의 얼굴을 들여다본다.

"이 남자, 여기 삽니까?"

"잘 모르지만 몇 번 봤어요. 그래 봤자 두세 번이지만. 하지만 두세 번 본다면 대개는 여기 사는 사람이겠죠. 인사를 해도 반응이 없어서 무뚝뚝한 사람이라고 생각했는데."

"어떤 모습이었는지 기억나십니까?"

"으음, 어땠더라. 아주 평범한 아저씨 같은 차림이었어요."

"아주 평범하다면?"

"그러니까, 이렇게 셔츠에 슬랙스, 그런 거요."

"겉옷은 안 입고 있었습니까?"

"입고 있었던 것…… 같기도 하고, 아닌 것 같기도 하고."

"최근에도 보셨습니까?"

"그러고 보면 최근에는 못 본 것 같은데…… 근데 이 아저씨가 뭔가 저질렀어요?"

그녀 말고 나카모토 사부로 같은 인물을 목격한 주민은 세 명. 하지만 모두 그 이상은 모른다고 한다. 관리인이 없는 아파트나 맨션에서는 흔한 결과이지만, 신경 쓰이는 것은 오구라 세이코다.

주민들 거의 모두 세이코를 인지하고 있었다. '205호에 사는 젊은 여자', '밝고 귀여운 아가씨', '작은 체구의 미인', '인사를 잘한다'로 평판도 좋은 한편, '요즘 안 보인다', '그러고 보면 최근 마주치지 않았다'라는 증언이 이어졌다.

그 사실을 회의에서 보고하자, 특별수사본부 간부도 인상을 찌푸렸다.

후지이시 관리관의 혼잣말이 마이크를 타고 퍼진다.

"설마 오구라 세이코까지…… 그런 일은 없겠지."

나카시마 경부도 얼굴을 찡그리며 고개를 갸웃한다.

"나카모토 사부로와 유키에, 마야, 요시오의 접점이 명확하지 않은 이상…… 없다고는 단정 못 합니다."

후지이시 관리관이 기와다를 돌아본다.

"유키에한테 세이코에 대해 물어봤나?"

기와다는 일어나면서 이미 고개를 젓고 있다.

"아뇨, 아직입니다. 몽타주 속 남자가 우메키 요시오가 아니라 나카모토 사부로라는 사람이라고 터뜨린 단계라서요. 세이코까지 꺼낼 타이밍이 없었습니다."

"그렇군. 가능하면 내일이라도 그 부분을 알아봐 주게. 설령 선코트마치다가 아니라도 다른 거점이 있어서 거기서도 같은 일이 일어났다면 빠를수록 좋을 테니. 자, 다음."

하지만 기와다는 앉지 않고 "저기" 하고 팔을 들었다.

다시 후지이시 관리관이 지명한다.

"뭐, 또 있나?"

"네. 유키에의 진술이 에이코의 시신을 해체하는 데까지 나온 시점에서 몹시 신경 쓰이는 게 하나 있습니다만…… 욕실에서 유키에와 마야, 요시오의 머리카락이나 피부 각질이 나오지 않았음에도 하라다 집안의 네 사람과 또 한 사람의 DNA가 나왔습니다. 더구나 그 대부분은 혈흔에서 채취되었고요. 물론 욕실에 루미놀 반응이 그만큼 나왔으니까 혈흔이 나와도 이상할 게 없습니다만, 그에 비하면 마지막까지 있던 세 사람의 조직은 채취되지 않았습니다. 유키에, 마야, 요시오의 흔적은 사라졌는데 다섯 사람의 DNA는 남아 있었다…… 상당히 부자연스럽지 않습니까?"

나카시마 계장이 마이크도 없이 묻는다.

"그럼 그 나머지 한 사람이 요시오라고 의심하는 건가?"

"아뇨, 아직 그렇게까지 단정은…… 물론 요시오일 가능성은 있지만, 현재 나카모토 사부로도 행방이 묘연합니다. 그렇다면 나머지 한 사람이 나카모토일 가능성도 배제할 수 없다고 봅니다. 아니면 그 두 사람도 아닌 다른 누군가…… 하지만 그 가능성은 일단 제쳐두고. 유키에의 진술대로 요시오는 깨끗한 걸 좋아해서 청소를 철저하게 시켰다고 봅니다. 그건 분명 거짓말은 아니고요. 그렇다면 더더욱 하라다 집안 네 사람의 혈흔이 나오는 게 이상하지 않나요? 네 사람은 어느 정도 시간을 두고 사망하여 해체되었습니다. 설령 혈흔이 남아 있다고 해도 서로 섞이거나 새로 씻겨 내려가도 하등 이상할 게 없습니다. 그런데 네 사람의 혈흔이 너무 명확하게 채취되었어요. 혈흔이 채취된 곳을 확인하면……"

기와다가 들고 있던 파일을 본다.

"으음…… 첫 번째 여성의 혈흔이 샤워기 훅의 접합 부분. 두 번째 여성의 혈흔은 천장 판의 이음매. 첫 번째 남성은 출입구의 접이

문 레일. 두 번째는 그 손잡이. 신원을 알 수 없는 세 번째는 욕조에서 떼어낸 배수관 트랩 부분, 이건 혈흔이 아니라 살점이지만……. 모두 오물이 고이기 쉬운 곳이니 청소가 덜 되었을 거라고 감식 보고에 적혀 있습니다만, 데이터가 너무 깔끔하게 나온 것 아닐까요? 더구나 DNA 감정으로 네 사람이 혈연관계에 있고 각각 부모, 자식, 손자라고 특정 가능한 상태였습니다. 즉 그만큼 세포가 깨끗하게 남아 있었다는……"

후지이시 관리관이 묻는다.

"너무 깔끔하게 나왔다, 즉 누군가가 의도적으로 남겼다고 본다는 건가?"

"으음…… 글쎄, 어떨까요."

"어째서 그랬을까?"

"그건 모릅니다."

"다무라, 거기에 대해서 마야는 뭐라고 하나?"

다무라는 고다 마야를 담당하는 취조관이다. 하지만 요즘 들어 새로운 보고는 전혀 나오지 않고 있다.

"죄송합니다. 욕실 안의 일은 잘 모른다고만 해서……"

마야의 취조관이 되었을 당초, 다무라는 매일 밤 의기양양하게 회의에서 취조 결과를 발표했다. 하지만 구류를 연장한 무렵부터 마야의 입은 눈에 띄게 무거워졌다고 한다. 유키에 담당인 기와다는 여전히 보고를 하고 있지만, 요즘 다무라는 마야에게서 그 진위를 확인하는 일조차 만족스럽게 못 하고 있다. 괴롭겠지만 본인도 어찌할 수 없을 것이다. 입회를 하는 히로타 순사장도 보고 있기 가엽다고 시마모토에게 털어놓았다.

후지이시가 "이제 됐네" 하고 다무라를 앉힌다.

"그 부분은 기와다 자네가 꼼꼼히 알아보게."

"알겠습니다."

보고는 선코트마치다 주변 탐문수사로 이어졌다.

그런데 생각지 못한 정보가 올라왔다.

보고한 사람은 다마 중앙경찰서의 순사부장이다.

"오늘 선코트마치다에서 네 집 건너 사는 서른여섯의 노구치 히로시가 지난달…… 7월 초쯤 선코트마치다 앞 길거리에서 요코우치 신고와 아주 비슷한 남자를 두 번 목격했다는 증언을 얻었습니다."

마야가 보호된 것이 7월 8일. 이후 선코트마치다에는 수사원들이 연일 잠복했기 때문에 만약 그것이 사실이라면 요코우치가 목격된 것은 마야가 보호되기 전일 가능성이 높다.

설마 요코우치 신고도 사건과 관련이 있는 걸까.

"노구치에 따르면 그 남자는 선코트마치다의 현관 부근을 길에서 가만히 보고 있었고, 노구치와 눈이 마주치자 황급히 자리를 떴다고 합니다. 그때는 노구치도 그다지 신경 쓰지 않았지만 오늘 요코우치 신고의 사진을 보여줬더니 비슷한 남성을 봤던 사실을 떠올렸습니다. 그 뒤에도 비슷한 시간…… 밤 11시쯤, 이 시간은 노구치가 평일 회사에서 퇴근하는 시간이라는데, 같은 장소에서 봤기 때문에 인상에 남아 있었다고 합니다. 참고로 선코트마치다에서 사건이 일어난 사실도 노구치는 알고 있었습니다. 수사원들이 방문한 것이 처음은 아니지만, 그동안 우메키 요시오의 몽타주와 하라다 유키에, 고다 마야의 사진만 보여줬기 때문에 미처 생각하지 못했다고 합니다."

후지이시가 "그래" 하고 한마디 한다. "슬슬 요코우치 신고를 청취해볼까? 구조, 해보겠나?"

구조는 앉아 있던 의자 등받이를 뒤쪽 책상에 부딪히고 자신의 책상도 넓적다리도 밀어내면서 앞으로 넘어질 듯한 기세로 일어났다.

"네, 하겠습니다."

"지금까지와 마찬가지로 사와다 팀과 히라마쓰 팀도 붙이겠지만 일단 자네 팀이 부딪혀보게."

"네."

사와다 팀과 히라마쓰 팀은 함께 베르코포 주변을 탐문수사한 팀이다.

"시간은 어떻게 할 건가?"

"네. 도망칠 구실을 주지 않으려면 사카에 자동차의 영업시간이 끝난 직후가 기회라고 봅니다."

"아니, 끝난 직후는 곤란해. 일단 귀가시켜 집으로 들어갔을 때 접촉해봐. 그래서 집 안을 검사해서 오구라 세이코의 안부를 확인해봐. 집 안에 있으면 다행이지만, 없다면…… 그 부분도 요코우치 신고한테 물어봐야 하고."

두 가지 상반되는 마음이 시마모토의 가슴에서 끓어올랐다.

하나는 구조 덕분에 사건 해결에 크게 공헌할 수 있는 임무를 맡게 되었기 때문이다. 이제 요코우치 신고에게서 사건 핵심에 다가갈 수 있는 진술을 얻으면 큰 공이 된다. 공을 세우면 본부 수사 1과로의 이동도 어쩌면 현실적인 색채를 띨 수도 있다. 구조의 윗옷 깃에 있는 수사 1과의 붉은 배지, 그 배지가 자신의 가슴에도 달린다고 생각하면 자연히 뜨거운 열기가 솟구친다.

하지만 오구라 세이코 건은 완전 반대다.

요코우치 신고에게 사정을 청취했는데 만약 오구라 세이코가 이미 살해되었다고 하면…….

이 사건의 어둠은 다시 한층 깊어진다.

상상만으로 피가 얼어붙는 듯하다.

이튿날, 사카에 자동차 쪽은 사와다 팀과 히라마쓰 팀에 맡기고 시마모토 팀은 베르코포 근처에서 대기했다. 그사이 오구라 세이코가 나타나면 요코우치 신고에게 불필요한 혐의를 두지 않아도 된다.

하지만 오구라 세이코가 나타나지 않으면…….

시마모토는 그 우려를 떨쳐내기 위해 세이코가 편의점 봉지를 한 손에 들고 가벼운 발걸음으로 베르코포로 들어가는 뒷모습을 몇 번이나 상상했다. 여행에 지쳐 나른한 모습으로 여행 가방을 끌고 오는 모습도 생각했다. 캐미솔에 반바지 차림으로 쓰레기를 버리러 나오는 모습, 새 아르바이트 면접을 보기 위해 조금 멋을 내고 외출하는 모습…….

하지만 그런 망상은 길 위로 피어오르는 아지랑이가 지나가는 열풍에 휩쓸리듯 손쉽게 지워졌다.

일단 수사용 암행 순찰차는 주어졌지만, 이 여름 한낮의 뙤약볕 아래에서는 거의 쓸모가 없다. 시동을 계속 켜둘 수 없기 때문에 필연적으로 에어컨은 켰다 껐다를 반복하게 된다. 일단 끄면 차 안은 불과 10분 만에 사우나 상태가 된다. 그러면 창문을 열었다가, 더는 견딜 수 없을 때 다시 시동을 켜고 에어컨을 틀어야 한다. 그 반복 자체가 귀찮아진 시마모토 팀은 차에서 내려 베르코포 출입구가 보이는 그늘을 찾아 적당히 이동하며 감시하기로 했다.

특별수사본부는 최근 팩 형태의 보냉제를 대량 구입해 경찰서 냉장고에서 얼린 뒤 외근 나가는 수사원들에게 세 개씩 나눠주고 있다. 수사원들은 보냉제를 손수건에 싸서 옷의 적당한 곳에 넣어 체온을 조절한다. 하지만 기껏해야 두 시간 정도밖에 유지되지 않는다. 그 뒤에는 자동판매기에서 차가운 물을 뽑아 옆구리 등에 끼워 더위를 견딘다. 미지근해진 물은 마시지 않고 그대로 길바닥에 흘려 버려야 한다. 일일이 전부 마시면 물배가 차서 움직이지 못한다.

나머지는 오로지 참는 수밖에 없다.

"세이코, 안 나타나네요."

가끔 시마모토가 이렇게 중얼거리면 구조는 어김없이 쓴웃음을 짓는다.

"시마모토 씨, 꽤 마음에 걸리나 봅니다."

"당연히 걸리죠. 만에 하나라도 있으니까요."

"조금 본인 스타일이라고 하셨죠?"

"뭐…… 그 이유도 없다고는 못 하겠지만."

나누는 대화도 고작 그런 정도다. 낮에는 베르코포를 감시하는 것 말고는 특별히 할 일이 없다. 두세 시간마다 교대로 휴식을 취했지만 저녁 무렵까지 시간을 때우는 데 상당히 고생했다.

저녁 6시 20분쯤 되었을 무렵, 마침내 사카에 자동차 담당 팀에서 연락이 왔다.

"알겠습니다. 그럼 기다리겠습니다."

구조가 휴대전화를 허리띠의 홀더에 집어넣으면서 고개를 끄덕인다.

"요코우치 신고, 평소처럼 자전거로 나갔다고 합니다."

"그럼 한 10분이면 오겠네요."

요코우치의 행동 패턴은 그동안 감시하면서 대략 파악했다. 퇴근길에 장을 보는 일은 드물고 대개 곧바로 귀가한다. 오늘도 그렇다.

아직 완전히 어두워지지 않은 6시 32분, 스포츠용 자전거가 베르코포의 자전거 보관소에 멈춘다.

"가시죠."

"네."

구조와 동행하여 모퉁이에서 나온다.

요코우치는 우편함을 힐끔 보고 곧장 계단을 올라간다. 어쩐지 발걸음이 무거워 보인다. 시마모토와 구조도 발걸음을 죽이면서 베르코포로 다가간다.

요코우치가 2층에 다 올라갔을 즈음, 승용차 한 대가 옆 모퉁이에 나타났다. 사와다 팀과 히라마쓰 팀이 탄 수사용 암행 순찰차다. 라이트와 시동을 끄고 네 명 모두 차에서 내린다.

구조는 그들에게 밑에서 기다리라고 손으로 지시한다.

네 사람의 선두에 있는 사와다 부장형사가 말없이 고개를 끄덕인다. 2층에서 말을 거는 순간 요코우치가 외부 복도에서 뛰어내려 도주할 가능성도 있다. 그들은 그 경우를 담당하기로 사전에 얘기가 되었다.

시마모토와 구조가 계단을 올라가서 2층 복도에 섰을 때 요코우치는 아직 205호 문 앞에 있었다. 열쇠를 따고 마침 문을 열려던 참이다.

"요코우치 씨."

구조가 부르자, 요코우치는 어깨를 쓱 움츠리더니 겁먹은 얼굴로 쳐다보았다. 하지만 바로 한 번 만난 적이 있는 형사라는 게 생각난 모양이다. 자세를 바로 하고 가볍게 인사한다.

"안녕하세요."

구조와 시마모토는 대화가 가능한 거리까지 다가간다.

"지난번에는 갑자기 찾아뵈어 실례했습니다. 오늘도 좀 여쭐 것이 있는데, 지금 시간 괜찮으십니까?"

요코우치는 구조와 시마모토를 번갈아 본다.

"가네코 씨 자동차 문제라면……."

"아뇨, 오늘은 그 건이 아니라 전혀 다른 이야기입니다."

그러자 불안한 듯 눈을 내리뜬다.

"다르다니…… 무슨 이야기인데요?"

"서서 하기도 뭐하니까, 괜찮으시면 안에 들어가도 되겠습니까? 현관이면 되는데."

말 자체는 공손하지만 구조의 말투에는 상대방이 가타부타하지 못하게 하는 힘이 있다. 거절하면 즉각 그 이유를 묻는다. 돌아온 대답에 수긍하지 못하면 그 부분을 한층 깊이 추궁한다. 많은 말을 하지 않아도 상대방이 깨닫게 만든다. 그런 강함, 견실함이라고 바꿔 말해도 될 것이다.

요코우치가 체념한 듯 문을 연다.

"들어오세요. 대접할 건 아무것도 없지만."

앞장서서 현관에 들어가 조명을 켜고 스니커를 벗는다. 밝아진 현관에는 샌들이 두 켤레 놓여 있다. 밝은 파란색 크록스와 오렌지 가죽 띠가 귀여운 여성용 샌들이다. 다른 신발은 없다.

요코우치가 복도에 올라가서 돌아본다. 시마모토와 구조를 안쪽으로 들일 생각은 없어 보인다. 문을 닫았기 때문에 당연히 현관은 무덥다.

"무슨 일이시죠?"

"네. 이걸 좀 보시겠습니까?"

몽타주로 반응을 살피는 식의 번거로운 일은 건너뛰고 갑자기 나카모토 사부로의 사진을 보여준다.

"이 남자, 아시죠?"

시마모토는 요코우치의 표정 변화를 가만히 보고 있다. 눈썹 하나라도 움직이면 놓치지 않을 생각이다.

"아뇨."

그런데 전혀라고 할 정도로 아무런 변화도 없다.

구조가 고개를 갸웃한다.

"이상하군요. 여기 이웃분들은 자주 본다고 하시던데."

"저는 모릅니다."

똑같다. 사카에 자동차에서 가네코 데쓰코의 자동차에 대해 물었을 때와 완전히 똑같다. 평상시의 요코우치는 훨씬 밝은 청년 같았는데.

"오구라 세이코 씨한테 무슨 말 못 들으셨습니까?"

"아뇨, 전혀요."

"그렇습니까. 실은 이 남성이 오구라 세이코 씨의 친부신데."

"그래요? 몰랐습니다."

"오구라 씨는 지금 여기 계십니까?"

"지금은 없습니다."

"어디 외출하셨습니까?"

"지금 수사하시는 건가요?"

여전히 요코우치의 표정은 변화가 없다.

"수사냐고 물으시면, 네, 수사입니다."

"무슨 수사죠?"

"그걸 모르면 대답해주실 수 없습니까?"

요코우치가 약간 눈을 내리뜨며 입을 다문다.

구조가 그 시선을 건져내듯이 들여다본다.

"요코우치 씨. 오구라 세이코 씨는 언제 나가셨습니까?"

화가 난 걸까. 요코우치 입에 희미하게 힘이 들어간다.

구조가 이어서 묻는다.

"언제부터, 오구라 씨는 안 계십니까?"

어금니를 깨물고 있는 것이다. 요코우치의 턱 근육이 경직되는 것이 보인다.

"요코우치 씨. 오구라 씨가 한 달도 더 전에 아르바이트를 그만두신 건 저희도 알고 있습니다. 이웃분들도 요즘 들어 전혀 안 보인다고 하고요. 만약 이사를 하셨거나 사정상 장기간 집을 비우신 거라면 그렇게 말씀해주십시오. 저희도 그쪽이 좋거든요. 하지만 집을 비운 이유를 모른다면…… 다시 말해 안부를 확인 못 한다면 그냥 넘어갈 수가 없습니다. 그러니까 그 점만이라도 대답해주시겠습니까?"

약간 뾰족해진 요코우치의 입술이 떨리기 시작한다. 여전히 입은 다물고 있다.

"오구라 씨는 정말 지금 이곳에 안 계십니까?"

대답은 없다.

"요코우치 씨, 만약을 위해 집 안을 좀 살펴봐도 되겠습니까?"

역시 대답이 없다.

"요코우치 씨, 뭔가 아시는 거 아닙니까?"

요코우치는 마음을 잃은 듯 그저 꼼짝 않고 서 있을 뿐이다.

"아무 대답도 안 하시면 저희는 최악의 상황을 상정할 수밖에 없습니다. 요코우치 씨도 어디선가 보셨겠지만, 근처에서 그런 사건이 발생했기 때문에 만일의 경우를 대비해서요. 하지만 저희도 그런 일은 없다고 생각하고 싶으니까 오구라 씨가 무사하다는 확증을 바라는 겁니다. 번거로우시겠지만 집 안을 살펴보게 해주십시오."

이렇게까지 말해도 아무 반응을 보이지 않는다. 거절 의사조차 비치지 않는다.

"괜찮은 거죠? 조금만 안을 살펴봐도 되겠죠?"

합법적인 방법이 아니라는 사실은 구조도 알고 있겠지만 지금은 하는 수 없다. 신발을 벗고 거의 반강제로 올라가서 요코우치를 밀쳐내고 둘이서 무더운 복도를 걸어간다.

복도 끝 왼쪽이 거실이다. 그 안쪽으로는 창이 있고, 커튼이 열려 있어서 바깥 불빛이 약간 들어온다. 하지만 그 불빛만으로는 상황을 알 수 없다. 시마모토가 조명 스위치를 찾아서 켠다. 형광등이 깜빡이고 문이 확 열리듯 주변 모습이 눈에 들어온다.

순간적으로 아무 말도 나오지 않는다.

구조가 두세 번 둘러본 뒤 입을 열었다.

"이건……."

그저 난장판이라고밖에 표현할 수 없다.

거실 중앙에 있는 오렌지색 소파 주변에는 베개와 이불, 여성용 속옷과 의류, 신발, 화장품 병과 손거울, 술병 등이 어질러져 있다. 소파에는 이불이 얹혀 있고 사람이 한 명 앉을 만한 공간이 떡하니 비어 있다.

청소를 한 지 오래된 듯하다. 사방이 온통 먼지투성이에, 식탁에는 씻지 않은 접시, 밥공기와 젓가락, 포크, 스푼, 수건 등이 방치되어 있다. 그런데도 쓰레기 냄새나 비린내는 없다. 오히려 먼지 냄새가 신경 쓰인다.

폐허 같은 광경. 젊은 남녀가 쾌적하게 사는 환경은 아니다.

요코우치는 혼자 이곳에서 대체 어떻게 생활하고 있는 걸까.

뒤를 돌아보자 그가 바로 뒤까지 와 있다.

시마모토는 자신도 모르게 물었다.

"요코우치 씨, 이건……?"

하지만 더 이상 말을 잇지 못한다.

요코우치는 얼굴을 일그러뜨리며 울고 있다.

"몰라요, 저는…… 아무것도……."

뒤쪽 벽에 기대어 그 자리에 그대로 무너진다.

"세이코는 이제 여기 없어요…… 아마 돌아오는 일도 없을 겁니다…… 어디로 갔는지도 모르고…… 연락도 안 돼요…… 이제 만나는 일도 없을 거예요…… 이제 세이코는 못 만나요…… 못 만난다고요……."

뭐지. 대체 두 사람에게 무슨 일이 일어난 걸까.

솔직히 신고는 그 집에서 어떻게 돌아왔는지 거의 기억이 없다. 그저 세이코가 울면서 "신고, 미안해, 미안해, 신고" 하고 반복하던 소리만 귓가에 남아 있다. 양쪽에서 세이코와 사부로의 부축을 받으며 밤길을 걸은 것도 아마 그날 밤일 것이다.

집에 도착해 소파에 엎드려 있었고 잠시 세이코가 머리를 쓰다듬던 즈음부터는 비교적 또렷하게 기억한다. 사부로도 근처에 있었다. 낮은 탁자 옆에 정좌를 하고 있었거나 식탁 의자를 가져와서 앉아 있었거나, 아마 그런 느낌이었다.

사부로를 똑바로 쳐다보고 싶지 않았다. 존재를 의식하는 일조차 견디기 힘들었다. 세이코에게 매달려 그 부드러운 감촉과 체온, 부드러운 냄새에 싸여 있고 싶었다. 이곳에는 자신과 세이코뿐이라고 믿고 싶었다.

하지만 그런 일은 용납되지 않았다. 귀까지는 막지 못했다. 사부로의 말은 싫든 좋든 귀에 들어왔다.

"신고 씨, 미안해요. 결과적으로 신고 씨까지 휘말리고 말았네요."

세이코의 몸에 꽉 힘이 들어갔다.

"아빠, 그러니까 얘기했잖아요. 마지막은 경찰에 맡기자고."

"그래서 끝나는 일이었으면 그렇게 했어. 하지만 다케이는…… 녀석이 한 짓은 경찰도 입증할 수 없을지 몰라. 그런 놈이야. 자기 손은 더럽히지 않고, 최종 판단도 내리지 않고, 전부 주변 사람들이 하게 만들어. 그걸 보며 웃고 있을 뿐이야. 그런 놈은 재판을 받을 자격조차 없어. 사형도 약해. 그건 네가 제일 잘 알잖니."

다케이라는 이름은 처음 들었지만 물어볼 기력도 없었다.

서서히 크고 빨라지는 세이코의 고동.

"알아요. 알지만…… 그 인간이 어떻게 되느냐보다 지금 있는 주변 사람들이 더 중요하잖아요. 그 사람들은 어떻게 되는데요? 저는요? 신고는 어떻게 해요? 그런 걸 봤는데 어떻게 제정신으로 있을 수 있어요!"

"그러니까 그건 미안하게 생각해. 그래서 사과하는 거고."

"사과한다고 끝날 문제가 아니잖아요."

"그래, 알아. 하지만 그곳에 발을 들여놓고 갑자기 소란을 피우면 모두 망치게 돼. 경찰이라도 와봐. 그게 더 최악의 결말이야. 아무 변명도 못 해. 아무튼 시간이 필요했어. 이제 거의 다 됐어. 며칠 정도만 잠자코 있어주면 전부 끝나."

세이코가 팔에 힘을 꽉 줬다.

"신고, 미안해. 다 내 잘못이야. 전부 나 때문이야."

머릿속은 의문투성이였다. 파란색 시트가 깔린 집, 피투성이 욕실, 토막 난 시체, 방호복 소녀, 내장을 삶는 여자, 갑자기 나타난 세이코.

세이코가 왜 사과하는 거지…….

작은 손이 신고의 등을 위로하듯이 쓰다듬었다.

"신고한테는 얘기 못 했지만, 실은……."

"세이코, 관둬."

"아빠, 가만히 좀 계세요."

듣고 싶지 않았다. 하지만 거부하지도 못했다.

"신고, 나…… 지금 처음 말하는데…… 어릴 때 엄마한테…… 학대받은 적이 있었어."

그런 일이 있지 않았을까 하고 대충 짐작은 하고 있었다. 세이코의 몸 여기저기에는 오래된 흉터가 있다. 하지만 자세히 묻지 않았다. 언급하고 싶지 않은 일일 수도 있고, 신고는 지금의 세이코가 좋으니까. 밝고 사랑스럽고 어리광 부리는 세이코가 아주 좋으니까. 어두운 면은 보고 싶지 않다, 무의식중에 그런 생각을 했을지도 모른다.

지금은 처음부터 물었더라면 좋았을 것이라는 생각도 든다.

"아빠는 일하러 혼자 다른 지역에 가셔서 집에 안 계신 날이 많았어. 그런 건 아무런 변명도 안 되지만…… 엄마가 바람이 나신 거야. 그래서 어떤 남자를 집에 데리고 오게 됐어. 그게 다케이, 다케이 노부오라는 남자였어."

잘은 모르지만 다케이 노부오라는 남자가 모든 일의 원흉이라는 점만은 왠지 짐작이 되었다.

"막 일곱 살이 됐을 때였어. 나도 어려서 그때는 잘 몰랐는데, 지금 생각해보면 엄마는 다케이가 시켜서 나를 학대했던 것 같아. 아마 그렇게 안 하면 자기가 다케이에게 폭력을 당했겠지. 실제로 얼굴 여기저기 멍이 들거나 다리를 절 때도 있었고⋯⋯ 그게 무서웠던 것 같아. 둘이서 담뱃불로 나를 지지거나 커터칼로 긋기도 하고⋯⋯ 내가 울고불고 하는 걸 보고 다케이는 깔깔 웃었어. 그 얼굴은 평생 못 잊어. 지금도 또렷하게 기억해."

눈을 감고 있는 것조차 점점 무서워졌다.

깊은 어둠의 밑바닥으로 떨어지는 것만 같았다.

"엄마는 어땠는지 모르겠어. 원래 그런 면이 있었는데 그게 다케이에 의해 겉으로 나온 건지, 아니면 다케이가 시켜서 하다가 점점 학대의 맛을 알게 된 건지⋯⋯. 아무튼 엄마는 다케이가 있든 없든 날 학대하게 됐어. 때리고 차고 밟는 건 당연했고, 발가벗기고 전기코드를 목에 감아서 개처럼 기어서 밥을 먹게 한 적도 있어. 그것도 며칠 동안 계속. 더 있어. 물 채운 욕조에 머리까지 집어넣으라고 해놓고 바늘을 들고 욕조 밖에서 기다리는 거야. 숨이 차서 얼굴을 들면 그 바늘로 머리를 찔러. 피가 나오고⋯⋯ 그만하라고, 용서해달라고 해도 웃을 뿐이야. 전혀 멈추지 않았어."

신고도 속으로 소리쳤다. 내 세이코를 더는 망가뜨리지 마.

"솔직히 그때는 아빠도 원망했어. 왜 집에 없는 거야, 나를 구해주러 안 오는 거야 하고⋯⋯. 전화는 가끔 왔어. 그럴 때 당연히 다케이는 없는 척했고, 엄마도 아무 일 없는 것처럼 했어. 나한텐 전화를 안 바꿔줬고. 하지만 아빠는 내 목소리도 듣고 싶었을 테고,

내가 계속 전화를 안 받으니까 이상하게 생각하셨나 봐. 그렇죠? 그런 거죠? 그래서 세이코 바꾸라고 강하게 말해주신 거죠?"

그 말에 사부로가 뭐라고 반응했는지는 안 보여서 모른다.

"그래서 딱 한 번 전화를 받았어. 엄마는 나를 노려보면서 잘 지낸다고 말하라고 수화기를 줬어. 나는 기회라고 생각했지. 나중 일은 생각 안 났어. 무조건 수화기를 붙잡고 '아빠 살려줘! 엄마가 때려, 모르는 아저씨가 나를 괴롭혀' 하고, 그 말만 했어. '이 멍청아' 하고 얻어맞으면서 수화기를 뺏기고 전화는 끊겼어. 그다음은 완전 지옥이었지. 죽는 줄 알았어. 다케이는 바로 나갔지만 엄마는 나를 아침까지 계속 학대했어. 용케 안 죽었지. 나, 생각보다 튼튼한가 봐."

신고는 조심조심 상체를 일으켰다. 세이코의 얼굴을 보고 싶었다. 여느 때와 같은 세이코가 여기 있다는 것을 눈으로 확인하고 싶었다.

"날이 밝을 무렵, 마침내 아빠가 오셨어. 아 참, 어떻게 오셨어요? 택시?"

역시 보지 않았지만, 아마 사부로는 고개를 끄덕였을 것이다.

"엄마도 멍청하지. 바람난 상대를 데리고 들어와서 자식을 학대하고, 그걸 남편이 알았는데 아침까지 딸을 학대하는 데 정신이 팔렸으니까……. 그러고는 완전 수라장이었어. 내가 발가벗고 있으니까, 이게 뭐냐, 그렇게 되고, 처음에는 엄마도 변명했지만 점점 본성을 드러내서 아빠한테 달려들어 물고 때리고…… 하지만 힘으로 이길 리가 없으니까 결국 부엌칼을 들고 와서…… 당연히 아빠는 칼을 뺏으려고 하다가 몸싸움이 났는데 왠지 갑자기 조용해지고…… 그러더니 쏴아 하고…… 엄마 목에서 분수처럼 피가 터져

나오고.”

아, 하고 자기도 모르게 소리가 나왔다. 세이코의 품에서 빠져나왔다.

“그럼……”

“구급차는 바로 왔지만 살리지는 못했어. 아빠는 현장에서 체포되고…… 지금 생각해보면 꽤 형이 무거웠어. 15년 구형에 14년 실형이었나.”

사부로가 찾아봤냐고 묻는다.

“네, 세상이 편리해졌으니까요. 인터넷에서 찾아보면 그 정도는 금방 나와요. 경찰서나 재판에서도 변명 안 하신 거죠? 저를 위해서.”

좀 엉뚱한 소리겠지만, 세이코가 전과 별로 다를 게 없다는 점이 신고한테는 유일한 구원이었다.

“죄송해요, 아빠…… 그리고 고마워요. 그동안 이런 말 제대로 안 했잖아요. 정말 고마워요……. 아빠가 구해주지 않았으면 저는 그날 죽었어요. 그러면 이렇게 신고와 만나지도 못했을 거고요. 그 뒤에 저는 시설로 들어가서 오구라 집안 양녀가 되었고…… 몸과 마음이 움츠러든 저를 부모님은 끈기 있게 깊은 애정으로 키워주셨어요. 행복이 뭔지, 남을 생각한다는 게 뭔지, 하나씩 포기하지 않고 가르쳐주셨어요. 조금 커서 아빠가 왜 그렇게 되셨는지 진짜 이유를 말씀드렸더니 다 이해해주셨고요. 그래서 가출소한다는 사실이랑 연락처를 알게 된 거예요. 오구라 부모님한테도 정말…… 진심으로 감사해요.”

세이코가 자세를 고쳐서 신고와 마주 본다.

“신고, 미안해. 정말 미안해. 아빠가 우리 집에 오신 거, 우연이 아니야. 내가 아빠를 불러들였어."

말은 안 했지만 신고의 의문은 얼굴에 전부 드러났을 것이다.

"그게 다가 아니야. 이 집을 고른 거, 내가 여기로 하자고 한 것도 사실 다 이유가 있어."

오싹해졌다.

이 이야기는 대체 어디서부터 시작됐을까.

"나, 여기 오기 전에 신요코하마의 편의점에서 일했다고 했잖아. 그때 우연히 봤어…… 다케이를. 몇 번인가 오기에 분명 집이 근처라고 생각해서 뒤를 밟았어. 역시나 여자와 살고 있었는데, 그 여자 여기저기 다쳤더라고. 그 신요코하마의 아파트는 금방 뺀 것 같았는데, 나, 여자가 일하는 스낵바를 알아냈었거든. 거기가 마치다였어. 마치다 역 근처의 '마이코'라는 가게. 그래서 나도 마치다에서 아르바이트를 시작한 거야. 주유소, 패밀리레스토랑, 건물 청소…… 그러다 담배 판촉 알바에서 나나미랑 알게 되고 미팅에 나가게 되고……."

나나미는 신고의 동료인 닛타의 고등학교 동창이다.

조금 전의 의문이 이제야 입으로 나왔다.

"그럼 나랑 사귄 건?"

그러자 세이코는 미간을 찌푸리며 격렬하게 도리질을 했다.

"아니야, 그건 따로 쳐야 해. 나, 처음부터 신고한테 관심이 갔고 금방 좋아졌어. 그래서 같이 살자는 말을 들었을 때 얼마나 기뻤는지 몰라. 정말이야. 그것만은 믿어줘. 이 집으로 하자고 한 건 미안해. 그 맨션…… 선코트마치다에서 가까워서 거기 동정을 살피기 좋다는 점도 분명 있기는 했지만, 신고를 좋아하는 건 정말이야. 그건 절대 거짓말이 아니야. 이용한 것처럼 돼서 미안해. 이런 일에 말려들게 해서 정말 뭐라고 사과해야 할지 모르겠어. 하지만 내 마음까지 의심하진 말아줘. 정말이야. 신고를 정말 좋아해."

"응" 하고 고개를 끄덕이긴 했지만, 모든 의문이 사라진 것은 아니었다. "하지만, 사부로 씨를 여기로……."

세이코가 미안하다는 듯 머리를 숙인다.

"미안. 그건, 그래. 아빠한테 다케이가 어디 있는지 알았다, 같이 있는 여자가 분명 나 같은 꼴을 당하고 있다, 그 집에 드나드는 사람들이 몇 명 더 있는데 여고생 같은 애도 있다, 조만간 무슨 일이 벌어질 거다, 그렇게 말했어. 그러니까 아빠가 알았다고, 알아보시겠다고……."

사부로가 시야에 들어왔다. 세이코와 신고가 앉은 소파 근처까지 와서 자세를 바로 하고 앉아 있었다.

"신고 씨, 세이코는 잘못한 거 없어요."

당연하다고는 생각했지만, 입 밖으로 내지는 않았다.

"전부 내가 한 일이에요. 내가 설명할게요."

신고는 이제 자신에게는 안 들을 선택지조차 없다는 사실을 깨달았다.

"그래요."

사부로가 등을 곧게 펴고 이야기를 시작했다.

"미안해요. 좀 길어질 텐데…… 다케이가 선코트마치다 403호에 있다는 사실까지 알아낸 건 분명 세이코예요. 30대 여자, 여고생, 그리고 몇 명이 더 있다고 들었어요. 하지만 그다음부터는 내가 알아봤어요. 이곳을 거점처럼 이용한 건 정말 미안하지만, 나는 전과자라서요. 그래도 고맙게도 고용해준 공장이 있었는데 거기도 그만두고 이쪽으로 왔어요. 그러다 보니 당연히 수입은 없고…… 그래서 그만 세이코에게 의지했어요. 분노와 원한이 불타올라서 눈에 보이는 게 없기도 했어요. 신고 씨한테도 정말 크게 폐를 끼쳤어요."

신고는 "그건 이제 됐어요" 하고 말을 막았다.

"미안해요. 나이도 먹을 만큼 먹은 어른이 온종일 빈둥거린다고 불쾌했겠지만, 그게 이렇게 된 거예요. 선코트마치다 출입구를 감시해서 우선 다케이와 그 먹잇감이 된 사람들을 밝히는 일부터 시작했어요. 이상하게도 고등학생 정도의 여자아이…… 마야라는 이름인데, 그 학생은 학교에 다녔어요. 매일은 아니지만, 많으면 일주일에 3일 정도 등교를 했어요. 우선 나는 그 학생의 행동을 파악하기로 했죠."

그날 공원에서 거리를 지켜보고 있었던 것도 그 일환이었던 걸까.

"그 여학생은 전혀 딴짓하지 않고 최단시간으로 등하교하고 있었어요. 다케이가 가끔 감시하더군요. 길에서 녀석이 마야에게 말을 건 적이 있었는데, 그때 처음 다케이를 목격한 거였죠."

사부로가 주머니에서 뭔가를 꺼낸다.

"세이코한테 디지털카메라를 사달라고 했어요. 이걸로 다케이를 찍어서 세이코한테 보여주고, 닮긴 했지만 동영상도 찍어오라고 하기에 동영상으로도 찍어서 보여줬어요. 그러고 나서야 틀림없다고, 그자가 다케이 노부오가 확실하다고 했지요."

부탁하면 영상을 볼 수도 있겠지만 신고는 아무 말도 하지 않았다.

"우선 마야와 접점을 만들려고 했어요. 집 안 상황을 전혀 모르니까 살피고 또 살피고…… 언제쯤부터였을까요, 마야도 내 존재를 알아채게 되었어요. 나는 마야가 지나가는 길에서 기다리고 있다가 일부러 눈을 맞추고 가끔 고개를 끄덕이면서 그쪽 상황을 알고 있다는 걸 알려주려고 했어요. 어느 날 마야가 쪽지를 하나 길바닥에 떨어뜨리고 갔어요. 조금 있다가 가서 주웠더니 '도와줘요'라고 적혀 있는 거예요. 공책 끄트러기를 찢은 거였어요. 샤프로, 깨끗한 글씨로 딱 한마디 적혀 있었어요."

머리 회전이 유달리 둔해져 있었던 모양이다. 신고는 그제야 그 방호복 소녀가 마야라는 사실을 깨달았다.

"감시는 밤에도 계속했어요. 아쓰코라는 여자…… 아까 마야와 있던 사람인데, 그 아쓰코 씨가 외출하는 걸 미행하기도 하고, 낮에는 다른 사람이 돈을 구하러 끌려 다니는 것도 알았어요. 하지만 아직 뭔가 더 필요했어요."

돈을 구하러? 누가, 무엇 때문에…….

"계속 감시를 하면서 그들의 행동 패턴을 파악하려고 했어요. 대책 없이 개입했다가 되레 다케이의 덫에 빠지면 안 된다고 생각했거든요. 하지만 너무 신중했던 것 같아요. 내가 꾸물거리는 사이에 한 사람, 또 한 사람, 사라지게 된 거예요. 마침내 내가 결심하고 다케이가 근처에 없다는 걸 확인한 뒤 마야한테 접촉했을 때는…… 이미 생존자는 그 두 사람뿐이었어요. 아쓰코 씨와 마야요. 그동안 살해된 사람들은 거의 아쓰코 씨 가족이었어요. 살해한 뒤 시신은 욕실에서 절단 내서 삶고, 마지막에는 믹서로 갈아서 공원 화장실이나 강에 흘려보낸 거죠. 그건 신고 씨도 알 거예요."

신고는 사부로의 이야기를 좀처럼 따라가지 못했다. 돈을 구하러 끌려 다닌 사람들이 왜 한 사람씩 살해되어 믹서로 갈렸는지 이해되지 않았다.

"이제 내가 다케이를 죽일 수밖에 없다고 생각했어요."

느닷없이 이야기가 튄 느낌이었다.

"주, 죽이다니…… 왜 사부로 씨가."

"마야나 아쓰코 씨는 무리예요. 폭력 때문에 정신이 완전히 조종당하고 있었거든요. 상식적으로는 왜 그런 녀석이 시키는 대로 하는지 이해 안 되겠지만, 하지만 그런 인간이에요, 다케이 노부오라는 인간은. 표적이 된 사람은 끝없는 폭력으로 공포심이 뿌리박히고, 오랜 기간 감금당한 끝에 절망감에 빠져 가족조차 믿지 못하게 되지요. 그래서 다케이에게 복종하는 일밖에 생각 못 하게…… 그렇게 돼요. 말하자면 마인드컨트롤이죠."

그 다케이라는 남자가 구체적으로 무엇을 했는지 설명은 들었지만 이제 뇌가 받아들이지 못하고 있다. 이해 자체를 거부하고 있다.

"믿기지 않겠죠. 아무리 그래도 인간이 그렇게까지 잔인한 짓을 할 리 없다는 생각이 들 거예요. 나도 예전 같으면 그런 이야기 안 믿었어요. 하지만 지금은 아니에요. 나는 교도소에서 여러 범죄자들을 봤어요. 물론 나도 수감생활을 했고요. 내가 한 짓을 변호할 생각은 털끝만큼도 없지만, 그래도 내가 아내를 죽인 데에는 이유가 있었어요. 세이코를 지키고 싶다, 세이코를 이렇게 만든 인간은 설령 애 엄마라도 용서할 수 없다는 생각이 있었어요. 하지만 범죄자들 누구나 그렇지는 않아요."

그 점만은 알 것 같았다. 세상에는 이유 있는 살인도 있지만 이유 없는 살인도 있다. 그 정도는 신고도 이해할 수 있다.

하지만 사부로의 이야기는 계속 이어졌다.

"사람은 보통 부모의 보살핌 속에서 크고, 그 안에서 애정을 알게 되죠. 우선 부모를 사랑하고, 다음에 형제자매를 사랑하고, 남을 사랑하고, 가정을 꾸려서 자식을 낳고, 다시 그 아이를 사랑해요. 애정의 크기는 달라도 전혀 없는 경우는 거의 없지요. 흉악한 짓을 일삼는 야쿠자조차 자기 가족은 사랑해요. 부모가 야쿠자라도 자식이 학교에서 괴롭힘을 당하지 않는지, 복역 중에 부하가 무슨 일을 당하지 않는지, 아내가 다른 남자와 잠자리를 하는 건 아닌지, 그런 걱정은 해요. 사실 정말 멋대로죠. 뒤틀려 있어요. 하지만 그것도 애정이에요. 묻지마 범죄 같은 무차별 살인을 저지른 범죄자는 세상을 원망하는 일이 많다고 하죠. 그것도 애정의 한 표현이라고 생각해요. 바라는 대로 애정을 받지 못해서, 사회에 받아들여지지 않아서, 그래서 사회를 원망하는 거죠. 물론 그런 건 독선적인 원한이죠. 결코 동정할 수 있는 이야기가 아니에요. 하지만 그것도 애정이 아예 없으면 일어나지 않아요. 애정이라는 게 있다는 걸 알고는 있는데 자신만 얻지 못한다는 생각에서 사회에 원한을 품는 거죠."

무슨 이야기인지 또 모르게 되었다. 어느 틈엔가 사고 회로가 늦게 돌아가고 있다.

"애정의 크고 작고 많고 적음은 당연히 있어요. 하지만 전혀 없다고는 생각할 수 없죠. 하지만 현실에는 있어요. 있다고요, 그런 사람이……. 그게 어떤 상태인지 알겠어요?"

고개를 갸우뚱했지만 이제 자신이 뭘 모르는지도 알 수 없는 상태였다.

"조금 전에도 말했지만, 보통 범죄에는 이유가 있어요. 수사나 재판에서는 그걸 '동기'라고 부르며 범행에 이르기까지의 경위를 밝히려고 하죠. 사회에 원한을 품고 있었든, 유흥비를 원했든, 아무튼 범행을 저지른 이유를 해명하려고 해요. 재판에서도 그렇고요. 일반적으로 범죄에는 어떠한 이유가 있다고 생각해요. 동정의 여지가 있는지 없는지는 차치하더라도 반드시 이유를 물어요. 하지만 그들이 일으키는 범죄에는 이유가 전혀 없어요."

불안감이 밀려왔다. 바닥이 툭 빠져서 갑자기 무중력의 어둠 속으로 내동댕이쳐진 느낌이었다.

"그런 범죄자는 양심이 없다느니, 반사회적 인격이라느니 하고 불리잖아요. 그런데 나는 반사회라기보다 '인간 사회'라는 걸 아예 인지하고 있지 않다고 봐요. 교도소에는 정말 다양한 악인들이 있어요. 살인, 사기꾼, 도둑, 성범죄자…… 그 안에도 그런 이유 없는 범죄를 저지른 사람이 섞여 있어요. 처음에는 모르죠. 평소에는 붙임성도 좋고, 형도 일단 치르고 있어요. 하지만 그건 먹잇감을 방심시키기 위한 위장술…… 그러니까 시늉이에요. 녀석들은 사람이 아니에요. 속은 짐승이에요. 사람으로 보이게끔 둔갑했을 뿐이에요."

사람이, 아니다…….

"녀석들은 다른 사람들을 동족으로 생각하지 않아요. 단순히 먹잇감으로만 보죠. 사랑도 하지 않고, 동정하지도 않아요. 양심 따위는 아예 처음부터 가지고 있지 않고. 인간 시늉을 하며 상대를 속이다가, 본성을 드러내서 인정사정없이 공격을 시작해요. 육체적, 혹은 정신적으로 괴롭혀서 돈을 토해내게 하고, 그야말로 골수까지 빨아먹고, 그리고…… 최악의 경우에는 죽여서 버리죠. 그게 녀석들이 살아가는 방법이에요. 일상이죠. 더 나쁜 건, 녀석들이 인간

사회의 규칙을 숙지하고 있다는 거예요. 절대 머리가 나쁘지는 않아요. 그저 그 규칙을 따를 생각이 없는 거죠. 그 정글에서 인간을 먹잇감으로 해서 자신만 살아남으면 된다고 생각해요. 그런 놈들이 분명히 있어요. 사람의 탈을 쓴 짐승 말이에요. 하지만 슬프게도 사회는 그걸 인식하고 있지 않아요."

여전히 무슨 소리인지 따라갈 수 없었지만, 사부로가 진심으로 화내고 슬퍼하는 것만은 느낄 수 있었다.

"부모 얼굴을 보고 큰다는 말이 있어요. 아마 외국에도 비슷한 표현이 있을 거예요. 사람은 개개인의 인간성이 그렇게 된 이유를 양육 방법에서 찾는 경향이 있어요. 물론 일반적으로는 그렇겠죠. 하지만 예외도 있어요. 내가 교도소에서 만난 사기꾼이 정말 그랬어요. 뭐 하나 부족한 것 없이 자라고 집도 유복했던 것 같은데 부모나 다른 사람에 대한 애정이 없어요. 사회는 먹잇감으로 넘치고 그걸 다 먹어치울 생각이었다고 진지하게 말했어요. 처음에는 강한 척하는 거라고 생각했지만, 아무래도 그건 아닌 것 같았어요. 아직 복역 중인데, 가능하면 평생 교도소에서 못 나오게 했으면 싶어요. 아니, 내보내서는 안 돼요. 놈들을 교정하고 교육하는 것은 불가능해요. 우리 인간들이 할 수 있는 건 놈들과 철저하게 접촉을 피하는 것뿐이에요. 그러지 못한 경우에는 싸우는 수밖에 없어요. 같은 인간이라고 방심했다가는 반드시 험한 꼴을 당해요. 녀석들과는 공존할 수 없어요. 녀석들은 사람이 아니에요. 사나운 짐승이에요."

사부로가 한숨을 쉰다.

"이야기가 옆길로 샜군요. 미안해요. 나는 그 두 사람만큼은 어떻게든 구해주고 싶었어요. 그래서 마야한테 접촉했고, 아쓰코 씨도 만나서 이야기를 했어요. 두 사람 말로는 그 집에서 죽은 사람은 마야의 아버지와 아쓰코 씨 가족 네 명. 하지만 아쓰코 씨 말로는 다케이는 전에도 똑같이 가족을 미끼로 해서 죽음에 이르게 하고, 시신을 완벽하게 처리한 다음 다시 다른 가족을 물색하는 행위를 반복했다고 했어요. 여기서 다케이를 멈추게 하지 않으면 안 된다고 생각했죠. 우리는 신호를 정하고, 계획을 짜고, 그리고…… 실행에 옮겼어요. 내가 다케이를 죽였어요."

"왜"라는 말이 무의식중에 입에서 흘러나왔다.

"다케이의 범행을 입증하면 마야와 아쓰코 씨도 비난을 안 받을 수가 없어요. 그 교묘한 놈의 주장이 통해서 마야와 아쓰코 씨가 죄를 뒤집어쓸 수도 있고요. 하지만 절대 그래서는 안 되잖아요. 나는 괜찮아요, 이미 한 사람 죽였으니까. 내 손을 더럽히면, 내가 다케이를 죽이면 모두 끝나는 거였어요. 다만 한 가지 걸리는 게 세이코였지만, 신고 씨 당신이라는 아주 근사한 사람이 생겼으니 전혀 걱정할 게 없다고 생각했어요. 호적상으로도 부녀지간이 아니니까 내가 잡혀도 별로 피해는 없을 거고요. 제멋대로라서 미안하지만…… 세이코를 잘 부탁할게요."

"아빠" 하고 부르는 세이코의 목소리는 떨리고 있었다. 이미 눈은 울어서 잔뜩 부었다.

그래도 아직 신고의 머릿속은 의문투성이였다.

"사부로 씨, 정말로, 그 다케이라는 남자를……?"

'죽였습니까?'라고는 말하지 못했다.

사부로가 고개를 끄덕였다.

"신고 씨도 봤잖아요. 상체와 하체를 절단해 내장을 다 파낸……

그게 다케이 노부오예요. 아니, 우리는 그렇게 불렀지만 그게 본명인지는 잘 몰라요. 마야와 아쓰코 씨는 우메키 요시오라고 부르고 있었어요. 아마 다 가명이겠죠. 녀석의 정체는 몰라요. 어디서 태어났고 본명이 뭔지…… 그런 건 전혀 알지 못하지만, 상관없어요. 정체도 모르는 짐승 한 마리가 사라졌을 뿐이에요. 처음부터 사회의 뒤편, 어둠에서 어둠을 건너온 남자예요. 그런 남자가 사회에서 사라져도 아무 상관 없어요."

세이코가 코를 훌쩍인다.

"그런 짓을 저질러서…… 아빠는 어떻게 되는데요. 그 사람들은 앞으로 어떻게 하고요."

그때만큼은 사부로의 표정이 이상하리만치 온화해 보였다.

"나는…… 처리가 전부 끝나면 도망칠 수 있을 때까지 도망칠 거야. 그 사람들이 어떻게 할지는 아직 몰라. 결국 그 사람들이 정할 일이야. 끝까지 도망칠지, 순순히 경찰에 출두할지. 하지만 체포되면 완전 무죄가 되지는 않을 테니, 개인적으로는 그 두 사람도 가능한 도망쳤으면 좋겠구나…… 그래."

사부로가 다시 신고를 쳐다보았다.

"그 피가 든 간장통 말인데, 그건 마야한테서 잠시 맡아둔 거예요. 아직 다케이의 감시가 엄했을 때라 들키면 무슨 짓을 당할지 모른다고 해서…… 그 안에 든 건 아쓰코 씨 가족 네 사람의 피라고 했어요. 그렇게 처리되어서 머리카락 하나 남지 않으면 불쌍하다는 생각에 몰래 만들었다고 했지만, 그걸 어떻게 할지 나는 몰라요. 나는 두 사람을 구하고 다케이가 없어지면 그걸로 족해요."

다른 이야기들도 이것저것 들은 것 같지만, 나머지는 어렴풋하게

만 기억이 난다. 사부로는 새벽 2시인가 3시쯤에 돌아간다면서 집을 나갔다.

거짓말처럼 아침이 밝았다.

정신을 차리자, 알몸의 세이코가 옆에 있었다.

아름다운 몸이었다. 흉터 따위는 거의 보이지 않았다.

몇 번이나 사랑을 나눴다.

몇 번이나 세이코 안에서 쏟아냈다.

세이코는 작은 몸으로 신고를 송두리째 감싸주었다. 사랑해. 진심으로 생각했다. 사랑해. 몇 번이나 되뇌었다. 사랑해. 세이코도 답해주었다. 사랑해. 의심의 여지는 눈곱만치도 없었다. 그런데 도저히 눈물이 멈추지 않았다. 두 사람 모두 울면서 입술을 맞댔다. 울면서 뺨을 마주했다. 울면서 서로의 냄새를 맡고, 울면서 잠들었다.

알고 있었다, 이제 자신들이 어떻게 되는지.

단념될 리가 없다. 세이코도 마찬가지였을 것이다. 그래서 신고가 잠들기를 기다렸을 것이다. 어지간해서는 못 일어나게끔, 손가락 하나 움직이지 못할 때까지 신고를 계속 받아들였을 것이다.

놀라지 않았다.

식탁에 놓인 편지는 아주 짧았다.

'아빠를 혼자 가시게 할 수는 없어. 미안해, 신고. 사랑해.'

그래도 지금 신고는 살아 있다.

아무리 빈껍데기만 남았어도.

이제 기와다도 필사적이었다.

“유키에 씨. 그럼 당신 말대로 이 나카모토 사부로가 우메키 요시오라고 결론 내도 되는 건가?”

반응은 있다. 나카모토 사부로의 사진을 꺼낸 뒤, 유키에는 분명 얼굴에 고뇌를 드러냈다.

“그럼 이 남자를 지명수배할게. 전국에. 고다 야스유키 감금, 상해, 그러고는 죽음에 이르게 하고 사체손괴와 유기를 교사. 하라다 시게후미, 하라다 하루미, 하라다 에이코, 하라다 히로무에 대한 감금, 상해. 하루미와 히로무는 살해. 그 네 사람 모두의 사체손괴와 유기를 교사. 당신과 마야의 감금과 상해. 교사죄를 주범과 공범으로 나누자면 주범이야. 아무리 요시오가…… 아니, 나카모토 사부로가 나는 명령하지 않았다, 결정은 당신과 마야가 내렸고 실행에 옮긴 것도 그렇다고 주장해도, 그런 발뺌은 재판에서 안 통해."

숨이 눈에 띄게 거칠어진다.

"고다 야스유키와 하라다 시게후미의 사망도 미필적 고의가 적용돼. 두 사람이 죽도록 방치하고, 또 당신들도 방치하게 만들었어. 이것도 어김없이 범죄야. 모두 나카모토 사부로가 했다고 그래도 돼? 나카모토는 전과가 있어. 지금부터 17년 전, 친딸이 보는 앞에서 아내를 살해했다고 전에 말했지? 출소한 지 이제 5년이야. 전과자가 징역을 마치고 5년 내에 범죄를 저질렀을 경우를 재범이라고 하는데, 그러면 양형이 더 무거워져. 나카모토는 애매한 타이밍이라서 제대로 조사를 해봐야겠지만 판결에 분명 불리하겠지. 설사 재범이 적용되지 않는다고 해도 403호에서 벌어진 모든 일이 나카모토의 교사에 의한 거라면 아무리 생각해도 극형이지. 다른 판결은 있을 수 없어."

유키에가 두 눈을 꽉 감는다. 이제 거의 다 됐다.

"당신은 요시오와 만난 게 7년 전이라고 했어. 하지만 나카모토 사진이 나온 순간 5년 전으로 고치려고 했지. 그게 받아들여져도 정말 괜찮아? 나카모토 사부로에게 요시오의 죄를 다 뒤집어씌워도 괜찮겠어?"

아직인가? 아직도 버티는군.

"나카모토가 아내를 살해한 사건은 좀 특수해. 나카모토는 당시 건축 일을 했는데, 건설회사 하청으로 센다이에 커다란 맨션을 짓느라 혼자 그쪽에 가 있었어. 그런데 어느 날 아침, 급히 집에 돌아와서 아내를 살해했어. 조서에는 아내가 남자를 끌어들인 걸 알게 돼서 허둥지둥 집에 돌아와 말다툼 끝에 부엌칼로 목을 잘라서 살해했다고 되어 있더군. 부엌칼을 처음에 가지고 온 사람은 아내라고 하니까 과잉방어인지 살인인지 미묘했는데, 나카모토가 살의를 인정한 거야. 그래서 판결이 살인 쪽으로 기울어졌나 봐."

기와다도 수집한 자료를 빠르게 훑기만 해서 세세한 부분까지는 기억하지 못한다. 하지만 대충 요약하면 그런 내용이다.

"재판에서 쟁점이 과잉방어냐 살인이냐 하는 점이었던 건 분명하지만, 나는 바람난 상대한테 관심이 가더라고. 결국 그때는 그 남자를 만나 이야기를 듣기는커녕 신원도 특정하지 못한 듯한데, 당시 여자아이가 큰 소리로 자주 울었다는 이웃 주민의 증언은 확보된 상태였어. 나카모토의 딸…… 세이코라고 하는데, 나는 이 딸이 어머니와 그 바람 상대에게서 학대를 받고 있었던 것 같아. 당시 수사 관계자들도 그 점은 알아챘을 거야."

물론 기와다의 억측에 지나지 않는다. 하지만 유키에는 이걸 단순한 가설이라고 웃어넘길 수 없을 터다.

"안 비슷해? 남의 가정에 들어가서 폭력으로 지배하고 기생한다…… 재산까지 빼앗았는지도 몰라. 나도 그 사건을 샅샅이 조사한 건 아니지만, 우연의 일치가 너무 많은 것 같지 않아? 나카모토는 지난 몇 개월 동안 여기 마치다에서 목격됐어. 더구나 딸 세이코는 마치다에 살고 있었고. 그것도 선코트마치다 바로 근처에 말이야. 자기 아내를 죽인 나카모토와 그 딸 세이코, 게다가 그 아내를 꾀이고 도망친 남자가 같은 동네에 있었다면…… 만약 나카모토가 요시오와 이 동네에서 마주쳤다면…… 자기 아내와 잠자리를 하고 딸을 폭행한 남자가 딸 근처에 있다면…… 나카모토는 무슨 생각을 했을까?"

유키에, 어때?

"나카모토는 딸 세이코가 그 남자한테 무슨 일을 당했는지 자세한 건 안 밝혔어. 하지만 그 남자가 만약 우메키 요시오였다면…… 꽤나 험한 일이 있었을 거라고 생각해. 세이코는 당시 여섯 살인가 일곱 살, 히로무보다 조금 큰 정도고 더구나 여자애였지. 요시오가 사정을 봐줬을까? 차마 말로는 못 할 정도로 심한 짓을 사정없이 하지 않았을까? 그런 상대에게 아버지는 어떤 마음을 가질까……."

아직인가. 아직 말할 마음이 안 내키나.

"유키에 씨, 사실을 말해줘. 요시오는 어디 갔어? 사실은 해체한 시신이 하나 더 있었던 거 아니야? 당신 가족도 아니고 고다 야스유키 씨도 아닌 시신을 그 집 욕실에서 토막 낸 거 아니냐고. 그게 누구지?"

조금만 더 하면 된다. 조금만 더 하면 이 여자는 입을 연다.

"그럼 내 추리를 하나 더 들어봐. 나는 그 시신이 우메키 요시오라고 봐. 살해한 사람은 나카모토 사부로고. 나카모토 사부로는 복수하기 위해, 아니면 지금 피해를 입고 있는 사람들을 돕기 위해 요시오를 죽였어. 딸 세이코를 지키기 위해서 아내를 죽였을 때와 똑같이 말이지. 그리고 셋이 시신을 절단 내서……."

"아니에요!"

드디어, 드디어 됐다.

"뭐가 아닌데?"

"요시오 씨를 죽인 사람은 나카모토 사부로 씨가 아니에요. 저예요. 제가 요시오 씨를 죽였습니다."

기와다는 책상 위에서 손깍지를 끼고 유키에의 눈을 똑바로 보았다.

"자세히 들어볼까?"

유키에는 깊은 숨을 내뱉더니 천천히 고개를 끄덕였다.

나카모토 씨와 마야가 어떻게 알게 되었는지는 잘 모릅니다. 마야는 학교에 갈 수 있었기 때문에 외부 사람과 접촉할 기회도 많았을 테니까, 그럴 때 알게 되었을 겁니다.

처음에는 마야가 도와줄 사람을 찾았다고 했습니다. 요시오 씨가 외출했을 때 마야는 종종 문을 열어줬는데, 그때입니다. 처음에는 믿기지 않았고, 또 무슨 함정이라고 생각했습니다. 나카모토 씨와 마야가 미리 약속해서 나카모토 씨가 집에 오게 됐지만, 그때도 믿을 수 없었습니다. 오히려 요시오 씨한테 들키면 큰일 난다고, 저는 그게 더 걱정됐습니다. ……무서웠습니다. 정말로.

나카모토 씨는 그 집에서 무슨 일이 일어났는지 다 이야기해달라고 했습니다. 집에 몇 번이나 왔는지는 기억 안 나지만, 올 때마다 대개 그런 이야기를 했습니다.

……그건 무리였습니다. 그대로 저희가 도망치면 요시오 씨는 반드시 쫓아왔을 겁니다. 분명히 다시 붙잡히고 지금보다 더 심한 꼴을 당하고, 그리고 나카모토 씨도 무사하지 못했을 겁니다. 적어도 저는 그때는 그런 생각이 강했기 때문에 나카모토 씨가 말해도 바로 도망친다는 생각을 할 수 없었습니다.

나카모토 씨는 몇 번이나 도망치라고 했습니다. 도와줄 거고, 사정을 알기 때문에 여차하면 경찰에 다 설명해준다고. 하지만 역시…… 저희는 사람을 여러 명 죽게 했고, 시신을 절단 내기도 했기 때문에 경찰은 무서웠습니다.

분명 사형당할 거라고 생각했고, 도망칠 수 있다는 말도 쉽게 믿을 수 없었습니다. 밖에 나가는 일 자체가 무서웠습니다.

하지만 나카모토 씨한테 이야기를 하는 동안 조금씩 마음이 바뀐 부분도 있었을 겁니다. 어쩌면 살아서 나갈 수 있을지도 모른다, 살 수 있을지도 모른다, 그런 희망이 아주 조금 보이는 듯…… 아주 조금이지만 생겼습니다.

그리고…… 죄송합니다. 욕실 혈흔 말인데, 그건 제가 일부러 남겼습니다. 고다 씨가 돌아가시고…… 제가 해체해놓고 이런 소리를 할 자격은 없지만, 이런 일을 당하면서 머리카락 한 올 남지 않는다면, 죽었다는 사실조차 아무도 모른다면, 연기처럼 그냥 사라진다면 너무 가엽다는 생각이 들어서……. 마야한테는 정말 미안하지만, 제가 더 빨리 생각을 했다면 고다 씨의 피도…… 피 정도는 남겨놓을 수 있었다고 생각하지만……. 마야한테는 사과했습니다. ……모르겠습니다. 마야는 아무 말도 안 해서.

그 피는 한시적으로 나카모토 씨한테 맡겨놓았습니다. 도시락에 붙어 있던 작은 간장통에 넣어서요. 도시락은 자주 먹었기 때문에 버리지 않고 잘 씻어뒀습니다. 해체할 때 아버지 피를 넣은 게 처음이었습니다. 그러고는 어머니, 히로무, 언니…… 하나씩 늘어났습니다.

근데 그걸 나카모토 씨한테 맡긴 일 자체가 갑자기 무서워져서, 정말 제 마음대로지만 돌려달라고 부탁했습니다. 나카모토 씨가 자주 올 수 있는 건 아니었기 때문에 마야가 대신 나카모토 씨한테 받았습니다. ……근데 운 나쁘게도 그걸 요시오 씨가 알았습니다.

마야는 죽을 만큼 감전당했습니다. 맞고, 차이고, 손발톱도 뽑히고, 강간도 당했습니다. 제가 만든 거라고 요시오 씨한테 말했지만 소용없었습니다.

이러다 정말 마야까지 죽는다는 생각이 들었습니다. 제가 어떻게 안 하면 안 된다는 생각이 들었습니다. 어쩌면 나카모토 씨와 몇 번 이야기를 한 게 작용했는지도 모릅니다. 그때만은 웬일로 마음을 굳게 먹을 수 있었습니다. 나중에 잘 설명하면 된다, 우리는 잘못한 게 없다, 살려면 하는 수 없다고 저 자신을 타이르는…… 그런 마음이었을 겁니다.

발톱을 뽑는 데 사용한 펜치를 요시오 씨 뒤에서 엉덩이에 찔렀습니다. 마야를 강간할 때입니다. 요시오 씨는 엄청 아파하고, 솔직히…… 생각보다 쉽다고 생각했습니다. 더 빨리 이렇게 할걸, 요시오 씨도 별로 세지 않구나, 하고.

그리고 곧바로 감전할 때 쓰는 코드를 목에 감아 잡아당기면서 감전시켰습니다. ……네. 목을 조르는 것과 감전을 동시에…… 아니, 동시가 아니라 번갈아가면서요.

아뇨, 마야는 기절해 있었기 때문에 몰랐을 겁니다. 정신을 차렸더니 요시오 씨가 죽어 있었다, 그런 느낌이었을 겁니다.

나카모토 씨가 온 건 다음 날쯤이었을 겁니다. 나카모토 씨는 좀 경솔했다고 했습니다. 하지만 하는 수 없었다고, 잘 참았다고 했습니다. 이런 녀석을 죽인 죄까지 뒤집어쓸 필요는 없다고, 해체하라고……. 아뇨, 그건 명령이 아닙니다. 나카모토 씨와 요시오 씨는 다르니까, 그건 아닙니다. 제안도 아니고요. 나카모토 씨가 말하지 않았더라도 저희는 그렇게 했을 겁니다. 나카모토 씨는 아무것도 안 했고, 명령도 한 적 없습니다. 그냥 그 자리에 있었을 뿐입니다. 정말입니다.

또 며칠에 걸쳐 요시오 씨를 해체해서 걸쭉하게 만들어 흘려보냈습니다…… 근처 공원 화장실이나 강에요. ……네, 아마 그 강입니다. 사카이가와 강이라고 하나요? 몰랐습니다.

그리고 다시 며칠 동안 집을 청소했습니다. 도구를 처분하고 집에 깔아뒀던 비닐 시트도 잘게 잘라서 여기저기 버리고…… 편의점 쓰레기통이나 슈퍼 같은 데. 일반 쓰레기로 버린 것도 있을 겁니다.

바닥이나 벽도 철저하게 닦았습니다. 사람 손이 닿는 곳은 세제로 몇 번이나 깨끗이 닦고. DNA 감정 같은 건 잘 알지 못했지만, 그래도 흔적은 없는 편이 좋다고 생각했습니다. 욕실도 마찬가지고요. 아무 일도 없었던 것처럼 하려고 했습니다.

나카모토 씨한테는 다 끝났으니까 이제 오시지 말라고 부탁드렸습니다. 이야기를 들어줘서 고맙다고만 했습니다. ……아뇨, 다른 건 없습니다. 이제 저희가 알아서 생각하겠다고 했습니다.

그때는 아직 도망칠지 경찰서에 갈지 정하지 않았을 겁니다. ……네. 마야가 나간 건 알았습니다. ……굳이 어디 가는지 묻지 않았습니다. 아무 데도 가지 말라고도 할 수 없고, 조금 멍한 상태였습니다.

다 끝났다는 마음이었습니다. 그리고 용케 살아 있다고 생각했습니다. 그렇게 많은 사람들을 죽게 했으니 언제 죽어도 하는 수 없다고 생각했기 때문에…… 지금도 살아 있는 일 자체가 신기하고 아직 현실감이 없기도 합니다.

오랫동안 감전을 당해서인지 생각이 엉뚱한 방향으로 가기도 하고, 제가 하고 싶은 말이 뭔지 잘 모를 때가 있습니다. 그리고 자동적으로 복종한다고 할까. 제 의사가 없어지고, 그냥 아무 생각 없이 여기에 있다고 할지, 떠다니고 있는 듯한 느낌이 들고…… 지금도 조금 그렇습니다. 죄송합니다. 형사님께도 잘 이해 안 되는 소리를 많이 했을지도 모릅니다.

체포되었을 때…… 글쎄요. 잡히면 사형이 될 거라는 건 알았지만, 하지만 도망치겠다는 생각까지는…… 죄송합니다. 저도 잘 모르겠습니다.

여기까지 들었어도 기와다는 자신의 추리를 철회할 마음이 들지 않았다.

요시오를 살해한 사람은 정말 유키에일까? 역시 나카모토 사부로가 요시오를 살해하고, 유키에는 단지 나카모토를 감싸는 게 아닐까? 혹은 숨기고 싶은 것이 더 있는 게 아닐까?

"그럼, 유키에 씨. 몇 가지 더 확인하겠는데, 당신은 나카모토 사부로의 얼굴을 그린 몽타주를 왜 요시오라고 했을까? 잘못 본 것도, 착각도 아니야. 나카모토 사부로지만 우메키 요시오라고 하자, 그렇게 생각한 거지? 왜 그랬을까? 왜 그걸 요시오라고 했을까?"

유키에가 조그맣게 한숨을 쉰다.

"그건…… 좀 혼란스러워서."

"혼란스러워서 자기를 7년 동안 괴롭힌 남자와 그 지옥에서 도망칠 계기를 만들어준 남자를 잘못 본다고? 요시오는 당신한테 별로 인상에 남지 않는 남자였어? 그럴 리가 없잖아. 잊으려고 해도 잊을 수 없는 존재일 텐데, 아니야?"

유키에가 홱 움츠리는 느낌이 들어서 기와다는 당황했다. 지금 입을 다물면 또 성가셔진다.

"그때는 경찰에 온 지 얼마 안 됐을 때니까. 혼란스러웠을 수도 있지…… 그래. 하지만 지금이라면 어느 정도 냉철하게 말할 수 있지 않을까? 그래서 말인데, 좀 생각해봐. 왜 마야는 요시오 몽타주를 만들 때 나카모토 사부로의 특징을 이야기했을까? 당신은 그 이유를 알 것 같은데."

고개를 약간 갸우뚱한다. 다행이다. 아직 반응이 있다.

"만약에 마야가 나카모토를 원망한다면, 그 이유가 뭐 같아? 짚이는 게 있어? 그럴 일이 뭐가 있었을까?"

살짝 도리질을 한다. 코끝을 조금 흔드는 듯한 아주 힘없는 부정이다.

"그럼 질문을 바꿔볼까? 조금 전 간장통 이야기인데, 거기에 들어 있던 피는 결국 어떻게 했어?"

뭐지? 왜 갑자기 눈이 허우적거리지?

"그 부분을 좀 모르겠거든. 당신은 요시오를 해체한 뒤 집을 철저하게 청소했다고 했어. 욕실도 했을 거야. 당연한 소리지. 욕실에서는 당신 머리카락 한 올도 안 나왔으니까. 그런데 말이야, 왜 나중에 식구들 피를 욕실에 남기는 짓을 했을까?"

오른쪽이다. 유키에의 눈동자가 분명 오른쪽으로 움직였다.

어떻게 된 거지? 이제 와 뭔가를 숨기려고 한다.

"그 식구들 피를 어디에 남겼는지 한번 말해볼까?"

지금은 왼쪽이다. 하지만 그냥 욕실 구조를 떠올리려고 해서일 수도 있다.

"욕실 어디쯤?"

"으음……."

"들어가면 바로 씻는 곳이 있고 그 안쪽이 욕조잖아. 욕조 왼쪽에는 작은 창이 있고, 그쪽에 수도꼭지와 샤워기도 있어."

오른쪽, 왼쪽, 오른쪽.

기억 속의 진실과 거기에 없는 거짓. 두 곳을 오가면서 유키에는 지금 뭘 짜내려는 걸까.

"잘 기억이 안 납니다."

아무것도 안 나오고 마는 건가.

"에이, 그건 이상하잖아. 당신은 이것저것 기억하는 게 많은데, 이건 마지막 마무리라고. 가장 확실히 기억나야 할 부분 아냐? 더구나 요시오가 없어지고 난 뒤잖아. 시신을 해체하는 데 며칠, 청소하는 데 또 며칠, 그 뒤에 한 일이야. 요시오에 대한 공포도 조금 누그러들었겠지. 기억하고 있어. 당신은 분명 기억하고 있어."

하지만 나오지 않는다. 그렇다면 답은 하나밖에 없다.

"그래, 알았어. 모르는 거야. 혈흔이 어디에서 나왔는지 모르지? 왜 모를까? 당신이 한 일이 아니라서야. 욕실에서 식구들 혈흔이 나온 것 자체가 예상치 못한 일이지? 그렇게 깨끗이 청소했는데 왜 나왔을까? 분명 간장통에 피를 남긴 건 당신일 수 있어. 하지만 그게 어떻게 사용됐는지는 모르는 거 아냐?"

이제 슬슬 말해볼까.

"사실은 마야인 거지? 간장통을 가지고 있던 사람도, 욕실에 일부러 피를 남긴 사람도. 그리고……."

숨을 한 번 쉬고 말을 한다.

"요시오를 죽인 것도 마야인 거지?"

부정하지 않는다.

"유키에 씨, 당신, 그걸로 마야를 감싸준다고 생각하는 거야? 고다 야스유키 씨를 끌어들이고 죽게 만든 일에 대한 죄책감 때문에? 그래서 그 아이가 저지른 죄를 하나라도 줄여주려고, 그렇게 생각한 거야? 생각이 너무 무른 것 같은데."

유키에가 놀란 듯 시선을 든다. 기와다는 그 시선에서 강한 의문을 알아챘다.

"마야는 우리한테 요시오라고 하면서 실제로 나카모토 사부로의 몽타주를 만들게 했어. 당신한테 비밀로 하고 욕실에 혈액을 남겼고. 하지만 간장통에 든 네 사람 외에 나머지 한 사람 것이 배수관 트랩에서 나온 건 마야의 오산이었겠지……. 아무튼 그렇게까지 해놓고 자신은 진술을 거부하고 있어. 그 애, 대체 어쩌려는 건지. 열일곱 살이라고 해도 아직 애야. 더구나 최근 2년은 학교도 거의 안 나가고, 공부는 전혀 따라가지 못해. 감전이랑 이것저것 고문당한 탓에 실제 사고력은 열다섯 살도 안 될지도 몰라. 이게 그런 애가 저지른 장난일 뿐이라면…… 우리는 많은 점들을 다시 생각해야 할 거야."

유키에의 눈이 휘둥그레진다.

"그게 무슨 말이죠?"

기와다로서도 잘 모르면서 함부로 말할 수는 없다. 하지만 이렇게 생각할 수 있지 않을까.

고다 마야는 우메키 요시오를 살해한 뒤 보관하고 있던 혈액을 욕실에 남겼다. 그러고는 피해자가 되기 위해 경찰에 보호를 요청하고, 그 집에서 연쇄살인이 있었다는 사실을 암시했다. 그리고 그 모든 죄를 나카모토 사부로에게 덮어씌우려고 했다. 협박, 폭행, 상해치사, 살인, 사체손괴, 유기. 우메키 요시오의 범행은 말할 것도 없거니와 마야 자신이 한 일까지 모두 다. 경찰이 요시오와 나카모토 사부로가 동일 인물이라고 생각하게 만들 수 있다면 요시오를 살해한 일 자체를 없던 일로 할 수 있다.

어차피 열일곱 살 소녀가 생각한 일이다. 아주 치졸하고 허점투성이 은폐 공작이다. 만약 나카모토 사부로가 경찰에 잡히면 적어도 요시오 살해와 사체 처리에 관한 진실은 드러나고 만다. 나카모토에 관한 유키에의 진술이 사실이라면, 그는 사실을 증명할 수 있는 유일한 목격자다.

하지만 마야의 계획이 성공할 수 있는 조건이 딱 하나 있다.

나카모토 사부로도 살해했다면 어떨까? 물론 의문은 남는다. 실제 실행범은 누구였을까? 마야였을까, 유키에였을까, 다른 누구였을까? 단독범일까, 복수범일까? 살해 현장은 어디고, 시신은 어떻게 했을까?

애당초 마야는 진심으로 나카모토에게 도움을 요청하고 있었던 걸까? 처음에는 오히려 하라다 일가를 대신할 새로운 먹잇감으로 나카모토를 끌어들이려고 했던 건 아닐까? 유키에는 그대로 지배하에 두고, 요시오를 처리한 다음 스스로 짐승 무리의 정점에 서려고 했다면?

그러니까 마야가 요시오화(化)되어버린 거라면?

요시오에게 감염된 사람은 유키에보다 오히려 마야였다. 그런데 어디에선가 톱니바퀴가 어긋나서 결국 모두 내던질 수밖에 없었다.

그런 것이 아닐까.

공무원이란 이런 거지.

시마모토는 파출소 출입구에 서서 눈앞에 펼쳐진 휑뎅그렁한 공터를 보며 종종 그런 생각을 한다.

기소니시 5가 맨션 부녀 살인상해사건 특별수사본부가 설치된 지 7개월이 지났다. 이듬해 2월, 시마모토는 수사 중 짬을 내서 경부보 승진시험을 봤는데 어쩐 일로 단번에 합격했다. 시험공부를 전혀 하지 않았기 때문에 이상하기 짝이 없는 일이지만, 합격을 했으면 연수를 받고 이동하는 것이 경찰 규정이다. 특별수사본부의 수사원이라고 해도 예외는 아니다.

시마모토가 합격을 가장 먼저 보고한 사람은 다름 아닌 파트너 구조였다.

"구조 씨, 죄송합니다. 다 끝나지도 않았는데 이렇게."

여기에는 '먼저 경부보가 되어 죄송합니다'라는 의미도 조금은 있었다. 같은 경부보 시험에 구조는 붙지 못한 것이다.

"아아, 축하합니다. 사실 특별수사본부도 지금 축소되는 중이잖아요. 오히려 타이밍이 좋다고 생각합니다."

그렇게 웃는 얼굴로 받아준 점이 유일한 구원이었을까.

실제로 당시 선코트마치다 사건, 즉 언론에서 말하는 '마치다 감금살인사건' 수사는 일진일퇴를 반복하고 있었다.

특별수사본부는 하라다 유키에의 진술을 통해 선코트마치다 403호의 욕실에서 채취된 혈흔은 고다 마야가 의도적으로 남긴 것이라는 추정에 이르렀지만, 마야는 전혀 모르는 일이라며 부정했다. 우메키 요시오의 몽타주를 만들 때 어째서 나카모토 사부로의 특징을 댔는지 하는 물음에도 '그런 사람 모른다. 우연히 닮았을 뿐이다'라고 주장하며 진술을 거부했다. 유키에의 진술을 확인조차 못 하는 상황에 빠진 것이다.

유키에 역시 자신은 요시오를 죽이지 않았다며 진술을 번복하고 이미 인정했던 부분도 논리에 안 맞게 재진술하면서 수사진들을 계속 농락했다.

나카모토 사부로의 행방도 묘연했다. 기와다는 나카모토도 살해되었을 가능성을 시사했지만, 이를 뒷받침할 진술이나 물증은 전혀 나오지 않았다. 이윽고 특별수사본부 내에서는 나카모토 사부로가 정말 마치다에 있었던 걸까 하고 수군거리기 시작했다. 특별수사본부가 나카모토 사부로라고 생각한 인물이야말로 실은 우메키 요시오였던 것이 아닐까, 마야의 말대로 두 사람은 얼굴이 정말 많이 닮은 것 아닐까 하는 의심도 생겼다. 유키에는 나카모토 사부로가 존재하는 듯 말하지만, 사진을 본 뒤에 떠오른 거짓말일 수도 있다. 간부들 사이에서는 유키에에게 나카모토의 사진을 너무 일찍 보여줬다며 기와다의 책임을 추궁하는 목소리마저 나왔다고 한다.

요코우치 신고에게서 아무것도 끌어내지 못한 점도 나카모토 사부로 부재설의 원인이 되었다. 정말 요코우치에게서는 무엇 하나 알아내지 못했다. 임의동행을 요구하고 경찰서 취조실에서 이야기를 들었지만 결과는 마찬가지였다.

나카모토가 누군지 모른다. 그 남자가 오구라 세이코의 친부라는 사실조차 몰랐다. 지금 세이코가 어디에 있는지도 모른다. 전혀 아는 바가 없다.

시마모토 팀은 베르코포 205호에 들어갔을 때 이곳에서 무슨 일이 있었다는 사실을 감지했다. 범죄 종류는 아닐지라도, 요코우치라는 남자가 거의 폐인처럼 될 정도의 무언가가 있었다. 직장에서는 평범하게 행동하더라도 그 집에 돌아가기만 하면 아무것도 할 기력이 생기지 않게 되는 무언가, 하지만 그래도 이사를 가려고 하지 않는 무언가, 서른이 다 된 남자가 남 앞에서 참지 못하고 정신없이 울게 만드는 무언가가.

결국 하라다 유키에와 고다 마야가 기소된 것은 시마모토가 경찰학교에서 60일간 경부보 연수를 받고 있을 때였다. 그 뒤 시마모토는 경시청 본부에서 3일간 간부 연수를 받고 정식으로 이동했다. 새로운 소속은 샤쿠지이 경찰서. 지역과 제3계 담당계장으로 임명되었고, 지금은 기타오이즈미 파출소의 파출소장을 맡고 있다.

파출소 바로 앞은 잡초가 제멋대로 자란 공터지만 그 아래로는 도쿄가이칸 고속도로가 지나가고 있다. 남쪽으로 조금 가면 간에쓰 고속도로와 접하는 오이즈미 나들목이 있다. 그런 풍경이 담당 구역에 묘한 입체감을 더해주긴 하지만, 대부분은 2층집이 늘어선 주택가다. 살인사건 따위는 일어날 것 같지 않은 아주 평화로운 거리다.

그렇게 치면 마치다도 평소에는 아주 평화로운 거리였지만.

"시마모토 계장님, 점심 어떻게 하실 건가요?"

이런 외진 곳의 파출소 근무라도 계장이라고 불리면 기분이 나쁘지 않다. 물어본 사람은 두 살 아래의 구보 순사부장이다.

"벌써 시간이 그렇게 됐나? 너희는 어떻게 할 건데?"

"2가의 새로 생긴 도시락집에서 사 올까 하는데요."

"좋은데? 그럼 나도 그렇게 하지."

"뭐 드실래요?"

"그걸 어떻게 알아, 먹어본 적이 없는데. 알아서 골라줘."

"알겠습니다. 그럼 가게 추천 메뉴에서 고르는 걸로…… 다녀오겠습니다."

구보는 자전거를 타고 도시락 3인분을 사러 갔다.

이번에는 안쪽에 있던 가와시마 순사장이 말을 걸었다.

"계장님, 차 드실래요?"

"아니, 난 나중에."

시마모토는 가볍게 손을 들어 올린 뒤, 다시 공터 쪽으로 돌아서 보초를 섰다.

그래, 마치다 감금살인사건이다.

고다 마야를 보호한 지 곧 2년이 되지만, 첫 공판이 열렸다는 이야기는 아직 듣지 못했다. 아마 결정적인 물증은 더 이상 안 나왔을 테니 공판은 유키에와 마야의 진술 내용에 따라 진행될 수밖에 없다. 그리고 여전히 두 사람의 진술이 어긋난다면 재판은 자연히 길어진다.

아주 평범한 맨션에서 일어난 연쇄 살상, 사체손괴, 유기 사건. 아직 요시오를 잡지 못한 거라면, 증인은 유키에와 마야 둘뿐이다. 그 쌍방이 가해자이면서 동시에 피해자다. 그리고 분리되어 감금된 기간이 길기 때문에 그 둘도 서로 모르는 부분이 많다. 시마모토는 그 사건의 본질은 거기에 있다고 생각한다.

고문부터 시신 처리까지 모두 밀실에서 이루어졌고 물증은 전혀 남지 않았다. 우메키 요시오의 계획이 완전히 성공한 것이다. 하지만 그 성공적인 수법이 결국 요시오 자신에게 화가 되었다. 범행을 제3자에게 실행시켰다는 점도 화의 원인 중 하나다. 누구나 할 수 있다, 누구나 지울 수 있다. 요시오는 놀랍게도 그 사실을 유키에와 마야에게 증명해 보였다.

어느 날 기와다가 불쑥 말한 적이 있다.

"우메키 요시오라는 인격은 뭔가, 감염력이 있는 거 아닐까?"

그런지도 모른다는 생각이 이제야 든다. 요시오에게 지배되고 훈련됨으로써 유키에와 마야도 점차 요시오화되었다는 해석이다. 누가 정말 요시오를 죽였는지는 역시 아직 모른다. 유키에일까, 나카모토일까, 아니면 기와다의 판단대로 마야일까. 시신 처리도 마찬가지다. 누가 어떤 역할을 맡았는지 결정적인 부분은 알지 못한다. 이 완벽한 수법을 완성했던 사람은 요시오다. 아이러니하게도 요시오는 자신이 완성한 수법으로 사라지는 꼴이 되었다. 자기가 만들어낸 괴물에 자기가 먹히고 말았다.

아니, 그 역시 사실은 가설에 불과하다.

'우메키 요시오'라는 남자는 정말 존재했을까? 그 자체를 잘 모르겠다. 분명 스낵바 마이코의 마담은 당시 '유아사 메구미'라고 했던 유키에와 고다 야스유키가 친하게 지낸 남자가 요시오라는 이름이었다고 증언했다. 실제 모델은 다른 사람이었다지만, 그 몽타주가 요시오와 분위기가 비슷하다고도 했다. 하지만 그런 남자가 존재했는지와 그 남자가 유키에와 마야가 말하는 잔혹한 범죄를 저질렀는지는 또 다른 이야기다.

시마모토는 특별수사본부를 떠난 뒤에도 불현듯 생각한다.

우메키 요시오라는 사내는 처음부터 없었던 게 아닐까.

하지만 전혀 다른 생각도 한다.

우메키 요시오 같은 인간은 어디에나 있지 않을까.

그 평온한 마치다 거리에도 나타났는데, 이 조용한 오이즈미에도 나타나지 않는다는 보장은 없다. 지금도 바로 뒤쪽 주택에서 누군가가 감금되어 고문당해 살해되고 해체되고 있을지 모른다. 그런 우려가 늘 망령처럼 뇌리에 자리 잡고 있다.

구보가 돌아왔다.

"다녀왔습니다."

"수고했어."

구보는 자전거 짐칸에 있는 하얀 도시락 상자를 열고 안에서 비닐봉지를 꺼냈다.

"자, 이게 믹스후라이 도시락, 이게 생강구이랑 햄버그 도시락, 그리고 이게…… 어라, 뭐였지. 아아, 믹스그릴 도시락입니다. 계장님, 뭐 드실래요?"

"내가 먼저 골라도 되겠어? 그럼 믹스후라이, 괜찮아?"

"그럼요, 드세요. 안으로 들어가세요."

"그래. 고마워."

이왕이면 편하게 먹자 싶어서 보초를 바꾸고 안쪽 대기소에서 먹기로 했다.

"잘 먹겠습니다."

마침이라고 해야 할까. 믹스후라이를 선택했기 때문에 당연히 도시락에는 소스가 든 작은 통이 달려 있다. 현물은 수거하지 못했지만, 하라다 집안 네 사람의 혈액을 보관하는 데 이런 용기를 사용했다고 한다.

"안에는 혈액이 들어 있었고……."

그러자 눈앞에 뭔가 쓱 나타났다.

찻잔이었다. 가와시마가 차를 가져다주었다.

"계장님, 뭐라고 하셨어요?"

"아니, 별거 아니야. 그냥 혼잣말했어."

소화를 위해서는 아니지만, 시마모토는 오후에 순찰을 나가기로 했다.

"그럼 다녀올게."

"네, 잘 다녀오세요."

보초를 서는 가와시마가 지켜보는 가운데 파출소를 출발한다. 한창 장마철이지만 지난 이틀은 어쩐 일인지 비가 한 방울도 오지 않았다. 하지만 하늘은 흐린 잿빛 구름으로 뒤덮여 있다. 도중에 비가 쏟아져서 쫄딱 젖은 채 돌아가고 싶지는 않기 때문에 멀리 가지는 않기로 했다. 시라코가와 강은 넘어가지 말고, 그 주변 주택지를 적당히 돌아보자. 그런 생각을 하며 다리 앞에서 속도를 늦췄을 때였다.

시라코가와 강을 따라서 남북으로 가늘고 긴 '아카마쓰 녹지'가 있다. 작은 공원과 산책로도 있어서 제복만 입고 있지 않았어도 멍하니 앉아 강을 바라보고 싶은 장소다.

시마모토는 문득 산책로에서 걸어 나온 여성에게 시선이 고정되었다. 어디선가 본 적이 있는 여자다. 그것도 꽤나 좋아하는 타입인데, 쉽게 말하면 너구리 같은 얼굴의…….

생각났다.

오구라 세이코다.

키는 150센티미터 중반 정도에, 몸집은 적당한 편이라고 했던가. 신체적 특징은 들어맞는다. 부드러운 디자인의 흰 블라우스에 데님 반바지, 굽 높은 샌들. 어깨에는 약간 허름한 캔버스 천 가방. 차림도 어쩐지 시마모토가 생각하던 이미지에 부합된다.

하지만 이상한 점은 여자가 아이를 데리고 있다는 것이다. 네댓 살 정도의 남자아이이다. 오구라 세이코가 요코우치 신고와 헤어진 때가 2년 전, 그때 임신 중이었다면…… 그래도 계산이 맞지 않는다.

대체 어떻게 된 일일까.

시마모토는 페달을 밟아 여자 앞으로 가서 브레이크를 걸고 완전히 멈추기도 전에 뛰어내렸다.

"저…… 실례합니다."

여자는 순간 놀란 얼굴을 했지만, 바로 밝은 표정을 지었다.

"아, 마침 잘됐네요."

무슨 소리인가 했지만 바로 이해가 되었다. 남자아이는 조금 운 얼굴이고, 지금도 불안한 듯 여자와 시마모토를 번갈아 보고 있다.

"길을 잃었나 봐요."

여자는 그 자리에 웅크리고 앉아 아이와 눈높이를 맞췄다.

"잘됐다. 경찰 아저씨가 집 찾아주신대."

여자는 잡고 있던 손을 두 손으로 살며시 쥐었다.

하지만 아이는 뭔가 불만인 듯 입을 삐죽거린다.

"누나, 같이 안 찾아줘요?"

"음, 누나는 여기 안 살아서 잘 몰라. 경찰 아저씨라면 금방 찾아 주실 거야."

그 말을 하고 일어나서 아이의 어깨에 가만히 손을 얹는다.

"그렇죠?"

"아아…… 네, 그럼요."

어쩐지 아이를 떠맡는 꼴이 되었지만 이대로 끝낼 수 없다. 시마모토는 아이의 손을 잡은 뒤 물었다.

"저기 실례합니다. 혹시 오구라 세이코 씨 되십니까?"

어안이 벙벙한 표정. 동그란 눈이 정말로 사랑스럽다.

"네?"

"아, 그러니까, 성함이…… 오구라 세이코 씨 아니십니까?"

"아뇨, 아닌데요."

아주 자연스러운 대답과 미소다. 오히려 너무 훌륭할 정도로 자연스러운 반응이다. 보통 자신을 다른 사람과 착각하면 조금은 불쾌한 얼굴을 하지 않을까. 더구나 상대가 제복을 입은 경찰관이라면 더욱 그렇고.

여자가 살짝 머리를 숙인다.

"그럼 잘 부탁드려요. ……얘, 그럼 잘 가."

여자는 남자아이에게 가볍게 손을 흔들고 한 번 더 시마모토에게 머리를 숙인 뒤 걸음을 옮겼다. 뒷모습은 다음 모퉁이를 오른쪽으로 꺾으며 금방 사라졌다.

사람을 잘못 본 걸까. 정말 방금 본 여자가 오구라 세이코가 아니었을까. 만약 그 여자가 오구라 세이코라면 뒤쫓을 가치가 있지 않을까. 세이코라면 나카모토 사부로의 행방을 알 수도 있다. 그리고 나카모토 사부로를 찾아서 사정 이야기를 들을 수 있으면, 어쩌면 마치다 감금살인사건의 실마리를 잡을 수 있을지도 모른다…….

그런 생각을 하는데, 누군가 손을 잡아당긴다.

"아저씨, 경찰 아저씨."

'아아, 미안, 완전히 깜빡했구나'라고는 차마 말하지 못한다.

"그래, 너희 집 말이지. 금방 찾아줄게."

시마모토는 여자가 그랬던 것처럼 웅크리고 앉아서 아이와 시선을 맞추고는 머리를 쓰다듬었다.

"참 장하네. 길을 잃어도 안 울고. 씩씩한데?"

별 생각 없이 말이 나왔다. 어른들도 동정받는 순간 슬퍼지는데, 어리석은 일이었나. 이제 울음을 터뜨리려나.

하지만 다행히 아이는 울지 않았다. 대신 조금 곤란한 표정을 지었다.

"응…… 나, 조금 울었지만 누나도 울고 있었어요."

"뭐?"

무슨 소리지.

"울고 있었던 건 네가 아니라 그 누나였다고?"

"아뇨. 내가 공원에서 우는데 나한테 와서 왜 그러냐고 묻잖아요. 그래서 길을 잃었다고 했어요. 근데 누나도 울고 있어서 나도 누나한테 왜 우냐고 물었어요. 그랬더니……."

떠올렸더니 슬퍼진 걸까. 아이 눈에 눈물이 맺혔다.

"누나도 길을 잃었다고 했어요. 경찰 아저씨, 우리 집 찾으면 누나 집도 찾아줘요. 누나도 분명 울고 있을 거예요. 또 슬퍼서 울고 있을 거예요."

그 여자, 정말로…….

세뇌 살인

초 판 1쇄 발행 2016년 12월 1일
개정판 1쇄 인쇄 2024년 8월 16일
개정판 1쇄 발행 2024년 8월 23일

지은이 혼다 데쓰야
옮긴이 김윤수
펴낸이 신경렬

상무 강용구
기획편집부 고여림
마케팅 최성은
경영지원 김정숙 김윤하

편집 추지영
표지 본문 디자인 굿베러베스트

펴낸곳 (주)더난콘텐츠그룹
출판등록 2011년 6월 2일 제2011-000158호
주소 04043 서울시 마포구 양화로 12길 16, 7층(서교동, 더난빌딩)
전화 (02)325-2525 | **팩스** (02)325-9007
이메일 book@thenanbiz.com | **홈페이지** www.thenanbiz.com

ISBN 979-11-5879-218-3 03830

• 이 책은 2016년에 출간된 《짐승의 성》의 개정판입니다.